文学辽军山乡巨变创作计划

本书入选辽宁省作家协会
新时代文学山乡巨变创作计划扶持项目

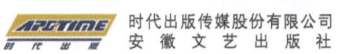

喧嚣

时代出版传媒股份有限公司
安徽文艺出版社

杨福君 ◎ 著

杨福君，辽宁省作家协会会员。先后从事教师、记者、编辑、秘书、公务员等多种职业。20世纪90年代后期开始，先后在《芒种》等全国性中文核心期刊及其他国家、省级刊物发表小说、散文、诗歌等，部分作品获奖。

文学辽军山乡巨变创作计划

喧嚣

XUANXIAO

杨福君 ◎ 著

时代出版传媒股份有限公司
安徽文艺出版社

图书在版编目（ＣＩＰ）数据

喧嚣/杨福君著.—合肥：安徽文艺出版社,2023.12
ISBN 978-7-5396-7913-6

Ⅰ.①喧… Ⅱ.①杨… Ⅲ.①长篇小说－中国－当代 Ⅳ.①I247.5

中国国家版本馆 CIP 数据核字(2023)第 246239 号

出 版 人：姚 巍
责任编辑：张妍妍　　姚爱云　　装帧设计：余　超　　张诚鑫

出版发行：安徽文艺出版社　　www.awpub.com
地　　址：合肥市翡翠路 1118 号　　邮政编码：230071
营 销 部：(0551)63533889
印　　制：合肥创新印务有限公司 (0551)64456946

开本：700×1000　1/16　印张：18.75　字数：276 千字
版次：2023 年 12 月第 1 版
印次：2023 年 12 月第 1 次印刷
定价：68.00 元

(如发现印装质量问题，影响阅读，请与出版社联系调换)
版权所有，侵权必究

序　言

《喧嚣》是一部原创现实题材的文学作品。

《喧嚣》的故事架构并不复杂。全篇以东北边境小镇古城申请文化遗产保护为故事主线展开叙事，通过一系列错综复杂、梯次推进的线索展开，将东北一隅小城极富地域色彩的历史风物、市井人情、民俗俚趣，鲜活生动地展现在广大读者面前，全景式地再现了东北振兴大背景下山乡巨变的壮丽图景。

作为一部以现实生活为创作蓝本的文学作品，《喧嚣》构思之初就秉承严肃、积极的创作立意。全篇以千年山城为背景，集中笔墨描绘作为东北特定地域文化代表——莫旗镇乃至衢市在振兴大背景下所呈现的山乡巨变历程，以及沉浸其中的各色人物的命运起伏。其中，以肖巨轩为代表的保守地域思维被时代浪潮所淘汰，以盛世集团为代表的老牌企业被经济浪潮所吞噬，以石清顺为代表的宗族恶势力被正义与法治所铲除，无一不是在喻示旧有与保守的地域文化终将被革故鼎新的新文化所替代。作品中对衢市博物馆的铺排叙述，对山城体例与状貌的细致入微的描述，特别是衢市各界因山城申遗成功不可抑制的喜悦、欢庆，都是生活在这块东北黑土上的子民对本土文化高度自信的表现，是东北振兴大背景下山乡巨变的直观体现。

《喧嚣》文学创作上的可贵之处，在于作者坚持以直观、冷静的笔触,审慎思辨地还原特定地域、特定时期存在并发生的事件,力求写出原汁原味,写出事物与人原生态的气味和色彩,不求工巧,不避朴拙。

  作品对地域文化氛围的营造、对人物形象的塑造,以及对人物性格的刻画都很独到。其中,鲁健初来衢市读到的《衢县地方志》里对衢地文化色彩浓厚的记述,"煮酒论英雄"一节雷大鸣绘声绘色讲述衢县历史,衢地名士唐古董对玉佛寺尘封历史如数家珍的铺陈,不声不响中将读者带入其中,让人陶然其中,润物细无声。人物性格刻画方面,作品着力还原人物及生存环境的烟火气,力避脸谱化。尤其作为衢市公职人员代表,齐修平全过程执着践行"为人民服务"的从政理念、个人信条,做人磊落不伪饰,直观地体现出东北振兴中广大基层干部的操守与情怀。其他,如钱喜发的谨小慎微、肖巨轩的禀直坚持、文绪成的隐忍智慧、高庆丰的率真朴实、胡小海的执着救赎,在作品里都有充分体现,读之如在侧旁。

  对于文学创作,我素来主张文学反映、影响生活,坚定认为作家利用手中之笔为时代画像、为时代明德,乃为自身必须操守的职责与使命。与之印证,《喧嚣》作者坚持思考现实生活,由此构思、创作出这样一部直面人生、反映时代变迁的现实主义作品,其对生活的敏锐洞察、高度的社会责任感以及文学自觉性,就当下而言实属难得。

滕贞甫

(辽宁省作家协会党组书记、主席)

2023 年 12 月

目　　录

序言　滕贞甫 / 001

第一章　市井
　　一、传言 / 003
　　二、大吉地 / 012
　　三、跳吊 / 023
　　四、石破天惊 / 034

第二章　规矩
　　一、黄雀在后 / 049
　　二、夜奔 / 055
　　三、山之城 / 061
　　四、四两拨千斤 / 071

第三章　方圆
　　一、口信儿 / 087
　　二、指点迷津 / 094
　　三、参禅 / 104
　　四、一锤定音 / 112

第四章　论道

一、猛龙过江 / 125

二、假作真来真亦假 / 134

三、罗生门 / 145

第五章　险象

一、风云际会 / 159

二、鸿门宴 / 169

三、风起于青蘋之末 / 180

第六章　破局

一、得意门生 / 193

二、好事近 / 204

三、胭脂泪 / 215

四、多云转雷阵雨 / 226

第七章　惊变

一、鬼门关上走一遭 / 241

二、绝杀 / 254

三、君子豹变 / 266

四、流水落花春去也 / 271

第八章　锦程

一、游园惊梦 / 281

二、相见欢 / 288

三、伤别离 / 290

四、清平乐 / 295

第一章　市井

一、传言

咣当,车身前后一震,斑驳的绿皮小火车如一位槁朽的老者,跌跌撞撞地刹脚,一点一点小心着减速。咣当,咣当,车厢跟车头继续撑碰,一节一节,推着车头逼近灯光惨淡的月台。咣当,最后一声,车身彻底刹住,紧挨车头的车厢门滞顿着开启,跟跄地下来个身材高挑的女子,晃几下,站稳,上下打量标着"莫旗镇"仨字的白色站牌,好一阵,视觉感官似乎才有反应,袖着手立在当地,吸溜吸溜鼻子,没有马上走的意思。

时令没出正月,月台上少见早起的行人。

细听,只有清洁工经年累月的扫地声,从空荡荡的货场一头儿响向货场另一头儿。单调,执着。经年累月地传递出万物周而复始的延替,以及某种些规律亘古不变的坚持。日复一日,不可逆转。

月台上的高挑女子似乎有些焦急,掏手机,张罗着给什么人打电话。

打一阵没打通,女子显得有些烦躁,攥着手机,无可奈何地吸溜阵鼻子,跺脚,出了月台,下坡走向晨光熹微的镇子。她始终袖着手,脚步迅疾。

三分钟后,售票室里转出位冷峻的青年,犀利的目光望着身影越走越小的女子,拽起颈上的帽子,紧走几步跟上。刚下坡,青年迎面遇见一拨着老式工装、情绪昂扬的人,领头扯一面红旗大声小气地奔向车站。青年紧忙避到路旁,急扭头看着前面的女人,暗自想又出啥事儿了!青年叫冯士昆,莫旗镇"维稳员",女人是其稳控对象。

冯士昆入行起初不在莫旗镇,在市局维稳大队,他原是副队长。半年多前,冯士昆因一件稳控事件被处分,跟着"下放"莫旗镇,做维稳专员。莫旗镇镇长齐大壮早先听说过冯士昆这个名号,见面时真诚地客气,暖心安慰:"处理期就一年,时间到了,组织上会考虑。"跟着递烟,吸一口,继续提示:"莫旗镇还是个老矿区,十年前破产,分流后留下一拨上不着天下不着地的工人,见天睁眼头件事儿就是上访。你的任务就是稳住缠访、闹访三人,其中,最主要的是稳住苏麻。稳住他,全镇稳控活儿就利落一半。"

齐大壮是"地产地销"的干部,讲话干净利落,说啥都觉得不像假话。

"好好干!干好了我跟组织说,早点让你官复原职。"交代得差不多,齐大壮认真地补了一句,依旧说得踏踏实实,冯士昆听不出虚与委蛇。

冯士昆感动于齐大壮的意气,回去上心翻找资料,一点一滴地研究苏麻。

深入研究一段时间后,冯士昆惊讶地发现,苏麻,这个活在各层级档案中的小老头竟如一眼瞄不清多深的黑洞,寒凛、幽邃,扔块石头,半个小时也听不到回响,辽远得让人心里发毛。冯士昆为此诚心诚意找到镇上管信访工作的老侯,虚心讨教,试图从他嘴里寻到苏麻或实或虚的蛛丝马迹。

老侯也是镇上的老人儿,说话鲜活俏皮,三言两语便画出苏麻的一幅像。

"苏麻是三坑井上访工人里的'神物',原先在九霄云上遭了贬,降落凡间,日复一日喊冤不停。"老侯脸形阔扁,说话时总爱捅眼镜框,生怕厚如啤酒瓶底儿的眼镜掉下来砸着谁。

"苏麻上访是门艺术,"老侯边说边点开手机,"一般人上访无怪乎一告二闹三吓唬,三板斧耍过再耍就不灵了。苏麻上访懂得用《孙子兵法》,有自己的一套唱念做打。不闹则已,闹就闹出个跌宕起伏九曲连环。潜质及表象都极具破坏力,让人防不胜防,又不得不防。"

冯士昆听闻,认真望向屏幕里的苏麻,宽额、窄脸,从上至下不规则地布满了芝麻粒儿般大小不一的麻子,看着只觉琐碎,凶相倒是没看出多少。

老侯对苏麻的概括采用的多是描述性语言,影影绰绰仅画出个大概。至于苏麻为何领人上访,本人又有多大的冤屈,老侯没细说,冯士昆也没法细问,只能适可而止地打住,回去再认真想。冯士昆搞刑侦出身,做事讲究证据,不能依靠老侯说书式的编派行事,思忖两天,末了找到先前在莫旗镇埋伏下的"眼线"——东沟边上的"肉头",从他那儿打听苏麻。

肉头真名叫冯至孝,肉头只是绰号。严格地讲,肉头真实的诨号应该叫"冯刺青",起源在传说其身上有刺青。

其实肉头身上究竟有没有刺青,没人细考量。衢市人叫肉头冯刺青,就是因为百分之九十九的衢市人认为肉头就应该叫冯刺青。不叫冯刺青叫啥?谁配有他那一脸凶相,不带脏字儿张不开嘴,行动坐卧不像个好人?!如此这般,冯刺青的诨号在衢市不胫而走,以讹传讹,传得衢市妇孺皆知。肉头对此反应倒不是很强烈。怎么叫都行,自己也乐意答应。

苏麻上访缘于一场误会,糟糕的是,闹来闹去就是非分不清了!

"苏麻原来在矿上工会里管事儿,主要工作就是放电影。"说起苏麻,肉头身子不由自主地往下出溜,见冯士昆正色,坐正了继续讲,"下岗后,他回家开个花圈铺,维持着生活。苏家胡同动迁,盛世集团强拆胡世才家的门窗厂,失手将隔壁苏麻的花圈铺也扒了。苏麻当时帮人出灵,回来见房子就剩一面山墙,没骂没吵,从瓦砾堆里捡出他爹他妈的两罐骨灰,一声没吭地去了法院,一级一级接着往上走。"

"苏麻现在住哪?靠啥谋生?"

"在市内一个学校做保安。"

"最近有啥动作吗?"

"动作?好像有,'胡家早餐店见,亲厚者痛而仇者快'。"

"啥意思,文白相杂的?"

"是苏麻发给胡小海的信息。"

"胡小海是谁?干什么的?"

"盛世集团的经济师。以前是副总,后来被免了,又做回经济师。"

"他跟苏麻啥关系?怎么这么关注苏麻?"

"胡小海关注苏麻是为了他自己。"肉头说完收起手机,"胡小海在盛世管动迁,手上的项目正是苏麻所在的苏家胡同,见天跟苏麻打交道。"

"苏麻惹不起集团大佬,将气一股脑儿撒在胡小海身上,弄得胡小海成了泄气的靶子,打中打不中都得挨枪,一天二十四小时绷紧弦儿,生怕惹祸遭小盛总训。"肉头和胡小海私交好像不错,说话尽力替对方抱起不平。

冯士昆摸不准肉头讲述的是否也有编派的成分,但多年从事刑侦积淀起的经验提醒自己:这位相貌奇绝、浑身藏满故事的小老头儿,之前已经发生、今后可能发生的诸多事端应该比肉头描述的更不可想象。也就是说,任何不可想象的事都有可能发生在这小老头身上。

诸多隐忧汇聚在一起,搅得冯士昆夜不能寐。

冯士昆唯一想做也是能做的,就是紧急联系市局,查询,定位,数据分析,对苏麻实施全程监控,兜兜转转,跟踪苏麻到了莫旗镇,又跟到火车站,跟来跟去就只跟出个王秀彩。苏麻踪影全无,似乎人间蒸发!冯士昆不知自己是否中了苏麻声东击西的计策,想着怕再中调虎离山之计,踯躅着没敢走远,远远瞄紧王秀彩一步步走进镇子,走进胡家早餐店,他也镇静地坐进去,守住门口不错眼珠地盯紧目标。

王秀彩没注意打车站出来身后就跟着双眼睛,她昏沉沉的,净想心头事儿。

王秀彩下岗前在三坑井疗养院做护理部主任。五十出头,上访就占去人生三分之一时光。二十年风霜悄然耗去这位前护理部主任的绰约风姿,让人不禁慨叹岁月的无情及不可逆转。下岗后,王秀彩回莫旗镇落脚最多的是胡世才的早点铺。临街,一间半下沉的房子,山墙被喷上大大的"拆"字,孤零零的,如久经征战的老兵被遗弃在战场,一天天衰老,一天天荒冷,仅剩的支离的骸骨偶尔还能引发亲近者无端又无奈的感伤。

早点铺老板娘许淑华是王秀彩在护理部时的部下,嘴碎,心善,遇事没啥大主意。优点就是手脚勤快,肯吃苦。下岗后跟丈夫守着早点铺过活,早起晚睡,一年四季忙得团团转。许淑华丈夫胡世才以前在疗养院做保安，行政隶属不归王秀彩管。但胡世才嘴甜，人前人后也管王秀彩叫主任，一句一句叫得周边人侧目。

"主任好，主任面色还是那么好！"胡世才也穿老式工装，跟冯士昆路上遇到的激昂的人形色上有几分相似，只是情绪没那群人激烈，动作也显得迟滞。望见王秀彩，胡世才长腿一探一探过来撩门帘，头重脚轻，像碰着同类的螳螂。

"嗯！"王秀彩应一声，径直坐进出菜口旁边自己的专属座位，挺直腰板，目不斜视地瞧，仿佛昔日喧嚷的疗养院仍在，满院职工依旧生龙活虎，自己还是护理部主任，一言九鼎，看谁都像属下。

许淑华还跟在护理部时一样手脚麻利，过来抹桌子，随口打探："动迁事儿有眉目啦？咱这儿——"说着望望天棚，"剩一半的房子还扒不？"

"估计不能！"王秀彩沉着脸讲，"苏麻领齐大友闹的那一出姓胡的还没受够啊？真扒，真扒不怕摊官司啊？姓胡的不是肉头，不会干这缺鼻子少眼睛的冒失事儿！"说完，面孔依旧板紧。

"嗯。"许淑华没往下问，转头说起别的，"辰州银行的女行长跑了，听说卷走上亿。"许淑华特意将尾音里的"亿"字说重，然后瞧王秀彩。

"上亿？"王秀彩专心想着跟苏麻会面，顺嘴应付许淑华爆出的冷门，"公款还是私款？"见许淑华直眼，她着重解释，"对公存款还好说，贪占自负，收监，入狱，有人扛；要是个人钱财，麻烦就大了，容易出现挤兑，闹大了涉及民生。"

"听说卷走的是盛世从日本融来的钱，"许淑华转转眼珠，跟着竖起中指，"那钱起先是打算建公园的，用的是广厦苑回迁那片地。"

"建公园？"王秀彩听后沉吟，"那广厦苑建哪？六百多户，房子建天上啊？"

许淑华不知房子建哪，回头张皇地望胡世才。

"哪也不建了！老房子按面积折款，折成钱，再买大吉地的房子。能买多大，全看老房子能折出多少。陈五年说这叫'货币化安置'。"胡世才攥毛巾过来,解释过了问王秀彩,"包子吃啥馅儿的?猪肉大葱、素三鲜、肉三鲜,还是素萝卜馅儿?"王秀彩说:"素萝卜吧,猪肉大葱太腻!"胡世才应声出去,回后厨掀笼屉。

"'货币化安置'对老百姓来说是亏本生意!"王秀彩说得有些焦急,"咱们算算账啊——"跟着扳手指,"苏家胡同的老房子盛世能给多少钱,大吉地的洋房一平方米得卖多少钱,里外折算,苏家胡同拆出来的房子能买大吉地多少面积,仔细算过吗?"王秀彩说得更着急,手指杵进酱油碟里,蘸蘸,在桌上点,"我没做过会计,但就算闭眼睛也能算清这笔账!你跟老胡被扒的一间半门市,'货币化安置'能安置多少?能换大吉地一间卫生间就算烧高香了!国家见天想着给老百姓谋福利,这事盛世现在能干吗?盛世自老盛总之后谁还具备那份善心?"

"胡小海说了,集团不会让老百姓吃亏!"许淑华紧张地抹手,划开手机中一处头像,指点着,"胡经济师,盛家准女婿,老盛总身边的红人,他说话总不会掺假吧?"王秀彩置疑着凑近瞧,见湖蓝色屏幕上衬着一位青白面皮男子,小眼儿,八字眉,前额至头顶微微发秃,神情落寞显不出精神,气质怎么看怎么破落。

"啥准女婿?"王秀彩看明白,显出不屑,"鬼话你们也信!"

许淑华怏怏收起手机,回身端来胡世才递来的一碗稠粥,仍不甘心地念叨:"胡小海跟盛世老小姐盛佳佳谈恋爱衢市没有几人不知道,他的话,再'鬼'也比别人说得有来历!"说着移过糖罐子继续较真,"至少,大方向是准的!"

"你俩呀,"王秀彩怒其不争地叹气,"盛家怎么会让咱老百姓不吃亏?"

"如今的盛世已不比老盛总在时有人情味儿啦!"王秀彩说着有点顾忌,敏感地四处瞧,"盛世眼下正走下坡路。老盛总车祸后在南方调养。俩孩子——佳佳在新西兰读书,两耳不闻窗外事;集团全都由盛斯礼把持、炒股、融资、资本运作,一套套都不是老爷子当初搞的那套业务,能走到哪一步,走到什么程度,估计只有老天爷能说清!"

"趁热吃,凉了就不香了!"胡世端来包子,指指油碟。

"听说小盛总的夫人,就那日本人遥香,也没影儿了!"胡世才愣怔着补一句,见王秀彩直眼瞧自己,领悟着答,"啥时候,应该没过一礼拜吧,跟女行长前后脚没的影儿,说是回日本保胎。可她两三年没怀孕这事儿衢市一半人都知道,这时候说回国保胎,多少有些奇怪!"

"遥香保胎跟辰州银行女行长潜逃,两者有关系吗?"王秀彩听不惯胡世才天上一脚地上一脚,夹着包子,凑嘴边问。

胡世才被问得发慌,搓手说:"不好说!反正时间节点挺巧合,有没有关系估计只有这俩人自己知道。"还想说,门帘一挑,嘻嘻哈哈进来俩男子。老的瘦脸驼背,进门就寻桌子;年轻的穿一件浑身鼓包的羽绒服,进来四下望,之后赶到站炉前左右交替着暖手。

"又忙哪份工程去啦?起这么早!"胡世才先认出老年男子是喜发公司的钱总,赶过去擦桌子。

"还不是没头没脑的会展中心!"老年男人听了似乎泄气,扔下污渍斑驳的皮手套,冲正暖手的侄子钱小广喊,"告诉老板娘,粥稠点儿,尽量少放糖,包子啥馅儿——"想想决定,"看着办吧,吃饱就行!"

"进展顺利不?"胡世才囫囵问,"二十多层大楼说建就建起来,也就你们喜发,衢市没第二家公司敢跟你们较劲!"胡世才努力做出实话实说的样子,说完认真瞧俩人的眼神,看自己的话应不应验。"顺利能顺利到哪去!"暖手的钱小广先张口,"半死不活干耗着呗!再挺两天不拨款,老子还给上面写信。不折腾出点动静儿怕是没人管了!"青年烦躁着嚷,不解气,张嘴还想嚷。

"行了,行了,"老年男人呵斥,"少说两句能把你当哑巴卖了?"之后,扭头跟胡世才讲,"还行,眼瞅就要封顶,要不是政府调整设计,估计这阵儿都忙活装修了。"

钱小广不满被老叔叔截住话头,赌气着闭嘴,一门心思在炉子边暖手。

"这就好,这就好!"胡世才听出两人观点不一,搭讪着转换话题,"听说盛斯礼跟小小吉拉夫斯基见面,研究扒苏家胡同那座礼堂,说是什么'异地置换'。"

"盛家张罗扒礼堂干啥?破得快散架的玩意儿,扒了有啥用?"老钱疑惑地问。

"应该还是打地的主意。"胡世才猜测着讲,眼里隐约闪出白光。"地——"老钱沉思道,"礼堂占地也就十来平方米,扒了,能腾出多大地方?算上扒拆的工钱,人吃马喂,不赔本就算挣大钱了!"

"怎么还不明白!"胡世才一急脸便白,"盛家扒礼堂是醉翁之意不在酒!这么说吧,盛世建大吉地拆苏家胡同的房子,拆来拆去,方圆百里就剩礼堂这一块建筑了,再拆,苏家街就从地平线上完全消失了,原来的理发店、浴池、粮油站,"回头望眼王秀彩,"包括美容学校,一间不剩,啥都没了!"

"没有,没有又能咋的?"老钱依旧不解地眨眼。

"没有——没有就啥都没了!"胡世才说着狠狠甩了下抹布,"啥证据都留不下来,那整个苏家街不就都是盛家的了?一望无际都是盛世的房子,想建啥建啥,谁还能管得了?还怎么跟盛世打官司?"胡世才委实不甘心,说说不解气,又顿了下眼前的杯碗。

"最紧要的是广厦苑也跟着没了!"王秀彩突然插话,"广厦苑没了——六百多户老百姓的回迁指望也没了!居无定所,四处溜墙根儿蹲房檐儿,过的可是要饭的日子。这一切,搁谁谁能干?!"说着,王秀彩身子一横,沉着脸坐定椅子。

"秀彩,王秀彩,原来疗养院护理部的主任,我以前的领导。"许淑华赶过来介绍,边抹桌子边笑,脸上飞起企业辉煌时自信的光。

"关键还不是广厦苑建不建、有没有的事儿,"胡世才固执着坚持,"主要还是礼堂!礼堂在苏麻心里啥位置?至高无上,任何人都不可动摇。"胡世才说说望起王秀彩,"苏麻他爹当年就死在礼堂里头,礼堂成了苏麻心里最后一点念想儿,谁敢动礼堂,苏麻就敢跟谁玩命,全矿谁敢拦?"

"你是说盛家扒礼堂图的是脚下这片地,拿它搞开发;苏麻保礼堂,一是为了念想儿,二是怕拆光了将来没物件儿跟盛世对质,所以拦!"老钱多少听懂胡世才话里的意思,琢磨琢磨,依旧有疑问,"就算拆礼堂跟盛世有关,但凭盛家眼前的声势,苏麻有本事跟盛家抗衡吗?"

"苏麻没有,我们有!"王秀彩突然拍桌子,"三坑井的老哥们儿、老姐们儿都有这胆儿,都有捅破天的犟脾气!"

老钱跟王秀彩不是很熟,听王秀彩讲得激昂,冷静着没应声。

"消消气,主任!盛世那拨狼心狗肺的东西,跟他们生气不值得!"许淑华端粥出来,听动静,忙上来劝。"对,对,跟那群东西置气犯不上!"胡世才赶紧圆场,"咱是谁呀?工人阶级,可上九天揽月,可下五洋捉鳖。说得夸张些,从前整个三坑井都是我们的。敢跟工人阶级叫板,先问问他长几个脑袋!"

胡世才降下声调:"消消火,您消消火!当年在疗养院您是怎么教育咱家淑华的?谦虚谨慎,戒骄戒躁,遇事要学会'温良恭俭让'……"王秀彩听胡世才提"温良恭俭让",一时没搂住火:"我就问你,盛世扒你和许淑华那一间半房子跟你讲没讲'温良恭俭让'?盛世准备接着扒你这半边房子,跟你讲'温良恭俭让'?菩萨心肠对盛世那拨人有用吗?盛世,除了霸横,还剩啥!"

王秀彩言语激烈,高门大嗓,说啥都像跟人吵架。

胡世才被贬损得挂不住脸面,攥攥抹布,说:"护理部黄了以后你带头搞的美容学校不也被盛家拆得草秆儿皆无吗?还有那两台洗头发的机器,折来折去又抵了几个钱儿?不也一样说不明道不白,没地方说理去?"

"所以说凡事要找着根由,所谓'盐打哪咸,醋打哪酸'!"王秀彩听胡世才提到自己领人搞的美容学校,神情顿时落寞,镇定一下说,"就像盛世上次扒你跟淑华那一间半房子,差一纸结婚证就把淑华跟俩孩子划到回迁人口之外了?一寸面积也不给了?照这样还真得好好论论,当初结婚证究竟是谁给耽搁的?都因为啥?办不成是不是得追究谁的责任!这事儿不能就这么拉倒,不行,我领你找他们领导。"

"是得好好追追!"许淑华也被煽起火,"登记那天婚姻登记处偏赶上停电。好不容易送上电,服务台电脑又不好使。收拾好电脑系统又升级。升来升去,半年后老大志国就生出来了。"

"这类事儿最好问问苏麻,这方面老爷子有一套!"老钱提醒。

"苏麻如今没心思管这类鸡零狗碎的事儿了!"胡世才从后厨端来包子,半钦佩半夸耀道,"苏二先生眼下想的事儿可大了,老爷子早上在店里吃的包子,吃完喝完就奔市政府,说是堵市长讲什么《靖衢策》,给衢市出治世的方子,口气大得能治国!"

"苏麻去市政府了?"王秀彩盯着胡世才问,"啥时去的?现在到没到?"

胡世才说不准苏麻脚程,望望墙上被油烟蒙住的挂钟,揣测道:"快到了吧!早上坐的小火车,这个点儿该见着市长了。"王秀彩急得直跺脚:"回回声东击西,嫌老娘赘脚还是怕老娘胆小!今天老娘也闯回市政府!"说着抓起围巾,绕巴绕巴,缠住脖子往外走。

二、大吉地

这时,老钱吃包子噎住喉咙,上不去下不来,眼瞅翻白眼。

侄子钱小广劝叔叔赶紧喝稀饭,谁知越喝越噎,脖子发梗,眼睛瞪得像灯泡。钱小广怕叔叔憋出脑溢血,赶紧打电话叫救护车。老钱见侄子慌得像只野雀,费力将堵紧嗓子眼儿的渣块吞进食管,眼前闪出成片耀耀金星。

"咽下去了,咽下去了!"钱小广看叔叔猪肝似的脸一点点转红,欢喜着喊。

"嗯,嗓子眼儿通就没事儿了,就怕不通。"胡世才凑近看。

"流年不利!"老钱倒过气儿讲,平息平息,扔下碗筷起身就走。

"车,车我都叫了!去不去,都得给人家钱。"钱小广紧着说明。

"老子没病坐啥救护车?谁叫谁坐!"老钱依旧沮丧,依旧气鼓鼓地喊。钱小广看出叔叔气不顺,手忙脚乱地付钱,追着老钱出门。老钱上车,一挥手:"去大吉地。胡小海跟咱合伙在大吉地建公园,这事儿靠谱吗?"

"是主题公园,以垦荒文化为主题的公园,不是普通圈狮子、老虎、猴儿的公园。"钱小广肯定地接话,"建公园总比建楼省心,一马平川,起码安全方面好把控。"

"公园属于市政项目,喜发搞的是工民建,资质不足啊!"

"谁家资质都不足。资质足,还能轮到我们?"钱小广似是而非地打气。

钱小广知道叔叔对建公园心存抵触。在叔叔看来,不管啥公园,不都是供人玩乐的地方吗?但不管怎么说,搬出喜发建公园,还是有点牛刀杀鸡的意思,更别说是跟别人合作。一提合作叔叔就害怕,像草丛里碰着蛇。

跟盛世合作是个机会,钱小广小心推演着局势:"盛世啥样人家,家大业大,马高镫短人家都能接住,跟它合作首先有安全感。不像跟石清顺干活儿,怎么着也够不着底儿,像掉进水坑里。"钱小广一句话说到痛处,眼睛透过后视镜死死盯住叔叔。

老钱没表态,歪歪身子,盯紧钱小广手里的方向盘,继续沉默。

车过江桥,左转,奔向三坑井老矿区,也就是老钱口里的"大吉地"。

开着开着,路面上零星地现出坑洼。再开,坑洼越来越多,越来越大,有些陷成深坑,一眼瞄不准深度。钱小广的越野车开得异常小心,一点一点试探着前行,仿佛进了"雷区",减下车速,外面景致也见得清晰。一片片预待拆迁的楼房愈加显出残旧,透着凄凉。愈往后,楼群愈少,直至完全消失。一片一片未拆净的厂房牛皮癣一样敷在地表,铺排蔓延,看着让人心发揪。偶尔剩一面薄纸般没扒倒的山墙,正面依稀还能见着"安全至上""生命第一"的标语,任由风霜侵蚀。再往后,视野里便见不到一处独立成形的建筑。一簇簇把紧地面的墙根儿,一闪,从视野里掠过。

路越走越荒凉。再走,一马平川的地表,隐现两座高低错落的建筑。

再近些,能看清低矮平缓地躺在地表的是车站,久经风霜,如一只说不清年岁的乌龟守着鸡肠般伸向远方的铁轨,历史一样存在。旁侧,巍峨高耸的礼堂,被静默的车站衬得异常超拔,剑一样的尖顶直杵青天,威武堂皇,老远就能让人感受到鼎盛时此地每日该有多少达官贵人、贩夫走卒出出进进,声势煊赫,不亚于一座庙宇香火繁盛。

"大吉地到了!"钱小广兴奋地喊,降下车窗,认真闻车外热燥的空气。

钱小广打小生在老矿区,对周围的一切熟悉得很,在车上热切地跟叔叔介绍这介绍那,眉宇间充满对周边残破厂房及放眼一片荒凉的挚爱。

"听说,盛世要拿大吉地的房子抵广厦苑回迁楼,先折老房子残值,再以评估数回购楼房,讲好不让老百姓吃亏!

"您说凭盛斯礼搞金融的智商,'不让老百姓吃亏'不是一句梦话?不让老百姓吃亏六千多套房子卖谁去?一亿六千多的窟窿拿啥堵?自己印钱啊?

"还有就是……"

"旁枝斜杈的东西念叨啥?"老钱发火训斥,"好好开车,别分神!"

钱小广见叔叔情绪不高,顺从地闭嘴,把住方向盘,将车稳稳开到礼堂门前,刹车,停踏实,搅起阵阵黄烟,弄得车站跟礼堂之间像隔层雾。老钱坐稳没动,在车里静静地瞧着黄烟一片片消散,渐次看清周围景物。

礼堂坐落在老火车站东侧,深灰色青砖墙体,拱门高拔,大而宽的落地窗和四根并列修长的束柱向上拔升整个礼堂的高度,有一种纵身飞天的感觉。尤其是正面高耸的塔尖,怎么瞧,都如一把厚重的钝剑直刺阴云郁结的天空,跃升的线条、雄浑的外观,还有厚实坚挺的壁体,无时无刻不在提醒来者此处建筑历经沧桑,令人望着陡生敬畏。礼堂四周被扒得一片狼藉,破败清冷,越过废墟往远处看,厂区已被拆扒一空。再远,就是盛世刚建成的温泉小镇,也叫大吉地。错落有致的楼群,海市蜃楼样浮在空蒙的地表,看着让人觉着不真实。老钱以前领人进过小镇,水榭楼台,燕语莺声,一片富贵场景,跟眼下的残破衰败形成鲜明反差,让老钱一度心疼。

"胡小海说要建的公园,在哪块儿?"老钱在车里迷惘地问。

钱小广先跳下车,遮手四下望望,胡乱指:"微信上说离车站不远,旁边有座养老院,应该就在这一左一右。"钱小广说完继续望,急于找牢印证的目标,"喏,两座小楼,三排平房,那就是刚搬走的养老院——应该就在那儿。"

顺着钱小广手指的方向,老钱隐约看见一丛高矮建筑,起伏着在山野浮现。

"那位胡大经济师啥时到?没说不来吧?"关键时刻老钱想的是公园。

"应该就这几分钟。"钱小广看看手表,"不来会提前打招呼,没打招呼准来。"老钱无可奈何地望望天,推门,想下车。钱小广紧忙下来拉车门,忽然,听见有声音从礼堂后面传出,起初声不大,越传声越高,一波接一波,浩浩荡荡,似有鼓噪四方的声势。

老钱被声浪吸引,撇开钱小广,弓背摸到礼堂前细听。

"礼堂不能扒,谁扒谁就是数典忘祖!"一声高音儿从废墟里响起,尖厉如警笛,更像瞬间撕开一段干燥的锦帛,脆裂得干净利落。老钱一耳朵听出,喊话人就是自己在魏家岭时的老邻居苏麻。除了这爷,一般人没这份仗义执言的胆色和勇气。

苏麻尖厉的嗓音影响到老钱,老钱向前又凑近两步,探头,仔细看。

数年未见,苏麻显得越发瘦小,除了头围,其他器官都干巴巴地萎缩。老钱跟苏麻做邻居时,苏麻还在矿上放电影,身量不高,但精神还是很旺盛,说话高门大嗓,张嘴爱讲家国情怀,周身上下洋溢着悲天悯人的文人情绪,不似眼前这般猥琐。

"礼堂是最后的净土!"苏麻穿着过时但浆洗得干净的工装,情绪激动,挥舞手臂,像愈战愈勇的斗士,"老百姓心中没信仰,建多少玉佛寺,建多少会展中心,都没用!除了一堆钢筋混凝土,还能剩啥?真正能把人心留住的就是眼下这座礼堂,它是三坑井六千名工友的信仰,衢市人心中的希望!"苏麻说得凝重,斩钉截铁,听得老钱心头发紧。

"清朝光绪年间,"苏麻说说将话音拉长,"沙俄就在这地方修铁路,当时叫东清铁路。修完,沿途又建了许多沙俄建筑,其中就有这礼堂,当时用作教堂,高门,高墙,带着尖顶。日俄打完仗,东洋人占了铁路,改名中东铁路。教堂没改,出来进去还是那拨戴高帽、穿黑袍、说话时画十字架的教士。再之后,就是张大帅接管。伪满洲时这里住过日本'垦荒团'。光复后又做过一阵野战医院。再后来,'土改'时期主持教堂的老吉拉夫斯基教士被赶回哈尔滨,'文革'结束后才改成职工俱乐部,演戏跳舞,热闹十来年。"

"后来——"讲着讲着,苏麻鬓角、眉梢见了汗,"老吉拉夫斯基被平了反,老吉拉夫斯基的孙子小小吉拉夫斯基来镇上,跟齐镇他爸老齐书记商量,打算把俱乐部改回教堂。"苏麻讲得认真,抑扬顿挫的吸引废墟下成群男女伸长着脖子听,凝神屏气,面色很是虔诚。

"行了,行了,苏二先生,"一名黑壮男子在废墟上截住苏麻的话头,"今天这番话您昨天在市政府都讲一遍了,还有啥新鲜的没有?没有,可轮到我说话了!"黑壮男子说着拿出一个黑色的本子,翻开,准备讲话。

"齐镇长稍慢,我的话还没讲完呢!"苏麻紧忙声明。

"对,小仙儿话还没说完!"废墟下叫嚷着冲上一名同样黑壮的男子,身着跟苏麻类似的老式工装,胸前、袖口见着油渍,一拃手里攥紧的红旗,冲坡底高声喊,"扒礼堂,贱卖资产,还有江堤透水,苏麻就讲了第一条,其他两条昨天还没讲就被姓齐的秘书长拦下了,说是属地管理归莫旗镇核实,调查清楚后再报政府统一调度。今天,"工装男子说说又捋一遍红旗,"咱就找您齐镇长问问清楚,疗养院贱卖资产的事儿到底有没有人管?十多公里大堤透水,人命关天到底有没有人解决?莫旗镇没态度我们接着往上找!我就不信,偌大个政府没一个主持公正的官儿!"

"齐大友你上来掺和啥?"黑壮男子身边竹签样儿的男人抬手冲齐大友嚷,"不管你瘫炕上的媳妇了?不着家稳当待着,妞妞上学谁管?"说着,狠狠紧下鼻子,做出威胁的手势。

"慢慢来,慢慢来!"黑壮男子张开两手,极力平息废墟底下涌起的怨情。

"第二条,苏二先生你说第二条。我仔细听。不光听,我还记下来,回头一条一条说给政府的齐秘书长听,让他跟市长汇报,逐条帮你们解决!"黑壮男子说完继续翻黑本子,支起笔,看样子要记。

"齐镇长,那边有人找、有人找你。"竹竿儿男子紧喊着,随手指礼堂。

趁黑壮男子回头,竹竿样男子夺过本子冲坡下喊:"还有啥跟我讲,我都给你们带上去,原原本本,一字不落。"坡下人群有些躁动,其中几个喊喊喳喳探头探脑地插话,声浪多少盖住苏麻和齐大友。

黑壮男子见竹竿儿男子稳住人群,稳稳心,转身走向礼堂。

让竹竿男子传话的是钱小广。钱小广对左右形势熟,趁黑壮男子宣讲,比画着向老钱介绍:"看见没?捏黑本子的是齐大壮,莫旗镇镇长;旁边瘦男人是镇上管信访的老侯,齐大壮的左右手。"介绍完,钱小广继续比画,"来之前我搞清楚了。齐镇是桂花婶子家里亲戚,关系不远,就是多年不走动,见面觉着生。是亲戚,就见个面,将来遇事好开口!"

老钱对谭桂花家亲戚不是很了解,张皇着瞧,没马上应答。

"桂花老婶侄子是吧?"钱小广反应快,见齐大壮赶过来抢先一步握手,"我姓钱,谭桂花是我婶子。这是我叔,钱喜发,喜发公司经理,跟桂花婶子是一家。亲戚多年不走动,见面都不认识了!"钱小广边说边将老钱推上前,边推边自报家门。

齐大壮恍惚认出钱小广,站在原地不自然地笑。

老钱迈前一步附和:"桂花常念叨你,聪明、上进,顾惜老亲戚感情。"

提起谭桂花,齐大壮恍然大悟:"该叫老姑父,是吧?我爹活着时总提您,大开发商,衢市搞建筑的人里头挺有名!"说着,拉住老钱,憨厚地笑。

老钱被说得手足无措,努力谦虚地说:"啥大开发商?就一工程队,几十个人、五六台机器,一年四季到处找饭吃!"说说,脸更红。

"胡小海给我叔联系个活儿——建公园,说好见面谈。"钱小广怕齐大壮初次见面小瞧了自己的叔叔,一旁渲染着。

"建公园?"齐大壮听出疑窦,"公园不都是公益性的吗?胡小海他们一家私营企业,能抢着干这类普惠众生的善事儿?不会又是一场骗局吧?"齐大壮对胡小海似乎不是很友好,言语里听得出来。

"公园不一定都是公益性的。"钱小广跟胡小海是发小,说话懂得倾向谁。

"百度上讲,"钱小广说说晃手机,"公园,尤其是主题公园,还必须是赢利的。占地、投资,都得具备一定规模。人在里面走,要有画中行的感觉。这模式起步于荷兰。后来,美国、日本都有了。咱国家采用的也是这种模式,经济效益、社会效益都挺可观!"

"啥主题?啥主题也不能放着回迁楼不建大张旗鼓建公园呀!胡小海还有集团那群老总考虑没考虑过?注意力放没放在老百姓这些关注点上?"

齐大壮在基层待惯了,出言直,而且句句直指要害。

钱小广跟齐大壮平时接触也不多,迎面受了三板斧,尴尬着接不上话。

"吵什么?再大声小气,回头我可喊警察了。"废墟那头老侯粗声大嗓地喊。

钱小广紧忙扭头瞧，见胡世才领着在早餐店见过的围围巾的女子横眉立目地赶来。走近，胡世才先指鼻子冲老侯喊："上头发你双筷子你就当枪使呀？我们找的是领导，你指手画脚算哪一尊菩萨？识相的话，痛快地躲一边儿去！"

"跟谁说话呢？"老侯暴怒，一指废墟上歪斜插着的牌子，叫嚣着嚷，"动迁重地，闲人免进！"说着叉腰手一挥，做出横扫三军如卷席的气概。

"你才是闲人！"紧要时刻王秀彩冲上来喝问，"你们镇上不是协调盛世集团动迁矿区这片房子吗？协调，你们就说清楚，胡世才家被扒的一间半门市算不算商业用房？许淑华还有俩孩子，算不算回迁人口？算了，痛快兑现；不算，当场给个说法。别钝刀割脖子。这不是爷们的做法！"

王秀彩说得突兀，老侯一时半晌没听清。想拉扯，却被王秀彩一把拉拨开。

"还有——"王秀彩继续指老侯鼻子，"胡世才家拢共三间整门市，盛世扒了一间半，剩下一间半咋不扒了？怕苏麻告是吧！怕苏麻告就不怕我们告了？告诉你，这次苏麻不告我领胡世才告，咱们苏家胡同六百多户老百姓一起上访去告！"

围观的人被王秀彩喊得群情激愤，呼喊着往上冲，要扯老侯评理。

"矿上的房子住了几十年，人都三四代了，说拆就拆，征没征求住户意见？问没问大家同不同意？"

"拆了老宅，一时半会儿又回迁不了，一家老小的住处怎么解决？搬迁费呢？安置费呢？误餐补助呢？精神损失呢？这一窝那一块的，有人管吗？"

"对，当面锣对面鼓，今天就把回迁时间、安置方案、咋个置换法儿一条条说清楚，不说清谁也别想走！一步也不行，半步也不行！"

……

"回迁方案不都拿妥了吗？这些人反应咋这么激烈！"齐大壮赶回来问老侯。

老侯见人多不太好讲,想了下,吞吐着说:"问题不在于方案拿没拿妥,在于方向变了!"

"变了?咋变的?主体方向不是没大动吗?"

"变的就是主体方向,不是主体方向人家还不变呢!"老侯无奈,望一眼众人,将齐大壮拉到一旁,眨巴着眼讲,"也不知道哪位高人给出的主意,广厦苑的回迁楼不建啦,拿大吉地的房子抵。低价,让利,亲民,广告词儿说得一套一套的,月牙儿圆。可大吉地的房子齐镇长您也不是没见过,一水儿的别墅洋房,别说回迁住户了,换成您也住不起,因为压根不是给咱老百姓设计的。盛世这手严格地讲算商业欺诈。有一个明白的告上法庭,一告一个准儿,盛世准输!"

"胡小海不是亲口说'既定不变,既定不变',一宿咋就翻天了呢?"

"应该事出有因!"老侯继续眨巴眼,"盛世集团眼下人荒马乱,谁知哪句话是真?"

"回去查查,看问题出在哪个环节。"齐大壮紧忙部署,忘了一旁立着的王秀彩。老侯听懂齐大壮的话,望一眼王秀彩,紧着将部署记到本子上。王秀彩阴在一旁听全齐大壮和老侯对话,瞧瞧四周,紧走两步上到废墟顶,两声喊便将注意力引向自己,跟着连珠炮般将矿上倒闭自己领人蒸馒头、炸油条、做家政、干保洁,除了淘下水道实在不是女人干的活儿,自己领人全干了,如此这般,如数家珍讲一遍。中间着力渲染租用胡世才门市做洗剪吹,洗剪吹做大改美容院,美容院做大建美容学校,筹划按技校标准对下岗女工再培训,雄心壮志,一腔热忱,全被盛世的几辆铲车、一台钩机无情摧毁,一夜之间学校被夷为平地,所有办学梦、创业梦、再创辉煌梦,统统归入一枕黄粱,再美也都是泡影!而这一切美梦破灭的祸端,是谁?就是盛世!盛世是疗养院所有职工的克星,三坑井六千名工友的仇人,这样的企业早败早好,败了,算是为民除害!

王秀彩嘴快,紧着说。胡世才在一旁插不上嘴,急得脸红。

"领导,领导,咱可说清楚喽!"趁王秀彩喝水,胡世才终于插上话,

"您领人开的学校用的可是我胡世才的门市,补多少钱都得姓胡,这里存在主权问题。"

"用你家门市?"

"是租——租我家门市。"

"对!"王秀彩反应过来,"是租你们门市,咱两家有协议。"

王秀彩说着周身划拉似乎要翻出什么,最终没翻出,停了手说:"合同上讲得清清楚楚——一租三年,到期另算,中间发生啥变故,两下协商。协商包含啥?就包含动迁费分配。装修门市的费用当初是我出的吧?说好计入产权,收益按比例均摊。这些,协议上一五一十都写着呢,要看哪天咱们可以找原件。"

王秀彩提起产权时瞳孔发亮,眼睫毛呼扇呼扇跟着抖动。

胡世才听王秀彩搬出协议,急得嘴角发斜、手抖,跟王秀彩从租房到房租,从产权到主权,从战争到动迁,风马牛不相及争讲一番,直说得眼白上翻手脚冰凉。正白热化,许淑华一脸油汗地从远处跑来,近了,蹲地上上气不接下气地冲胡世才挥手。胡世才心疼地奔过去,俯下身问:"慌里慌张干吗跑这么急?"

"房——房子被扒了!"许淑华倒几口气之后捂胸口,"前脚走,后头就来人了!一台钩机、几辆铲车,稀里哗啦剩下的一间半房子就剩面山墙了,啥东西也没搬出来,包括火上蒸的包子。"

胡世才忙着跟王秀彩怄气,冷不丁没听懂许淑华说啥,心疼地捋着媳妇跑乱的头发,一句一句安慰:"慢点说,谁家房子被扒了?不会是咱家剩下的一间半门市吧?"许淑华急得变脸,直眼瞧胡世才,过阵儿眼泪扑簌簌掉下来,点点头。

"老子跟他们拼了!"胡世才最终还是搞明白了,一跺脚,叫声响得像惊雷。

胡世才血往头顶涌:"扒我跟许淑华一间半房子还算给矿里人留份活路,都扒了,可就是赶着把人往死路上逼啦!让爷爷我领老婆孩儿住露天地呀！这世上还有没有公理？有钱人的心都让狗给吃了！"

胡世才眼瞳暴红，一纵跳起来："今天俺老胡要替三坑井老百姓讨份公道！问问那些不管老百姓死活的地痞奸商，还有没有一颗正常人该有的良心，还给不给老百姓一条活路！"

胡世才说完搡开王秀彩，红着眼扑向齐大壮跟老侯。

王秀彩见胡世才疯得像狮子，慌乱得手脚不听使唤，转脸瞧许淑华。

许淑华怕男人惹祸，抢上前拉扯。撕扯间，打远处警笛一片响，呼啦啦，跃下五六名警察。胡世才、许淑华并不惧怕，索性扑向警察。

警察看二人闹得实在凶，交换下眼色，几把将二人弄上警车，警灯闪烁，掉头呼啸着跑远。

齐大友见警察用狠，一插红旗，意气鼓荡着要往上闯。腿还没拔开，废墟下跑上来个女人，拃挲着两手冲齐大友喊："赶快回家，你媳妇又吐血了，小半盆不止，妞妞脸都吓白了！"齐大友惊闻家里出了变故，抬眼望望跑远的警车，跺一跺脚往家跑。老钱颤颤地想走，怀里手机一通响，接了听，是项目经理尤文东，没听几句便变脸，喊上钱小广，上车，加油，车子箭一样冲向会展中心工地。

"要出大事儿！"老侯见老钱、小钱跑得惊慌，凑上来，给齐大壮说。

齐大壮想接话，手头电话也响个不停，接通，"嗯嗯"两声，沉着脸喊老侯："去会展中心，工地上有人跳吊！"老侯管信访也管稳定，辖区内出了状况心头跟着火烧火燎地急，紧忙喊来车，瞄钱小广跟老钱车飞奔而去。

"咱们走还是不走？"王秀彩见要害人物走光，专注地问苏麻。

"回吧，"苏麻泄气地捡起胡世才丢在地上的鞋，提溜着讲，"天寒地冻，别把大家冻着了！"跟着解脖子上的围巾并周身拍打，边拍打边说，"君子报仇，十年不晚！我就不信，老虎一辈子没打盹的时候。"说着拎鞋走向礼堂后边，转弯处撞见躲躲闪闪的冯士昆，愣一下，鄙夷地讲，"看热闹还藏这么深！"嘟囔完，挺着腰板走远。

冯士昆镇定地整整衣领,故作无所谓地望望四周,拔腿想走,怀里手机一阵喧响,接了,是局里管政工的老吴:"鉴于冯士昆同志工作积极、态度端正,责令速回警队上岗,业务分工不变,迟到批评!"老吴说话快,绕口令般说啥都像贯口。

冯士昆瞄瞄荧光闪烁的手机,心头一片空落落——时运说变就变,不会藏啥玄机吧?冯士昆把控不了个人命运,怔怔地抬眼望着云层间高邈的礼堂尖顶,回身瞅瞅散得稀疏的人群,一步三回头地离了礼堂。

三、跳吊

老钱火急火燎地赶回会展中心工地。

正是这块地界,让老钱茶不思饭不想,一度寻死觅活总想找绳儿上吊。

鬼催地掺和啥会展中心啊?求生不得求死不能,成天在火上烤,活着就剩遭罪——没意义!

老钱日思夜想,心思越想越重,耳鸣眼花,瞅啥都双影儿。

直到接了尤文东的电话,老钱愣怔一下还是条件反射般赶回工地。赶紧回工地,把一应事儿料理完。

车上江桥,远远能望见江岸边上的四号吊臂上随风摇摆着一个黑影儿,吊下百十号人拔颈张望,乱嚷嚷像群乱了阵的乌鸦。老钱心里着火,催钱小广快马加鞭过江桥,一进工地便喊:"尤文东跑哪去了?"望望四周更来气,"这么乱的场面没人管,都是干什么吃的!"尤文东闻声深一脚浅一脚跑来,见了,大口喘气:"四川婆娘财迷心窍,狮子大开口讹钱,公理私理,半句都听不进去,失控了,彻底失控了!"

"冷静!"老钱见尤文东气急败坏,竖巴掌止住,"人为啥跳吊?一件一件从头讲,尽量讲仔细。"尤文东平平心气,讲着:"讲清楚那就得说宿老三送菜,从送菜讲,能把事情说清楚。"

老钱没搞懂婆娘爬吊跟宿老三送菜有啥关系，皱紧眉头往下听。

事发当天尤文东巡视工地，迎面撞见宿老三开送菜的小厢式货车进大门，望见尤文东打方向便往一边走。尤文东觉着蹊跷，赶几步拦住货车，循着烂白菜帮子味儿打车后厢薅下两块白菜帮子，直直杵给宿老三："闻闻，闻闻，拿这给工人做饭，丧不丧良心？"宿老三看出尤文东借题发挥，只能隐忍，尽量低微地讲："别发火尤经理，气大伤肝，最主要是伤心脏，说停就停，不是闹着玩的！"尤文东听宿老三咒自己，火气更盛："先别糟心烂肺子乱说！我先问你这车菜多少钱上的货，不会比喂猪的泔水贵吧？"宿老三听尤文东揭底，急忙打住："尤经理您可别乱说！食品安全是大事儿，别拿吃吃喝喝开玩笑，涉及人命，不是钱财那么简单！"跟着紧忙点烟，"咱小门小户做生意不容易，江东、江西，来回车脚加上食堂克扣，一车白菜能剩几个钱儿？品相差些，领导您多体谅。"尤文东听不惯宿老三絮叨，抢话："剩几个钱儿？剩几个钱儿你心里没数吗？赔本赚吆喝，是你宿老三干得出来的事情吗？"说着撸袖子，"少废话，就说这车菜是扔是撒，自己看着办！"宿老三听尤文东越说越离谱，自尊心被激起来："哎，尤经理，大家都不容易，都在江湖上奔走，最好各让一步，谁也别把谁的路堵死喽！将来见面还能互称兄弟。"说完用力关车门，险些挤着尤文东挥舞的手。

尤文东张口要骂，听背后有人吵嚷，南腔北调，听着是做饭的四川婆娘。

"娃他妈来得正好！"尤文东想想来了主意，招呼婆娘，"宿老板告你克扣菜钱，本小利薄，只能给工地送烂白菜。这事儿属不属实？属实快承认，没有赶快澄清，别哑巴吃黄连——有苦说不出，到时没人给你昭雪。"

婆娘赶得急，没注意尤文东跟宿老三说啥，直接扯尤文东："咱家老倌工资和进料钱是咋回子事？辛辛苦苦，半年都泡汤喽！不给个说法今天我就立马爬吊！"尤文东专注着白菜，没细听婆娘嚷嚷啥，继续扒拉催促："快把菜价事儿说清楚！平白无故被人玷污清白，今后怎么在工地上混？"

"不要避重就轻嘛！"婆娘瞧尤文东顾左右而言他，闪身插进尤文东跟宿老三之间，挺胸冲尤文东叫嚷，"先说清工资、进料钱，再论菜钱，都说清楚咯！"

仨人正南辕北辙，门口招呼没打就闯进一台车身喷着"新闻采访"字样的吉普车，在仨人面前停住。开门，车上迈下个高身量男子，自我介绍："电视台新闻部，小付，过来采访进度，回去做专题片——宣传部给的任务。"听说采访，尤文东下意识整整衣襟，撇开婆娘和宿老三，上来伸手："感谢上级关怀！喜发公司坚决贯彻政府决策，加紧工程建设，一天一个面貌，打造衢市亮丽风景线！"尤文东平时爱看报，场面话有时说得出奇地好，一般人听不破。

"别紧张，别紧张，"小付记者见了挥手，"就采俩镜头，不用太正规。"

尤文东听了双肩一沉，似乎泄光元气，疲惫着指指主楼，建议上楼顶抓镜头——居高临下容易看出效果。小付主任想想也是，喊人扛机器爬楼梯。婆娘见尤文东要走，上来一把按住机器，红着脸喊："都别走！不把老倌工资和进料钱说清楚，哪个也别走。二十万啊，二十万说没影儿就没影儿喽！娃儿正长身体，每天还要喝酸奶，没钱喝西北风啊！今天不给钱，我立马爬吊！"

"有事回去说，电视台录像呢，"尤文东被缠得发烦，上来掰开婆娘的手，"你家老倌那点工资都输给河北人了，工地不欠他一毛钱！"见婆娘不撒手，尤文东继续辩解，"再说，你家老倌一看大门的有啥资格进料？再嚷嚷，明天我让钱总将你们一家老小扫地出门，让你那好赌的老倌耍钱都找不着对家！"尤文东着急说话忘了轻重，狠话说得婆娘脸一会儿紫一会儿红。婆娘对丈夫含含糊糊，对待孩子却为母则刚。听清"尤二当家"讲述丈夫行径以及对自己一家老小计划实施的不人道举措，婆娘顿觉天都要塌下来了。情急之下来不及恨丈夫，弯腰捏起一坨水泥渣，抬手砸向尤文东，带哭腔喊："天杀的肉头，骗族人抵了房子，抵了山林，还说百分之五十

第一章 市井 | 025

的回报率,分分角角没见着嘛!如今又唆使人拐我家老倌染上赌瘾,逼我们娘仨走投无路回西南,这是啥子投资嘛,分明是欺诈,是胁迫!"嚷着还望吊臂,"今天不把老倌工资和进货钱拿回来,不把族里投资回报率拿回来,老娘立马跳吊,眼睛都不带眨的!"

尤文东听说过肉头跟婆娘还有什么四川族人打过官司的事儿。但山林咋回事儿,回报率怎么算,两者究竟啥联系,尤文东还是一头雾水,受不住婆娘缠,起火嚷:"啥房子山林回报率,老子一概听不明白!肉头骗你你去找肉头,喜发公司不欠你们一分一毫!"婆娘还想挣扎,尤文东头脑一热,指着塔吊喊:"想跳?有本事现在你就跳,摔死了,我给你家老倌找个年轻水灵、白白嫩嫩的,比你强百倍!"婆娘听尤文东撺掇自己早死,跟着又扬言许丈夫以如花之美色,气得浑身发抖,两眼通红想发作。

碰巧,工地赶上民工换班,乌泱泱从身边经过。有听见尤经理给婆娘丈夫安排新媳妇的,青白不分地鼓噪。民工火上浇油,听得婆娘头皮阵阵发麻,血往头上涌,一步步走到塔吊跟前,不容围观者看清,倒几把手便爬到塔身中央,待众人发喊,婆娘已经爬进驾驶室内,趁驾驶员倒班里面没人,婆娘辗转腾挪坐稳位置,空中一声喊,将满工地注意力一下子吸引到自己身上。

尤文东见婆娘当真爬了吊,顿时慌神。爬吊、跳吊,严格讲算安全事故,闹出人命百分之百吃官司,这道理尤文东懂。情急之下,尤文东弃了刚才的豪横,撒开宿老三跟跄跄到吊底下,仰脸,冲婆娘高一声低一声喊,交涉一阵没见马上下来的意思。更糟糕的是,婆娘丈夫不知从哪得来消息,伸手操来把大号扳手,领一大一小俩没来得及上学的孩子骂骂咧咧奔到吊前,比比画画要找啥人决斗。尤文东见婆娘一家拼命,暗叫不好,紧着支使人打110,自己躲一边悄悄给老钱打电话,慌里慌张前言不搭后语将老钱、钱小广叫来现场。

老钱听尤文东紧张讲完经过,张皇着望吊顶,心头七上八下拿不出主意。

关键时刻宿老三不计前嫌赶来救场,长篇大论劝起婆娘丈夫,劝得丈夫斗志如风箱里鼓起的火苗遇风愈加蓬勃,毕毕剥剥响,扳手舞动生风,吓得宿老三话没讲完便跳到尤文东身后,改弦更张劝起老钱:"这类喊着要别人要自己命的人其实也并不可怕!女人都舍不得孩子,舍不得孩子才舍不得自己的命。真要一死了之,孩子后半生跟谁?跟谁都是外人。一家人团团圆圆才是根本,咒死咒活都是气话!"

老钱听得心焦,没应宿老三话,回头安排钱小广上去安抚。

钱小广没干过力气活,胳膊细,嗓子眼儿更细,喊声压不住婆娘,动手弄不过婆娘丈夫,数回合不见效果。宿老三心疼钱小广,凑上前,递上送货用的喇叭,刻意调大音量,将钱小广武装起来塔上塔下轮番喊,几番传播,弄得江东江西都知道会展中心工地有人跳吊,不知道因为啥,但老钱摊上事儿的消息彻底传开了!

婆娘狠狠心扒开驾驶室门,俯身手脚并用爬出吊臂十多米,瘦小的身子在强风里摇颤,单薄得像片高空里飘转的枯叶。老钱见婆娘匍匐爬行在吊臂上,头皮针扎样发麻,搓手叫钱小广别再七喊八喊:"声大了再把人惊下来,可就闯大祸啦!"钱小广被呵斥得手脚不知放哪,想了一阵儿,逼出了主意:"快请二郎神,没二郎神和哮天犬,怕是无人降得服眼前这只弼马温!"老钱慌张中听不明白谁是二郎神,紧忙中问尤文东。尤文东脸色被问得泛白,恍然一阵猜:"这孩子说的应该是你们家谭桂花当镇长的亲戚,江西、江东,这一片,能量挺大,扮龙像龙,装虎像虎!"猜测完紧说,"赶快找,晚了真闹出人命,就不是哪天要得来钱的问题啦!"

老钱听了愈加发蒙,想想,支使钱小广打电话。

老钱自己则抹把汗,亲自奔到塔吊前隔空冲婆娘喊话。

风大,加之语焉不详,老钱掏心掏肺做出的承诺传到塔顶就能看见一副嘴形,急得婆娘扒下胶鞋当空扔下来,惊起底下一片惊呼。

婆娘丈夫见媳妇奋勇,自己不好显着孱弱。在吊底下卖力挥舞扳手,抽空踢最小孩子的屁股:"哭,大声哭,哭死他个黑心的包工头,让大家子看看老百姓的日子过得有多难哟!"民工里有年纪大的看不过去,上去几把拽回孩子,冷脸警告:"别过分啊!过分把你推吊上去,折腾够了一块儿摔下来,看看到底谁狠!"婆娘丈夫被民工的声色唬住,瞄紧四周,光挥舞扳手不出声,声势上有所收敛。婆娘闻不见吊底下的喧嚣,情绪又显激烈,把住吊臂连哭带喊,希图继续引起骚乱。

"来了,来人了!"钱小广电话没打完,齐大壮领老侯已现身当场。

出乎老钱、小钱意料的是,除齐大壮、老侯之外,现场又多了位油头粉面的中年女子,体态丰盈,傍紧齐、侯二人吊上吊下仔细看。齐大壮没多说话,围塔吊转一圈,绷着脸问中年女人:"老胡,你看这事儿咋办?"胡姓女子没马上应,望望四周,镇静地问现场:"谁是这里的负责人?站出来说话!"胡姓女子出语抑扬顿挫,话风冷峻,威严十足,不容商量。

"我再问一遍,谁是这里的负责人?站出来讲话!"

老钱揣度一阵没敢应对。众人跟着也面面相觑,张皇一阵,如一群惊弓之鸟四下探头探脑。

尤文东被问得恐慌,扭脸望望老钱,间接暴露出目标。

胡姓女子瞧出破绽,耐着性子问第三遍:"到底谁是这里的负责人?再不站出来我可打110啦!跳吊、讨薪,都属劳资纠纷,跳不跳都得拘留。涉事单位论罪同处!"胡姓女子政策把握得精细,头头是道,说得老钱胆战心惊,抖抖嘴角想接话。

危急关头,尤文东表现英勇,上前一步讲话:"四川婆娘爬吊是自愿的,跟工地没半毛钱关系,有胆量上去,她就应该有本事下来!再说,工地自始至终不欠他们一家半毛钱,讨薪之说风马牛不相及,劳资纠纷更是没影儿的事儿!要说讹诈也要论罪同处!"

"先别把话说得太早,"胡姓女子摸出尤文东软肋在哪儿,"算不算劳资纠纷由劳动部门定,但眼下,你们剑拔弩张,跳吊的跳吊,抢扳手的抢扳手,呼爹喊娘,造成的社会影响——这么说吧,"胡姓女子伸出两个手指,"至少,可以归结为扰乱社会治安,而且是严重扰乱社会治安,造成社会不稳,闹大了不比恐怖袭击轻哪去。多大罪,你们掂量着看吧!"

尤文东被唬得闭紧嘴,四处瞧,一时答不上话。

钱小广见尤文东被镇住,赶紧上来圆场:"领导就是领导,看啥都一眼望到底!影响社会的事儿工地不打算做,想做,也没那份胆量。工地上就是想,眼下婆娘一家吊上吊下吵成一片,委实影响不好,打算请领导协调平息,偃旗息鼓了大家都得安生!不然——"说着瞧齐大壮,"事情闹大了,你们属地方面是不是也存在论罪同处的风险?帮人等同帮己,大家心知肚明!"钱小广说话绵里藏针,绕来绕去,让胡姓女子觉得酸,翻眼想回击。

"差不多就行了,"齐大壮紧要时候喊一句,"赶紧办正事!"

胡姓女子豪横,但上司面前还是懂得尊卑,恶狠狠地望钱小广一眼,吊紧眼梢冲婆娘丈夫走过去。"不要冲动,不要冲动,冷静,首先保持冷静!"胡姓女子参着两手,盯紧目标,一步步迎过去,小心翼翼得像扑一只随时张翅慌飞的麻雀,同时谨慎着兼顾地上奔走的蚂蚁,生怕杀生。

"我是苏家社区的胡淑芬,调解办主任。"胡姓女子先亮明身份,"你们的事儿我都了解,这里不方便讲。眼下最明智的是放下扳手,劝你婆娘下来,一起到社区交交心。交交心,疙瘩就能解开了,世界上没有推不倒的墙!"胡主任言语思路一应清晰,话说得像谈判专家,主动真诚,让婆娘丈夫一时拿不定主意。

婆娘丈夫没跟胡主任打过交道,冷不丁见,拿不准调解办主任是多大官儿,目测主任威风凛凛的样子,无端揣测应该不比老家县长小。就算小估计也小不到哪去。想到县长,丈夫手劲有些散,额头上渗出油汗,攥紧扳手运气但叫不准往哪使劲。胡主任看出丈夫狼面兔子胆儿,上来拿开扳手,以主任惯有的威严和女人特有的耐心,长一声短一声,跟婆娘丈夫拉起家常。仅用三成功力便讲得丈夫冷汗尽出,一把一把地擦,扳手几近脱手,眼看一刻功成。

紧要关头尤文东突然上来豪横劲儿,晃两下膀子,上前喝令婆娘丈夫:"乌世时,你少在这厨子充警察——菜刀也当机关枪使,速速放下凶器!仰面又威胁起婆娘,还有你,侯静华,赶快从吊上下来,去居委会把事情说清楚。闹过格,直接把你们一家弄进监狱,蹲一辈子笆篱子。"

婆娘丈夫的名字叫乌世时,听不懂关东话管啥叫"蹲笆篱子",嘴形分析大致等同"拆祖庙",强烈的宗族意识挑起他的二次愤慨,突然又凭空舞起扳手,舞动如风,看着更加奋勇。尤文东吓得狼狗一样窜回齐大壮身边,窄脸吓得煞白,惊恐地嚷:"看见没?看见没?失控了,这一家人都失控了,丧心病狂要出大事儿!"婆娘见丈夫又跟人争吵,在吊臂上再发一声喊,激得地面人心立马跟着揪紧,东张西望不知咋办。

两下对峙当口,工地外一片警笛响,五六辆警车夹杂消防车,黄烟滚滚地赶来。到场,跳下一拨警察,先是疏散民工,再四周拉起警戒线。

老钱没见过这么大阵势,张皇四顾,脸吓得更白。

警车之后,风驰电掣又闯入一辆吉普车,怒汉般在吊车前刹住,城交委主任汤如龙下车四处喊:"老钱,老钱,钱喜发跑哪去了?"

"在,在,人在这儿呢!"老钱边跑边应,边跑边瞧齐大壮。

汤如龙先望见老钱。瞧老钱腰背佝偻的样子,汤如龙一时说不出怨怒,想骂,眼见警察波浪般分开众人,引进一位大官模样的人,环顾四周,指着塔吊问汤如龙:"啥情况?指挥中心将电话打给上头,咱这块风丝儿也没有,怎么这么被动!"汤如龙同样一头雾水,随口应付:"我也是刚接到消息,具体情况是……老钱,老钱!"汤如龙扭头找老钱,找到后,领到大官模样人面前。

"他叫钱喜发,喜发公司经理——这儿的负责人,快将来龙去脉跟高庆丰市长说清楚,简明扼要,别天上一脚地下一脚,半天说不出个主题。"老钱头回见高庆丰,没说话汗先冒出来,使劲张张嘴,依旧发不出声。

"领导好,我叫尤文东,"尤文东见老钱怯阵,泥鳅般钻出来,紧着冲高庆丰哈腰,"我是公司的副经理,具体负责工地上的事儿。"说着指指塔吊,"爬吊那名女子是个四川人,下面舞扳手的是她丈夫,俩人咬定工地欠他们家二十万,一言不合就爬了吊,怎么劝也不下来,闹闹嚷嚷把领导招来,我代表喜发公司向各位道歉,工作没做好耽搁领导时间了!"说着使眼神招来钱小厂,一高一低傍在老钱身边,混搭成三人成虎的局势。

高庆丰大致听清来由,瞥一眼跟上来的齐大壮:"眼下这事儿,咋办?"

没容齐大壮说话,汤如龙摩挲秃顶抢一句:"最紧要的是稳住局势!先把人弄下来,账目嘛,劳动仲裁能搞清楚——查不出个水落石出也能弄清个八九不离十!"说着望场区外的大道,"台商考察团一会儿打这绕道去山城,现场鸡飞狗跳的得闹出多大影响,惹下后果谁负责?"汤如龙急着表述,语气中显出紧张。

高庆丰沉思一下,还没开口,老钱倒是挤上来诉苦:

"领导,工地上也苦啊!婆娘夫妻口口声声叫嚷的账目都是空口说出来的,半点儿实据都没有。会展中心这么大工地,工资有会计管着,短谁也不会短她一个;材料有材料员管着,一个工地上的保安,谁能安排他进料,进了谁敢用?这些,不都明摆着是敲诈吗?今天不把里外说清楚,我敢说,压下今天婆娘夫妻这只葫芦,明天不知还得浮起哪根藤上的瓢,不知还得有多少人跳吊!领导天天跑工地也断不过来案子。最主要的是,形象,政府形象跟着全毁了。"

"毁什么形象?毁什么形象?"汤如龙听老钱念叨形象,嘴角气得斜扬,"政府形象早让你们喜发公司毁光了!别的工地风平浪静,就你们这儿邪事横生恶事连连。"说着手一甩,"马上张罗二十万,先把人弄下来,最终该谁少谁劳动部门会算清楚!"

尤文东瞄出高市长和善,凑上来,小心诉苦:"领导,公司眼下是真张罗不出钱来!"跟着掰指头,"开工政府跟喜发公司就定下'四三三'拨款的规矩——头一年拨百分之四十,第二年拨百分之三十,最后一年百分之三十,还不算百分之五的质保金。打喜发进场,公司账上就没打入政府一分拨款。加之中途还出了个'石源撤资',扔喜发一家在现场挺到眼前,可以说是灯尽油干,啥油水也没有了。"说着指老钱,"钱总是个老实人,再能挤出一分钱来,这么大场面,能让领导多说一句话?再说,领导……"

尤文东还想纠缠,被汤如龙断然挥手打断:"你们跟石清顺的是非由公检法断,我汤如龙管不着,也管不了!我只想问,今天能不能拿出钱来?要是再说没钱,好,写个还款计划,城交委先替你们垫上这份'救急钱'。回头,我再替你们跟政府催款,钱到了,五马六羊一并结清。一句话,有钱没钱今天也得把人给我先弄下来。不弄下来,我老汤的'汤'字儿今天倒着写!"说完,喊陈五年找纸笔。

陈五年做司机懂得观察,瞧高庆丰没态度,奔回后备厢,手忙脚乱地划拉。

"快点,快点!"汤如龙发急催促,"找个纸笔能不能讲点效率?"嚷完将老钱拽至机盖前,"就在这儿把还款计划写了!写了把人弄下来。弄下来一天云彩满散,否则,大家伙都跟着遭殃!"跟着汤如龙口述陈五年执笔,俩人一文一武押着老钱眼瞧要将数目做实。

"还什么款?还什么款?明抢还是豪夺?"钱小广看不过去,上来抢过写了一半的稿纸,一把撕碎,扬手成了天女散花。

汤如龙没防备斜刺里杀出个钱小广,愣眼,现场有些手足无措。叫高庆丰的市长见局面呈现胶着状态,招手喊来汤如龙商量:"这个钱总不像泼皮耍赖的主儿,一味争执钱额解决不了问题,政府形象也不好。这样吧,城交委账户是不是押着各家公司的质保金?先拿这钱应急,具体账目日后再细算。劳资纠纷的事儿一般都很复杂,三句两句不一定能说得清。纠缠久了,影响最大的还是政府。"

汤如龙听了转转眼珠,回头问老钱:"喜发公司质保金交齐没?没打欠条吧?"

老钱心里没数,扭头问尤文东。尤文东眨巴眼,含糊着"嗯"一声。汤如龙见了心里没底,回头冲陈五年叮嘱一句:"回去将这件事儿弄准,别钱撒出去回不来,到时哭都找不着坟头!"说完,目光沉重地望一下塔吊。

老钱没办法,急忙喊来尤文东、钱小广,由汤如龙监督着将协议写成。之后,字斟句酌地校勘。

当看到"喜发公司预付乌世时、侯静华夫妇二十万元,用以支付乌世时预付工资及待核实材料款,双方债务债权最终由劳动部门核准,结果作为仲裁依据,调查期间杜绝欺诈行为,违背方承担法律责任"等条文时,老钱又苦起脸,冲汤如龙咧嘴:"主任,不是说好由城交委垫付吗?怎么写来写去还是得找喜发就地刨钱?这么写,城交委垫不垫付就没有意义了,横竖都是喜发吃亏!"

汤如龙听见后一把抢过协议,嘴上叽叽歪歪:"垫付不垫付,当领导面说的,我一个城交委主任敢拿领导说的话不当话?快签!"老钱想想继续苦脸:"先签后签倒在其次,难的是签完了谁去找那两口子交涉?交涉不成,婆娘丈夫也得爬吊,剩下俩孩子谁养?"汤如龙听了也为难,抬眼,四下踅摸,回手将协议交给陈五年,抓起喇叭,扭身冲吊上喊:"吊上人听着,我是城交委主任汤如龙,受领导委托处理喜发公司跟你们夫妻间的劳资纠纷。市里刚才做了协调,喜发公司答应支付你们工资和进料款,条件是,自行下吊,配合办理相关手续,如若存在欺诈当事人自负法律责任,恳请慎重!"说着调调扬声器音量,郑重地讲,"天头冷,孩子衣服单薄,早下来,一家子少遭罪!"

汤如龙人生得凶,但说起家长里短却出奇地声情并茂,听着竟然有点温情。

婆娘伏在吊上听了全过程,除了愤恨心里也犯上嘀咕,就眼下场面看,自己男人成天念叨工地欠他二十万这件事儿,属不属实,是不是这个数儿,较实了心里还真没谱!真要是一张纸捅破了,最后再落个南辕北辙,自己一家真应了尤文东开头那句话——"今后在工地咋待?"回报率、利息、本金,啥啥的要不回去,跟族里人咋交代?老家还回得去回不去?真要在这块人生地不熟的地方"闯关东"——死了进不了祖庙,那一辈子不得憋屈死啊!

一切思想周全，婆娘起先哑了口，伏在吊臂上一动不动。

婆娘丈夫听汤如龙吊底下皮里春秋说一通，几乎大喜过望。往后再听"存在欺诈当事人自负法律责任"，唬得心慌，没待主任调解彻底，抢着表态："听从政府，一切听从政府，媳妇孩子工作我来做，不给政府添麻烦，不给政府添麻烦！"仰头望婆娘还在犹豫，急得丈夫脸膛发白，夺过喇叭冲吊上呜里哇啦喊一通，可见视野里伏在吊臂上的婆娘渐渐有了动作，手脚并用往驾驶室挪，赶巧碰上消防员，俩人相互照应一前一后爬下来。脚一沾地，俩孩子立马奔过来，一家人头挨头抱在一块，哭声震天，犹如经历一场离难。

高庆丰见婆娘下了吊，回头跟汤如龙、齐大壮交代几句，迈步要走。

冯士昆望见上前两步，请示要不要对婆娘跟丈夫训诫。高庆丰看一家人抱成团，软软心，交代："先稳当稳当再说，老百姓的事儿——稳定压倒一切！"之后，看眼老钱、钱小广、尤文东，上车离开了现场。汤如龙定定地望高庆丰的车走远，学着无关痛痒地说几句，一溜儿烟也跟着跑远。

老钱见大小车辆都跑远，顾不得跟四川夫妻算账，回头研究垫付款。

四、石破天惊

所有叫得出职务或叫不出职务的领导离开后，工地依旧慌乱一片。

尤文东隔半个小时给城交委老尹打电话："汤主任啥时候把垫付的二十万打账上啊？"每回答复都是"领导说再研究研究，再研究研究，有信儿能通知"！再问，就是一片忙音儿。四川婆娘跟丈夫也不消停，接二连三逼工资跟进料款，不见钱接茬跳吊。老钱被周遭往复几通折腾，身心彻底崩溃，太阳穴猛跳，胸口响成一面鼓，早晚光喝汤，一口干的吃不下。钱小广担心叔叔急火攻心，一会儿讲"左眼跳财右眼跳灾"，一会儿又说"左眼跳灾右眼跳财"，左右眼换着说，说得老钱跟尤文东心里都没底。

"还是找齐大壮寻思寻思这事儿吧！"钱小广建议。

老钱对齐大壮是否有能力帮自己跟喜发走出困境,心里没把握,但也想不出什么更有效的办法,运运气,憋出一句:"是骡子是马,牵出来遛遛吧!"钱小广听了兴奋,紧忙联系,嘴里不停地念叨:"齐大壮江东江西这一块儿还是有些台面,场面也足。只要他肯出面,基本迎刃而解。"尤文东对找齐大壮"摆事儿"没表示明确赞同:"四川婆娘一家的事头绪纠缠得很,深究起来,一天两天绕不清。求人,还不如求己。谁人能将别人家事儿当自己家事儿去办?那得多大造化!"

老钱掂量两下,静静地说:"好歹也得见一面,死马当活马医!"

钱小广兴奋地赞同,欢天喜地地出去启动车。尤文东依旧满脸疑惑,思忖思忖,起身往外走,边走边耸肩上大衣,执拗着嘟囔:"找谁,找谁都得自梦自圆!"出门,拐过工地办公室北边的山墙,身影便不见了。老钱不知尤文东去哪,要干啥,来不及细问,应声钱小广喊,抬脚上车奔向莫旗镇。

莫旗镇是齐大壮治下的辖区,魏家岭往里一点,地理位置算山区。

拐过八盘岭,下坡就能望见镇上高高的主楼,院子阔大,气气派派,占去四五亩地,巍峨得很。镇长齐大壮天生粗壮,气质、长相,都显不出精细,配上做事风风火火,看啥都不当回事儿的直率性格,两相映照,居然跟放眼所及的群山绿水相呼应,细品,有种浑然天成的味道。

齐大壮起早赶到镇上,想的、念的,都是苏麻的事儿。

刚上第一级台阶,齐大壮就听见一楼接待室杯碗一片响,心上立时敏感:不好,苏麻又来大闹天宫了!想着赶紧跑。刚到平台,就见苏麻那油渍麻花的帆布包连带折折叠叠翻边卷沿儿的小册子,一并被接待室里的人扔出来,紧跟传来一句:"好心一片都喂狗了!喂狗,还能摇摇尾巴。搁您这,就剩挨骂了!"齐大壮赶紧进门,见老侯手底下的小个子办事员跟苏麻在接待室内纠缠,拉拉扯扯,弄得本来就不大的屋子彻底乱如麻,桌椅板凳躺一地。

小个子办事员跟苏麻沾点亲戚,脾气一脉相承地火爆。

老侯恍惚见齐大壮进了接待室,慌得顾不上找眼镜,扯小个子放下苏麻，一顺水儿靠墙站好。苏麻望见来了帮手，跳起还想揭发，被小个子捂住嘴，大声喊："六舅姥爷，这里是镇政府，不是萝卜白菜啥都叫卖的大集，有的没的都嚷，不怕影响办公啊！"老侯最终划拉着眼镜，紧忙戴上，冲苏麻继续强调："再闹咱可喊警察了，警察来了按扰乱办公秩序论处！"小个子手劲儿大，连说带比画捂得苏麻眼睛翻白，两腿蹬腾冒不出话。

"别闹了他舅姥爷，"老侯怕出事儿，上前紧忙拉开，"您外孙子啥人自己心里没数啊？"

"就您家里存着的那些古画，值多少钱，谁惦记着，您外孙子全掌握，但对外没泄露一句。这表明啥？表明这小子不是个重小利的人。要是他重小利跟算计您画的人站一块，内外勾结，沆瀣一气，您的画现如今在哪、归谁都不好说！"

"归谁？归谁也归不到他肉头头上！"苏麻听了咆哮，"口口声声说给我的画找下家，其实，就是给官家当买办，做有权有势人的走狗！说是替政府征集民间散落之物，为山城申遗增加砝码，实际上，就是为了孝敬那些大人物，在意的是个人兴衰荣辱，肉头不知廉耻，谁有权有势就给谁跑路，还有做人的尊严吗？还有做人的底线吗？带话给他，苏麻就算穷死也不拿祖上的东西换饭吃！因为这世上还有拨人懂得守护祖宗留下来的传承，做得出视金钱为粪土，不为五斗米折腰的硬气事儿！想索画就先来索我苏麻的命。命在画在，命不在画也甭想传出去。就这么传话，一句也不兴少！"

"少嚷嚷两句不行啊，六舅姥爷！"小个子听苏麻越骂越响，急得直扯他衣襟。

"这不是您家那间巴掌大的花圈铺，这是镇政府。再大呼小叫画的事儿可就真的宣扬出去了。"

齐大壮见俩人止住苏麻，便过来语重心长地打算开腔。谁料，苏麻一见齐大壮陡增气势，一蹿老高，讲："扯什么画儿呀！爷爷今天来有大事儿！"

苏麻呼喊着跳跃,幅度更大:"石清顺拿煤矸石修江堤透水了你们不管,大吉地六百户人回不了迁两年居无定所你们不管,盛世兴建私家园林光明堂就占去农田上千亩你们不管。这不管,那不管,你们到底管什么?管的事儿哪件跟老百姓有关?你们这么做,良心上过得去吗?不怕后世子孙给你们钉在耻辱柱上啊!"

"歇歇,喝口水,喝口水再说。"齐大壮怕苏麻再激动,支使小个子倒水。

"本来今天我是要来给你们讲《靖衢策》的,"苏麻说着摸帆布包,"一本你们这个级别的官儿人人都该掌握的济世良方,它能教你们如何尽好本职,做好实事。篇篇醒世惊世,句句振聋发聩。作为为民尽事的地方官儿,不可不读!"说着苏麻眼里溢出天真且兴奋的光。

"快弄走,快弄走!"老侯听苏麻要将话题扯大,紧忙冲小个子挥手,"上头一会儿下来调研,照这么春秋战国讲下去调研的人还讲啥?"小个子紧张,招手叫来俩保安,挟起苏麻。苏麻不甘心,两眼死死盯住齐大壮,蹬腾两腿喊:"非得等爷爷的《靖衢策》应验了才知道啥叫先知先觉啊,才知道怀苍生以祈民愿、求大同以济万民是怎么回事儿,才知道古今文人该有怎样的情怀、怎样的操守、怎样的奋不顾身!书不可不读,事不可不做啊!"喊声起初激烈,飘过西侧山墙便无声无息了。

"市里一会儿来人,这祖宗再闹,咋办?"老侯余悸未消,提醒齐大壮。

"弄车,把人直接送信访局,"齐大壮想想交代,"你亲自陪访,让老爷子到那儿讲个够,出出气,火兴许能消一半!"想想又叮嘱,"注意把握好尺度!"老侯领命安排小个子找车,走两步,回头继续提醒:"跳吊的四川婆娘又跑派出所来了,一会儿叫嚷要钱,一会儿撒泼要人,不比苏麻省心!留意着点儿。"齐大壮点头,瞧老侯驼着背走远。

见安置得差不多,齐大壮抬脚打算上楼。没走两步听台阶下有人喊,齐大壮急着回头,见钱小广领老钱一步一步往上爬台阶,紧忙反身,赶下去念叨:"传个话儿我过去不就完了吗?大冷天还往这赶!快上楼,快上楼,楼上有热水。"说着,搀老钱往楼上请。

老钱没料想齐大壮如此热情,感激地紧挪脚步,受宠若惊地上楼。

镇上大楼举架高,踏步台阶也高,上到二楼钱家叔侄已经气喘吁吁。老钱脚力弱,上到二层冲齐大壮艰难地摇手,刹脚,脸上显出惭愧。钱小广怕齐大壮笑话,努力轻描淡写:"我叔身子弱,上楼赶上爬山,脚步从来没挺实过。"齐大壮懂得人情,返回两步搀老钱:"都一样,都一样,谁还没有老的时候!咱们到老姑爷这岁数,敢上楼就烧高香了!"说完对笑,仨人相扶相携上到四楼,左拐,进了齐大壮办公室。

齐大壮办公室坐落在东首第一间。迎门立着一整块老玉雕刻的屏风,镂空打磨,纹理做工都很精良。绕过屏风,偌大的办公室里只摆一张老板桌,形单影只。齐大壮进屋后更加热情,翻茶、倒水,忙忙活活,弄得钱小广跟老钱坐立不安。慌乱一阵,齐大壮终于坐稳,清清嗓子,思考着讲:"工地上的事儿,前前后后我看了个明白,不简单,背景挺复杂!"老钱听他语气严肃,刚喘匀的气一下又紧促起来。齐大壮看出形势,尽量轻松地讲:"明眼人都能看出来,婆娘丈夫的工资和货款纯属子虚乌有,两口子撒泼耍浑里面应该藏着机谋!"

"你们看啊,"齐大壮头两句说中了要害,跟下去的语气更加肯定,"婆娘丈夫受人诱拐喜好上了赌球,输了赌,赌了输,输来输去输光半年工资,回家硬说公司欠他工资外加多了份进料钱,谎话说得有鼻子有眼!可婆娘明知其中有诈,依旧爬吊,依旧叫喊,兴师动众将动静闹这么大,没人撑腰两口子敢做这么大事儿?弄得衢市上下无人不知无人不晓!"

"那——咋办?"老钱觉出气氛紧张,掐着茶盏象征性地喝一口,颤颤地问。

齐大壮见老钱被说得绝望,起身续茶,想细说。忽见小个子男子急三火四跑进来,踮脚冲齐大壮嘀咕,声音小得像蚊子。齐大壮发烦地喊:"别光嘎巴嘴不出声,我不懂哑语。"小个子定定神,大声讲:"四川婆娘来派出所报案,说自己丈夫失踪!"说着瞧一眼钱家叔侄,"说是会展中心工地绑的票,让派出所抓人!"齐大壮冷不丁没听懂,眨巴眼问:"绑票?谁定的性?派出所啥态度?"

"人证物证不全,派出所不敢轻易定性。"小个子讲,"户籍警老张劝婆娘好长时间,越劝越凶,门扇都快踹瘪了,吵吵嚷嚷要往楼上闯。"

"没王法了!"齐大壮震怒,撇下老钱,随小个子下楼。老钱听婆娘闹到镇上,紧忙叫上钱小广,随齐大壮下楼往西厢楼跑。没进门,老钱就先听见婆娘杀猪样的哭声在大厅内盘旋。户籍警老张对婆娘撒泼使蛮没实质性招法,挖挲两手,围着婆娘越哭越挺实的身子无意义地转圈,一圈一圈像驴拉磨。

户籍警老张跟四川婆娘平日里有交往,两家常来常往,公务以外没啥仇怨。

老张媳妇在镇政府旁边的市场卖熟食,婆娘时常光顾,见面有说有笑,一买一卖间透着交易性的亲切。老张心疼老伴儿,歇班换岗知道过来搭手,赶上婆娘丈夫和孩子来,老张时常善心地拿碎肘花留住孩子,拉婆娘丈夫就旁边树墩子下两盘棋,互有输赢,兴起还约出去喝酒,叽叽喳喳旁人见了也其乐融融。

婆娘跟老张相熟,但较起真来又不知老张在哪家派出所。前脚进到派出所,冷眼,婆娘撞见老张威威严严坐在拉门里,惊愕得如同见着外星人,掩嘴问老张不给媳妇看铺子跑这森严的地方来干啥。老张做一辈子基层民警见谁都像亲人,看见婆娘更加亲热,嘘寒问暖查询婆娘来派出所干吗,找谁办啥事儿,自己能帮上啥忙。

婆娘看派出所壁垒森然,定定神,倚靠拉门将丈夫失踪、疑遭绑架、凶手就是尤文东等铺排着讲了一大波,连说带比画。老张岗位年限不短,虽没挣下一官半职,但具备副所长以上职位的责任心与警觉性,见婆娘说得激动,扯扯衣袖,打算将人领进留置室里细说。

婆娘情急,但眼神心力都足,望"留置室"仨字儿,犹疑不肯迈腿。

老张明白婆娘心思,打趣说:"留置室不是谁都留置的,一没作奸,二没犯科,谁敢平白无故留置你!就是图个清静,高门大嗓吵久了外人还以为派出所遭了劫,影响不好!"一句话消了婆娘顾忌,三把两把被老张拽进留置室,坐稳长椅,一个讲,一个听,接着唠绑架案。

老张婆娘起初唠得挺和谐,语气、神情都正常。但谈着谈着,在立案方向及当下该采取啥措施上,俩人起了原则性冲突。照老张说法,证据未坐实之前无权置留嫌疑人,更别说抓捕,那样做没法律依据。婆娘坚持丈夫晚上接了尤文东电话出去至今未归,活不见人死不见尸。眼下,衢市只有尤文东想干敢干又能干成这类凶残事儿!除了他,找不着第二个人!

"证据,主要是,证据在哪儿?"

"还要啥证据!我从吊上下来,尤文东就已经留话,山不转水转——走着瞧!这不是证据,啥还算证据!"

"这也算证据?太直截了当了吧!这么直截了当今后案子还用破?"

"就这么直截了当!"婆娘生气老张把别人的悲伤当笑料讲,拗着争辩,"尤文东在工地上主事儿,现场出跳吊这一档子事儿,尤文东他能脱得了干系?"

婆娘越说越冲动,激昂之下将派出所当成工地食堂,指手画脚只管讲。

老张在莫旗镇这片警察里算老的,从警以来急难险重经历不少。看婆娘气急攻心,沉沉心给婆娘倒水,监督喝完,平静着告诫:"一切不一定有你想象的那么紧张!也许你家老倌儿压根没遭啥不测,就是跟什么人出去喝喝酒,喝大了跑哪家浴池,敲背,松腿,顺便吹吹牛,天亮全头全尾就回来了,堂堂正正,还是你家孩子他爹、你的丈夫,没破皮没掉瓢儿——紧张个啥!"

见婆娘瞪眼,老张作势张罗给水壶续水,瞄瞄指示灯,扭头跟婆娘讲:

"退一万步说,就算尤文东喊出你家老倌儿,就一定绑架杀人、毁尸灭迹?证据,还是证据!证据不足拿啥定性?性都定不了,你报的哪门子案?连个出警的由头都没有。放一百个心在肚子里!"

婆娘起初郑重地将老张当好心人,从头至尾听全老张每一句话。

末了,婆娘火起,心想:好你个张明富!我老倌儿明明被姓尤的诓走,生死未卜,吉凶未定,你还有心思跟老娘在这摆龙门阵,足见你老小子也不是个有心有肺的好东西!明里暗里跟姓尤的穿一条裤子,蛇鼠一窝!想起蛇跟耗子,婆娘头皮一阵发紧,针扎似的从椅子上蹦起来,瞪眼紧盯老张。

对婆娘做出的怪异举动,老张异想天开地认为是自己谆谆教诲起了作用,高兴地给婆娘续水,嘴上继续絮叨:"你我都是有家有口的人,你丈夫的事儿由着他们自己折腾去吧!人这辈子最主要的是开心,放着舒心不享,胡思乱想,时间长了不觉得累啊?"

老张念经似的说教吵得婆娘两耳轰鸣,顾不得喝水,截住话问:

"你就说,老倌儿的事儿,你们派出所到底管不管?管,立马把姓尤的抓起来;不管,我琢磨不管的道儿。我就不信天底下就你们一家派出所,上天入地我也得把老倌儿寻回来,不然我和孩子怎么回四川,怎么见祠堂里的先人?"

老张见婆娘思维又乱,劝道:"我啥时说不管啦!我这从春秋说到战国,掰皮说瓤儿地讲,你倒急!真以为洪洞县里没好人啦?"说说平下心气,"刚才不是说了嘛,情况也许没那么糟,都是自己吓唬自己,没准等等……"

婆娘听出老张言语都是模棱两可,急着抢话,忽见保安从门外拽进一个小老头,啥话没说弄进里屋。她恍然扒拉开老张,跳起来喊:"我算看清了,整个莫旗镇就没有说理的地方!说理,还得去市内。不行就去省,进京。先告派出所,后告莫旗镇,警匪勾结,官商串通,横行乡里,鱼肉百姓,把你们个个告得丢官罢职!总之,咱家老倌儿不得好活,谁也甭想好死,一起拉来垫背!"说完甩下老张,抓起椅背上的围巾往外走。

老张见事态要大,抢步,从里面锁上房门,揣牢钥匙警告婆娘:"侯静华,有话好好说,咱别胡搅蛮缠!派出所是啥地方你自己心里清楚,但凡跑这儿来的都是有着急上火的事儿要办,寻求解决办法,不是寻衅滋事找人干架!你要真打算胡搅蛮缠,老哥哥我也没有办法。今天老哥哥哪也不去,就搁这坐着陪你一天,啥时想清楚啥时放你出去。这样,咱俩都省心!"

婆娘听老张犯横,眼里立时蹿火,挣起身子喊:"有种,张明福!我侯静华循规蹈矩来你们派出所报案,一不是罪犯,二不是嫌犯,凭啥封死铁门不让我出去?犯哪款天条哪条地律啦?"婆娘说着上来扯老张前襟,"老娘就替天王老子教化教化你这越老越糊涂的糊涂虫,让你知道啥叫天理昭彰!"老张做惯文职,加之年龄大,更主要没想到婆娘大庭广众之下敢动手,手忙脚乱地迎挡,几下,脸上便擦出抓痕,眼见扛不住。

老张见婆娘泼辣,全神贯注地盯视,犹如紧盯一只奔脱咆哮的老虎,生怕出笼再惹出别的祸事。

对峙中小个子领齐大壮雪中送炭赶到门外,从外面手脚并用地拍打。

老张如见救兵,撞开婆娘,开门让进齐大壮跟小个子,大喘气描述:"这个死婆娘,张嘴闭嘴说她的老倌儿被人绑架,没凭没据让咱抓人!镇长你说,平白无故地抓人,出了事儿谁承担!"老张还想往细里说,被齐大壮出手扒拉到一边,上前喝住婆娘:"大白天争吵个啥?两里半就听到了,不知道真以为遭啥恐怖袭击了呢,不怕招来围观啊?"

"你家老倌儿啥时遭人绑架的?"小个子惊讶地问,"有线索跟目击者吗?"

"昨晚天擦黑的时候,"婆娘听问正事,静一静回忆,就说,"尤文东找他谈补偿的事儿,一去没回,到现在没有音信。"

"调监控,查查婆娘丈夫跟尤文东当天的轨迹。"齐大壮交代老张。

"跟他们所长讲,喊俩当班的,跟我出去找人。"齐大壮回头又安排小个子。

"查完监控再找吧!"老张好心提醒,"现在出警奔哪个方向?大海捞针似的!"

"我心里有数!"齐大壮态度果决,抬腿张罗出门。婆娘看到希望,挣扎着想跟随,被齐大壮拿眼止住:"在这听信儿,别乱跑,去了也是添乱!"警告完,出门上车要走。老钱跟钱小广紧张地站在楼外,局促得不知下一步做啥。齐大壮见老钱发蒙,招手喊他上车,又冲钱小广摆手示意跟在后头,两辆车一前一后出了镇政府,拐弯奔会展中心工地。老钱见车往回走,惊得在车里翻眼。齐大壮看出疑惑,侧身开导:"婆娘寻夫心切,说话做事,疯疯癫癫。你们工地上的尤文东——"说说望眼老钱,"虚张声势可以,斗狠伤人一类的事儿,这爷看架势做不出也没那份胆量做!至多将人圈哪,拿话吓唬吓唬就算结了。"

"可为啥一定要回工地呢?回工地能寻着婆娘丈夫?"老钱不解地瞧齐大壮。

"第六感,纯属第六感!"齐大壮笑笑,没点破,略带诡异地讲,"这东西有时挺准,一闪念,啥事儿就明了在眼前了,挺神!"老钱对齐大壮天马行空的推理不敢表示不佩服,"那是那是。"一连串点头,随车静静进了工地。

车停至指挥部门前,齐大壮下来四下瞧,抽抽鼻子,抬脚直奔东南向仓库。

老钱不明就里,喊钱小广紧步跟着。进仓库,过前厅,绕开盘圆电缆,还有各类模具,齐大壮熟门熟路地推开后头一扇边门,几步赶至仓库后边一间傍着狗窝的彩钢房,推门,一股浓烈刺鼻的馊臭味儿迎面呛得齐大壮皱起眼眉,捂鼻进去,先见着婆娘丈夫不省人事地歪在门口的一张小床上,地上一堆呕吐物,污渍斑斑。尤文东昏暗里坐在一把椅子上,手头攥紧一只空杯,眼神空洞地望着四周,偶尔翻翻眼,似乎昭示着还残留几分神志。

"祖宗啊!青天白日猫这儿做啥?"老钱进门先问尤文东。

尤文东背光里瞧见老钱的脸,动动坐麻的腿,嘴里依旧拌蒜讲:"搞、搞清楚了!我们都被石清顺……石清顺那伙王八犊子,给……给算计了。

石清顺是主谋,肉头是执行导演。事儿都是他俩设计的,都是他们搞的鬼!咱们掉进人家挖好的坑里了。没死,算捡条命!"

"谁把咱扔坑里了?"钱小广赶进来扶住尤文东,紧嘴问。

"石源,石清顺,"尤文东舌头依旧没捋平,"他把咱们往坑里推!项庄舞剑,意……意在沛公,意在沛公啊!"说着舞动手腕,似乎手里真握着一把无形的剑,"撤、撤资,逼着要质保金,都是石清顺使的手段,目的就是变着法吞并喜发,让他一家独大!"尤文东依旧断续着讲,口眼歪斜,看出头晚没少喝。

"没、没想到,胡小海中间插一杠子,借钱给喜发,救了喜发,同时也呛了石清顺的肺管儿。一计未成又生二计,石清顺唆使肉头暗里撺掇婆娘跳吊,莫须有地索要工地工资跟进料钱,目的就是要胡小海好看。你胡小海不是盛世的二管家吗?掌管盛世财务大权,老盛总的红人。今天我就是要给老钱和他的喜发公司再次添乱,看你胡小海能给老钱和他的喜发公司擦多久屁股,哪天擦到头!"

尤文东口齿凌乱但表述还算清,说完重重垂下头,神色很疲惫。

"石清顺,又是石清顺!"齐大壮发烦地讲,想想,回过神,"对了,石清顺挤对喜发,肉头跟着起啥哄?他在里面充当啥角色?还有,肉头跟婆娘存在啥过节?跳吊时,遭婆娘那么咬牙切齿地骂?"

"孽债,还不清说不明的孽债!"说起孽债缘,尤文东清醒不少,冲钱小广晃晃酒杯,兀自抹嘴讲,"这事儿,除了婆娘,一般衢市人不知道!我不说,就算埋土里了。"说着,尤文东眯眼接过钱小广递来的白水,大喝一口,拉长话音儿讲,"肉头这小子打小就不安分!技校没毕业就跟邻居跑到南方,攒下些本钱,跑他妈娘家注册了一个大西南烹饪原料制作营销基地,就是做火锅调料,接连煽动当地族亲拿山林入股,买卖做得铺天盖地,当地县长都请他吃饭。"

说到肉头当年荣光,尤文东竟然觉出扬扬得意,瞧眼齐大壮,脖子直直梗起。

"后来肉头现在的媳妇大着肚子上门逼婚,上吊,喝药,抹脖子,啥要命的招都用了,最终把肉头从大西南拽回东北,婚就这么逼成了。婚逼成了但族亲那头可炸窝了,上千人堵他妈娘家门口吵吵闹闹要回报率。婆娘夫妻也裹在其中,入股最多,反应也最强烈。闹几天没见结果,四川婆娘买票先来东北堵肉头家门口要账,不给,扬言'把娃儿接来,上学归你管,大了给你做儿',说说还真打电话招来丈夫跟一双儿女,直接住进肉头家,弄得肉头在老家无家可归,张家一天,李家一宿,挨家窜房根儿。肉头琢磨,这么下去不是长久的办法,跟着找到咱钱总,直接将婆娘一家塞进工地,男的看大门,女的做饭,俩孩子借读上学,他们一家不再吵着要账,一时半会儿也不提返川的事儿。若不是出跳吊这档子事儿,婆娘一家没准真能在衢市安家。孩子长大了,也真能给肉头做儿。"

"钱总替肉头接纳婆娘一家,无论主动被动都算帮肉头一把,肉头为啥恩将仇报依旧背地里挑唆夫妻俩跳吊,不是丧良心,还是啥?"齐大壮听了多少有些不解。

"肉头在这件事里头是急先锋,充其量就是个马仔。"尤文东见齐大壮没看懂形势,晃晃脑袋,较劲喊,"真正的主角儿躲在幕后,闷声不响,憋足劲儿干大事儿!"为表所言不虚,尤文东说完又晃晃脑袋,支棱起耳朵听齐大壮说啥。

"大事儿!"齐大壮故意不以为然,"啥大事儿?大能大到哪去?"

"反正事儿挺大,你我承受不了!"尤文东眼光闪烁地望紧四周,望见歪在门口的婆娘丈夫,一时将嘴闭紧,怕声大惊醒了沉睡的这主儿惹出祸端自己承受不起。

"你说,你说,出后果我承着,跟你没关系!"齐大壮胸有成竹地点手,紧着鼓励。

"据胡小海讲,"尤文东开端便抛出胡小海,言明以下话题跟自己无关,"会展中心涉及衢市两大集团(老板)截然不同的发展布局,这么说吧,从会展中心立项,两大集团的想法就没统一,规划、设计、建筑风格、资金投入,等等,没一样合拍的。说得直白些,工地跳吊,面子上是婆娘一家惹事,里子里是两大集团斗法。"

"果如我所料,水很深,一时半会儿见不着底儿!"

齐大壮听完,直直两眼盯紧老钱。老钱瞧齐大壮脸色冷峻,心头一沉,汗立时从头顶涌出。齐大壮看出老钱恐惧,出言安慰:"到眼下这个地步,再怎么着急也不解决问题。眼下最要紧的是稳住婆娘一家,稳住这四个人就等于给自己避祸!"老钱听了愈加紧张,两手攥拳不知放哪,使劲在裤腿上蹭。

齐大壮仔细瞧眼四周:"只有花钱买平安这一条道儿!"接着瞧老钱,"找汤如龙,把那二十万要回来,要来,存自己手里,手里有货就不怕。早给晚给,那还不是咱说了算?最起码主动权握在手里!"

老钱听齐大壮让自己去找汤如龙,脸上又闪现恐惧。

"别怕!"齐大壮给老钱打气,"城交委垫款是市长当那么多人安排的,大庭广众,我就不相信汤如龙敢不认!"老钱听齐大壮给自己壮胆,寻思寻思,学着横下一份心:"不入虎穴,焉得虎子!是福不是祸,是祸躲不过,城交委这道坎儿爷爷是非闯不可了!"想好,老钱果断地冲齐大壮抿嘴,回头交代钱小广,明早备车去城交委。

第二章 规矩

一、黄雀在后

从莫旗镇出来,老钱胆气又有些发散,后背一路发凉。

直到遇见汤如龙,老钱那微若萤火的自信心仍未得到恢复,站在他的办公室门口发愣。汤如龙撞见老钱倒是自信满满,刹脚,翘翘下巴,示意老钱坐进门口红木椅子。

老钱见汤主任早晨便如此威严,背部紧张得生汗,坐住椅子一动不敢动。

汤如龙自顾自看文件,不时拿笔勾勾画画,蹙紧的眉头让人猜想手头的文件一定重要,级别应该达到"绝密"。守着汤如龙将文件看完,老钱中途没敢说一句话。汤如龙伸腰,张嘴,打哈欠,嘴巴翕动,连串动作似乎要将文件连同精神吞进肚里,酝酿一阵再反刍出来,便于在衢市大小住建交通领域一并落实。老钱看汤主任消化得难受,龇牙,想说几句不痛不痒的话,又见老汤虎虎生风操起电话冲那头训斥,大呼小叫,不容反驳,仿佛世界全部的真理都握在他一人手里,别人没一处对的。

楼下又传上来一阵吵嚷,恼得汤如龙继续皱眉,抓电话打给办公室老侯:"又出啥事儿了!"老侯紧解释:"是苏麻领人吵堤坝渗水的事儿,安全科老尹气头上多说两句,苏麻当场翻脸,王姓女士掀了老尹脸盆,清水脏水泼一地,整个走廊炸锅了。"

"报警,赶快报警!"汤如龙气得脸发白,撂了电话,继续在座上生气,想想,抬脚下楼,边走边嘟囔,"一群知法不知情的家伙,都翻了天了!"汤如龙来去气势汹汹,唬得老钱在椅子里一动没敢动,竖起耳朵静静地听外面的动静,生怕苏麻一群人闹昏头冲将上来,回头再将自己误当同伙。

快一个钟头,汤如龙满头热汗返回来,后头跟着老尹,进门就嚷嚷:"这四个不长脑子的,别人煽风他们就点火,闹闹嚷嚷顶饭吃啊!"老钱不知如何接话,稳一会儿,见汤如龙胸脯起伏渐平复,惴惴地劝:"喝水顺顺气,您这身份跟他们生气不值当!"汤如龙体会老钱好意,瞧一眼,真切地讲:"喜发呀!苏麻、王秀彩都是咱三坑井的老职工,有事能不管吗?但管归管,说啥总得靠谱吧,大坝漏水,资产贱卖,盛世拿大吉地房子抵回迁楼,昏天黑地,没一句能听明白!接着讲礼堂、教堂,嚷嚷都涉着信仰,谁扒谁是罪人!老礼堂在盛世大吉地动迁范围,手续都办了一半,凭啥不让人家扒?况且,公园、纪念馆,也只是个规划,喊啥喊!"

老钱听汤如龙讲得上气不接下气,自己的心也跟着动荡,同情地瞧老汤。

发完牢骚,汤如龙想起旁边站着的老尹,想想交代:"查查那个肉头,咋回事儿,一会儿曹营一会儿汉的,脚底板儿站哪一边儿?"

老尹应声要走,望见老钱,回头跟汤如龙讲:"肉头也是苏家胡同人,起初开歌厅,歌厅黄了搞二选,据说又接手一家小额贷款公司,耀武扬威跟着石清顺转,气势看着挺凶!"汤如龙听了撇嘴:"跟石清顺转能捞着好果子吃?早晚都得给警察一勺烩喽!跟风扯旗不长脑子!"说着望了眼老钱,挥手,打发走老尹。

瞧老尹转出门,汤如龙身子一软瘫进沙发,呼哧一阵,想想又站起来,自顾自捶腰在屋中央转:"你说眼前这天气,也不养人,进春腰眼儿就疼。"老钱听见念叨,紧忙回应:"可不是咋的,搁过去十冬腊月也没见过您穿棉袄,那身板儿,天生就是干建筑的!"

"岁月不饶人啊!"汤如龙被马屁拍出几分惬意,冷脸之外漾出几分暖意。

"难为你们了!"汤如龙踱步坐到茶几另一手,关切着说,"矿建公司,当初多好的建筑企业,兵强马壮,猛将如云,三折腾两折腾让这拨败家子给折腾黄了。那么多设备,那么多人才,包括你和尤文东,唉!想想都揪心!"说着拍老钱蜷在椅背上的手,倒手拽出一支烟,当空一划作势让老钱,慌得老钱推手,满眼依旧诚惶诚恐。

"沧海桑田啊!"汤如龙没深让,自顾自点着,继续念叨,"十几年光阴,咱老哥俩曾经在一家单位,如今又坐在一起,我做官,你发财,各忙各的,各尽所能,想想,真像是一场梦啊!"老钱听汤如龙扯起过去,紧忙客套:"您是实至名归,我浪得虚名!"

"谦虚啥?有钱是你的本事,不偷不抢,政策允许,也说不出个啥!"汤如龙语气出奇地诚挚,听得老钱暗里来了自信,挺挺胸脯,眼神中略许少了几分卑微。

"可话说回来了,钱多也不见得是好事!"汤如龙话锋陡然一转,"钱多容易被人盯上,现如今,婆娘丈夫真被逼得走投无路啥事儿可都能干出来!"

"汤、汤主任,"老钱身子紧缩得像核桃,嘴头话开始不利落,"工地上事儿、工地上事儿处理不好,咱、咱家是不是有性命之忧,得丢财舍命啊?"

"不排除这种可能!"汤如龙见老钱入套,语气凝重地讲,眼睛继续盯天棚。

"那、那可咋办?"老钱被汤如龙坚定的神色摧毁了警惕,张皇地问,"谭桂花十多年的糖尿病,钱茹刚工作,小茹明年就高考,老的、小的,经不起闪失啊!眼下,究竟咋办?咋办,您给拿个主意呀!"

"破财免灾!"汤如龙不容老钱反应,脱口讲,"答应婆娘家的事儿马上办!宜早不宜迟,迟了易生祸端!"最后一句,汤如龙说得斩钉截铁。

老钱被逼得走投无路,双手摊开讲:"是,汤主任,四川夫妻所说实在子虚乌有,没头没尾的账,谁拿谁也想不通啊!"汤如龙沉吟下,拍拍老钱的手:"账的事儿我会派人查,是实是虚,冤枉不了好人!"老钱感激地点头:"那就拜托老领导了,事成,一定重谢!"汤如龙大度挥手:"谢什么!一个单位共过事,感情还是有的嘛!"继续挥手,"我汤某做事重的是一个'公'字;做人,重的是一个'情'字,既公道正派又懂得人情,于人于己,才觉得舒服,心底无私天地宽嘛!"

老钱听得眼泪都快流出来了。

"要不先把说好的垫付款兑现了?"

汤如龙静坐了五分钟,一声不响,静得老钱发慌,偷眼瞧汤如龙。

"跳吊的垫付款,当真要?"汤如龙眼睛半睁不睁,里面藏着啥一时半会儿看不清。

"当然要!"老钱被问得手足无措,"不、不要,拿啥安稳婆娘夫妻?婆娘夫妻不安稳,哪天又得爬吊,喜发小门小户哪担得起那么大风浪!"

"担不起?"汤如龙抬手掸掸烟灰,话题突转,"我城交委四百八十万保证金的亏空就担得起了?"

"四百八十万保证金——啥四百八十万保证金?"

"会展中心四百八十万的保证金,你们喜发公司交齐了吗?"

"交、交齐了吧?尤文东没跟我提这事儿,钱小广也没提呀!"

"交齐个屁!"汤如龙顿时变脸,一拧烟头,冲老钱吼,"没交保证金我拿啥给你垫付款,没交保证金,我生钱还是下钱替你平息事端?——城交委的钱都是大风刮来的,都是你钱喜发的小金库啊?"

老钱没提防汤如龙提保证金的茬口,大脑一片空白,愣怔,不知咋说。

"上次,就上次,"汤如龙逮住理,问老钱,"众人面前市长咋交代的?调解款由城交委垫付,事后从喜发保证金里扣除,是这么说的不?"老钱不知汤如龙下句说啥,含糊着点头。"点个屁!"汤如龙突然板起脸,"保证金喜发进场便一分没交,没交,你让我拿啥救你的急?"

"进场时石源都跟政府说清楚了!"老钱恍惚着扑棱下脑袋,"政府没钱支付预付款,拿保证金顶,双方有合同,一切写得清清楚楚。石源是建会展中心的二包,喜发就出个资质,说白了也是打工的!冤有头债有主,这事儿得找石源,找谁也找不到喜发头上。"喜发进场时交没交保证金,老钱确实说不清。所有手续当时都是石源办的,老钱跟喜发没参与,现在根本澄不清。

"石源是二包,它负责交保证金?"汤如龙盯紧讲,"石清顺可不是这么说的!"

汤如龙怕老钱转移视线,摁紧老钱挥舞的手,瞪眼提示:"我就问你,喜发建楼用的商砼是不是石源从三北集团赊来的？六百多万是吧！石清顺把这笔账都算在你们喜发头上了，七折八折全抵了保证金，交代好冲你要！石源跟喜发已解除合作关系，冲石清顺要保证金人家也不能给。"

石源跟城交委怎么交代保证金，老钱跟公司都不知道，但工地委实欠着三北集团的商砼钱，这点老钱记得清楚，当时还挺佩服石源。

石清顺赊商砼时口气挺大，似乎三北集团欠他三辈子人情，赊货如同掠夺。谁承想石清顺说大话使小钱儿，撤资时悄没声儿把账都算在喜发头上，老钱满肚子委屈只能往肚里咽。

"容我喘口气！过清明动土，钱估计也能有着落了。"老钱无奈地声音降了八度，话语吞吐，没刚才硬气。

"容你喘口气！"汤如龙不容老钱把话讲完，"谁又容我把气喘足喽？"坐进椅子又自言自语，"下月上面税费大检查，几百万保证金滞收算渎职，查实天王老子也保不了我！我这城交委主任，哼，也算当到头儿了！"老钱隐约听出事情的严重，闪烁地讲："四百多万实在拿不出！"

"十分之一，十分之一总该拿得出吧！"

"……"

"一半，十分之一的一半——就二十四万！"

"……"

"二十万！"汤如龙吸光烟，将烟蒂死死拧进烟灰缸，俯身盯紧老钱，"委里企管科出条——收到喜发公司暂付保证金二十万元，之后安全科再出字据——暂借喜发公司安全措施费二十万元，俩条子压我手里结算时冲抵干净，天知地知，你知我知，既圆了上面检查的场，又缓了你们喜发公司的急，各得其所，两相安生，这样总行了吧？"

"这么做，不算欺骗组织吧？"

"欺什么骗？"汤如龙不容老钱把心担完，操电话喊人，"什么时候了？还顾及这些！事关大局当断则断，当断不断，全都完蛋！"说着上来一名会计模样的女子，就案头龙飞凤舞写下两张字据，指着跟老钱讲："都是做给下面人看的,障眼法,内情就咱几个知道。"

"先把字签了!"汤如龙催促,"月底财务结账,晚了,耽搁办手续。"

老钱没主意,字据看得走马观花。女会计依规矩索要名章,被汤如龙大手一挥:"要什么名章?按手印不就行了?东西压我这儿,谁还来校准正规不正规?"女会计手脚麻利地翻出印泥,连同字据一并推到老钱面前。老钱眯缝着眼打算仔细瞧,被汤如龙一巴掌拍在后背:"二十万,能下崽,还是能生息?左看右看,痛快摁了,财会那边还有一堆事儿做,哪件都比这事儿大!"

老钱恍惚着按了押,之后神志有些出离,空落落,心里觉着没底。

大功告成,汤如龙一片欢喜,搂老钱并肩往外走,到门口提议:"要不中午在委里凑合一口?素淡些但管饱。"老钱支吾:"还是回吧,工地今天炖粉条,猪肉多,有油水。"汤如龙不关心油水多少,敷衍着跟老钱道别,转身不见了踪影。

老钱深一脚浅一脚下楼,回眼看空荡荡的院子,迷迷瞪瞪出了门。

出门左拐上了大道,老钱觉出肚子饿。抬眼望街对面有处烤红薯摊,铁皮炉子热气腾腾冒白烟。东瞧西望过了街,端详一阵,买了一块,边走边吃,忙着拦出租车。正月已过,行人没春节前后熙攘,出租车也少,偶尔两辆呼啸而来又呼啸而去,没一辆有停下来的意思。老钱半辈子搞工程,顺境不懂霸气,逆处只知隐忍,见出租车跟汤如龙一样耍蛮,叹气,平复一下心绪,嚼着红薯往回走。转过红绿灯,老钱听见手机响,惊得甩掉吃了一半的红薯,避一旁接听。

电话里依旧是尤文东惊慌失措的声音:"婆娘又跑吊上去了,见不着钱跟丈夫、孩子一起跳吊。上次唱的是二人转,这回,搞不好变拉场戏啦!"老钱听了两耳风声乱响,急火攻心,脚步不由分说地凌乱。抬眼见对面来了一辆出租车,老钱只顾招手,没留心身后转来一辆私家车,欲行又止的当口,咣一声撞上,血压一升,昏天黑地栽进路边草坪,彻底失去了知觉。

二、夜奔

老钱短暂失忆的阶段里,意识随脑底淤积的血块旋涡一样飞旋。

整个晚上,所有淤积在不太健全的脑神经中的忧愁烦闷,婴孩般伸胳膊伸腿儿,无头苍蝇一样分散飘飞,四下乱哄哄地寻找过往如絮般的痕迹,拼接,排列,最终在老钱朦胧的神经中幻化成一帧帧似是而非的景象。

景象里,会展中心十四层眼瞧封顶,一道道写有"祝贺封顶""大吉大利""宏图大展"的彩带从上至下垂满楼体,红黄相间,缤纷晃眼,空洞地展示着千篇一律的虚伪与妒羡。影影绰绰中,石清顺领着他媳妇胡小凤一同来贺喜,言辞诡异,神色怪里怪气,怎么看怎么像一对给鸡拜年的黄鼠狼,白瞎了器宇轩昂、妖娆富丽的相貌。

景象,又如烟挪移,天南海北,如梦似幻。

"醒了,醒了,总算醒了,万能的主啊,吓死咱娘们儿了。"

谭桂花连声喊,吵嚷着,将老钱从迷蒙中喊醒。睁眼,见谭桂花一把鼻涕一把泪地俯在床头,颤颤巍巍一遍一遍地摩挲着自己的头发。尤文东插兜立在一旁,翻眼盯紧棚顶垂下来的吊瓶,无师自通地在研究药量。跟着,自己挣挣身子,感觉腿脚没事儿,就是右臂发麻动弹吃力,隐忍着没出声。

谭桂花见老钱有了反应,俯身端详,之后开始落泪。

老钱心疼地瞧谭桂花,扭头又望尤文东,跟着满屋寻找。尤文东懂老钱心思,俯身安慰:"小广有事儿出去了,一会就回来!"谭桂花抓住老钱的手,噙着泪念叨:"说什么来着——还是自家孩子管用!疯是疯了点儿,玩性也大,但人情大礼还是懂。不懂亲情,能把你从马路边上热死热活拉进医院?不懂亲情,能领那么多人跑政府上访去给你出气?不就因为都是自家孩子,骨子里连着血脉!"

老钱听不懂谭桂花说什么,只是隐隐感觉要出大事儿。

尤文东听谭桂花乱说,旁边紧忙打岔:"其实,小海也不错,公司走投无路当口借钱给咱,连带石清顺都给得罪了,人家图的是啥?只可惜,盛世那位老小姐始终对他不冷不热,扯扯连连六七年不知要耗到啥时候,但愿好人有好报!"老钱听尤文东顾左右而言他,急着挣身,一动,疼痛即刻蔓延全身,挣几挣没起来,急得瞧谭桂花。

"还是告诉老头子吧——早晚的事儿,晚了,再憋出别的病来。"

谭桂花见丈夫急得难受,顾不上尤文东,俯脸说给老钱:"小广领人去政府给咱们喜发讨公道了,信都带上了。估计这阵儿能跟市里领导接上头,竹筒倒豆子全都说清。都说清,事情就有头儿了!"尤文东怕谭桂花说不完全,紧着补充:"就带钢筋跟木工班两伙人,三十——顶多六十人!私底下我派人盯紧小广,就跑政府广场边上转转,转转就走,声势太大别再收不了场!"尤文东长一句短一句地安慰,老钱床上听着了依旧急火攻心,痰堵住嗓子,呼噜呼噜翻起白眼,跟着又失去知觉。谭桂花"妈呀"一声叫,尤文东紧跑找大夫,屋里又乱成粥。

尤文东跟谭桂花实实在在没夸大其词,钱小广去政府委实没带多少人。

钱小广最终被现实激起了叛逆心,回工地,喊工人,大小车辆开往对岸。

市府广场跟会展中心工地就隔一道江。出发前,钱小广还意气风发,随着距离愈来愈近,禁不住眼睛、心脏一起扑腾着跳个不停,嘴唇发紫,手不由自主地掐进司机的肩头厚肉,止不住流汗。前头开车的师傅也是个胆小的,一米一米地开,被钱小广掐得发狂,离政府广场还有三五十米猛然刹车,咣当一声,闪得钱小广头险些杵到前头风挡玻璃,力道大点就得出血。钱小广气急败坏,想骂,转眼见司机眯着眼可怜巴巴地看他,胖手不停着指窗外。他往外一看,原本气胀的脑仁儿仿佛被冰水激了一下,倏地缩紧,右臂瞬间发麻,眼前火烧火燎地燃起一片红色的海洋,顿时呆在现场。

众人堵住广场，口号声此起彼伏。其中一队还扯起横幅，红底黄字，赫然写着"江堤透水淹我百姓，惩治腐败还我民生"，横幅迎风鼓荡。

钱小广被从天而降的声浪吓住，手心发湿，头顶沁汗，眼神顿时慌乱。恍惚一阵，钱小广定神望望周边形势，果断调度货车抄小道拐进广场后边的信访局，稳稳情绪，跟着赶鸭似的将工人撵下车，稀里呼噜进到信访大厅，自己守在车里，掐住灌满热水的保温杯，一左一右紧张地盯着看。

市府广场钱小广平时常来，但以领访人的身份踏入，今天还是头一回。

眼前这眼龙潭或是虎穴，爷爷到底闯还是不闯？

关键时刻，钱小广反复掂量形势，前后左右，左右前后，仔细想个遍。

闯了，能闯到啥地步，能闯出啥结果？

不闯，惹人笑话是小事儿，关键是如何跟带来的人交代。

钱小广做事惯使意气，热血攻心，一般不太考量后果。即便这样，眼前人山人海的场景还是让钱小广像骤然遇见马群的小马，碎踏蹄步，踯躅着不敢冒进。几经彷徨，陷入进退维谷的境地，左顾右盼。

举棋不定之际，领头下车的民工手脚并用地爬上车，先是凑近排风口暖手，跟着囫囵讲："天娘老子，出正月天头还这么冷！冻手冻脚，说话力气都没有了。"钱小广器重暖手的民工，关心着问："咋样？厅里情况复杂不？"民工习惯钱小广天上一脚地上一脚的问话方式，依旧囫囵着回答："就一拨告状的，闹嚷嚷，七嘴八舌听不出个数儿。"钱小广没法再细问，攥紧保温杯，直眼瞧窗外。

"苏麻和王秀彩也排在队里头，说是替开早餐店的胡什么才喊冤，见面挺热乎！"领头民工想起来讲，"王秀彩还朝咱几个要身份证，说是凑齐五个就能登集体访，登集体访就能引来大领导接待，喊冤叫屈的事儿，好解决！"说着，领头民工又望一眼钱小广，吞吐着讲，"王秀彩的话不好把握，暗里，我叮嘱大家遇事多长个心眼儿，别被裹挟进去，打不着狐狸再惹身骚——那就不值得了！"领头民工说得摇头晃脑，极力彰显个人明察秋毫的敏锐。

钱小广对民工表现出的果断和睿智未置可否,直眼继续看窗外,手里拧紧的保温杯盖刺溜发着响动,像藏在袖子里的蛇。

"冻死了!冻死了!"车下喊着又爬上俩民工,红头赤脸,嘴头胡须上挂满白霜。

"咋样了?咋样了?登记上了吗?情况复杂不?"领头民工学钱小广语句照葫芦画瓢地问。俩民工没立即应话,先是冲到排风口嘶嘶哈哈暖手,暖完,一个先跺脚,另一个摸裤兜,被蛇咬了似的叫:"糟了,身份证让那个叫王秀彩的女人诳去了,说是信访局里有熟人,身份证多能先登记,不用排队,还有大领导接待,就这么诳去的!"

"什么?身份证被诳走了——给了王秀彩!"领头民工顿时变色,磨刀一样交搓双手,"糟了,糟了,这娘们儿准是拿咱身份证凑数登记去了,弄不好,一会儿广播就能喊'衢市,喜发公司,到接待室等候接待',到时,不露面都不行!"搓完手,领头民工张嘴骂暖手的愣头青年,"长没长脑子啊,身份证说给人家就给人家!惹出祸事你俩兜得起吗?"愣头青年被呛得蹊跷,率先反驳:"不对呀,是你先跟那姓王的女子眉来眼去一口一个邻居地叫着,腻歪得像相好。没你那两句甜言蜜语,我们认识那娘们是谁呀?遇事先把屎盆子扣别人脑袋上,有这么当头儿的吗?"

"一口一个邻居地叫着也不能啥也不问就把身份证给人家呀!"领头民工听了抓耳挠腮,"王秀彩套近乎的时候,我不是都给你们眼色了吗,留点心眼,留点心眼,这女子不好把握,小心别让人拐进去!"

"两张身份证能惹出多大祸事!"愣头青年之外的民工听了不服。

钱小广坐不住,回身瞪眼叫嚣的民工:"身份证跟脑袋一样,能随随便便给人吗?说你两句还有理!再争论,明早卷铺盖都给我走人,省得老子见了闹心!"

车上人唇枪舌剑正在争执,车门咚咚响,工地打更的老王头在外面猛烈拍车门。钱小广使人赶紧将车门打开,探头,问老王喊啥。老王来不及细说过程,指广场西北角的岗亭嚷:"肉、肉头领人跟咱们人打起来了,他们人多,弄不好咱们要吃亏!"钱小广冷不丁没听懂老王说啥,抬眼望岗亭一边确实影影绰绰,不确定地问:"咱们的人吃亏了吗?"老王一急气脉便不足,指着岗亭说不出话。钱小广也不追问,摆头,领人下车,呼啦啦赶向岗亭。

岗亭是广场上的一处应急处置室。钱小广赶到时,民工正跟肉头一伙争骂。

肉头本来为画的事儿跟踪苏麻到信访局,求画心切,死缠烂打将苏麻堵在大厅东南角,一遍一遍絮叨买画的恳切、用途的高远以及价钱的不可估量,絮叨得苏麻心头火起,怒目圆睁,老少三辈儿骂起肉头。肉头手下不知肉头跟苏麻三代往上的亲缘,冒失着上前骂苏麻"狗坐轿子——不识抬举"。王秀彩上前拦,话不投机,三说两说争执起来。肉头手下习惯耍蛮,几把就将王秀彩搡到一边。苏麻愈加怒骂,被肉头张手捂住口鼻,眼珠翻白,小腿儿乱蹬,挣扎得像只被擒住的青蛙。

排队民工里有认识王秀彩跟苏麻的,气不过,冲上前止暴。

肉头手下跟民工平日存着仇隙,见民工上手,叫嚷"狗拿耗子——多管闲事",伸胳膊伸腿儿开了战。打斗中民工受伤,咧嘴报了警。警察赶到,粗略问问,将涉事人等一并带进西南角岗亭,问讯,笔录,启动办案。肉头手下心机重,瞄瞄形势,咕咚一声先倒地,伸胳膊蹬腿喊心口疼。岗亭负责调解的老警察见惯纷争,老练地冲里面喊:"叫救护车送医院急救,车费、急救费自负。"听警察交代一切,倒地者翻滚着爬起,连声叫嚷:"不用叫车,不用叫车,老毛病,缓缓就好,缓缓就好了!"说着赶脚出岗亭,拐个弯,人就不见了。

钱小广望着全过程也觉无味,平息平息情绪,做完笔录,扶受伤民工往外走。

肉头没参与打斗,从头至尾只在旁边看,待现场处理得差不多,领手下往外走。肉头手下有个管事儿的认识钱小广,大致知道些喜发跟石源的纠葛,离岗亭时冲钱小广嚷:"风光啊!小钱经理,公司都快黄了,还有心在这打肿脸充胖子装好人,心大还是没心?"

"当然是心大!人家是钱大公子,喜发铁定继承人,仅名号就够吃半辈子的了!"

"钱大公子?一年前还卖烧鸡呢!守胡同口那间铁皮亭子,寒酸得像只鸡。"

"你要有个那么有钱的叔,也敢说自己是个宝。没有吧?没有就老实待着别乱说话,末了怎么死的都不知道!"

"高估他了吧!杀人放火,他有那份胆儿吗?真有那份胆气,去堵政府大门。堵大门,把政府欠的进地款要回来。真要回来,我打心里服你钱大公子,啥衙门都敢闯,啥冤都敢叫,纯正的爷们儿!"

钱小广血气旺,经不住外人拿钱家名声挤对自己,梗紧脖子,冲肉头手底一众人喊:"有没有本事是咱钱家自己的事儿,跟你们有啥关系?几句话就想把爷爷火呛起来,撺掇我上战场,当炮灰,小瞧爷爷啦!爷爷我不上这个当,看最后到底谁能把谁气死!"钱小广话说得硬气,脚步迈得更牢实,出岗亭,一步一个脚印奔向广场。

"方向反了,反了,"领头民工张皇地喊,"车在后头,再走,就真堵到政府门口了!"

"我就是堵政府大门!"钱小广眼瞳跟着通红,"叫车,把货车都调过来,直接开到政府门前,面对面把八条横幅都挂出来。今天要闹出大的,让衢市人知道知道,钱家人不是谁想怎么捏就怎么捏,想怎么攥巴就怎么攥巴的!钱家人是有脾气的!"领头民工见钱小广要将势做大,张皇劝阻:"祖宗啊,堵政府大楼是要吃官司的!晚些,等晚些,肃静肃静再堵也不迟嘛,起码,影响小些。"

"再晚人就都走光了!走光了,闹出来给谁看?"钱小广执意坚持,"就现在,现在就上场,给全政府的人看。"领头民工见说不动钱小广,默叹一声,边叫车边给尤文东打电话,脚下步伐不敢散,跟跟跄跄随众人奔向广场。人车嘈杂，在偌大的广场形成一道突兀的风景。

三、山之城

衢市东南方向，行车一个多小时有座山城，是关东古高丽人的建筑。

整座山城，呈不规则的楔形，南北一千五百米，东西三百五至五百五十米，在漫天湛蓝的背景中玄幻得像条外星飞船，自在高邈地悬在天穹。山城东、西、北三面都是悬崖，只剩南侧一面斜坡，远远望去，一径委曲如蛇的步道艰难且执着地爬行在山间，像一步天梯，一级一级升至山顶，再徜徉延展到天际，无论从哪个角度看都会让人联翩生发出遐想，无端感怀，无端散发出思古之幽情。

就是因为山城有如此特质，如此富于内涵，市里才全力以赴争取申遗。

市博物馆馆长唐韵声说起申遗，随时都像打鸡血，话如山城崖缝里的水般流淌不绝，说说，手脚便不自觉地抖动："经文物及科考部门发掘认定，山城为古扶余国王子朱蒙所建。朱蒙是古高句丽人，为躲避父兄迫害，率随众来此建城。山城建筑体例上分内城、外城。内城有哨所、兵营、蓄水池和三处大型建筑，因势赋形，筑法比较独特，为山城建筑时代的代表，研究价值很大。外城依山而建，高大坚固，陡峻，易守难攻，作为古代防御性军事建筑，在行业范围内堪称经典。"

对山城乃至衢市，新到任的衢市常委鲁健还很陌生，唯一能有的心灵感应全部来自路上看的《衢县地方志》，还有在高速口见到的那尊玉龙。

"衢地，古称辰州，秦设辽东郡即有其址。历朝代十六，域名几易，今称为衢。"《衢县地方志》开篇便讲得异常悠远，略略几笔，将衢地推演至千年乃至以前，如一条挺实且周延的抛物线。

"衢地产玉，白而晶，通体剔透，自发炫光，曰'夜明'。"《川舆物产》回目里详细地讲述了产自衢市的一种玉，色彩、形质描述得很清晰。

"始皇奇之，东祭泰山遣恬采。凡四十有七日未果，风沙人马皆殁，独恬归。陈之，'玉之神髓，不可采'。始皇异之，封'玉后'，列和氏璧左，嘱'万世莫采'。"随着章节的铺排，描述得越来越神异。

"汉唐五代至宋有知衢玉者，忌秦人言，以神祭之。金时太祖兴陵寝，巫人语'以玉饰冠，福及子嗣'，遣人采岭东。及祀，昼暗雷鸣，金银融水，污太祖面，唯玉存。世祖怒，杀匠人五百殉棺……"越说越玄，一块玉石被描述得如此诡异，那涵养此玉的土地又将是何等地神怪、何等地不可言状！简直不可想象。

鲁健读《地方志》读得入心，思绪联翩，不觉车已驶出高速。

抬眼，鲁健迎面望见一块硕大无朋的玉雕兀自立在路口，周身圆曲，头尾交接刻出猪吻纹理，粗犷简易，显出上古时期的朴素。雕座篆文标注"中华第一龙"，荒莽苍远给人以石器样的粗糙感。玉雕上方凌空竖起一块广告牌，有三分之二的版面印着一座玉佛，通体碧绿，神色庄严。旁侧两行隶书，堂皇写着"亚玉王者之乡""关外山海沧桑"，下缀一行小字："观玉佛自在，看千年兴衰，衢市欢迎您！"鲁健当时便有些不解，王者图今世，佛家重往生，两不相容却如此互补，重点是让人觉不出任何违和感——衢市这地方，果然是个有趣的所在，名不虚传！

"山城有优厚的历史遗存且具独特性，正因为如此，申遗才有价值且势在必行。"

一片洪亮的声音将鲁健的思绪拉回至眼前，常务副市长高庆丰跟唐韵声一样熟识内外一切，说起山城如数家珍，条件反射般滔滔不绝。高庆丰是鲁健的大学同学，四十出头，身材魁梧，方脸重眉。头一天挂职赴任，鲁健打心里佩服老同学对治下如观掌纹的熟稔，还有一如既往的激情，眼里长久溢出钦羡。高庆丰在衢市待的时间久，对周边山川景物觉不出新鲜，听讲解员粗略讲了讲沿革，便张罗领鲁健看新建的博物馆。

"看完博物馆，山城历史就了然于胸了，比我和唐馆长拙嘴笨舌说得更直观。"

高庆丰胸有成竹地讲,展臂让起鲁健,指指点点,领众人奔向山腰的一处建筑。

新建的博物馆体量不小,欣欣向荣遮漫半面山坡。新馆大门造型古朴,以青石垒砌,呼应山城古拙风貌。往里,依山铺起十八级台阶,汉白玉基座,座上矗立一片大顶重檐歇山式建筑,赭红色廊柱疏密相间,设置规范合理。进门撞眼的是一面照壁,上书"关东第一城"五个大字,旁边立着一尊青铜塑像,挺身执槊,威仪凛凛,显出武士风范。高庆丰望见照壁和塑像,面上掩不住得意,冲鲁健指点着讲:"秦开,燕国大将,'挥师奔袭,破东胡千余里',开疆拓土的猛士。"

"一部衢地城,半部关东史。"鲁健没看秦开,倒是冲照壁上的字出神,看完大字看小字,随口念叨,"一座城抵得上半部史,名副得了实吗?"

"怀疑?"高庆丰不服气,回头交代唐韵声,"讲讲,给鲁常委讲讲衢市有着一部怎样的沧桑变幻史!"唐韵声应声,扯开折扇想讲,却被高庆丰凌空拦住:"慢,慢,忘了详细介绍。唐韵声,字全庵,号太虚居士,衢市博物馆馆长,衢市几千年事儿他一张嘴都能说清,人送外号'唐古董'。"说着将唐古董推到鲁健跟前。

"啥古董?就是活的年头多,知道些典故,随便说,随便说!"唐古董礼貌着笑,鲶鱼样厚实的嘴唇灵巧地翕张,带动肥大的鼻翼,呼扇着像两片大象的耳朵,看着便很是奇异,卓显与众不同的禀赋。

"说起衢市,历史确实悠久!"说说,唐古董合了折扇,刻意清清嗓子讲,"六千年前衢市即有人类活动,先民为东胡及殷商移民。周武王时'释箕子之囚,去之朝鲜,因之封之',战国末期出现行政意义建制,燕时昭王设关东郡,太子遣荆轲刺秦,未果,灭国。始皇置郡衢地。汉末公孙度自立关东侯,被司马懿率军讨灭。五胡乱华时鲜卑建前秦,前秦灭前燕,鲜卑复国又建后燕,至高句丽兴起都督关东军事。隋三次讨伐。唐太宗御驾亲征,最终克伏余山城,高句丽灭国。之后,契丹建国。辽迁东丹及渤海部族在衢建宫,史称'辽五京'。金世宗主政衢地,联络渤海世族

第二章　规矩　| 063

夺取政权,开创五世帝业。明洪武设关东都司,努尔哈赤迁都于此,依附山城建'东京',一代王朝由此发祥。再后,日俄战争、辛亥革命……衢地发生的事更多了,沧海桑田,世事变幻,说出来又是一部史!"

"一个小小的衢市竟承载那么久历史,一般人想不到!"鲁健听唐古董古往今来地讲,心绪一时飞扬,郑重地说。

"衢市历史有沿革替序。总的来说,战国至两汉是城市建立与繁荣,东汉到隋唐是割据争夺到复兴,辽金体现两代东京振兴,元明清政治体例完善。十数代王朝更迭繁衍,中间几经战火,文化历史屡遭摧残,若不及时抢救,一部关东史可能要在我们这辈断代。想想都害怕!"高庆丰眼神里透出一种责任。唐古董发觉氛围沉闷,岔开话题,引众人移步去看文物。

文物厅内的气氛森严肃穆,一件件绝世展品,在灯光的照射下显得亘古高深。

依序看,展品里大致有春秋青铜斧凿石范、战国刻铭青铜盖鼎、汉连环锯齿博局铜镜、晋双耳铜鍑、唐开元通宝铜钱、宋金乳钉纹铜鼓、元铜玉壶春瓶、明龙泉窑青瓷划花萝卜尊、清光绪款粉彩龙凤纹瓷碗、民国雕龙纹白玉璧,让人出乎意料的是,还看到一根奥陶纪鲸鱼肋骨化石,伴着唐古董堂皇而周密的讲解,众人感觉整座文物厅都射出厚重深邃的异彩。

"《万里荷花图》呢?领鲁常委看看《万里荷花图》,彦博陵快婿那幅。"

进到当代名品展厅,高庆丰兴奋地提醒唐古董,张罗看《万里荷花图》。唐古董听安排略显难色,迟疑下,念叨:"正在修复,这时候……只能看看局部,品不出气韵!"说完,领众人拐进右侧边门,顺坡下到负一层,打开防火门,进入一间类似仓库的大屋,指着几个蓝大褂青年围着的一幅画轴介绍,"《万里荷花图》是衢市花卉名家苏石浦的作品。老先生当年授业于北平国立艺专,'文革'时期回到衢市,落实政策后返京。临走时留下这幅作品,感谢落难时衢市人对自己的厚道,为答谢之作。"说着捋捋卷面,"画卷本来藏在老馆,玉佛寺升座时领导安排拿出跟塔珠一并展在现场。中途经雨,画卷受损,正在全力抢修,能否恢复原貌全看天意!"说完,唐古董拿手反复捋画轴被水晕黄的一角,情绪低落,好似骨肉亲人遭受凌辱。

鲁健看着也觉心疼,靠近打量,感觉画质清新,气韵确实不凡。

《万里荷花图》,高庆丰也不多见,审视一番,忽然自言自语:"苏石浦,惯常上访的苏麻念叨自己祖上也是做官人,家里藏着这样那样的名画,综合着看,能否跟老先生续上存脉?要是真能扯上关系,衢市由此还挖掘出个把文化名人,为山城申遗造势,从宣传角度来讲也是件好事!"说着,高庆丰回头喊过一名长身男子,着意交代,"回去查查苏麻的履历,看有没有啥特殊的地方。上头有位刚退下来的领导,编族谱时发现有位族亲流落衢市,苏姓,懂书画,祖上有传承,跟这个苏麻是不是有啥关系?假如两条关系都能搭上,今后稳控工作就不难做了。让齐大壮有事没事找这老先生谈谈文史,联络联络感情,情绪缓解了,做啥也就不至于过激!"

长身男子应一声,退一步跟在后头,恰到好处地保持职业性的内敛。

"苏麻?一切大概也只能姑妄谈之吧!"唐古董与高庆丰的研判意见似乎相左。

高庆丰知道唐古董文人相轻的毛病,斜眼看。古董懂得高庆丰的眼神,但依旧相轻:"这个惯上访的苏麻平日是好谈些古今,猛听言之凿凿博文广识,觉着应该有些学识,但细听又品出词意浅薄穿凿附会,很多东西经不住考量。究其根本,还是家学素养不合,加之久匿乡野,与士子学问家接触太少,致其举止失度气质粗鄙,言语间少了书卷气与贵族气,与石浦先生传承之说似有不足。至于能否跟某某领导扯上瓜葛,依我看不必太认真,扯上也是旁枝斜杈,也很难扯上正经关系!至于,"唐古董不咸不淡地收住嘴,讲,"传闻其手头有些家传的货色,但至今仍未示与世人,虚实真假都不好说。还是那句话,姑妄谈之吧!"说完,继续袖着手,目光平视,刻意表现言语话意的不偏不倚。

"行了,行了,也不是文物普查,较什么真啊!"长身男子瞧出不协调,出言息事宁人,"能扯上关系更好,扯不上,对你唐馆长能造成啥影响!做人得有点自信。"长身男子言辞和善,说完真诚地拍唐古董的肩,理智地将唐古董要说的话拍回去。

"还是齐秘书长会说话,会说话!"唐古董领情地点头,神色中含着尊敬。

高庆丰见齐修平说服唐古董,刻意把话拉回来:"下一步让鲁常委看什么呀,古董?全息馆,还是古碑亭?我看还是直接上山,一览众山小,免了俗世间事儿见多了影响眼力!"众人听出话意,一应附和着往外走。

"不好了,高市长!"刚抬腿,高庆丰便听到身后有人喊,扭头见是信访办老潘,一脸油汗跌跌撞撞跑来,"苏、苏麻领人堵住山门,要见你,不见就闯山,声势大得要捅破天!"老潘跑得实在慌张,边跑边喊,脚步差点没收住。

高庆丰见老潘跑得狼狈,心中忽然想起什么,掏出一封带"×××信访局"名头的信笺反身交给齐修平,仔细交代:"抽空安排信访局,找喜发公司的钱总谈谈,'借谷子还麦'是自古以来的规矩,政府不会无缘无故拖欠工程款不还,用不着动不动就给上面写信,写多少,都得转到下面处理,文来文往太麻烦!"齐修平听了,规矩地应一声"明白"。

交代完,高庆丰转头安慰起老潘:"跑那么快干吗?心脏不要了!说说这回苏麻诉求都提了啥,不会还是颠来倒去提他的那篇《靖衢策》吧?"

"《靖衢策》这回倒是没提,"老潘停住脚抹把汗,"提的是之前念叨的老三样,广厦苑回而不迁,疗养院贱卖资产,还有就是火车站旁边的老礼堂不能扒,扒了算毁坏文物,数典忘祖,毁师灭道,祖宗八代都不能原谅!"

"除了这些,还有没有啥新鲜的?"

"新鲜的?有!"老潘眨眼想起来,"还要求速放胡世才跟他媳妇,严肃处理强拆胡世才家早餐店的责任人,及时足额补偿,否则……"

"否则啥？否则就将'打上凌霄宝殿'——闹得衢市天翻地覆？"苏麻的话高庆丰记忆犹新，老潘说出前言，自己马上接上后语，说完瞧鲁健笑。

"苏麻倒没说要打上凌霄宝殿，"老潘讷讷着讲，"只是说，让早点把胡世才两口子放出来，家里还有两孩子，一时半会儿放不出来，饭菜都没人管！"

高庆丰听老潘说得在理，扭头，目光疑惑地看着齐修平。

齐修平见了，上前一步接话："盛世打算拿大吉地房子抵顶广厦苑回迁，矿上职工不接受，前两天上访被莫旗镇接回去，解释现场发生冲突。一对胡姓夫妇打了警察，依照袭警被治安拘留。苏麻说的应该是这事儿，都是一个厂的职工，老爷子抱这个不平，心情可以理解！"

"袭警！一对开早餐店的老百姓袭警能袭到哪去，存在人员伤亡吗？"

见齐修平摇头，高庆丰多少表现出恼怒："跟雷大鸣他们说，没啥恶性动机跟后果，能放就放了开早餐店的那对夫妻，尽量从速从快。涉及民生的事儿，我们要旗帜鲜明地站在老百姓这一头儿，立场一定要坚定。"

"马上落实！"齐修平严肃地点头，掏手机，落实安排。

"对了，"高庆丰忽然想起问老潘，"领导来山城的信息苏麻怎么知道的？"老潘为人厚道，遇事不懂遮掩，听高庆丰问，前后望望瑟缩地讲："怪只怪下通知的人不长脑子，大声小气，一个通知下得跟生产队放广播似的。苏麻当时就在门外，隔道门，啥听不着？闻声领人就跑山城来了。"

"下通知？办公室谁下的通知？谁下通知这么不长脑子？"

"应该是小沈，沈主任的侄子。"齐修平安排完转身回答，跟着，望眼老潘。

"小沈，他不是在政府门口做保安吗？啥时轮他下通知了？"

"刚调进办公室，文电科，专管下通知。"齐修平紧着解释。"文电科？"高庆丰一下子惊住了，"一个保安调进办公室，还安排进文电科，这么重要的事儿我管办公室的常务副市长怎么不知道？搞的什么名堂！"

"是临时借调的,"齐修平紧忙圆场,"基本素质嘛,还凑合,就是规矩懂得少点,说话高门大嗓,遇事不爱动脑!回去我跟禄田主任说说,好好调教,下不为例!"

"借调也不能随便借调!"高庆丰不依不饶,"啥人说进就进,办公室不成了大车店了吗?还有啥严肃性!"

"小沈该不该调等会再论行不?领导,"老潘急着插嘴,"能不能派位领导下山先稳住苏麻?说两句好话安抚安抚,好歹算次接待。我就是怕时间长了吵吵嚷嚷对山上影响不好——苏麻有拨闻风而动的同伙,听信儿赶过来,人多了场面就不好控制了!"老潘临近退休,干巴巴的身子,一急,满脸是汗。

高庆丰可怜老潘,回头交代齐修平:"下山开导开导那个苏麻,重点讲广厦苑回迁是民生工程,政府最终还是要替老百姓说话,替老百姓撑腰,不受哪家企业左右,一切看结果!至于其他两项诉求,"高庆丰想想果断说,"政府也在考虑,条件成熟会给答复,就这么说,错了我负责!"

齐修平听完领老潘下山,背影一高一低,看着充满义无反顾的悲情。

"那个苏麻是怎么个人物?三头六臂还是青面獠牙?这么不好对付!"

"三头六臂倒不至于,就是情况复杂些!"高庆丰见鲁健不懂,继续介绍,"苏麻本名叫苏师真,在衢市信众广播,遇事振臂一呼应者云集,称得上上访界的领军人物。"见鲁健置疑地笑,高庆丰印证着讲,"苏麻麻烦的焦点,在于历次领访热情之高、提出问题之尖锐、受众面之广,让接访者常常应接不暇。按住葫芦起来瓢是常态。公检法司、财税工商、土地房产,等等,处处受其牵制。就这么着,诉求还是一次比一次高,情绪一次比一次激烈,累次越级上访,弄得衢市'洪洞县里无好人'。你说,"高庆丰摊手,"接访的都成了恶人,这访,还怎么接!活儿还怎么干!"

顿顿,瞧眼山下,高庆丰继续讲:"基层工作凡事都得讲究策略,讲究察言观色伺机而动。以言止武,缓和情绪再图解困,一点一点,将一团理了多少年都没理清的乱麻逐步捋顺，瓜熟蒂落，顺势而为，才能从根儿上彻底解决问题。"

鲁健被高庆丰的滔滔宏论震惊，遥遥望向山城，眼里全是思索。

"别想那么多了，"高庆丰善意地打断鲁健的沉思，"走，上山城，一览众山小！"

爬上一段斜坡，转过两棵茂盛的枫树，众人望见黑瓦白墙的缆车站遥遥立在高岗上，四周山色微翠，静谧安详，看着更像用来辟谷的幽居。鲁健想跟高庆丰继续讨论"高句丽"跟"高丽"有啥区别，忽见打山城上面颤悠悠下来一部缆车，靠停，走出几个言语异样、嘻嘻哈哈的游客，高谈阔论，情绪看着挺高涨。

高庆丰带头礼让，不料被里面的一名短发女子率先认出，热情喊"高市长"。

"吴助理，几天不见，雄兵百万啊！"高庆丰同时认出短发女子，调侃着回应。

"哪来的雄兵百万！"短发女子说说脸上略带羞涩，"几位韩国客商借省亲之机来山城旅游，遥香副董不在，斯礼董事长嘱咐我陪同四处转转，尽地主之谊！"短发女子讲话干脆，眼神、动作都显着干练。

高庆丰交互指着鲁健跟短发女子，紧拍自己脑门："今天我这脑子……鲁健，新到任的副市长、市委常委；吴晓燕，盛世集团法务顾问、总经理助理，年轻有为，早晨八九点钟的太阳！"鲁健、吴晓燕热情地握手，显得落落大方。

高庆丰听吴晓燕说得清楚，笑笑，示意各自先行。走两步，高庆丰回头喊来吴晓燕，近前低声讲："对了，斯礼和遥香搞的那个融购平台，到底拿没拿到许可？上头对这方面查得挺严，没证算非法集资。盛世辛辛苦苦创业半个世纪，别在这件事上栽跟头，那样，一世名声可就都毁了！"

"应该……没事儿！"吴晓燕说得含糊，"遥香副董走时都安排了，资质、规程、申报程序、储备金预留，逐条逐款说得像说明书，除非斯礼小老总逆规程而动！"吴晓燕说完利落地拍手，表示"各方面应该万无一失"。

"有安排就好！"高庆丰抿嘴点点头，"发布会将遥香回国之事尽量讲清，保胎是情理中的事儿。还有，"说着高庆丰竖起指头，"上次会展中心工人跳吊，齐大壮亲口跟我讲盛世要用老礼堂那块地建什么垦荒团纪念馆，还说要建主题公园，这些都触及百姓情绪，敏感且复杂，必须慎而又慎！我建议能缓则缓，能停则停，或者干脆别建，啥效益还能有稳定这项效益更有社会价值？民心不稳，何谈安邦？"

吴晓燕听懂深层次意思，果断点头，快步走远。

众人听了，心情复杂着应和，起身赶至车站，络绎上了缆车。

老潘领齐修平还有齐大壮跑来。老潘在前面急三火四地喊："走了，苏麻一伙人都走了，说好不闯山了！"

"苏麻一伙不闯山——去哪了？"高庆丰问，老潘听了光眨眼。

突然，高庆丰接到市委办老高主任电话，张嘴就是："本家市长，赶紧回来救场，您要不第一时间赶回来，估计今天这场戏怎么演也演不下去了，你这本家主任——也就是我——身家性命，怕是一样也保不全！"高庆丰听老高慌得言语都有些凌乱，紧着问内容。老高调调情绪，简略陈述："上头来了位刚退下来的领导，跟肖书记相熟，跟您高市长也熟。最主要的不是跟谁熟，主要是眼下衢市的主官儿一个外出考察，一个在省里谈项目，哪个立即往回赶都不现实，只能求高市长您赶场回来接待，急慢了，怕肖书记那头不好交代！"

鲁健暗里觉察出事情急，紧两步上来，提议跟高庆丰一起走。

高庆丰看出鲁健替自己担心，没多劝，点点头，板着一张脸下山。走两步，高庆丰不放心回头交代唐古董："领其他领导好好看——好好看，好好讲，'偷工减料'唯你是问！"唐古董懂得情势，握紧折扇复读机似的念叨："一定，一定，一定！"说罢，摇晃着折扇上山。

四、四两拨千斤

衢市是个怎样的所在？为啥派鲁健来衢市？来之前，领导说得简约而中肯。

"衢市地处省西，山海相间，民风彪悍，做事铤而走险，常有意料之外的事情发生。派你到那里，一是补充县区经历，二是增加基层经验，三是丰富完善人生，这三点都很重要。到位后多跟老同志学习，勤动手，多总结，潜心探索，时间长了会适应地方上的工作。这些，对未来发展有利。"跟鲁健谈话的领导先后在省内两三个县做过主官，阅历精深，尤其擅长上下级沟通，耕耘一生，感慨体悟颇多。

对一天也没在县区工作过的鲁健来讲，来衢市前，一切都觉着遥远而陌生。

鲁健仅知道衢市这片波澜壮阔的土地上曾出过一尊玉佛，其他都不可靠地恍惚。其实，鲁健初入衢地并无太多的惶恐，这份自信，源于自己在衢市的"根基"——鲁健大学同学高庆丰先几年在衢市任职，先后在统战、组织、政法部门工作，直至做到常务副市长，一般风浪都挡得住。

正因有着对高庆丰的依赖，鲁健同车赶回衢市的途中，心里出奇地镇定。

从山城下来，市委办老高主任依旧不停地给高庆丰打电话，内容还是催高庆丰脚程。高庆丰理解老高心情，边嘴里紧喊"马上"，边伸手拍司机卢进肩。离政府还有俩红绿灯，高庆丰抬眼瞧见广场上纷扬凌乱的条幅，心猛地揪起来——这又是哪伙神仙下凡！"屋漏偏逢连夜雨，豆大的雨点儿都能让我赶上！"高庆丰念叨着，沉着指示小卢绕道赶到大厦前。行至一半，高庆丰望见老高叉手立在平台下恭敬着跟一位老者讲话，心里暗叫不好，慌忙指挥小卢停车，一人跑上平台，复从平台折下，跑下去冲老者伸手，满脸堆笑，真诚地表示热忱。

老高看高庆丰如见救星,欢喜地向老者介绍。

高庆丰跟老者不是一般的熟稔,见面没拘礼数,首句自责发自肺腑,次句推责怨怪下属信息迟缓,三句免责阐述此次临时救场赶得太迟希望"老领导"谅解。三句话都说完,最后看似轻描淡写地总结:"如今基层工作太紧凑,下乡都得挤时间,能赶回来接待您老领导,也算忙里偷闲!"老者很是体恤基层辛劳,重点是体恤高庆丰,大度地挥手:"涉及民生的事儿,忙点好,对凝聚民心有利,能理解,能理解!"一说一应,坦率地化解了时间跟过程上的尴尬,双方笑语连连,场景其乐融融。老高趁着热度往楼上让客,两相礼让间,高庆丰突然想起鲁健,回头没见到车和人,心下有些发蒙,紧忙给小卢打电话。

小卢电话里语音更急:"您下车工夫鲁市长跟着也下去了,顺坡道下到广场去看横幅,这么长时间——没回来!"小卢呼哧呼哧喘,听声音,似在四处找人。"说下车就下车,你就不会拦着点啊!"高庆丰发急,"她一个丫头片子,刚来衢市,人生地不熟的,再被哪路神仙吓着,出事儿你负责啊!"

"拦了,没听见,走路跟风似的!"小卢委屈地辩白。高庆丰绷住火气,笑笑,指示老高领老者上楼,自己回身跑向广场。

广场前拦起红白相间的警戒线,线外警灯闪烁,职业性极强地拦住入口。

簇拥赶进广场的民工统一制式工装,人挨人,围成一道带弧度的扇形。中间立一位白面浓眉的后生,指手画脚跟一位高个儿警员交涉。一个激昂,一个沉稳,一问一答见得出双方素养及潜质。胶着中场外喇叭又响,人群自动分开,从外面冲进一辆奥迪车,一位六十来岁的高瘦男子开门持重地下车,立在广场上,威严地朝周围望一望,目光凛凛,腰板挺得异常直。

高瘦男子立而不言,粗糙带着棱角的面庞冰面一样沉静,湖一般深邃的目光,看啥总有一种自上而下的迫视感,无时无刻不散发外溢的霸气和难以调和的硬朗。天有些阴冷，一个秘书模样的人从副驾驶位置跑下来，倒手递过来一件风衣，被高瘦男子冷脸挡回，他直视众人，目光透着严峻，更透着悲悯。四周鸦雀无声，谁谁咳嗽一声都能听成炸雷。

"如果我没猜错的话，今天来的都是参与会展中心建设的民工兄弟吧！"

沉默三秒钟，高瘦男子声音苍老地讲。广场上的民工们面面相觑，齐齐静音，偌大的广场没一点反应。隔会儿前排几个民工激动地点头，依旧无声，静静听高瘦男子继续说："还有谁不认识我？举手，我做个自我介绍。"高瘦男子说道，嘴角露出一丝不易察觉的微笑，只一下，随即敛住。

"是，我就是肖巨轩——衢市市委书记。"肖巨轩语速稍稍放缓，"今天，大伙来，想说的、想唠的，我心里再清楚不过了！我理解，你们来自四面八方，为衢市发展做着贡献，衢市人民应该感谢你们，不该欠大家血汗钱，重要的是不该把这笔血汗钱欠得这么理直气壮、天经地义。这是衢市的耻辱！"话一落地，人群隐隐起了骚动。

顿了顿，肖巨轩放眼望望广场，继续讲："刚才，维稳大队的冯队长、莫旗镇的齐镇长跟大家说了不少，大家对衢市当前的困境尤其是财政方面的困境多少也有些了解，这点，还望大家体谅！但不管怎么说，所有这些都不是拖欠各位血汗钱的托词，哪句都说不出口！全体衢市人都知道会展中心是衢市的会展中心，也是在场所有人的会展中心。政府有决心把中心建起来，就得有能力让建中心的人吃饱穿暖，拿到自己应得的一切，否则我们吃不稳、睡不香！今天文市长不在家，我就代表他做个保证——政府砸锅卖铁也不欠大家伙一分钱，一分也不欠！"

"肖书记说得有道理呀！"

"还是老领导知道老百姓想啥。"

"清官！给力，好人！"

"请大家相信我这个老头子！"肖巨轩看着民工们的脸，郑重地讲，"回去，再等两天，再耐心等两天！上百人围在这儿会让外面人笑话咱们，那样,大家伙脸上都没光!毕竟都喝着一条江里的水,老乡的话都不信,还能相信谁?"民工中起了喧哗,之后,同时止声,齐齐望向钱小广。

钱小广关键时刻能看懂形势,听肖巨轩说完,上前一步讲:"肖书记,大家这么做也是没办法。喜发自从进会展中心项目就没得着政府一分钱预付款,全靠家底干到主体封顶。政府又提出外墙设计调整,方案至今未出,工地上百名工人、一大堆设备,加上电损车耗人吃马喂,天天在工地上耗,哪个公司吃得消?金山也得吃光了啊!方案的事儿,我们找了城交委,城交委说设计是政府搞的,找他们没用!找政府,政府领导今天开会明天考察,回回支使个秘书长接待,一天拖一天,回回不给准确答复。实话实说,这事儿我们也没少跟上面反映,信写了一封又一封,但封封泥牛入海。我们被逼得实在没辙才出此下策,别的,不想多说,今天就希望市里领导当众把外墙装饰的事儿说清楚,啥时干,咋个干法,说清楚我们立马走人,不给政府找麻烦。"

钱小广说完闭嘴,沉脸,递上一摞材料,上头覆着一封还没邮走的信。

肖巨轩接过材料和信,没来得及翻,转手递给刚跑过来的高庆丰:"设计调整是怎么回事儿?没人跟我说。"高庆丰气喘吁吁地接过信和材料,扫两眼,附耳跟肖巨轩说。没两句,肖巨轩便翻脸,点着材料冲高庆丰讲:"乱弹琴!一个外墙装饰方案改来改去,啥时是个头儿?果断安排,马上开会,加快研究方案,最短时间拿出定稿!人家主体都快封顶了,外墙怎么装却迟迟端不出盘子,想把工程拖到什么时候,等我退休才开工啊!"

"是不是等旭成市长回来再研究,"高庆丰面露难色,"培训这两天就结束了,等等,快慢不差这两天!"

肖巨轩望望广场,从牙缝里挤出一句:"上面挂职的常委刚到衢市,这么多人就堵到政府讨工资,这脸,你们不觉得丢,我觉得丢!我还打算回家有尊严地抱孙子呢。"说完,撇下高庆丰,肖巨轩冲人群扬扬材料,一板一眼地讲,"这些——我都看了,白纸黑字盖着城交委大印,谁想赖也赖不起!我最后再表个态,政府立即开会研究外墙装饰这件事儿,当天确定方案,三天内兑现进度款,一周后保证开工。怎么样,大家能不能再信我一次?信一次我这个快退休的老头子,看能不能把事情办踏实喽!"

听完最后一句,钱小广带头鼓掌,掌声渲染着传开,原本嬉闹的小青年一起跟着兴奋,交互击掌,比出个夸张的"V"字。齐大壮也受到感染,想上前发话,却被高庆丰拿眼色止住:"激动啥?再控制不住局面,甭说书记,镇长也别干了,回去还做司法助理!"齐大壮听了白脸,扭身,紧着冲钱小广挥手。

钱小广看到齐大壮受训,不紧不慢伸手抓起一只扬声器,使劲吹吹。

"大家都听清楚了吧?领导已经把话说到这份儿上了,会展中心是政府的工程,更是衢市人民的工程。作为衢市一分子,咱不能自己给自己添堵,大家说是不是?既然这样,各班组听我命令,掉头,回工地,马力全开,做好准备,三天后,外墙开工!"钱小广喊完,人群跟着一片响应,一拨一拨攒动着往外走,人声、车声,混成一片。

众人渐渐走散,齐大壮讨好地冲高庆丰点头。高庆丰继续沉脸,回身喊来冯士昆,瞧紧齐大壮一并交代:"回去找领访的小伙子谈谈话,从维稳角度做次劝诫——有问题讲问题,聚众到政府上访传出去啥影响?这么做政府威信何在?关键是被动!"冯士昆应一声,紧张地跟齐大壮去撺钱小广。高庆丰见局面都被控制,瞧眼远去的人群,提示肖巨轩上楼。

鲁健上任第一天,见到的场面竟如此大开大合。

上百人聚堵,被肖巨轩三招两式竟然化解得烟消云散,事发突然,鲁健没缓过神,人群散尽,一人还孤零零愣在原地,在空旷的广场上显得扎眼。高庆丰正待陪肖巨轩上楼,回眼望见鲁健,拍下脑袋,转身往回跑。肖巨轩见高庆丰脚步走得紧,第一时间意识到立在广场上的文静女子应该就是新来的挂职常委,当即调整调整神色,随高庆丰过去郑重寒暄:"失迎,失迎,来衢市也没来得及接,不礼貌了!"

鲁健被突来的客套弄得不自然,伸手应承,仔细看肖巨轩。

肖巨轩看着比实际年岁老,额头上的皱纹沟壑样深凹纵横地密布着,望一眼，能让人印象深刻地感受到眼前这位衢市的主政者生活阅历的深厚以及对人情世故的洞察。大概是因为近来过于操劳，肖巨轩瘦削的脸庞略显疲惫，只是眼角眉梢间蕴藏的刚毅依旧掩饰不住，伸出的大手依然让鲁健真切地感受到这个略显粗粝的男人周身由内而外不可遏制的征服欲和掌控欲。

鲁健思忖着想说点什么应应场，碰巧，老高踩着碎步赶来。

老高赶来是打算将鲁健介绍给肖巨轩，没走到近前，便被肖巨轩皱眉止住。高庆丰看得出火候，及时让起鲁健，几人有说有笑，一级级爬上悬在半空的台阶。

大厦内外建得气派。会议室内宽敞明亮，四壁雪白，衬着茶青色墙围，素白窗纱直直垂到地脚，朦胧着渗入青白光线，恰到好处地烘托出满屋沉稳含蓄的氛围。

安顿好上级领导，肖巨轩转头交代高庆丰安排下午的会议，会商上午访情。

鲁健在一旁请缨参加。高庆丰紧着规避："你刚到，先休息，会以后有的开。"肖巨轩听了不以为然，摆手："也好！早入手，早施展，年轻人就该这样，多一份朝气就多一份干劲，我同意鲁健常委参加下午会议。"

"常委会还没开，分工也不明确，鲁常委这时候参加会议，不合适吧？"

"有什么不合适的？特殊时期特殊应对，利于工作开展。我提议鲁常委从信访、项目建设角度列席下午会议，有权发表意见。"肖巨轩说完脸一板，领秘书从容地离开。高庆丰瞄眼鲁健，撇撇嘴，领着她去新布置好的办公室。

下午，提前半个小时，高庆丰和鲁健并肩进入十三层会议室。

高庆丰简洁地讲："都往前坐吧！"几位局长看得出局势，瞄各自应该坐的座位弓腰坐到前面，眼神和善地注视着高庆丰和鲁健，脸上真诚而恭敬。

"各位都不熟吧?"高庆丰板着脸指着鲁健,"鲁健,鲁常委,新到任的市委挂职领导,相互认识一下,今后工作好接触。"高庆丰隔桌依次做起介绍。不一会儿,门一开,肖巨轩挺直腰板走进来,背后跟着秘书,手里捧着大大的笔记本,厚重得像本字典。肖巨轩扶扶眼镜,张罗开会。

"今天把大家找来,重点处理喜发公司上访的事儿。"肖巨轩说着顿下语气,眼睛重新越过镜框,往每人脸上扫一遍,继续讲,"旭成市长下周学习回来,明天我还要出国。临走,把该定的事情定下来,别让人家天天堵在门口讨账,时间长了,谁都不好受!谈谈吧,大家都有啥意见?"见众人沉默不语,肖巨轩直接当众点将,"庆丰——你先说!"

高庆丰知道搪不过,张嘴,先说了会展中心建设过程,着重点出"中心上访源于工程外墙装饰方案迟迟未定,人员上不了手,企业消耗大,日积月累酿成应激事件"。阐述完,高庆丰光眼望望四周,继续补充:"当然,影响工程滞后,不光装饰调整一项问题,资金拨付不及时也是重要原因,只是比照前者,装饰调整更显急迫些,成为制约当前中心建设的突出矛盾,不尽早确定中心完工无从谈起,更别说启动了。"高庆丰说完坐直身子,神情依然严肃。

"中心建得好好的,干吗要调整设计?这事儿旭成知道吗?"肖巨轩对装饰调整充满疑问,困惑地瞧高庆丰,脑子一时没转过弯儿。

"调整外墙装饰就是文市长提出来的。"汤如龙抢先夺过话头,"我找人论证了,装饰调整需增加三十六根构造柱,分区域做经纬网,光这项资金就增加两千万以上,资金压力太大。您知道……"汤如龙说着又望高庆丰,"中心一期贷款已经用完,二期卡在担保上,政府眼前这点财力根本拿不出两千万做调整。城交委多次协调建设方三北集团,希望提供垫资协助改造,可三北单方面提出自己仅是家挂靠单位,建设主体是衢市喜发公司,双方财务独立自负盈亏,垫资的事儿,让咱们找喜发。"

"喜发?"肖巨轩听了更疑惑,扭头问高庆丰,"中心开工时旭成明明跟我说建设单位是三北集团,省里数一数二的建筑企业,光注册资本就十几个亿,跟盛世还谈过合作开发广厦苑的意向。怎么,短短一年多时间,太子怎么就换成狸猫了呢？这究竟是什么情况？"

"三北集团是会展中心名义上的建筑企业,实际承揽工程的是衢市石源实业有限公司,挂着三北集团的牌垫背。两家是合作关系,合伙建设,利润分成,讲好风险共担。他们这行管这种合作叫'共赢',听着挺高端。"高庆丰没法隐瞒,只能一五一十地说,之后,停嘴望肖巨轩。

"石源实业……"肖巨轩听了扬扬眉毛,"石源跟盛世抢矿抢了这么多年,一行未精,怎么又转到房地产上来了？他石清顺和石源实业能是干房地产这块料啊？"高庆丰知道肖巨轩介意石源,清楚地讲:"与虎谋皮罢了！石源眼下的野心不止挖矿,衢市范围内能带来效益的石源都要明目张胆插一杠子,多点布局,说到底就是打算接替盛世在衢市一家独大,打着'占山为王'的主意！"

"谁在调度这个项目——安排了谁？"肖巨轩听了,沉静一会儿,转眼讲,"必须放个准成人,脑子得清,思路得明,关键时刻懂得担当,还得明白里面的机巧,这类人不好找,必须慎重选择！"

"齐修平,政府的副秘书长,他负责调度这个项目。"

"齐修平？"肖巨轩沉吟一下,"是不是民宗局老霍的那个妹夫？以前在《衢市日报》做过总编,白面长身,文章写得挺好。"

"对,就是那个齐修平。"

"嗯！"肖巨轩继续沉吟,"门面倒是庄严,但还需慎重考察！"

"那个喜发公司是怎么样一家企业,法人是不是衢市人？"肖巨轩另起炉灶地问。

"公司经理叫钱喜发,原来在三坑井矿建公司干过,土生土长的衢市人。"

"喜发——"肖巨轩对老钱似乎有印象,"我想起来了,这个钱喜发原来在三坑井矿建公司做技术员,业务方面似乎有一套。问题是,外墙变更涉及几千万,这么大的事儿政府征没征求过各位常委意见,上没上过相关会议?再说,"肖巨轩缓一声,眯眼问,"三北集团我了解,数一数二的建筑企业,两千万资金垫不起,现实吗?之前做没做过沟通,沟通得彻不彻底,眼下还有没有缓和余地?"

"彻底得不能再彻底了!"听肖巨轩问到三北,汤如龙忍不住插嘴,"集团上一任老总也是魏家岭人,家乡观念挺重,承诺只要将中心外墙装饰的活儿分包给盛世集团,资金方面三北全包,衢市不用出一分一厘。"

肖巨轩睁开眼,听汤如龙继续讲:"怪就怪,喜发窝囊,石源霸气,两家合伙将自己的路堵死。石源担心跑活儿,撺掇喜发死等方案,啥时下方案啥时上手,否则一动不动!就这样,两下毫无意义地坐等,等来等去耗去大半年,末了也没拿出半片纸的方案来。两家由此起了分歧,一言不合分道扬镳。结果是,石源撤资喜发留守,钱喜发领着他的喜发公司苦熬着在工地挺了半年,实在耗不起,才由他那愣头青的侄子领人跑政府,闹了上午那一出。"

"会展中心这么大的工程,招标前,企业资质、业绩啥的都调查了吗?"肖巨轩凝思着置疑,"包括信誉度、运行能力、资本金储备,都考察了吗?措施细没细化?有没有成熟的评估文本?如此仓促就确定了这家企业,符不符合程序?"

"该考察的都考察了!"汤如龙见肖巨轩揉太阳穴,抓紧讲,"问题的症结是,招标前后他们集团组织架构包括人事布局发生了变化,情势不一样了呀!"

提及此,汤如龙的语气有些气急败坏:"就是定标后,那家集团老总换成现在女的,姓甄。见面,话没说两句,直接把垫资的事儿否了。理由是集团结构调整期间财务一律冻结,任何资金只进不出,多大事儿都得往后放一放。啥时解封?没谱,没准信儿。你说钱喜发这趟活儿揽的——等来等去还等出麻烦!"

"上亿元的工程搞个草台班子应景儿,拖拖拉拉落到今天这种局面,怎么跟八十七万名百姓交代？这已经不是慎重不慎重的问题，是决策失误，依照纪律是要问责的，简直乱弹琴！"肖巨轩越说肝火越旺，捏笔在桌上重重一顿，惊得众人同时打了个激灵。

"先不谈设计变更，就说说喜发进场留下的各类消耗怎么解决，有没有个底数？"

"有！"高庆丰翻出钱小广留下的工资表跟费用清单，经秘书递给肖巨轩。

肖巨轩郑重地接过表格，扶正老花镜瞄，隔阵问："喜发眼前具不具备垫付能力？"

"应该不具备！"高庆丰面呈难色，"原本中心由两家建设，石源中途撤资，喜发独自支撑，上亿的工程——家底儿再厚也撑不住啊！没油尽灯枯就不错了。"

"再跟三北集团协调协调，帮忙垫付一定资金，工程结束一并结清，毕竟喜发是挂他们的羊头卖自己的狗肉，两家是利益关系，工程停摆了对谁有好处？这道理，什么甄总、贾总，能搞不清楚？"肖巨轩话语中依旧充满希望。高庆丰知道肖巨轩对建筑内行摆起道道儿灵活讨巧，但依旧坚持个人意见："这个不是没想过，只是这个新来的甄总太强势，对衢市提出的请求不肯定，也不直接反对，就是无限期等。但是——"高庆丰说说脸上又现难色，"时下正值黄金季，资金得不到解决，甭说工程能不能开工，去年年底延续下来的问题诸如人员设备等，都不太好解决！眼下稳控敏感期即到，万一惹出涉及稳定的事儿，责任谁担得起！"

眼下形势刻不容缓，作为负责稳定的副市长，高庆丰不得不把形势讲清。肖巨轩听了眉心微微一跳，酱紫的脸色愈加涨红，关节粗大的手指一下一下在桌面上敲，铿锵得像战鼓。节奏和响动中，高庆丰敏感察觉——老头子好斗的脾气又上来了，而且，劲道不小。

"财政账户上还剩多少可调动资金？"肖巨轩抿嘴问高庆丰，"够不够拨付喜发人员工资跟设备费用？差，能差多少？"

"喜发那点工资和设备费用倒不多,"高庆丰飞快地计算,"可户上可支配资金就剩不到四百万,都给喜发,万一出点紧急状况拿啥应付？手里,总得攒些过河钱儿——都撒出去心里没底！"

"昨天你不是跟我说户上还有一笔社保资金吗？拿来应应急！"

"那钱是专项资金,上头天天审,查出来不是小事儿！再说,那笔钱上午都已经转给社保局了,现在,估计都进户了。这时候动,我得打电话问问社保局老陈看上没上交。"

高庆丰说着掏手机,眼睛盯紧肖巨轩,作势一声令下就将电话打过去。

"不会转这么快,"肖巨轩蛮有把握地摆手,"老陈那人我了解,钱到他手上不摆弄够不会交上去,这老小子鬼着呢！"老陈局长跟肖巨轩共过事,秉性互通,像同一个人。

肖巨轩不愧在衢市做了二十年领导。电话拨通,高庆丰几句就把六百万社保款套出来。老陈知道中计,电话里一再强调："用钱可以,但怎么着也得错过这月底。辰州银行那个女行长跟肖书记是老乡,银行月月都有任务,这时釜底抽薪,那丫头惹急了不得跑老头儿那告你去啊！"

高庆丰听老陈懵懂着依旧提辰州银行,知道女行长潜逃的事儿还没传到老头儿耳朵里,隐而不发地讲："辰州银行亏下的窟窿大了去了,啥时指望你那点社保资金补救？火烧眉毛顾眼前,时下,你先帮政府把这点闹心事儿应付过去,拯救辰州银行一类善事儿,社保局有的是时间做！"高庆丰挂了电话,眼睛紧紧盯住肖巨轩。

"安排财政从社保资金户头划四百万给喜发公司,先解决人员工资,再——"沉沉脸,肖巨轩继续交代,"财政核算下,筹集筹集资金,依照程序给喜发再拨付百分之五十的进度款,以解燃眉之急！"

"上头社保中心那边你再去跑一跑,"肖巨轩叮嘱高庆丰,"挪用专项上边肯定有反应,老陈过于厚道,压力太大我怕他顶不住,再惹出别的,就不是挪用这么简单了！你亲自上门跟人家说清楚,就是拿钱应急,容大吉地旁边的地块一出手,第一时间归还挪借资金,拿谷子还麦子,不让任何人任何单位担责。"

高庆丰紧忙记录,嘴里"嗯嗯"答得坚决,眼睛不时瞟向鲁健。

"协调上头企管局,终止三北集团会展中心建设合同,依规驱逐这个'挂羊头卖狗肉'的企业,看他百分之二的管理费上哪要去!"肖巨轩突然发力讲。

"终止合同!"高庆丰惊得停笔,"可、可中心都建成百分之九十,眼瞅封顶,这时候终止合同——得慎重,弄不好会惹官司!"说说,高庆丰降低语声,"这么大事儿,是不是等旭成市长回来再宏观微观做做研判,分析一下,衡量下利弊,万一……"

"合同一定要停!"肖巨轩挥手打断高庆丰,"旭成市长那边,我去说!"

"另外物色一家企业接手会展中心,工程不能停!"肖巨轩眉毛再度挑挑,"财务冻结?我抓城建二十年,头回遇见这么不通情理的建设单位。这不仅仅关系几个工钱的问题,还体现一家企业的管理理念,折射出管理者个人的品质与情操!"说完,一挥手,肖巨轩以自己的威严封住众人口舌。

"可三北集团跟政府是有协议的,终止合同也得出师有名啊?"

"怎么出师无名?非法分包,违规操作,搅乱建筑市场,数罪并罚,哪条都能定得住他三北!"

肖巨轩情绪愈加激动:"会展中心是上亿元国债项目,他们三北说断供就断供,还撺掇工人上访,眼里还有没有衢市政府!会展中心是惠民工程,功在当代,利在千秋,没义务用来给他们三北开拓建筑市场!财务冻结,当我是三岁小孩子不懂里面的机关啊!我肖巨轩奔六十岁了,这类猫鼠游戏三北集团还没资格跟我耍!项目真停摆,成了半截子工程,他们三北集团能捞着啥好处?城门失火,殃及池鱼,这道理总该听说过吧?不是危言耸听!"

说着肖巨轩的脸色愈加严峻:"可就是这么个赖以生存的救命项目,颠倒来颠倒去,让一项方案调整拖累得气息奄奄,传出去,让衢市八十七万名老百姓怎么看我们,怎么看我们这些整天生活工作在衢市的碌碌无为的头头脑脑。国家每月几千元供养着,关键时刻我们还能不能冲锋陷阵为百姓办点事儿,能不能争一份生机,能不能担一份责任!放一句明白话在这:能,我替大家荣耀;不能——"老爷子啪一声将笔拍在桌子上,"我替你们脸红!"说完,嘴角紧绷,额头上的青筋根根暴起,不再言语。

高庆丰还想还嘴,被鲁健暗里扯住衣襟儿。停一阵儿,高庆丰静静心说:"从法律层面讲,终止一项合同需诸多程序,不是一朝一夕就能办利落。我个人建议,由城交委先期组织调查,摸清会展中心现有工程及财务状况,理清脉络,分头函请上报三北及企管局,力争获得最大理解与支持。从战术上讲,这叫先礼后兵。时限一过,即刻启动终止程序,于情于理都有个缓冲,利于舆论控制。"

"这事儿交你和鲁常委去办。"肖巨轩语气依旧果决,"有一点要切记,力争做到有理、有利、有节!三北是高门大户,我们衢市也没落到沿门托钵的地步。少了三北,会展中心就建不下去了?我看未必!关键还是要看我们自己的魄力与决心。"

肖巨轩说完,起身,接过秘书递上的风衣,披着出了会议室。

第三章 方圆

一、口信儿

第一次会议上,汤如龙推波助澜"奏了"三北——连带着喜发——一本。

汤如龙恨三北连带喜发恨得光明磊落,但接到高庆丰打来的电话,心中还是一阵阵不痛快。

说归说,气归气,汤如龙做下属懂得规矩,不情愿,但终究还是应召而来。

汤如龙闷闷不乐地进接待室,寻思着先找个背人的地方自我琢磨琢磨话茬儿,防备一会儿冒冒失失说出出格的话,糊里糊涂再把自己折里头,那可真成两头受气了。

进到里间,汤如龙气又不打一处来——老潘坐在里面,受气包一样望着自己。

汤如龙跟老潘是儿女亲家,对老潘的品质乃至为人汤如龙没成见,汤如龙就是瞧不惯这位亲家日常行动坐卧走以及其他姿态。"好歹你也是个信访局局长吧,最起码坐得有个坐相,赶不上我这般虎虎实实,但至少不能逮哪坐哪,总直不起个腰,看着就没底气!"

汤如龙对老潘的厌嫌挂在脸上,径直坐进沙发,盯紧天棚没头没脑地骂。

汤如龙的高门大嗓在衢市很有名,有他在场,其他人大多噤若寒蝉。老汤讲话乃至骂人其实很讲策略,场面上说长道短,几乎不碰人根本,猛听辨不出张三李四,细品才能勾勒出外貌体征,绕梁三日,有心人才会恍然大悟。老潘做人厚道,绕梁几日也悟不出汤如龙骂谁,怕亲家话多又冲撞着谁,捧哏似的在一旁不停地劝。

"怕什么怕!怕什么怕!两句话就能把头上乌纱帽说没了?"

汤如龙嘴不饶人,冲动之下好赖话听不清,不劝还好,一劝炮仗样蹦起来。

"我告诉你老潘,这辈子你吃亏就吃亏在你这性格上了——啥事儿都逆来顺受,啥事儿都不敢出头。这样活有劲吗?这样活没劲!窝窝囊囊这么活一辈子,谁给你说出一句好!还不如真刀真枪豁出去干一场,好歹落着别人说你有血性,不白做回男人!"

"大局为重,大局为重,一切得知道大局!"老潘孱弱,遇事只知忍辱负重。

"大局,大局,哪次大局替你多考虑一星半点儿了?快退休了,还干信访局局长这份苦差事,受累不讨好,赌等死在这份岗位上吧!"汤如龙不懂大局,话说得不留余地。"你这个老汤啊,早晚吃亏在这张争强好胜的嘴上!"老潘没胆量争,劝着劝着,话音一句弱似一句,最后偃旗息鼓,彻底没了声。

"说错了吗?一丁点儿也没有!"汤如龙锐气无处发,一人继续冲棚顶嚷,"现在啥节气?出彩、出活儿的节气,整个衢市建筑现场都在大干快上抢工期,仅剩这点时间人力都浪费给会展中心这么个烂尾工程,值得吗?能收到啥效益?取得啥价值?纯属浪费公共资源!"老潘不懂建筑,听汤如龙演绎,光知道眨眼。

"说了你也不懂!"汤如龙体谅亲家,自顾自继续嚷,"肖书记出国前说得多明确,终止合同,终止合同,遵照执行就行了,反反复复还研究个啥!是,老书记决策多少有些仓促,但决策了的事情,不能犹疑观望,不能徘徊不前。那样容易打乱总体部署,影响士气,破坏执行力,对衢市发展百害而无一利,得有清醒认识!"

汤如龙越说越激动,没注意公安局副局长雷大鸣引齐修平进到外间。

雷大鸣找齐修平势头看着挺急,进门焦急地跟齐修平报告,线人举报,有人在盛世嘉园设置平台实施跨境融资,涉案数额巨大。上级责成媒体介入,机器、人马都已到酒店,资料采集得差不多,等着听地方态度——弄不好要曝光。这事儿,庆丰市长得掌握,舆论问题很敏感,把握不好容易影响全局。齐修平也觉事态严重,应声"我这就去",转身回了会议室。

雷大鸣心气烦躁,一人在外间来回踱步,隔三岔五看看表。

"又碰着啥案子了?惊天动地,媒体都惹来啦!"雷大鸣闻声,抬眼见汤如龙从里间晃出来,手里掐把材料,一步三摇头地念叨,"境外融资?是不是弄伙人租间房子,线上、线下借贷理财、私募股权、虚拟货币,反正涉及挣钱的道儿都能走,天花乱坠,说得挣钱像吃馅饼一样简单?"

说着汤如龙没容雷大鸣反嘴:"像这种事儿,抓住了,主谋重判,胁从同罪,严刑峻法,绝不姑息!"

"汤主任又上课呢!"雷大鸣不想跟汤如龙纠缠,刻意打岔,"还是老领导,到哪都把学习放第一位,老骥伏枥,老马识途!今天事儿急,改天谈,改天谈。"

吵嚷间,高庆丰冷脸进来,哑嗓子喝:"快说,媒体啥来路?咋应付?"雷大鸣张张嘴又闭上,跟着说媒体,没两句便被高庆丰拦住。

"行了,行了,媒体的事儿交给修平秘书长,这方面他有一套!"

交代完,高庆丰又训雷大鸣:"不是我说你雷大局长,能不能集中精力办几件大事儿!跨境平台案发都多长时间了,怎么还没个结果?得抓紧组织人力,尽快破案结案,早日给媒体一个说法。说法有了媒体便不攻自破,舆论也才能最大限度地控制在有利的一方。做事,要学会动脑子!"

"高市长,不是我们警局不给力,实在是案情太复杂,从头到尾始终有潜在势力在干预,左右掣肘,才造成——"雷大鸣想把话说全,被高庆丰二次挥手止住:"回回说你一句有八句等着!我要的是结果,不是案情分析,分析再清,看不到结果有啥用?说这么多,媒体听吗?"雷大鸣见一时半会儿跟高庆丰说不清,无奈地说声"明白",敬礼,抬腿出了接待室。

稳住雷大鸣,高庆丰反身瞥窝在沙发里的汤如龙:"说正事儿,三北合同咋个弄法?"

"领导定下的事儿谁敢不照办?"汤如龙调好坐姿继续诉苦,"不过,时间、节点、领导,这些方面是不是再仔细考虑些?三北不是散户,敞亮大

第三章 方圆 | 089

门上着市,惹急了对簿公堂,输赢先不论,政府拿啥保证工期?一期完不了拿啥抵二期,没一期压一期的贷款,会展中心拿啥建?没钱做支撑,建啥不都是海市蜃楼——全凭想象?"

"没上战场就缴枪!"高庆丰着急想别的事儿,听汤如龙犯难又动了气,"愁——愁能愁出锦囊妙计来?辙儿得自己想,天上真有掉馅饼那类好事儿?"瞧瞧汤如龙,继续开导,"协调协调上头企管局,查查三北还有那个喜发公司资质备用金啥的够不够条件,硬件上的东西全不全。办法总比困难多,关键在于怎么想。"

汤如龙眨巴眨巴眼,没想出回应的话,张嘴还想对付。

"剩下的来不及说了,今天就到这!"高庆丰没容汤如龙把苦诉尽,抬腿出了接待室,留给汤如龙一个仓促的背影。

汤如龙直到望不见高庆丰的影儿,窝心坐回沙发。老潘趁出来找手机的空儿俯身关心汤如龙:"心脏没事儿吧?告诉你别激动,激动有啥用?"汤如龙感激着挥挥手,见老潘趔趔摸一圈又回会议室,一人窝在沙发里无趣,寻思寻思,出门,上车,支使陈五年快走。

"去哪儿?回委里,还是去哪?"

"还能去哪?"汤如龙头也不抬,"回办公室。"

汤如龙被逼得急,在车里不管不顾地喊:"真把衢市的令儿当圣旨啦?企管局是你们家开的,说调查就调查!再这么吹胡子瞪眼,老子拍屁股走人!一拨坐井观天的糊涂虫,典型的官僚主义!"说着重重摔包,指挥陈五年回城交委。

回委里路上汤如龙电话没停,安排办公室通知在家的科长立即开会。

城交委办公室主任姓倪,年岁不大,做事有些轴,接电话紧问:"会议啥内容?用不用所有科长都参加?"汤如龙正发烦,听了一顿咆哮:"让你召集人就召集人,你是局长我是局长?开什么会还向你汇报啊?"小倪主任听出汤如龙心不顺,撂电话赶紧喊人。

汤如龙上三楼直奔会议室,见门没开,气不打一处来,又训小倪。

小倪主任被吼得心率加速,一溜烟儿跑上三楼,攥紧钥匙,张皇瞧汤如龙。

"都通知到了?"

"都通知到了。"

"都通知到了?!"

"除了招标办、建工科,其余都通知到了。"

"仨科,俩没通知到,剩一个还叫啥其余!"汤如龙无奈地吼,"连个通知都下不明白还能干什么!赶快写份辞职报告,写了我马上批——趁早给明白人腾地方!"小倪主任没琢磨出错在哪,依旧直眼愣在原地。

"愣着干什么?!"汤如龙无计可施,"没写辞职报告之前你还干你的办公室主任,先把手头这本经念完,好不好?!赶快,赶快去把那俩找回来,告诉他俩今天有大事儿——天塌了!"

小倪主任缓过神,"咚咚咚"往楼下跑。

"回来!回来!"汤如龙扶紧楼梯喊,"先把会议室门打开,再回去喊人,好不好?!"

小倪主任攥钥匙折回,开开门,抬脚继续朝楼下跑。

过会儿,在家的几位副主任蹒跚着走进会议室,见汤如龙铁青脸,哑声,找准座位坐好。里面一位,瞄眼四周刻意拧紧杯盖儿,"吱吱"作响,像杯中泡着一只挣扎正欢的老鼠,衬得屋里一片安静。

半小时人还没到齐,汤如龙脸色愈加难看。

扫眼手表,汤如龙故意翻眼冲天棚讲:"一个简单的业务会议,拖拖拉拉半天也凑不齐人,这说明啥?这说明效率低下,责任心,还有必备的时间观念不够!今天的会很重要,就俩议题,先说第一个议题。"汤如龙抹下嘴,"从今天起开会迟到罚款五百,钱交财务科,补充食堂伙食,发票写清'会务迟到违规罚款',即犯即罚,如数充公。"汤如龙说完没理众人继续讲,"第二个,传达市政府指示精神,即日起研究终止三北集团承建会展中心合同,建工科查手续,安全科查备案,招标办核实是否存在非法分包,从严、从速、从谨,做到有理、有利、有节、依法、依规、依事实,三天后见结果,请大家慎重把握!"

"还有没有意见?"汤如龙扫眼四周拍板,"就这么定了!会议定格为主任办公会议,会后出纪要,交我审定,之后制发存档。散会!"交代完夹紧皮包铁青着脸下楼。三位副主任面面相觑,一脸莫名跟无奈,收拾收拾,也张罗走。

安全科科长老尹瞄住众人走散,落后几步,暗里给钱小广打电话。

钱小广近来头皮发紧,一天到晚总觉将有大事要发生,没容老尹将话说完,在电话另一头立时慌神,颤声问咋办。老尹隔着电话没法细讲办法,低声交代钱小广赶快过来。钱小广回应得麻利,一句"马上到",不到五分钟便现身在老尹面前,动作之神速,让老尹无端望了望隔壁,怀疑这小子是不是压根就藏在墙对面,闻风而动,腿脚快得像流星!

钱小广跟老尹儿子同学,见面不客气,直接问内幕。三句话听完,钱小广又忍不住暴怒:"合同说废就废,天底下还有说理的地方吗?照这么下去我还得领人上访——不闹个天翻地覆,事情就没人管了!"

"安静些!安静些!"老尹见钱小广又将冲动,沉着脸警告。

"安静个屁!"钱小广心急犯浑,"三北合同一废,喜发不也跟着歇菜吗?人员、设备,啥啥不都得停?工人没地方吃饭,婆娘事儿又没个终结,我老叔不上吊我就得先跳河,爷儿俩一起死——喜发还剩啥!"

"遇事要知道思考,"老尹张罗给钱小广倒水,"不能遇啥事儿都跟孙大圣似的,一言不合就闹天宫!"

钱小广被训,张张嘴,又说不出什么有价值的东西,睁眼瞧老尹。

老尹见说哑钱小广,静静心讲:"着急上火也没用!置气、犯浑,弄拨人再跑到广场上闹一通,更是屁用不抵。三北集团不在本地,衢市再大的威发到人家那儿也是强弩之末。喜发不同,你跟你叔的身家性命都押在这块土上,离不开、跑不散,瞎吵吵啥!"

钱小广听老尹说得严峻,彻底哑口,浅薄的脸色愈加发白。

"事已至此,只有兵出险招了!"听钱小广没话,老尹果断转过话题。

"啥招算险招?"

"找人调和一下,看有没有起死回生的可能。"

"调和?咋调和?"钱小广紧两下脸,继续盯老尹,"眼前喜发就我拙口笨腮还能说清楚话,除此以外,哪还有说明白事儿的人啊?"

"调和不是光耍嘴皮,"老尹继续开导,"也不是逮啥说啥,得懂得把控节奏与技巧,善于营造有利于自己的环境氛围,操控好了事半功倍。"

"可谁去办这事儿,调和好了还不落一身臊?"钱小广不懂节奏,更不懂技巧,想想,考虑到一个回避不了的核心性问题,"齐大壮干得了这事儿吗?他是镇长,管莫旗镇一大镇子事儿,说话、摆事儿都有分量,也许能起死回生!"钱小广想不到齐大壮以上的救星,试探着问。

"太底层!"老尹果断定论,"协调协调跳吊闹访还可以,处置合同存废这么大事儿——费点劲儿!"钱小广怔怔地瞧老尹。"找找齐修平,他在政府做副秘书长,跟着常务副市长管城建,办这类事儿把握应该更大些!"老尹说得斩钉截铁,看出对齐修平的能力很认可。提到齐修平,钱小广心里有点打怵。双方关系一般,当年一个在矿中教书,一个在矿中读书,钱小广见了他含含糊糊叫老师,关系时远时近,没啥密切接触,叫不准临时抱佛脚人家理还是不理。

"你跟咱家小子不都是齐秘书长的学生吗?学生跟老师说事儿还有打怵的?"

"怵倒是不打,"钱小广紧着遮掩,"就是请他老人家出山不得跟刘备请诸葛亮一样啊!关键咱眼下不是刘备,顾几次茅庐人家也未必肯出山,说白了,没那份情分!"老尹听明白内里,掂量掂量讲:"我去求求冯士昆,他也是齐秘书长的学生,据说俩人关系不错,说说,兴许能成——死马当活马医吧!"钱小广走投无路之下顾不得窘迫,收紧嘴,把住水杯不吭声。老尹见钱小广发窘,嬉戏着戳戳钱小广的肩膀:"冯士昆跟我是两姨兄弟,他妈跟我妈是亲姐儿俩,跟他说事儿不用欠人情!"一句话说得钱小广脸更红。

二、指点迷津

冯士昆将电话打到齐修平办公室时,齐修平正跟媳妇霍艳生气。本来冯士昆的电话先进来,没说两句,霍艳将电话打到齐修平办公室座机,电话铃响起便没完,听得齐修平心都快跳出来,撂下冯士昆电话赶紧接听霍艳电话。"喂,喂!"齐修平喊两句,电话另一头反倒没动静了,再喊依旧没动静。齐修平怀疑是不是外线出了毛病,刚想撂,电话那头突然冒出一个冰冷的声音:"刚才去哪了?为啥不接电话?"齐修平听出电话那头还是霍艳,脑海里依稀闪出霍艳石板般冰冷的青脸,一年四季寒气砭骨,不带血色,眼角眉梢挂满秋霜。

"刚跟士昆通话,腾不出手接!"齐修平耐心做起解释。

"那刚才的刚才呢?刚才的刚才你干啥来着?咋那么长时间不接?"霍艳在电话里不依不饶。"刚才的刚才我送盛世集团助理出门,手机落办公室了,有事儿吗?"齐修平习惯霍艳神经质般的诘问,耐着性子回答。

"是不是那个吴晓燕,你那个学生,长得妖里妖气,看谁都眨巴眼的那个?"

"我这正忙着呢,没急事儿我挂了啊!"

"别挂!"霍艳在另一头发急,"还有你那个姓苗的女学生,描眉打鬓,隔三岔五往市长家里跑,除了投怀送抱还能干啥?我告诉你,齐修平——"霍艳说着说着离了谱,急得齐修平紧喊:"小苗每周去文市长家是给孩子补英语,光明正大,你瞎嚷嚷啥!信口开河,人云亦云,传出去啥后果你知道吗?谣言会杀人的!"

电话一头暂时静音,齐修平揣测霍艳被自己的话吓住,郑重地还想讲。

"齐修平你别得理不饶人!"霍艳拗着又喊,"给我想清楚喽,你现在这个芝麻粒儿大的官儿都是我哥好言好语托人求来的,奉劝你好自为之。要是敢三心二意,别怪我们霍家人不讲情面!"霍艳越说越动气,"啪啪"在电话一头拍桌子。

"神经病!"齐修平气恼地挂断电话,余气未消,骂一句。

骂完,齐修平觉着还是余气未消,站起,走两步,突然想起冯士昆打来电话,抓起手机给冯士昆回,紧着问刚才都说了啥。

冯士昆是齐修平较为器重的学生,说话爽利、脉络清晰、条理分明。冯士昆半分钟便替钱小广交代清邀约背景,后二十秒说明时间、地点以及人物,余下十秒等齐修平回话,前后一分钟不到,将事情表述得清清楚楚。

"这个钱经理——人头不熟,见面尴尬,还是改日吧!"

冯士昆听齐修平要推,坚持劝:"一回生,二回不就熟了吗?再说他侄子钱小广也是您的学生,由他陪着,有啥尴尬的!"提到钱小广,齐修平不好回绝,想想答复:"那就去!"冯士昆听了念佛,紧跟着道歉:"茶局我就去不上了,佳佳从新西兰回来,小海邀一拨儿同学接风,说好一个也不能少,晚上您就只好自己去了!"齐修平知道胡小海跟盛佳佳风一阵雨一阵的关系,沉吟下说:"嘱咐小海,婚姻大事凭的是缘分,强扭的瓜不甜,沉住气,别心急!"冯士昆含糊着答复:"话一定带到,一句也不落!"之后要挂电话。

"别急,这个钱总究竟怎么个相貌?好认不?"

"好认!"冯士昆抢着应,"个儿不高,雷公嘴儿,见面好点头,面相——有点窝囊,好在啥都能听懂,心里也有数!"齐修平听了个大概,拢拢心上勾勒出的形象,眼前依稀浮出图景,接着埋头忙手头活儿。

下了班,齐修平一人溜达着奔了茶楼,路上东瞅西瞧,感觉还挺自在。

茶楼离市政府其实不远——过两条街就到。离着半站地,便能瞧见茶楼装饰一新的门面,仿古牌楼的造型,檐角飞翘,缀着一溜儿泛着翠绿光晕的灯笼,朦胧氤氲,看着古意十足。茶楼门楣上方"绿云轩"仨字出自衢市书法名家信阳春之手,行楷兼备,厚重而又不失灵动。临近营业时间,正门紫铜色门扇对开,瀑布样垂下一幅白润珠帘,映着屋内灯光烟色,一派富贵气象。

进来之后,齐修平问服务生,见没见着身材不高,面庞不是很年轻的男子进到茶楼,得到否定,回应"那就好,那就好",侧身坐进茶座,在四下氤氲的茶香中,看夜色在一格一格窗棂间一层层深沉。

时间没有想象的早,喝茶人不见熙攘,茶楼里一片清静。

齐修平看得入神,要不是手机铃声响,还真以为身在茶乡。

电话是胡小海打来的,起初奇吵,跟着渐次安静,估计是躲到哪个房间了。

胡小海打电话替盛佳佳问事,大致是,盛世小盛总夫人遥香从日本打来电话,询问从中行转存到辰州银行的日方资金,被那位潜逃的女行长挥霍了多少、购买多少股票、多少期货,盈利多少,蒸发多少,还有没有残值,女行长目前潜逃地点,公安机关有没有采取行动,有行动的话到了哪一步,结果如何,凡此等等,问得烦琐且详细。遥香那一方状况应该不乐观。

齐修平掌握辰州银行挪用盛世资金私下炒股的一些内幕,沉吟一下,回应胡小海:"情况需实施追逃并取得进展后才能明了,目前不好说!但有一条可以确定——"齐修平讲话说得尽量明确,"不管什么男行长、女行长,在当前国际国内数据共通的大背景下,潜逃只能是权宜之计,天网恢恢,疏而不漏,最终等待他的也只能是法律上的严惩,这点不用抱有任何幻想,拭目以待吧!"胡小海听齐修平说得冷峻,电话里没多说什么,赶紧说佳佳要通话。

佳佳在电话里兴奋得像只欢快的鸟。

齐修平敏感地考虑胡小海在一旁的感受,敷衍地说一通,末了说句:"倒过时差就好了,注意休息!"打算挂断电话。佳佳还想说什么,齐修平这边已经听见有人喊,忙挂断电话,回头看谁在喊自己。

"齐秘书长也在呀!"唐韵声一摇三摆走来,与齐修平碰面后,故作清雅地讲,"品茗,听曲,秘书长雅致得很——用不用作陪?"

齐修平望望古董,想答,却被唐古董抢去话头:"吴晓燕——"

唐古董边说边指着身后短发精干女子:"盛世集团董事长助理兼法务总监,职场精英,未来大有可为!"齐修平听古董语气认真,知道这位学究不晓得自己跟吴晓燕的师生关系,和善地笑笑,刻意冲吴晓燕竖大拇指,戏感十足地肯定这位昔日女弟子的辉煌历史。

吴晓燕不愿当众揭底,配合着冲齐修平挑挑手指,精灵古怪地眨眼。

"后面这位嘛——"古董没炫耀够,伸手拽过一位干瘦男子,指指讲,"米家山,衢市云泽画院院长,职业画家,主攻花鸟,刚创作的《夜静风萧图》获国展大奖,即将到衢市巡展。"米画家听了谦恭地点头,长发披散,怎么看都不像画家。

"这位——"唐古董扭身找剩下的第三位,"王士清,职业学院教师,兼职作家,写网文的。"作家被介绍得局促,红脸望望唐古董,拿手推推眼镜。

"书写得咋样了?出版社那边用不用打招呼?用就说,能起些效果。"

齐修平认识作家,见面后,善意地打招呼。王士清表现得很局促,捏捏眼镜腿儿,含糊不清地讲:"不、不用,不用打招呼!网、网络上,也……能发,稿……费还高!"齐修平见作家言语吃力,没纠缠,转身望唐古董。米画家感叹齐修平善解人意,紧着搭话:"齐秘书长如若方便,能否赏光跟咱这一列闲人品茗畅谈,共叙'说古道今之幽怀'?"

"不了,今天有客人。"齐修平果断拒绝,"改天再请几位!"

"等人啊!那就另选他日,改日叨扰,改日叨扰!"画家真诚地念叨。

齐修平见唐古董打磨磨不动身,应景着问:"几位……咋凑到一块儿啦?"唐古董终于等到齐修平问到正题,兴奋地一抖身子,左右手交替敲打折扇,嘴上数起莲花落:"下月盛世举办文化周,中日文化广交流。场面大,创意妙,胜友如云,来往的宾客真不少。小盛总重文化,礼贤下士,请来了作家、画家、摄影家,齐心合力要把这场盛事筹备好。不办好,不收兵,不负青山万古情……"

"说正经的!"齐修平熟悉唐古董的套路,迎面拦住话头。

"说正经的,说正经的,"唐古董一收折扇,言语表情恢复了正常,"就是盛世引资在大吉地——疗养院老礼堂那块地方——建一座公园,还原日本'垦荒团'当年的风貌,一个出资为怀旧,一个引资搞建设,各取所需,连带着治理沉陷后剩下的那片地,一举两得的事儿,有啥不好?"唐古董尽量说清。

齐修平没觉出哪块儿好,只是不解地瞧一高一矮两位艺术家。

吴晓燕紧跟着解释:"作家先生主要帮我们把关文案,画家负责展板,俩人各有分工。"唐古董听了附和:"就这意思,就这意思,年轻人就是年轻人,说啥思路都清!"说完继续舞折扇,整个人跟着神采奕奕。齐修平听懂个大概,无可无不可地点头。

"那就不打扰了!"唐古董又开启程式化的客套,"改日,改日一定相请,抵足而谈,通宵达旦!"客套完,引吴晓燕和俩艺术家上楼,过缓步台,拐弯便不见了。

齐修平听唐古董连汤带水一顿说,将盛世操办的"中日文化周"描述得像办堂会,笑笑。忽而听门口又一片吵嚷,声势喧天,感觉又来了一位什么人物。

"不会是钱总吧!"齐修平的第六感准确发挥了作用,吵嚷赶来的,正是钱喜发。

老钱晚上茶请没带钱小广,理由简洁又不容置疑:喜发是正规公司,正规公司接待就得有正规公司的章法,前呼后拥去一大帮子人,传出去惹人笑话!钱小广还想对付,但瞧叔叔坚定的目光,置气着闭嘴,一边无奈地失落。老钱不带钱小广还有另一盘小九九——此番茶请为的是求援,不是品茗闲聊,啥烦心事儿都抛到脑后,那样不真成没心没肺了吗?晚上茶请品相一定要扮惨,而且能多惨扮多惨!潦倒凄凉,末路穷途,最大程度引发对方同情,引起关注。

老钱扮惨登场没法带着钱小广,没法带钱小广便没法坐钱小广的车。

思索着转几圈,老钱最终盯上尤文东扔在工地上的古董摩托车,老旧零散,上上下下看不出几块带颜色的漆皮,眼瞅散架。如此这般,景象应该够惨了吧!骑它去绿云轩,甭说齐秘书长,阎王爷见了都能被打动,符合筹划扮惨的氛围。对叔叔骑摩托去茶请,钱小广一万个反对,原因也是简洁而又不容置疑:坐惯了汽车再骑摩托,那不等同用惯了菜刀再拿石器割肉吗?先进倒退倒不是主要问题,关键是这种方式叔叔操作得了吗?老爷子年岁大了,腰不好,车又这么破,半道真出点啥事儿,对于公司、家,还有所有与之有关的家来说,都是灭顶之灾,都是万劫不复,所有可能引发严重的后果都不得不三思。

钱小广对开摩托的恶意评估,意外引发老钱强烈不屑和跃跃欲试的激情。

"小兔崽子,提醒我三思,老子跟你爹骑摩托车时你还猫你妈怀里吃奶呢!当初多少外建活儿,哪件不是靠摩托车跑出来的?追风赶月,昼夜兼程,一点一点积累下这片产业。毫不夸张地讲,摩托车就是公司白手起家的功臣,是喜发的千里马。千里马都不相信,你还信啥?再说如今的摩托功率都小,铆足劲开,时速撑死超不过三十公里,慢慢悠悠就当兜风。兜个风能有啥风险?啥都害怕就不用上街了,还搞啥工程?"

钱小广止不住叔叔骑摩托车的热情,无可奈何,只能放任。

但钱小广毕竟是老钱的侄子,依旧放不下对叔叔的担心。他围着古董摩托绕了一圈又一圈,一会儿踩踩离合,一会儿攥攥闸线,跟会儿又正正反光镜,周身上下检查又检查才放叔叔上车,辅导着拧油把、点刹车、加油、放行,注视着叔叔瘦削的身子在视野里一颠一颠跑远,越来越小,消失在越来越稠密的车流中。

老钱许久没开摩托,意外地觉着舒畅,直到被保安截住,也没断了舒畅。

绿云轩的保安是名老保安,责任心和职业技能都很强。老远望见老钱跟他屁股底下的摩托,保安心里画起魂:哪来这么破的摩托车?怎么看都像改装的,"砰"一下散架再把窗户崩了,这么贵的玻璃,自己多少个月的工资才赔得起?不行,不能让人跟车靠前,靠前不稳靠,出了事儿谁负责?保安的担心一旦确立,恐慌便如海啸翻腾奔流,铺排蔓延,双手抵住老钱跟摩托,全身使劲,视老钱为出笼的老虎。

"我来是跟秘书长喝茶的,你大呼小叫地拦我干啥?"

老钱奋力呼喊,盛怒下拧油门还要往里冲。老钱的奋勇引发保安愈加职业性的警惕,眼神紧张得惊慌,叉腿死命抵住车把,虎视眈眈跟老钱对视,手心用力渐渐攥出汗,眼神跟心力都不敢疏忽。

"放手!再这么缠着我可喊人了,喊出人你可不好交代,弄不好工作都没了——齐秘书长,齐秘书长!"老钱见保安手攥得像老虎钳子,挣两挣没挣开,无奈冲茶楼喊。保安在门前听人喊过"齐秘书长",迟疑着,手劲渐松。老钱见恐吓有效,继续大声恐吓。保安心劲更散,挣两挣,居然被老钱挣去上风。再挣,手劲皆无。手一撒,俩人同摩托车一起摔在当地,分别四仰八叉,挣扎半天没爬起来。

保安的腿脚最终比老钱灵便,一骨碌爬起,先扶摩托车,跟着拉老钱。

老钱没伤着哪,就是左腿压着右腿裹缠着挣扎不起来,经由保安扶起,周身一阵拍打才隐隐觉出疼,眼前金星乱闪,额头沁出层层油汗,喘息一阵,接茬威胁保安,声色俱厉将齐秘书长直接说成是自己亲戚,恐吓保安:"我要是有个腿瘫胳膊折,唯你是问!"

保安张皇着指落地窗,提示老钱好像有位秘书长似有似无地坐在靠窗的茶座,看样子是在等客人。

老钱见保安低了气焰,平息平息怒气,指着摩托车安排:"就戳那儿,戳在楼前,弄丢、弄坏、弄走了样子,都找你算账!"之后,背手、板起脸孔往里走,唬得保安手忙脚乱恭送。

老钱跟保安争斗的一幕,齐修平全头全尾都看在眼里。

老钱背手跨进门的一刹那,齐修平下意识判断进来的便是"钱总",

起身相迎,先一步伸手。老钱同时猜认出齐修平,张皇伸手,一迭声自我介绍:"钱喜发,喜发公司经理。钱小广是我侄子,也是您的学生。当然,冯士昆也是您的学生。"说着指二楼,"楼上订了位子——请秘书长移步,楼上坐。"

齐修平不知道钱喜发下句想说啥,不好问,点头,随老钱上楼。

楼上包厢不大,内饰倒是古雅。屋中央摆套茶台,洗手间靠门,封闭,又不沉闷。老钱进来,比画着请齐修平坐定主位,自己拣门边坐好,跟着安排服务员挂外套、拿毛巾、开排风,忙活一阵儿才想起点茶。

服务生应声取来茶谱。老钱搭眼瞧,惊诧前三页价码贵得惊人,斟酌一番把本子推给齐修平。齐修平会意,扫一眼,见茶谱印制考究,文字精良,读着像《茶经》,翻翻,指着铁观音,恬淡地定下局势。老钱交代下去安排,自己坐正身子,紧一句慢一句地唠起闲话。来言去语,老钱探出齐修平宽厚,心绪渐渐清朗,移目瞧茶姑娘温盏、洗茶,折来折去好些次,才把茶盅斟满,开始有些犯愁——程序如此烦琐,啥时能喝到口?一时半会儿喝不到开口,该诉的苦咋诉?该调和的又如何调和?啥调和都做不了,惨不是白扮了吗?寻思完,扭头,喊服务员换大杯,理由是,大杯好,大杯喝着顺口,凉得也快!服务生忙得有些不开心,受老钱支使,不情愿地取来细腰长脖儿的大号水杯重重蹾在老钱面前,手劲儿挺大,面色看出不是很好。老钱顾不得服务员脸色,更等不得茶水沏出醇色,自己动手先倒满一杯,支走服务生,鸡零狗碎讲起会展中心和合同的事儿。

从头至尾齐修平都镇定着瞧,神情自若,看不出有啥态度。

齐修平镇定的神色让老钱心里发慌。眼见话说到尽头,老钱心慌得不知道咋办,思忖着再把事情讲一遍,可刚才说到哪,说了啥,一急又想不起来,没法接茬儿,满脸油汗,只知端杯灌水,五六杯喝下去,直喝得头晕耳鸣、胸闷乏力,胃内翻腾,喉咙眼儿发胀,嘴角暗暗流出黏涎,两眼迷离,神志渐有些不清,不知不觉喝出"茶醉"。

"您说,齐秘书长,我钱喜发是不是命苦?我是不是得认命?"

又一大杯茶灌下去，老钱忽觉眼前光明清朗，身子发轻，腰腿似乎有了力气，张嘴叹了一声，接着讲起自己离奇的生平：先是祖上分家，自己还未明事理便跟着被遣返原籍。年长返城，生活依旧困窘。十八岁进建校。二十岁出建校。三十岁看对象。三十五岁才结婚。四十岁有孩子。五十岁做经理。快六十岁干上这份操碎心的会展中心项目。两年下来，血压飙升、尿糖冲高、腰肌劳损、骨质增生，周身上下无一处无疾患，心神意识无一时不恐扰。左思右想，就是自己命不好，不该在人生当止的环节错出一步，一步错，步步错，步步被动，步步失先机，不历尽九九八十一难算是无法走到西天。就算走到西天，不折腾得气息奄奄怕是也见不到真佛。

老钱牛饮，一半以上因为冲动，但内里经过精细盘算，并非心血来潮。

来前，钱小广反复传达老尹那套"谈判专家"的说法，吃懂弄透地叮嘱，把茶喝好，喝出理解，喝出感情，最好喝得齐秘书长当场认下咱这门亲，事情管不成，管不好，心里都歉疚，都不落忍——那，就算成功了！

老钱眯眼如何揣想，齐修平搞不清，一路闷声牛饮更弄得齐修平头大。

这个钱总，大晚上约自己出来不会就是为表演喝茶吧？照这速度，这肚量，这么喝下去，没待把事情说清，自己估计就得跟着喝得酩酊大醉，头重脚轻，明天怎么上班？关键是想说的事儿没说清，该讲的话没讲明，一切都糊里糊涂、莫名其妙，自己下步该如何跟冯士昆交代！一切都不好解释。

所有的未知迫使齐修平当机立断叫停老钱不绝如缕似的泣诉。

趁老钱抖颤着续茶，齐修平突兀地问："除了这些，钱总还有其他需要交代的？"

"啊！就这些——这些就足够了！"老钱闻听使劲睁睁眼，"这些就够我们这些苦命人喝一壶的了！"说说眼睛继续迷离，"中心建得好好的，石源说撤资就撤资，剩下喜发苦熬干修对付到封顶，谁知合同又出了岔子，说停就停，说封就封！"

老钱越说嗓门越高,脸膛酱紫,眼里溢出愤怒。

齐修平见老钱愈说愈亢奋,连带神志都不正常,紧忙喊服务员取了毛巾敷住老钱的额头,望老钱脸色慢慢转缓,静气,给老钱一出一出讲起合同跟眼前诸般事宜。老钱起初听得半懂不懂,听着听着挣起身,兔子般竖起耳朵,一点一滴地听,一分一寸地记,醉成一锅粥的脑子飞速盘旋,融合,对比,筛选,剥离,一件件将去粗取精、于己有利的干货复制留存在脑子里,刻录成像,死死占据脑干,喉咙眼儿"嗯嗯"作响,似乎在参与盘算天大的阴谋。

齐修平说了半个小时,老钱"嗯"了半个小时,"嗯"完,迷茫地瞧着齐修平。

"咱们再理理脉络!"齐修平继续开导,"政府变更外墙设计,预算增加,政府又拿不出多余的钱。三北不垫付款项,工人聚众上访。领导应激提出终止合同,连锁反应搞得喜发陷入被动。是这个由来吧?"老钱转转眼珠憋出句古语:"城门失火,殃及池鱼!""嗯!"齐修平肯定一声,端杯沾沾唇,接着讲,"下面问题来了,喜发公司与石源以三北名义投建会展中心,工程出了状况,三北坐视不管,石源中场撤资,政府终止合同,博弈中喜发直接成了炮灰,这个替死鬼做得无价值,一点实质性意义都没有!"

"千真万确,说得千真万确!"老钱被说得心口窝发凉,呆呆,自言自语,"说到现在,喜发还有的救吗?"

"为今之计就是起诉三北,"齐修平屈指叩桌面,"主诉其作为主营公司在挂靠单位出现财务状况情形下拒不履行连带义务,由此依法提请履行程序,敦促其尽早支付垫付金,主动做出姿态,合同终不终止那就是后话了!"老钱见齐修平祭起维权这道法器,心惊胆战之余,又多了一份踟蹰。

前些年老钱断断续续打过一两场官司,输多赢少,小胜一回也赢得不明不白,心里晓得,拿对簿公堂对付三北集团这类实打实的上市企业,真刀真枪上阵估计也见不到啥希望。何况三北只是喜发名义上的东家,中间还夹个石清顺,整天舞枪弄棒的,应付不好哪天命能不能保住都不好说,还指望靠打赢一场官司来扳回局面?想法未免太天真。老钱无底气地将头埋在桌上,看得人揪心。

"起诉三北其实就是个姿态!"齐修平看出老钱为难,"重点在于表明立场,要让领导看出喜发于大是大非面前旗帜是鲜明的,立场是坚定的,绝对站在政府这一边,不当三北的帮凶。重点在因势利导,懂得借力发力——事情,就是这么成的!"

老钱听着连番眨眼、点头,似乎听出点门道儿,心中隐隐有所动。

"收全跟三北集团所有往来资料,开工记录、财务资料、现场签证,能找到的全部复印一份交给我——回去我想办法。"齐修平交代得斩钉截铁。

老钱捏住齐修平的胳膊咬牙切齿地讲:"明天我就复印所有东西一并交给您!"齐修平点头,之后掏名片,推给老钱:"这是我的联络方式,有事记着找我!"老钱接过名片,如获至宝地不停摩挲。

齐修平见该交代的都交代了,深喝一口茶,起身喊服务员结账。老钱手忙脚乱地掏钱,掏一半,齐修平已经下楼,麻利地结了账。

"颠倒了,事情搞颠倒了,"老钱满头大汗地嚷,"怎么……怎么能让秘书长您掏钱!"

齐修平抵住老钱的胸口,大度着安慰:"一顿茶钱,争来争去让人笑话,来日方长,来日方长!"老钱流汗夸赞:"齐秘书长大人有大量,将来,一定能成大事!"

齐修平笑着拍老钱的肩,相让着走向正门,挑珠帘,一高一矮出了绿云轩。

三、参禅

不多日,市长文旭成桌上就放了一份齐修平亲笔拟定的《舆情刊要》。

《舆情刊要》是文旭成到衢市后独具匠心筹划出的内部刊物,内容涉及衢市最新舆情信息,范围扩及一、二、三产,公检法司,报送层级控制在政府班子,个别要件抄报市委甚至上级。运行一段时间,衢市大小事情都适时周到地进入文旭成眼底,宏观而又具体,平实间显着精微。一来二去,主持舆情收集的齐修平自然而然被文旭成纳入视野,沾边或不沾边的会上文旭成时常拿信息采集报送做题,有意无意夸齐修平几句,引得与会者暗里揣测齐修平在市长心中的位置,以及未来走向上升空间及时间早晚等实际性话题。一份《舆情刊要》让无数佩服或不佩服齐修平的人程度不同地感受到危机。

而其中枕戈待旦做得最充分的,就是跟齐修平同做副秘书长的沈禄田。

沈禄田跟齐修平都是政府的副秘书长,不同的是,沈禄田比齐修平多了份兼管办公室的差事,头衔里多个主任的名号。

沈禄田生得圆头圆脸,肿眼泡,看啥都是执着专一的神情,让人总觉得在逼视。

沈禄田平时走路蹑手蹑脚,来去无声,让人感觉此公如一只通体黑透的大猫悄无声息地躲在暗夜角落,足底粉红色的肉垫稳稳踏住轻尘,它不动,没人知道这只隐秘诡谲的神物藏伏于哪。只要它想动,随时都会如闪电般瞬间出现在你面前,飘忽无声,见不着一点预兆,时不时让人惊骇如此虚胖且笨拙的身子怎么就如魅影一样莫测,忽闪着来,忽闪着去,想防防不住,想躲躲不开。

这次,沈禄田蹑足走进齐修平的办公室依旧不带一点声息,依旧像猫。

沈禄田走进齐修平的办公室照例左顾右盼,眼睛刀子一样上下搜寻,感觉非要从屋子里找着点什么。败兴的是,除了望见齐修平忙得不亦乐乎,其他让人兴奋的东西一样没有,沈禄田很失望,"嗯啊"两声,跟后说:

"《刊要》发的稿子,文市长签了字,指示涉及舆情的信息刊发前要严格把关,尽量精准翔实,既暴露问题,又要指出工作目标,提高指向性,最大限度发挥舆情导引功效,这回——"沈禄田说着望紧齐修平,"你又替办公室增了光,说到底,还是个人素质过硬,敏锐性、洞察力都够,未来可期。"

沈禄田突兀地提到《刊要》,齐修平敏感地想到本期刊发的会展中心跟终止合同章节,声色不动地讲:"城交委交的稿子,到我这儿就是加工加工,领导看到问题说明政策水平高,看啥都入木三分,一般人达不到!不然,人家怎么当领导呢?"沈禄田知道文章方面说不过齐修平,于是兜圈子,问起家庭:"工作上的事不提了,对了,你舅哥老霍支架的事儿张罗得怎么样了?用不用我帮你找找关系?"

"找了,医生说没到装支架的程度,嘱咐先观察。"

齐修平听出沈禄田没话找话,郑重问:"有别的事儿吗,沈主任?"

沈禄田见齐修平清醒地截住自己的话语,拿手抚抚干净的茶几,自言自语道:"其实也没啥,涉及一点私事儿,准确说是半公半私。"跟着沉身坐到对面,瞄下齐修平脸色,依旧猫一样地谨慎地讲,"办公室最近搞岗位竞聘,十来个岗位个个得过筛子,一个萝卜一个坑,实施起来挺复杂,哪件处理不好都容易引发矛盾,不好办啊!"齐修平听出姓沈的下句还有话,没接茬儿,听沈禄田往下讲。

"你协助高市长抓接待办,有些环节,还得替老哥分分忧。"

"竞聘是办公室内部事务,您是主任,做啥我无条件支持,配合就是。"

"难得老弟体谅,难得体谅!"齐修平的觉悟让沈禄田感到意外,沈禄田挺挺胸脯,尽力表现得襟怀坦荡,"那就有啥说啥啦!"齐修平把握不准沈禄田究竟想说啥,机械地点头。

"接待办小苗是你的学生,是吧?"沈禄田先指出对象,"年轻,有干劲,有想法,当初文市长从南方引回来,不愧是好苗子!"看齐修平没接话,沈禄田直接抛出主题,"这次我打算把她调到政府办文电科,依旧做科长,一方面能多接触政府事务,参与日常决策,一方面接触的人不像接待办那么复杂,有时间顾家。"

"谁接替小苗？有人选吗？"齐修平听出话意,直接问。

"我想把沈渊从文电科调出来,暂时进接待办,坐小苗的位置。"沈禄田说这话有些犹豫,但还是坚定地讲,"上次下通知的事儿高市长挺不满意,前前后后批评我好几次,再不调整局势就被动啦！这回岗位竞聘,我综合考虑,想将这小子调离文电科,各方面也算给个缓冲,领导眼不见心不烦,时间长了相关事儿也会淡化,不会再惹出别的祸来！"

齐修平听清沈禄田的用意,默声,当面没表态。

小苗是齐修平的学生,这点政府上上下下都知道。市长文旭成到南方招商,在一家酒店认识做部门经理的小苗,一番接触,被小苗待人接物的睿智跟热情打动了,委托齐修平私下磋商将小苗请回衢市,受聘在齐修平管的接待办做事儿。小苗在岗位上尽心尽力,上上下下赢得不错的口碑,业界反响极好。只是时间渐长,风言风语传出齐修平与小苗这样那样的闲话,搞得霍艳神经兮兮跑单位跟小苗闹了好几次,在左近造成极不好的影响。所幸齐修平日常作风端正,小苗也处事谨慎,加之回衢市不久小苗闪电式结婚,夫妻和谐,时间一久风声逐渐平息,霍艳也少了对小苗的指桑骂槐,只是偶尔想起来仍旧神经兮兮,像更年期提前。

沈禄田掌握齐修平跟小苗的传闻,此次拿侄子跟小苗说事儿也是扣住舆论的命脉,奔着齐修平的七寸去的。齐修平晓得沈禄田不达目的不罢休的性子,想着大局,当面未置可否,含糊讲:"沈主任尽管操作,怎么办,我心里有数。"

"大局为重,大局为重,"沈禄田卖力拍打齐修平,"就知道老弟你厚道,有这句话老哥哥我就放心了,一切都放心了！"再次拍打齐修平,一阵讪笑出了办公室。关门的一刹那,沈禄田挤出一丝微笑,之后,一摇一摆走远,体态、身形仍像一只猫。

送走沈禄田,齐修平长舒一口气,周身疲惫,靠向宽大的沙发。

这个老沈,为了侄子当面口是心非,还拿小苗做交易,心胸狭隘不说,处事手段也低劣、阴险、鄙俗,升迁到哪一步也成不了气候!鄙视完,齐修平刻意平平心气,埋头,按部就班忙起《舆情刊要》。刚翻两页稿纸,案头手机铃响,是文旭成的秘书小孙打来的电话:"市长正陪上头民宗局来人检查宗教现场,点名让你去玉佛寺,想着带几本《衢县地方志》,当面介绍情况。"

齐修平做惯文秘,反应一贯利落,应声,简单收拾一下便奔玉佛寺。

玉佛寺坐落在衢市东郊,开车半个小时行程。

上午自修还未结束,阔大的广场多少显得冷清。

齐修平赶到时,文旭成和民宗局的人还没到,四周悄然无声,只有油松枝干披挂的零散飘带依旧窸窣作响,红黄相间,飘摇着让人想见升座当天场景是如何声息鼎沸。汤如龙到得比齐修平还早,倒背两手,指指点点跟唐古董说古道今。

望见齐修平,汤如龙刻意表现出惊喜,一迭声感叹道:"来了,文市长最得意的秀才来了,盛装登场,开口就是大戏!"齐修平不习惯汤如龙的阴阳怪气,走过来跟唐古董握手,嘴上真诚地谦虚:"有唐馆长这样的人物在场,谁敢称秀才?衢市几百年正史逸闻都装在肚子里,除了馆长,还有第二个人吗?"

"哪里,哪里。"唐古董被奉承得惬意,依样真诚谦虚,"修平兄号称'一支笔',衢市一介文豪,唐某人肚里掌故再多,不经您齐大主编审阅也不敢轻易示人啊!"齐修平听懂唐古董依旧念自己主编《衢市日报》时关照之情,礼貌地挥手,指指左右山河讲:"那咱哥儿俩今天就一起做次秀才,携手把上头这场接待应付好,不给市长丢脸,不给衢市文化人丢脸!"

"不给衢市丢脸,不给衢市丢脸。"唐古董应和着笑,伸手起劲敲打折扇。

仨人正喧谈,车轮一片响,文旭成领民宗局一行人风驰电掣进到广场。

文旭成先下车，跟后鱼贯下来一拨人，站定，冲山门的青石牌坊比比画画。寺院刚升住持的悦然和尚见了赶紧从山门往外迎，步履沉稳，一袭黄衣带着仙气。

民宗局一行人头回来玉佛寺，走走停停，看啥都新鲜。

悦然和尚熟悉场合接待，见上级领导对列阵把住山门的牌坊感兴趣，淡笑着，踱步到众人面前，指着牌坊上的六柱七门侃侃而谈："各位领导所见的这座牌坊，由九十五块青石砌筑，十六点九米高，三十四米长，重达八百吨。柱顶蹲距神兽，下有四对石狮，柱身雕龙二百一十条，坊额刻有'雎鸠相戏'浮雕，都是《严华经》里的故事，道家风格明显，全国不多见。"

"确实，"唐古董应悦然的话介绍，"不仅眼前这座牌坊，就如这座玉佛寺，无数个所在都称得上佛界第一。"

文旭成见唐古董又要掉书袋，忙望齐修平。

齐修平会意，抢过话头："玉佛寺是座有历史的佛教建筑，汉代即有此址，鼎盛时房舍数百间，占地百余亩，毁于战火，三年前重建，修旧如旧，创造出业界诸多世界第一。"

"佛家寺院杂糅道教风格，如此体例，挺有意思。"一位青年领导不解地谈。

"道教是我国本土宗教，后期才出现的杂糅。"文旭成跟青年领导阐述，"汉初道家倚重黄老，讲求天人合一、长而不宰，至魏晋呈现儒道两家融合，到宋明更是吸纳理学，风格趋于杂糅。就像明代郑板桥的那首诗，'一间茅屋在深山，白云半间僧半间。白云有时行雨去，回时却羡老僧闲'，你就讲不清说的是佛，是道，还是儒，意趣兼备，但说确切了又什么都不是，总的来讲叫'融合'，学界也有'杂糅'一说。"

"市长大人这么繁忙，还有时间问道？"青年领导惊讶地问。

文旭成温声讲："第一次挂职锻炼，我在当地管的是意识形态。赶上一处道观定级，自己赶鸭子上架被逼读了诸多古籍，学些皮毛，不精深，略知一二。"

坡道直通悬在半空的山门。众人走近,发现山门里面还有一处阔大的广场。唐古董脚快,指着广场西侧两丛矗立的雕像兴奋地介绍:"前头这组雕塑取材于汉魏壁画,还原的是衢地长官车马出行的场景,赶车人呼号急促,坐车人威凛焦虑,奔走中尽显恪尽职守的本色。后面那组讲的是一则传说,大致是一位外放做官的衢地人,大旱之年冒死为当地百姓放粮,获罪当斩,临刑前天上飞来一只仙鹤,刀下夺人,托举官员升空返乡,死里逃生躲过一场血灾。两组雕塑一动一静,体现'入世济世,内圣外王'的传统儒家思想,看得出儒家理念在衢市传播之久、浸润之深。"

"儒家思想架构里'知其不可为而为之'的理念太过理想化!"说到儒家,文旭成接口,"'耽于执着,纠于世事',用它治世可激发士子心,但若说到理性治国,观点便显出偏颇!"

唐古董听文旭成说得绝对,没法接话,扭脸望齐修平。

"市长说得确凿无疑!"齐修平出语肯定,"古代儒士讲究'君子怀玉',试图'以道德代替制度',这种体系和做法用以修身尚可,治世便显得功效衰微。"

唐古董见文、齐二人思维契合,咽口唾沫,继续讲东侧一处雕像:"这边展示的是时任衢市长官公孙氏家族起居饮食场景,铺排奢华,尽显实时关东之地的富庶。"

"这组雕塑很说明一个问题,"齐修平再度接话,"公孙氏盘踞衢地历经三代四位统治,'水则由海,陆则阻山'的地理环境为其割据衢地提供了得天独厚的条件,成就公孙家族世袭罔替偏安一隅的特殊局面。这种门阀制度弊端较大,影响当时底层士子跟风结交党羽,沽名钓誉,谋求声名,图谋通过修成名士谋取官阶,客观讲加剧了'士庶'两相对立,社会人才得不到补充,国家发展受到制约。"

"说中了要害!"文旭成表示赞同,"门阀士族作为特殊的政治集团,形成于魏晋,衰落于南北朝,隋唐时短暂复有兴起,但遇武氏一朝便一蹶不振,直至消亡!此类集团特点显著,人员囊括当时众多官僚士大夫,思想上崇尚清谈,朝堂上把持大权,私底下生活极度腐朽,成为当时最大的社会毒瘤!"

齐修平接着讲:"士族集团是一种固化没落的政治体系,对国家机体侵害极大。总的来讲有两大遗患:一是固化阶层限制人才发展,所谓'上品无寒门,下品无士族',就是当时畸形社会结构的表现;二是削弱顶层权威引发社会动荡,皇帝的哥哥闹情绪带兵打到京城,出人说和说和便不了了之,如此悖逆却啥罪治不上,王权能不弱化?社会能不动荡?何谈良性发展!"

文旭成听齐修平说得深刻,继续将话题展开:"再后来,中国历史上迎来官弱吏强的胥吏时代——门客小吏把持权力要冲,左右上级决策,飞扬跋扈,为害乡里。"文旭成说得脸色严峻,目视前方。

众人听出主题沉重,同时缄口,默声看雕塑。

"悦然呢,悦然哪去了?"古董刻意打岔,"三缄其口,真成大师啦!"说着搜寻,后找见悦然,继续插科打诨,"升到住持就'徐庶进曹营一言不发'了,是你托大,还是佛祖'三缄其口'?说说,快说说,寺里那些见怪不怪的掌故,说两三句也行!佛境里不提佛事儿,佛祖见了要怪罪!"

"有人烟处皆有修行!只要用心参悟,修来的都是佛境。"

悦然料到古董最终会将话头引向自己,学佛祖拈花一笑,引人进了佛院,一一看过,穿堂进到后山玉佛阁,神态庄严地指向中央通天通地的一尊玉佛,沉声介绍:"各位眼下所处的玉佛阁,通高三十三米,寓意佛教三十三重天。阁宽六十六米,进深五十八米,双层重檐歇山结构。阁内玉佛用整块玉石雕成,高八米,厚七米,重二百六十吨,正面是释迦牟尼坐像,背面是观音渡海。整座玉佛寺为盛世集团独家捐建,光眼前这座玉佛便聘请了国内四十多位高级别技师,历时十七个月雕刻完成,成就古玉文化与佛教文化的完美融合。"

古董还打算接话,忽见沈禄田踩碎步赶来汇报:"苏麻领人跑省里上访,扯出横幅,惊动一位路过的大领导,要求衢市紧急写一份说明报上去。信访局老潘把材料写好了,您是不是过目看看?"说着递上一沓A4纸,斜眼四周,低声冲文旭成讲,"听说苏麻向上头还交了本油印小本子,叫什么《靖衢策》,声称是治世良方,沉疴旧弊手到病除。我眼下正有一本,看的话……"沈禄田说着亮出袖口里吞着的小册子。

文旭成见沈禄田多少有些焦急,捏住悦然递来的方巾揸揸手,扭头讲:

"唐馆长和汤主任替政府接待好上级领导,我跟修平秘书长先回政府研究研究那位苏麻,顺便再拜读拜读《靖衢策》,看看到底是怎样的一服治世良方。要真是果如其言,衢市没准还真得着治世的真谛啦!"

在众人一片笑声里,齐修平、沈禄田陪文旭成下山,一路静默无语。

四、一锤定音

衢市属县级市,归省政府直管,机构配置上没有秘书长、副秘书长一说。

关于衢市设置秘书长的做法,始于上头一次调研。调研中市委书记肖巨轩反复强调在县级行政机构设置秘书长的必要性,之后,再无下文。尽管如此,肖巨轩的提议在衢市还是广为传扬,传来传去,最终传得铁板钉钉。再后来,市委真为每名副市长配备一位协办领导,称呼上含含糊糊叫"秘书长"。秘书长这一称呼自此在衢市似是而非地留存下来。

齐修平被叫成秘书长,最高兴的是他大舅哥——民宗局管宗教场所的老霍。

老霍一辈子没出民宗局,科员、副科长、科长,直至干到副局级虚职,依旧在本职岗位上默默无闻,每天抄抄写写,闲下来便折灯笼、鱼形、桃形,还有莲花形的,弄妥后挂一墙,琳琅满目,像开博览会。救助站老关跟老霍在一个学校待过,看不惯老霍玩物丧志,变花样提醒:"折它干啥?风一吹就灭,不实用!"老霍听了一般不接茬儿,问烦了,偶尔回一句:"压根没打算让它实用,就一个念想儿!"

老霍心里有底,妹夫在政府做事已经光耀门楣,懒得理旁人说啥!

老霍底气消散,是打妹妹霍艳短暂性搬回娘家——也就是自己家开始,以往的自得与自信像被捅破的河豚气囊,顷刻间消散得无影无踪,整个人骤然变得萎靡,蔫了吧唧,一天到晚打不起精神。女儿小霍跟霍艳在同一家医院工作,尽管仅是名护士,依旧权威性极强地研判出老霍过往以及未来一段时间里呈现的病症——临退休综合征,这是心病,得治!

霍艳回娘家之前,老霍一家日子过得挺滋润,唯一的女儿结婚,一年后抱上外孙,全家添人进口,生活一天比一天繁荣。直到霍艳搬回娘家,老霍一家连年兴旺的运势开始无可逆转地颓败。先是原来在公证处搞公证的女婿卷进一场不明不白的官司,刑责、民责,连带一大堆的"责",搞得原先气宇轩昂、豪气冲天的宝贝女婿抵了房子、丢了工作,一家三口畏畏缩缩搬至岳丈家客厅,隔三岔五瞧人脸色,日子过得艰难。女儿、女婿外加外孙居无定所,搬进自己家无可厚非,但嫁出去五六年的妹子再转回娘家,哥哥不说,嫂子的眼神便时常让人多琢磨。对于家中遭遇的变故,老霍自始至终有一套超然的理论:"谁让都是自己的孩子呢?那么可爱,何况孩子的孩子更加可爱!谁让自己起根儿就是兄长呢?长兄如父,长嫂比母,爹妈走得早,妹妹受气不回哥家还能去哪?流落街头——你忍得了心吗?"

话是这么个话,理是这么个理,但时间一久周遭事物就没老霍自我安慰讲得那么简单啦。六七口人天天混在一起,起居、饮食、言语话茬儿,哪哪感觉都不对,甭说和谐相处,连基本的共荣共生都实现不了,郁闷得老霍天天板紧脸,不喝酒时,一句话也没有。

为了缓和情绪,更为了孩子,齐修平偶尔来蹭饭,时不时跟大舅哥喝点酒。

从玉佛寺回来,齐修平弄些酒水照例去舅哥家劝霍艳,路上,提前想好说辞:"幼儿园让孩子家长周一到园里开晨会,你做妈的去一趟,借机跟老师拉近拉近感情,晚上回家包馄饨——娟娟挺长一段时间没吃馄饨了,她最爱吃三鲜馅儿的,都馋了!"盘算好路数,齐修平掐晚饭时间走进舅哥家门,进屋,先张罗换鞋。

"姑老爷,姑老爷!"小霍儿子胖胖先看见齐修平,蹿上来,兴奋得胖脸发颤。

"老姑爷!"小霍上来喊第二声,之后伸手揪胖胖,"眼瞅小升初还刹不下心,考不进实验中学,跟你老子一样出去当二流子啊——没心没肺的东西!"小霍丈夫听媳妇教训孩子离不开自己,萎靡着从阳台出来,冲齐修平规矩喊"姑爷",回头跟小霍理论:"教训孩子就教训孩子,回回牵连上我干啥,有瘾咋的?"小霍置气想还嘴,看看屋内形势,掐孩子胳膊回到学习桌前,忍气吞声,不再跟丈夫说话。

"你老姑呢?今天周五——歇班?"齐修平没话找话。

"跟我妈去菜市场了。"小霍忙着辅导孩子,没抬头,指向明确地回句话。

"不是又跳广场舞去了吧?"齐修平了解自己媳妇,同样指向明确地问。

"回来路过广场,兴许能跳两圈,"小霍惊讶姑爷脑后长了眼睛,敷衍着补一句,"两圈、三圈,不好说,谁又能说得准!"

齐修平看出小霍跟姑姑亲,没办法拆穿,换了拖鞋进客厅。

"学区,快说学区!"小霍丈夫打手势提醒小霍。小霍看不惯丈夫逢事儿就夙,一扳儿子快贴到桌面上的脸,过来跟齐修平讲:"胖胖爸爸上午刚打听的教育局,进'实验'的事儿,您能不能给教育局高叔打个电话?办得了办不了得听他话。"

"教育局说的?"

"教育局说的。"

"教育局谁说的?"

"副局长老高,高叔说的。"

"别听老高胡咧咧!"齐修平不屑地挥手,"东风硬了往西倒,西风来了往东偏,他的话还有的信!"小霍跺脚发急:"都啥时候了,老姑爷?还有半学期胖胖就小升初了,进'实验'的事儿再不敲实就来不及了。'实验'是重点,录取一概凭分,凭胖胖眼下的成绩进不了那儿,只能进普通中学。"

"进不了就进不了,能影响孩子到哪去?"齐修平做过老师,通晓教学上的事儿,"十来岁满操场跑的孩子在哪儿念不一样!'实验''实验',就是个名号,除了名字上有区别,教出来的东西真差十万八千里?"

"普通中学跟'实验'能比吗?"小霍发急,"'实验'每天都学啥?起手就是奥数,普通中学能学啥?教学质量、教学理念,压根不能同日而语!这些都是大数据分析出来的,是科学,掺不得假!"讲完不达目的不罢休地站在对面,死死盯住齐修平一张脸。

"别急!冷静冷静再说。"齐修平拗不过妻侄女,压压手劝导。

"不是一点儿转机没有!"齐修平刻意缓缓语气,"前两天盛世集团给政府打报告,说在江东建纪念馆,延展了还要建公园,配套设施里应该有所学校。真要建成市里学区就不紧张了——分片录取,分高分低都能进,体现的就是人性化。"

小霍没言语,小霍丈夫倒是来了兴致,探头过来打听:"啥体制,公建还是民营?规模大不?"

小霍丈夫问得太专业,教学体制、办学方向,齐修平一时答不出。

"真要建,您给沟通沟通留个学籍。"小霍丈夫凑上来,鼻子抵着齐修平的鼻子,"我新进的那家公司正策划留学培训,专门针对那拨挖空心思送孩子出国的家长,聘请英语老师实施一对一辅导,择优教育,突击培养。搞得好,利润空间老大了。挣着钱,胖胖还惦记着进啥'实验',直接出国深造,全套海外教育。学完能留在外面就留在外面,留不住,回来也算海归,身价迥然不同。"

提到留学小霍丈夫异常兴奋,手脚不自觉比画,脸上增加几分自信。

小霍听丈夫又玄天二地,出手推搡:"有功夫辅导辅导孩子,少做你的黄粱美梦!官司打得房子都搭进去了,还有脸在这胡咧咧!"

"别指望那窝囊废做成啥事儿!"说完丈夫,小霍回身讲,"盛世建啥,咱不稀罕,也等不及。我就是想求老姑爷跟教育局通融通融,看有没有别的门路让孩子进'实验'。"正说着,门"咣当"一声开了,霍艳拎一兜青菜冷脸进来。

小霍先瞥见菜后喊老姑,接了,埋怨:"干吗回来这么晚?做饭不及时,胖胖又不好好写作业,影响将来孩子一生,谁负责!"

"菜买晚了,买早了也得有人往回拎啊!"霍艳说话没好脾气,"菜到门口一把甩给我,一人跑到广场跳舞去了!也就是你爸,换我,早不认这个媳妇了。"说着,瞪一眼齐修平。

"都是我爸平时惯的——没地心引力都得上天!"小霍奉承着应和。

霍艳进门没理齐修平,换鞋回屋,卸妆,净面,跟着换睡衣。

换完睡衣,霍艳静心想想,脱了睡衣又换内衣,四下都换完,琢磨琢磨揭起床单抱着奔卫生间,水声隆隆洗起衣服。客厅内外暂时恢复安静。

齐修平耐心看霍艳折腾完一切,上前说:"明天幼儿园开会,要求去一名家长。"

"你干吗不去?娟娟又不是没有爸。"霍艳依旧冷着话语。

"明天我有接待,走不开!"齐修平尽量说得和风细雨,像跟霍艳谈判。

"让你那狐狸精学生去吧,我清闲一天是一天!"

齐修平见霍艳又蛮不讲理,忍忍,放慢语气:"置那些没用的气干啥?好好说不行吗?"霍艳听齐修平语气渐软,立时抓着什么把柄似的喊:"娟娟三岁进幼儿园,四岁上中班,五岁进大班,你这当爸的准时准刻接送过几回?参加过几回家长会?幼儿园老师认识不认识你这个当爸爸的?你心里有数吗?"说着,要抹泪。

"咋了,咋了?"小霍跑过来问,"好好的,说哭就哭,入戏这么快不当演员算可惜了!"

齐修平止住小霍,缓缓语气,打算继续劝。

没待开口,老霍佝偻身子推门进来。

"修平来了,"望见齐修平,老霍显出些笑容,"挺长时间没凑一块儿了,晚上喝两口。"转眼,寻摸小霍她妈,"胖胖他姥姥呢?到时候不做饭,一家子人吃寒食呀!"小霍听了紧忙赶出来,指地上青菜圆谎:"菜都买回来了,正准备做,大勺颠俩儿就能上桌。"老霍里外瞧瞧置气讲:"成宿隔夜跳广场舞——跳广场舞能顶饭吃呀?顶饭吃我也去跳!"小霍想继续遮掩,门再响,老霍媳妇红一张脸闪进来,放好折扇,回头见老霍金刚怒目立在大厅,知道自己眼前所处局势,先发制人嚷:"都瞧我干啥?哪条规定不许家庭妇女出去跳舞了?!说出来,说出一条我都认!"

老霍媳妇撒泼,身为舅哥的老霍脸面一时过不去,上来伸胳膊伸腿要比画。

小霍见家里要乱,挣过去拦老霍。齐修平也觉难堪,上来跟小霍一起拦。挣几下,怀里手机响,齐修平接了看是条信息:六点半,办公会,十三楼会议室。落款是打算调出文电科的沈禄田的侄子。齐修平习惯政府没黑没白地颠倒作息,振振精神,冲老霍晃手机:"赶个急会儿,饭下顿吃。"老霍知道妹夫身份与忙碌的意义,尽量轻松讲:"那就下回!"跟着嘟囔,"啥会?晚上也不让人休息!"

齐修平歉意着点头,回头瞄眼霍艳,换鞋,开门出去。

老霍媳妇瞧了,挑眉,示意霍艳跟着走。霍艳不理,抿紧嘴角讲:"阳光大道,独木桥,爱走哪边都是各人的主意,没人拦,也拦不了!"之后抱起洗好的衣服,进阳台,一件一件散乱地晾出,缤纷地挂成万国旗。

齐修平赶到会场,议程将近最后一项。

文旭成正襟危坐把住主位,手中转动铅笔,神色冷峻,一看就做足了功课。高庆丰肃然坐在一旁,手指抵着几组数据,一条条,逐项跟对面女局长核对,申请、抵押、审批、二次转贷,一堆堆术语说得琐碎、严谨。

会议室装饰得极其别致。圆形会议桌围住一个大大的沙盘,衢市山川景物尽收眼底,方便与会者随时指点江山。

高庆丰回头打算问老潘中心上访的一组数据。正是在这一环节,老潘突然卡壳,嘎巴嘴,零零散散说了三分钟,最终没把事情说清楚,急得高庆丰火冒三丈,老潘惊得冷汗频出,手渐渐发抖。汤如龙不忍心看老潘遭罪,救场般地抢话:"我说两句——领导!"众人听了一起转眼,听坐在桌子另一侧的汤如龙连说带比画地宣讲。

"会场中心上访源于政府拖欠工程款,前后闹了一段时间。"汤如龙首先定调,"可细琢磨琢磨,人家闹得也不无道理!"汤如龙继续定调,"中心前期包装了一年,建设搞了一年,中途停了半年,作为名义上的施工方三北集团对承揽工程不闻不问,上门沟通又闭门不见,政府发函一概不回,这种无视法规、无视原则的行为,衢市总该有个态度吧?至少应该亮亮底牌,让对方知道,衢市没断然终止三北集团的合同是出于多年合作的情义,不是没有能力,不是没有决心,少了张屠夫还吃带毛的猪?我个人观点,大事当前不能含糊,应该采取雷霆手段果断终止三北建设合同!"

文旭成没表态,扭头问高庆丰。高庆丰深知此公人前人后善使伎俩,于是停了手中笔,坐直身子讲:"意见嘛,大致有三点。"高庆丰刻意顿顿语音,拿手扶扶杯盖,继续郑重讲,"其一,针对合同终止我请人搞了咨询,法律层面涉及事务太多,需要精心准备,稍有偏歧便有败诉的可能,胜算概率不大。"

"其二,"见汤如龙没接话,高庆丰继续讲,"合同一旦终止,如何处置善后事宜需提早安排,类似哪家企业接盘、如何接盘、程序规章等等,都得通盘考虑,不能有丝毫瑕疵,否则影响项目运行。"

"第三,我想,制约眼前项目建设的首要肯定是资金,但仔细想想,资金真的是压倒中心工程的最后一根稻草吗?还有没有更客观、更隐蔽的因素在里面？退一万步讲，就算资金解了套，工程就一定能顺利进展，不误工时？出现其他问题怎么解决？大家要换位思考，尽量换个角度认真思考。"高庆丰说完用力看眼文旭成，攥住铅笔，凛然环视四周。

"换位思考，咋个换位？没钱，换多少位也是寸步难行！"汤如龙憋不住又开口，"归来归去，说到底钱才是终结一切的救命稻草，没它玩不转！中心目前一期建设贷款已经花光，二期贷款纠缠一年程序还没厘清，今天拖明天，明天拖后天，月月年年啥时有头！关键是工程这么紧张，三北作为合同里的乙方，一级建筑企业，牙缝里剔下的肉都够衢市开俩月工资的，对此却不闻不问，坐视工程陷入僵局，没一丁点儿出手相救的意思。这样的企业我看没必要顾忌，早出手，早了断，免得日久生变牵连起别的，对衢市更不利！"说完，汤如龙沉下脸，面沉似水盯住茶杯。

"要不，先礼后兵再跟三北谈谈？冤家宜解不宜结！"

"还谈什么谈！"汤如龙听了几乎跳起来，"三北集团我都跑五六趟了，回回热脸贴冷屁股，那场景，有个地缝儿我都想钻进去——还谈？"

汤如龙暴怒之后又变得语重心长："你们是没见过那个甄总，软硬不吃，横草不过。跟她说啥都行，就是不能提钱。一提钱，她就接二连三往外打电话，真有事假有事咱不知道，反正东一言西一语根本不给你说话的机会。我一个快六十岁的老头子要饭似的坐在对面，走也不是，留也不是，滋味儿老难受了！总之——"汤如龙说着做结，"谈多少都是自取其辱！"

"说过啦，老汤！"高庆丰看不过去，"工程前段资金上是出了点问题，但问题不是永远的，不能总成为问题。财源办刚刚汇报，二期贷款抵押已有了眉目，仅差核定抵押物这一环节，快慢只是时间问题。工程是死的，人是活的，不能因为一次意外就止步不前。"

"大家的意见我都听清了！"文旭成见双方各执一词，争论下去，怕一时半会儿收不了场，张嘴总结，"既然中心二期贷款已取得进展，设计变更也进入日程，终止合同一事儿，我建议先缓一缓，观察观察再说。肖书记那边我去解释。"

"庆丰市长，"文旭成跟着交代，"你跟如龙主任抽空再跑趟三北，找那个甄总深入谈谈。很多事，多说一句少说一句，情形大不一样。天下没有做不成的亲家，关键在于沟通。另外——"文旭成回头望齐修平，"齐秘书长陪鲁常委跑跑银行，推进推进二期贷款，资金有着落做啥才有底气！"

"大家还有别的意见没有？"见众人没吭声，文旭成果断地讲，"没有的话，我利用下面几分钟时间讲讲与这次合同有关的事，尽量快，不耽搁大家太长时间。"文旭成说这话时语音不高，但语气异常坚定。

"原则上讲，我们眼前从事的所有工作都是围绕地区富足、百姓幸福来开展，这就要求我们每名公职人员日常所思所想，都必须围绕地区发展这个大局，凡事唯大局而动，不能凭一己好恶轻言废立，更不允许假工作之名行一己之私，不能损公肥私，尤其不能挟私报复，那样不符合国家公职人员的基本要求。会后，城交委即刻启动预案，针对喜发公司工地跳吊事件展开调查，搞清过程，弄清其中是非，努力还原事情本来面目。"说到此，文旭成果断停嘴，直眼瞧汤如龙。

"搞清楚之前先把进度款足数发给企业，"文旭成回头交代高庆丰，"政府公职部门不能像某些不良商家一样不讲信用，真那样，老百姓今后谁还敢相信政府？没人相信，政府信誉与外在形象何在？没良好外部形象还谈什么营商环境，拿什么招商引资？'打造东北亚营商高地'等等不都是一句空话？"

跟着望眼齐修平，文旭成于会议上安排："会后，政府办要发挥《舆情刊要》的监督指南作用，对全市营商环境进行一次大排查，重点看各单位、各部门，在处置纷繁复杂的政务事项过程中都是怎样一种状态，怎样一种工作氛围，不能让工人指完企业脊梁骨回头再指政府脊梁骨，指来指去，伤的还是政府形象，怎么算都划不来——散会！"

齐修平觉着文旭成还应该再说两句，不想戛然而止，心里未免空落。

高庆丰怕文旭成会后再想起什么，紧两步，与鲁健跟在后头。文旭成见了，缓步，转回头交代："大致就这些——盯住三北就是你的功劳，别的，让底下跑！"高庆丰懂得文旭成的话意，深沉着点头。

　　"对了修平，"文旭成似乎想起什么，回头喊齐修平，"小苗补课的事儿你跟你爱人说清楚了吗？口风很重要，人云亦云，会闹出不必要的麻烦……"跟着话音越说越弱，文旭成拉齐修平避到一旁。高庆丰见俩人说得隐秘，谨慎着刹脚，与鲁健静静候在一旁。

　　"庆丰！"交代完，文旭成回头又喊高庆丰。

　　高庆丰闻声赶过去，附耳听几句，眉头便突突闪跳："拆借资金！我知道是肖书记当市长时定的事儿，主要是填补葡萄园前期建设亏空，说好一年还。三年过去了，老董事长那边——"文旭成果断摆手没让高庆丰说完："之后安排，让审计那拨人先侧面查查，弄清底数，看有没有办法补救。"左右望望，声音更低，"审计组下月进驻衢市，重点就是查挪用江防资金。江堤透水还没平息，再闹出挪用资金这档子事儿，一浪高过一浪，衢市哪经得起呀？"

第四章 论道

一、猛龙过江

第二次会议上,鲁健被安排去省开行协调贷款。为确保质量与效率,鲁健头天特意早早躺下,好好睡,攒足精神隔天好抖擞上阵。不知是睡早了还是压根睡不着,翻来覆去折腾到次日凌晨两点半,躺在床上依旧没有睡意。好不容易挨到清晨,刚上来点儿困劲儿,一阵铃声又将自己吵醒。鲁健这下彻底睡不着了,见窗帘透出亮光,起来,下楼晨跑。

初春,广场四周花树微微渗出绿意。慢跑一段,鲁健感觉周身发皱,腻腻歪歪得像洗澡没洗痛快,索性脚下加力,健步如风跑到东门。临近拐弯,由广场外摇摇晃晃驶来一辆厢式货车,米白色,像只弱小的精灵,鸣喇叭从鲁健身边掠过,遇见前方减速带,一颠,散开半扇厢门,颠颠簸簸犹披头散发的孩子,不计后果疯跑。鲁健没细看,绕后院广场又跑几圈,周身感觉出通畅,缓脚,慢走回宿舍,路过食堂门口,望见管理员老宋跟个刀条脸男人指指戳戳,神色看起来不太愉悦。

管理员老宋五十多岁,矮胖,大耳,胡子拉碴的,看着像伙夫。

老宋说话耳朵上还夹根烟,招紧账本:"当月结清,当月结清,说多少遍了!半个月就想结账?有那规矩吗?"

老宋多年练就火眼金睛,新账、老账,到没到时辰,一望便清。

"行行好,行行好,"刀条脸男子是宿老三,他划拉着周身找烟,"这不都是被逼的吗?牛渴奔井——没办法!"跟着掏打火机,"会展中心建建停停,工资都缓发了半年,连我这比蚂蚁窝大不了多少的粮油店都垫进去一万多块,连个响动都听不到,您说,我能好哪去?不急,那是自己糊弄自己。"

说着,刀条脸张罗给老宋点烟。老宋晃晃,将手避到一旁。

"上次婆娘跳吊好歹被镇里弄走,紧跟着又来个肉头,天天找小钱总,说是替什么人催账,说什么钱小广欠陈五年他哥钱等同欠自己钱,钱小广欠账不还，只能按道儿上规矩处理！"刀条脸说着继续给老宋点烟，老宋直接将烟夹到另一只耳朵上，拧眉毛问："肉头就那么霸道？"

"肉头现在可了不得了！"刀条脸说着身子发紧，立眼，四下寻摸一圈，仿佛肉头时刻都有可能藏在哪处草丛，"肉头现今跟着石清顺混，浑身刺龙，没到清明就光膀子，出来进去气势吓人得很，胆量弱些的，谁敢跟他较劲！"

"报警，遇事赶紧报警——人身恐吓还了得！"老宋愤愤地提示。

"谁好人家没事儿跟这路煞神对命！"刀条脸说说拍手，"'圈套圈'的账，谁欠谁，怎么欠的，究竟欠没欠，谁能说清楚，谁又敢出面说清楚！"

刀条脸说说手拍得更紧："旁枝斜杈的不说了，总之，小钱总跟喜发被逼得走投无路，我这巴掌大的粮油店也跟着遭殃！您可知道，宋大经理，今年咱家宿嘉童眼瞅高考，补课、营养，哪样跟不上，还上哪考大学去！"

宿老三还打算掏烟，扭脸见老宋满脸堆笑跟一位路过的领导打招呼。

"鲁常委早！"老宋称呼叫得准，之后，揉宿老三上车，比画着将车指挥走。

宿老三出院门，路上油门加紧，依旧颠簸开进会展中心工地，奔食堂，卸车，记账，交接，打过招呼，挨门找尤文东，继续讨那笔无望的账。

不知人真没在工地，还是故意躲，宿老三里外找半天也没找着尤文东，累得老头儿没耐心，上车发动了要走。刚点着火，猛抬头，宿老三望见门口尘烟四起，围上来一群摩托车，黑压压地堵住大门，有点大兵压境的意思。宿老三望着阵仗诡异，蹑手蹑脚将车倒到库房边上，熄火，躲在驾驶室里看。

堵大门的都是些年轻人，墨镜遮面，一袭袭黑衣透出杀气。

开春，工地忙着进料，一溜儿装石子的货车被堵在门口。头车驾驶室里的司机狂按喇叭，固执地显示此区域内自己跟车长期占有的人力优势。摩托车对货车司机的狂躁第一时间没做出反应。再按，摩托车墨镜年轻人只是烦躁，但仍旧静默。货车司机见了更狂躁，跳下车，摇晃着奔向摩托车,比比画画似要发生肢体接触。

争执间,门口龙卷风样冲来一辆猛禽皮卡,搅起漫天黄尘瞬间眯住司机两眼,慌得他挥手猛扇。皮卡定住脚,开门,蹦下一个小个子青年,精瘦,右额至左腮挂道疤痕,刀一样横在面上,棱角渗出杀气。小个子站稳当地,没瞧货车司机,倒是冲工地喊:"谁是钱小广?钱小广在哪?钱小广出来!"

货车司机平日只管拉货,工地里认识的最大角色就是材料员,钱小广是谁,实话实说真不知道,听喊,左顾右看没有言语。司机身后的装卸工年龄偏大,走南闯北见识过场面,上前紧着掏烟。小个子青年没领情,目不斜视只望天,脚尖漫不经心踢着足下半寸厚的浮土。踢着踢着,小个子青年朝地吐口痰,拨拉开装卸工,反身从车上拽出一把大号铸铁扳手,猴子一样窜上货车驾驶室,抬手一通砸,玻璃风挡瞬间粉碎变形。

门口一片嘈杂,将没醒过头晚酒的尤文东惊出库房,凑近宿老三的车问刚才都发生了啥。宿老三不敢太声张,使手势喊尤文东上车。尤文东酒劲儿没完全散,执拗着不受宿老三摆弄,依旧隔着车窗听宿老三讲。

宿老三分析:"这拨爷进院就喊钱小广,应该跟他有怨!"

宿老三提示:"尽量躲!干这拨生意的家伙下手没轻重,死扛容易出人命!"

宿老三逼问:"说话呀!吓蒙还是吓傻了,钱小广到底在不在现场?"

"小广到河北押货去了!最快也得后天返程。"尤文东情急之下恢复出诚实,前言不搭后语地讲。

"赶紧报警!"宿老三帮忙决断,"这些人都是亡命徒,警察来了才能镇住!"

尤文东想想没辙,退回工棚,边张罗报警边掐嗓子给老钱打电话。老钱正跟律师行的律师研究起诉三北的事儿,听见凶信,眼前立时又是一片血红,放下手头跟三北的恩怨,打车往工地跑。半路撞见苏家派出所的警车,红灯闪烁跑在头里,老钱的第六感断定:工地这回摊上大事了!再催司机,大油门超过警车,先行跑回工地。

下车后,老钱依例先喊尤文东,喊一圈没见人影儿。宿老三听见开车门跑过来,和老钱并一排,望门口研判形势。七嘴八舌中苏家派出所的警车晚一脚赶到,跳下一高一矮俩警察。矮个儿年龄偏小的警察着正装,走向老钱、宿老三。

堵工地的墨镜年轻人们对警笛、警服具备职业性的敏感,不用调度,自自然然分散到作业道两侧,仨俩一伙聚成堆儿,看似闲逛观瞻,局面一片风平浪静。

"谁报的警?"年龄小的问。

老钱答不出,回头望宿老三。

宿老三说不准一定是尤文东报的案,只好四处瞧。

老钱派人找尤文东,好一阵回来,说"满工地没找着"。宿老三见指望不上,硬头皮上前,将刚才见到的情形还原一遍。年龄小的警察听完,跟车里着便装年龄偏大的警察嘀咕几句,转身奔向猛禽车,面对面,跟戴墨镜的青年喊喊喳喳戗一阵,折回现场,俯身捡起地上一块碎玻璃,迎阳光看了又看,回车里又跟着便装警察嘀咕。两分钟后,他来至老钱、宿老三面前交代:"事发现场留有打斗痕迹,但没见人员伤亡,举报凶杀案人证、物证不足,需进一步查证。"缓缓,继续交代,"明早九点到苏家派出所,带上涉案车主及两名以上现场证人,笔录询问,启动办案。"

老钱没料想到扯上"凶杀案",听着听着,头脸冒汗。

围观民工目睹整个过程,但异地他乡谁也不想给自己惹是非,一律没吭声。宿老三看全过程,但回头想自己在粮油店整天忙得团团转,哪有空闲见天往派出所里跑?忍着,也没吭声。警察听现场死气沉沉没反应,拍拍手,冲四周喊:"想好了来所里,见面说!"之后,上车,驾车往外走。

墨镜年轻人们好像很听警察的话,一片嘘声,蝗虫般起伏着呼啸走远。

警车、摩托车都不见了踪影,尤文东才从东南角茅房提紧裤子跑出来。

"警察来了吗,警察来了吗?咋处理的?抓没抓人!"尤文东边跑边喊,跑近,皱眉捂小腹,"倒霉肚子也不提气——越赶上有事儿越来劲儿,转轴疼!"老钱依旧想着刚才警察跟墨镜年轻人们的阵势,没缓过魂儿,一个人冲大门发愣。

认准警察到场,尤文东胆气又开始勃发,夸张着冲老钱挥手:"老早我不就说了吗,警察是什么?是国家机器——专门镇压流氓地痞。"

老钱想想,只身躲进宿老三的厢式货车,掏手机,给齐大壮打电话。

听电话里的语声,齐大壮好像在开什么现场会,信号忽强忽弱,半天才听清老钱讲全的过程,跟着指示:"先收集好证据,凑齐现场证人,后头事儿,我回去跑。"说着,又加一句,"腰杆儿硬实点儿,一只蚂蚱能翻多大的天!看我回去怎么收拾他们。"之后,就是沉默。再打,传出的都是忙音儿。估计,不是没电,就是进入盲区。

老钱听不到回音儿,盲目地"唉"一声,撂电话,细心想齐大壮传授的计策,感觉初听处处在理,仔细琢磨又句句落不到实处,恍惚着像空中楼阁,哪跟哪都不挨着,零散,一时抓不住要领,无奈停了念头,回头跟尤文东继续商量对策。

齐大壮在电话里授老钱计策时,正跟几位领导站在一条床底朝天的水沟旁。

高庆丰、鲁健当时都在场。大家望着干涸的沟底,一条条、一款款地听齐大壮讲述河道治理的方案。眼瞧快讲清晰,老钱接二连三几个电话将齐大壮打到一旁,扯扯连连,一时半会儿打不完。高庆丰不耐烦,张嘴想喊,忽听自己怀里手机也在响,接了,是雷大鸣,两句话听得更不耐烦。

"等会儿打来不行吗?我这有个现场会议。"

"上次你不是说媒体都搞定了吗?怎么还炒隔夜饭!"高庆丰掐手机踱到一边,继续发火,"正面报道!正面报道不也是报道吗?你一个主抓刑侦的副局长出面就行了,要我这副市长抛头露面干啥?"

高庆丰接下来的语调有些激昂:"让政府表什么态?政府的行动就是态度——打击一切犯罪,不给任何人凌驾法律的机会。"

鲁健感觉出事情不太顺畅,走近高庆丰,用口型告诉他"我去"。

高庆丰懂得鲁健好心,硬气冲雷大鸣喊:"好吧,让鲁常委出面应付一下。"

高庆丰说着继续安排:"你马上到盛世嘉园,先行控制好局面。舆情一定要控制好。"交代完,高庆丰感激地看眼鲁健,回河边,听齐大壮大声小气讲河道治理。

鲁健怕雷大鸣着急,喊来车,指挥着去盛世嘉园。

鲁健刚一脚车里一脚车外时,沈禄田挥舞文件跑过来,边跑边气喘吁吁。

"领导请留步,领导请留步,"沈禄田语速、步伐都快,赶至跟前,"有件事儿,着急跟领导说。办公室最近搞岗位竞聘,初稿已经拿出,您协助高市长管理办公室,抽时间看看方案,重要环节和人选,您还得拿意见。"

鲁健着急走,回头交代沈禄田将材料交给秘书,扭头张罗上车。

"领导,领导,"沈禄田没让步,伸手拉住车门,"这次竞聘很重要,人选方面您还得先过过目,尽量优中选优。"说着,沈禄田瞄前座司机,小声跟鲁健念叨,"我有个侄子这次想竞聘接待科长,资历、水平都够,就是时间短些,关键时刻领导帮说说话!"鲁健深望沈禄田一眼,尽量平复心情讲:"岗位竞聘靠的都是平时的工作业绩还有群众基础,说到底,命运还是掌握在自己手中。好好准备,功到自然成。"沈禄田还想说两句,车门一关,鲁健绷脸坐车走远。

鲁健坐在车里脑海反复浮现沈禄田诡异游离的眼神,心里隐隐生出寒意。

车子驶进市区,在中心广场转个弯,临街停至盛世嘉园近旁。

经过前段整治,盛世嘉园门前冷肃不少,清爽干净,不似往常喧嚣。

公安局之前张贴的大幅公告醒目地覆在酒楼门前，出入人员规矩不少。鲁健下车，见雷大鸣守在楼下，指挥政治处人员领媒体上楼。望见鲁健，雷大鸣感激地致谢，跟着介绍给媒体领队，言语尽显亲和。

媒体领队也是位干练的女士，短发，腰板挺拔，握完手，直接要求鲁健上镜头。鲁健执拗不过，略作思忖，大方地在媒体镜头前讲起衢市局势，制度法律，地区治理，当前及未来将要采取的措施，慷慨激昂讲了十多分钟，听得领队一边直竖大拇哥，雷大鸣也跟着默然点头。

眼瞅接近尾声，酒楼外的大道不间断由远及近传来警笛声，越传越清晰，终了，两辆防暴车虎虎生威停在酒楼门前。前后门打开，先蹦下来俩警察，跟着呼呼啦啦又下来一堆，荷枪实弹冲进酒楼，动作凌厉，堪比反恐大片，看得鲁健心揪了又揪。

"采访还安排了应急演练，事前请示了吗——有没有预案？"

雷大鸣也觉奇怪，打电话想问究竟，于是拨号，发现不知啥时手机没电了，紧忙找充电宝。忙乱间，冯士昆绷脸跑过来，立正，敬礼，连珠炮汇报，刚才进入酒楼的媒体遭不明人员袭击，政治处人员出面制止，一并受伤，随行带进去的机器受损，相关情况待查。

"遭人袭击，还一并受伤！"雷大鸣压低声音吼，"政治处人都是干什么吃的，遇到突发情况咋不懂得防卫？受伤人员在哪？赶快送医院，晚了让媒体再鼓捣发酵，祸惹得就更大了！"说着，抬脚往里闯。鲁健见了三两步跟上，被雷大鸣果断着回手扯住，一拉一扯，进去的防暴警察押解两名青年低头缩脑走出来，鲁、雷二人同时收住脚。

政治处的人走在最后头，一瘸一拐，受的伤见着比媒体记者狼狈。

出门后，政治处人员也感觉到憋屈，抬脚踹翻落在后头的青年，没解气，抬脚还想踹。雷大鸣见了紧忙呵斥："干什么，干什么？刚才的能耐哪去了？人前霸王人后孬种，再闹，我关你一个月禁闭！"鲁健诧异在衢市大白天能公然发生袭警事件，有恃无恐，还当着媒体，一时不知说什么。没等警察收队，路旁汽笛、警笛又是一片响，跟着人声嘈杂，仿佛要出事儿。

雷大鸣、鲁健同时回头,见一辆商务车直挺挺横在防暴车面前,车前站一位白面清瘦的男子,临街凛凛质问:"大白天,为啥抓人?"现场忙着调度的冯士昆搭眼认出拦车人是盛世集团的经济师胡小海,走近解释:"为啥抓人?殴打媒体,毁坏公物,拒不配合执法部门调查,哪条说出去都够抓人,都够拘留一个星期。"末了,冯士昆沉脸警告,"胡大经济师,请自重!当众干扰执法也算妨碍社会安全,严重者一并收容,罪名随时成立。"跟着,摆手拉响警报,严肃地给商务车下最后通牒。

"自己动手,自己动手,"胡小海看冯士昆动硬,更主要瞄见雷大鸣还有领导在一旁值守,发起慌改口,"公安局办案谁敢螳臂当车!我就是担心小人作梗破坏咱警民关系,过来看看——看看就走!"回眼望望前后被押上车的青年,狠狠心讲,"该抓的抓,该判的判,集团眼睛都不带眨一下。"

"谁惹我小海哥哥了!"酒店门里呼喊着跑出一人。

胡小海回头定睛瞧,是肉头,一身浴服,赤脚,趿拉着拖鞋,跟跟跄跄的,看着就没少喝。胡小海嫌恶地扇扇鼻子,敷衍提醒:"喝多少啊,大中午的?这么喝伤身子不说,石总知道了,不又得往死了训你呀!"

"少拿石清顺压我!"肉头喝得乾坤倒转,跟跄拦住皮卡,咚咚地拿膝盖撞车,"我是谁?石源公司主事儿的大管家,里里外外,哪样不是我操持,不是我张罗?公司离了我行吗?"胡小海怕闲话扯着自己,紧着冲司机摆手:"走,走,赶快走!"逼着司机狠踩油门,车身一蹿,箭一样驶离现场,剩肉头醉眼惺忪立在现场,摇摇晃晃,望商务车背影出神。

"苏麻不会把人领这来吧?"胡小海担心,想想问司机,"胡世才家的早餐店究竟是谁安排扒的?那拨浑不愣的主儿,不会说出去是我让扒的吧!"司机瞧胡小海蒙在鼓里,不忍地泄底:"肉头打发人对外宣扬,胡世才家的早餐店就是你安排扒的,额外还交代'扒出事儿集团负责'。"

司机跟胡小海时间长,公理、私理都向着他,透露隐情也不遗余力。

"啥!"胡小海听了蹿火,"嘿,这个肉头!造谣生事唯恐天下不乱,究竟安的什么心？不行,我得赶快回集团汇报,这里藏着阴谋,天大的阴谋,欲置盛世于死地而后快啊!"说完,交代司机左转,飞一样开往总部。

这边,冯士昆见人纷纷走远,指肉头,问刚上车的雷大鸣:"咋处置,这人?"

"咋处置?送拘留所!"雷大鸣恼怒着扔下一句,然后上车,去医院看望媒体记者。

"送不送拘留所,冯队?"冯士昆身旁的警员较起真,"真送,也不够拘押条件啊!"冯士昆听警员为难得一板一眼学起雷大鸣恼怒讲:"送什么送,往哪送？找地方让他清静清静——酒醒了再说!"

一堆摸不着头脑的话,听得警员徘徊着不敢下手。

"还不把人带走,等着围观哪!"冯士昆踩紧住踏板,紧着冲现场吼。

没喊两句,冯士昆猛见旁侧胡同里走出来一矮两高仨男女。冯士昆第一眼认出,走在最前面的是王秀彩,往后依次走着的,应该是苏麻和胡世才。冯士昆在车里忍住口,紧着比画尽快将肉头弄上车。

没容警察动完手,苏麻先一脚超过王秀彩径直来到肉头前,伸手触触他的鼻息,回头眯眼冲胡世才讲:"没事儿,酒迷心,缓一阵就能缓过来。"仨人里苏麻跟肉头连着亲戚,对烂醉如泥的肉头最关心。胡世才对肉头能否缓过来不在意,左右望望,张皇着喊:"胡小海不是说来这儿跟市长说广厦苑动迁的事儿吗？来了咋不见人呢!"

"胡小海着急忙慌往这儿赶是为了救盛世搞网络营销的那伙人,跟咱们动迁没大关系!"王秀彩头脑比胡世才清楚,望眼四周,泄气地纠正,"半道儿我就寻思过味儿来,咱们又被人'瞒天过海'了!"胡世才听说后叫屈:"啥也解决不了,诓我们来这干啥呀！许淑华还一人躺在出租屋呢,都不管,老子还得上访!"王秀彩听许淑华躺在炕上,关心想问近况,听肉头在门口醉眼迷离喊"狡兔死,走狗烹,飞鸟尽,良弓藏",再喊就是"同是天涯沦落人,相逢何必曾相识"。不细听辨不出喊啥。

冯士昆示意辅警将肉头紧忙塞进车,灯一亮便走。

第四章　论道　| 133

王秀彩见警察带走肉头,惊恐地对苏麻说:"前两天不是肉头怂恿咱跑信访局堵的访吗?说是市长亲自接待!怎么他老小子反被弄警车上了呢?咱兄弟姊妹是不是被利用了?"苏麻郑重地望眼现场,胸有成竹地讲:"不影响!重头戏还在后头!"掂量掂量又讲,"盛、石早晚真刀真枪干一场,不惹出点灾祸对不起两下摆出的阵势!"

　　"钱喜发——"苏麻说着不无惋惜地望望老钱家小区方向,"乐此不疲掺和其中,命不搭里就算老祖宗保佑啦,还不警醒?"胡世才脑子转得慢,不解其意问苏麻:"钱喜发搭不搭命你咋知道,盛家、石家都跟你说了?"

　　苏麻泄气地瞧瞧胡世才,直愣愣扔一句:"朽木不可雕也!"

二、假作真来真亦假

　　"盛石之争"鲁健一直没见着开场,但受"盛石之争"所累,喜发公司、老钱还有他的会展中心倒是三番五次遭人袭扰,其祸根,开粮油店的宿老三看得最透彻——得罪人了!老钱干工程在行,处置恩怨纠葛,从头到尾便显出懦弱卑微还有格局不足,处处被动,处处不知所措,整天只知张皇四处瞧,豆丁儿大的主意拿不出,唉声叹气过日子。

　　隔两天老钱工地再度出事——还是那群摩托,那群墨镜年轻人,进门直找钱小广。

　　"小钱总到河北进钢材去了,啥时回来得问钱总。"上次砸车,尤文东当众领教过这拨人手段之狠毒,脚跟禁不住发软,嘴头话答得便含糊不利索。小个子青年不依不饶,拗住"钱小广去哪了""啥时回来"穷追猛打,意思不现场揪出钱小广或者至少揪出钱小广在哪,誓不收兵。

　　小个子一伙肆无忌惮一番闹,直到刚从外面押货回来的钱小广报警喊来警察,小个子的青年还有墨镜年轻人们才避远,就剩一拨民工。

　　齐大壮闻讯赶来,代表当地政府先一步表态配合公安机关协查追凶。

由于情况复杂,涉及稳定,案子没交苏家派出所,直接由维稳大队牵头列入"专案"处置。冯士昆办案秉持一贯利落作风,受案,立案,现场勘查,案情分析,当晚便锁定案件嫌疑人。领头打砸工地的人物叫"三德子",是江东出了名的混混,进过石源公司保安队,曾因寻衅滋事被判了两年半。确定目标,冯士昆即刻协调刑警队盘问,置留,侦讯,再之后组卷成卷移交检察院,几番程序下来,"工地打砸案"算有了大致眉目。

工地出事儿后老钱一口正经饭没吃,眼睛发直,感觉哪儿都是阎罗殿。

公司进场施工便一路坎坷,辛苦波折,眼瞅挨到封顶,跳吊、被堵、工人被打,感觉哪件事儿都让老钱走投无路,痛不欲生。钱小广知道祸端源于前尘往事以及不知所终的债务,隐忍着,没法说安慰话。隔天,临近傍晚,冯士昆领刑警队的人又来复核案情,见老钱憔悴,近前说了好多宽慰话。尤文东接受询问后张罗留一群来访人吃饭。刑警队人心里装着案子,没心思吃,坚持回警队。尤文东留不住别人,以"还有案情需要说明"为名留住冯士昆,三扯两扯,将人拉进旁边的羊汤馆用起饭。

老钱上桌便没动筷子,一杯一杯喝酒,酒入愁肠,喝得眼前人脸、什物同时恍惚,齿根发麻,舌头发团,上眼皮跟下眼皮一同打架。

钱小广见叔叔酒入愁肠,忙着递纸。老钱接了胡乱擦,头脸看着更不成样子。

冯士昆知道老钱心里愁苦啥,凑近说了许多除暴安良、保家护民的安慰话,说得老钱悲声渐收,哽哽喉咙,自我安慰讲:"不碍事,不碍事,哭哭,哭出来就好了!"说着,眼泪涌得更多,"都怪我呀!当初不听谭桂花的话,非得凑会展中心这趟热闹,不纯属没事儿找事儿吗?石清顺是啥人?吃人骨头渣子都往肚里咽的主儿,跟他合作,能有啥好果子吃!这下好,羊入虎口,还是自投罗网,说出去都没人同情!"老钱啜泣了一阵又放悲声,听得冯士昆坐不住椅子。

"你跟小广是同学,今天能来看叔,叔这辈子——死,也值了!"

冯士昆指示尤文东看好老钱，拍钱小广的肩头，把人叫到一旁，眼睛对着眼睛，一字一板交代。

"有个法子，能解眼前祸事。"

"只要不要我叔的命，啥法子都认！"

"将计就计——绑票！"

"绑票？绑啥票？绑谁？"

"就绑你叔。"冯士昆镇定瞧钱小广。

"我叔？"钱小广回头瞧瞧，"人都这样了，咋绑？绑了又能咋样？"

冯士昆瞧钱小广跟他叔是一类性格，关键时刻没主意，拉紧他讲："事情是这样，石清顺和石源不择手段图谋你叔的喜发公司，撤资、逼债、煽动人跳吊、支使人打砸工地，手段之狠毒，非一般人所能预料。公安机关眼下全员介入，虾兵蟹将弄进去一大堆，但主谋帮凶一个没搂着，放虎归山的日子今后能太平吗？当务之急是挖出事后主谋。只有挖出主谋，才能彻底根除祸患，你叔，还有你叔的公司，也包括你们，才能真正过上平安日子。"

"可……主谋、帮凶，咋个挖法？怎么能挖出来？"

"引蛇出洞！"冯士昆果断说。

"引蛇出洞？"钱小广翻眼，"咋引？拿啥能引出蛇？"

"用你叔引，你叔就是诱饵！"冯士昆果断地继续讲。

冯士昆见钱小广连续翻眼，知道这主儿智商、情商仅限于此，简化着开导：

"先找个地方——最好人迹罕至，谁也找不着，让你叔躲两天，人为造成你叔遭绑架的迹象，接着往外放舆论，能放多大放多大，能传多远传多远，最好让全衢市的人都知道，是肉头绑了你叔，杀人放火，罪行累累，引导公安机关介入，核实、追查、跟踪，能用的手段全用出来，末了，逼肉头出来自证清白。"

钱小广依旧翻眼，冯士昆只好继续说："就算舆论没达到预想效果，公安机关也没介入追查,但至少肉头不敢再跑工地随随便便耍蛮。再耍蛮,直接报警,就以恐吓威胁为由,让这个帮虎吃食的哑巴吃黄连——有苦说不出,今后投鼠忌器,不敢再轻易做啥过头事儿!"

"躲完之后咋办?怎么圆前头这片场儿?做假案是要负刑责的,你做公安不是不懂这个法!"钱小广听懂前半段话意,后半段依旧惦记着自己跟公司的未来。

"先让你叔复出!"冯士昆果决着讲,"像在布局一场绝大的秘事,决口不提假绑架的事儿,不管谁问,咬死'跟朋友出去谈生意,一去好几天,家人谁也不知道'。死撑,就是不捅破窗户纸,三十六计里管这招叫'假痴不癫',憋着让肉头背后的金主出手。石清顺平时习惯算计别人,自己遭人算计注定一百个不能容忍,肯定伺机报复。届时,咱们瞧准形势,瞄准破绽,借东风、烧战船,一套组合拳保管将这位爷打蒙,条件成熟,一举团灭这伙称王称霸衢市的黑恶势力。衢市局势稳了,百姓也跟着安生,吃饭饭香,睡觉觉透,天下那才叫个太平。"

钱小广听过《三国演义》,但没想到有朝一日《三国演义》能用到自己跟叔叔身上,起初惶恐,再想,惶恐之外恍然觉出意趣,再想想,意趣之外竟然觉出得意,心潮一时澎湃,振奋着往前倾倾身子。

"这出苦肉计戏的主干是打黄盖,打黄盖很关键!"

"黄盖——是我叔,是吧?"钱小广茫然收住神情,紧张地问。

"嗯!"听冯士昆肯定,钱小广心中不免酸楚,但依旧坚定地点头。

冯士昆见钱小广接纳自己给出的策略,用力拍钱小广的肩,会心地笑。

其实,冯士昆左思右想给出的这条计策,有自己的打算。从案情分析讲,这次工地遭打砸,小个子、肉头,说到底都是几只奔走忙碌的工蚁,蚁王——石清顺躲在后头始终还是没露头。依照雷局的布局策略,解决石清顺和他那拨同伙就是时间早晚的事儿,关键得看时机成熟不成熟,刀值不值得下。而在下好团灭石清顺团伙这盘棋当中,老钱意外也正当其时地成了一枚绝佳棋子——撤资、逼债、堵工地、打工人,任何一段纠葛恩仇,都足以让老钱将石清顺牢记在心底,恨死在心头。这节骨眼儿,引导老头儿充当"马前卒",冲锋陷阵,攻城拔寨,于公于私,对老钱还有他们喜发公司都是一种"助攻",成功了,共享胜利成果,从哪个方面想,老钱都不该推托。因为,摆在老钱跟他们公司眼前的是一道单选题,除了确定,无其他转圜之法。

冯士昆是警察,想事做事职业性复杂,相比之下,钱小广头脑便简单得多。

钱小广的简单在于觉着实在没的选。但凡有他法,钱小广不会让叔叔冒这个存着性命之忧的风险。毕竟,叔叔快奔六十的人了,东躲西藏,没准还得受皮肉之苦,这么大岁数这副身子骨儿遭不起这份罪!但事到临头,石清顺、肉头像口随时喷发的火山矗立在自己叔叔还有公司面前,大难临头,一班人左思右想又拿不出比冯士昆提出的策略更妥帖、更缜密、更行之有效的法子,前后想想,只好点头。

接下来,钱小广跟冯士昆埋头又嘁喳了一阵实施细节,末了,起身出门送冯士昆。望着冯士昆跟车远去瞧不见一点儿影儿,钱小广回屋望蜷在沙发里的叔叔,鼻子一酸,眼泪下来了。

第二天下午,钱小广跟叔叔在密不透风的办公室里密谋方案。

爷儿俩谁都不愿多说一句话,空气闻着都紧张。钱小广相对镇定,瞧瞧叔叔,先开口明确路径:转天起早,天不亮,自己上门接人,开车将叔叔送到魏家岭老宅——神不知鬼不觉躲上两天。之后,依冯士昆之计对外放消息,大造舆论,就说"肉头要挟喜发不成,恶意实施绑架",声东击西,将肉头以及石清顺一伙搞乱,继而"远交近攻",组合拳团灭这伙"丧尽天良的龟孙子",保公司平安。实施方案尽量做得精细,时间、地点、人物,一条条不能落,一条条不能乱,隐秘、细致、精准。

说实在的,老钱从头至尾没觉出侄子跟冯士昆研究出的主意好到哪去,只是跟钱小广一样,眼下除了冒险,其他无路可走,逼得自己跟公司只能铤而走险。老钱年轻做民兵时参加过上千人的军演,知道演习跟工地干活一样,也有"伤亡系数",随时随地都存在着风险。但眼下老钱实在想不出比铤而走险更无风险的招法,想想含糊着点头,放任钱小广去依计行事。

转天,老钱一整天没出屋,多点位筹划"被绑架"前的各类准备。

老钱先是打电话给尤文东,安排一周以上的工程,顺带叮嘱把羊汤馆半年饭钱结了——说多少是多少,不行再贴补些。尤文东觉出蹊跷,疑心盘问,被老钱一语带过,有些干脆带都不带,弄得尤文东莫衷一是,绝望地闭嘴。安排完尤文东,老钱又支使谭桂花出门买些焗发膏,回家一通洗染吹,额外还敷了谭桂花用剩下的面膜,敷完左右照镜子,笑得谭桂花胸脯子乱颤。

晚上一家人吃火锅,团圆、祥和,让老钱恍惚忘了明早"被绑架"一说。

吃饱喝足,老钱随手又翻了翻大女儿淘汰下来的手机,感觉个个品质优良,有点像这丫头时常调换的男朋友,英俊挺拔,没看出哪不好,就是挑来挑去挑花了眼。想着大女儿的男朋友跟手机,老钱灵光乍现,摸出齐修平递给自己的名片,递给谭桂花,并嘱咐:"有事找齐秘书长,那是个好人,比市长热线管用!"谭桂花也觉诧异,惶恐地问丈夫。老钱含糊地讲:"跟人出去谈生意,兴许晚几天才能回来。"捏捏名片,又交代谭桂花一句,"有备无患。"

就是最后四个字儿,让谭桂花一宿没睡着,辗转反侧,眼皮不停地眨。

凌晨,谭桂花实在没熬住,蒙眬着眯瞪一会儿,恍惚中听见有人穿衣服,伸手,只摸见手机,旁侧的铺位已经空了。谭桂花惊得一骨碌爬起,披衣便往出跑,路上紧喊:"手机,手机落家了。"冲出单元门,四下一片漆黑。她跌跌撞撞跑出小区,仍没望见老钱的影儿,光听见耳畔风呼呼作响,灌进肺叶针扎似的疼。谭桂花突然意识到什么,天地旋转,一屁股坐

第四章 论道 | 139

在冷地上,张口,气息微弱地喊,一声轻似一声,直到喊来钱小广。

钱小广住的地方离老钱小区仅隔两道街,五分钟距离,几脚油门就到。

行动当天,钱小广依计,早早下楼发动了车,看表,检查胎压,瞄瞄仪表盘,启动了准备接老钱。上道,刚转弯,两侧路灯就灭了,恨得钱小广破口大骂,骂完市政骂电力,骂完电力又骂石清顺,脚一重车子便蹿起来,带风往前跑。眼瞅要到叔叔住的小区,钱小广小着心减速,打轮,左转驶向正门。咚的一声,黑暗里,保险杠前头似乎碰到啥东西,声不大,可有可无,但依旧招来一迭声骂。钱小广没敢大意,降车窗,探头仔细着看。

"奔丧啊,车开得像飞机!"一颗硕大的头颅直愣愣迎上来,刺耳地骂。

钱小广一耳朵听出是苏麻,下车紧问伤在哪。苏麻同时认出钱小广,火气更盛,伸裤脚,问钱小广会不会开车。没容钱小广还嘴,苏麻张口又骂起路灯,骂完市政骂电力,骂着骂着让钱小广感觉到亲切,恍惚觉着苏麻跟自己同仇敌忾,几近成了一个战壕的战友。

"起这么早,上访还是赶早市?"钱小广刻意心平气和地问。

苏麻余怒未消,仍继续骂市政和电力。

钱小广想劝不知说啥,好容易想出一句,没容出口,胡同口发疯般冲出一辆车,掠着钱小广的车头直冲上大道,一闪便没影儿了。钱小广躲子弹一样紧打方向,慌忙避到一旁,张嘴想骂,忽然感觉刚才一闪而过的车后座上,窝着的好像是自己叔叔钱喜发,心头一紧,上车冲向小区。

离着挺远,便听见谭桂花有气无力的哭声,隐隐约约像招魂。

钱小广停车迎过去,拍打她后背让婶子慢慢讲。谭桂花原地大喘一阵,涨红脸,冲钱小广连说带比画:"你、你叔,你叔被绑架了,快追!晚了,什么都来不及了!"再后,一句话说不出,瘫在地上只管喘气。钱小广听了大惊,顾不得婶子,上车掉头,箭打的一样追刚才跑远的车。

谭桂花就地喘一阵、哭一阵,想骂又不知骂谁,昏头昏脑起身,一步步挨回小区,上楼,进卧室,掐手机给尤文东打电话。不知是信号不好还是手机出了毛病,前后打了七八个电话就是没人接,急得谭桂花头脸蒸腾着冒汗,不时拿手抹。情急之下,谭桂花猛然想起老钱睡前留下的名片,手忙脚乱从枕头底下翻出,掐号码,手机、座机,轮番打过去,边打眼睛边死死盯紧蓝光闪烁的屏幕,似要将老钱从茫茫未知里一把捞出来。

起先,手机没打通,谭桂花执着地改打座机,一遍一遍,直到打通。

齐修平家座机很少有人打,骤然响起,让早起的霍艳很吃一惊。上次,齐修平的登门示好对缓和夫妻俩的紧张关系似乎起了作用,加上孩子缠着找爸爸,霍艳开脸领娟娟回家,一家人又貌合神离聚在一起,该上幼儿园的上幼儿园,该上班的上班,生活暂归平静,没有将战事扩大的迹象。齐修平知足常乐,虽然见天依旧望着霍艳冷若冰霜的脸,但毕竟天天能见着孩子,心里不由得多了份安慰,形式上也不奢盼霍艳彻底缓过脸。

霍艳在医院神经科做护士长。从医以来,治好多少病人记不得,自己的神经倒是越治越弱,视力模糊,眼眶发黑,远近看都像熊猫。冯士昆心疼师娘,特意买台跑步机放在齐修平家客厅,嘱咐霍艳早晚锻炼,说这玩意治失眠。座机响时,霍艳刚跑出一身汗,停脚,听铃声一遍一遍响得执着,只好去阳台接,"刺刺"响一阵,最终听清电话另一头是个女人,声音起初细嫩,越听越苍老,反反复复就一句——是齐秘书长家吗?跟着,"呼呼"响,好像对着话筒吹气。

"你是哪位?"霍艳冰冷地问。

"我……我是谭桂花。"对方显出怯懦。

"谭桂花,我不认识。"空一段,霍艳继续冰冷地问,"你到底找谁?打错电话了吧!"

"我找齐秘书长,是齐秘书长家吧?"

"是!你究竟是哪位?找齐秘书长干吗?"

"我是谭桂花。刚才说过的。"

"我不认识谭桂花,今后,不许打这个电话。"霍艳警觉着想挂电话。

"先别,求求你,先别!"电话一头很是急迫,近乎哀求。

霍艳忍住没挂,冷脸继续听。"咱家老钱'被绑走'前给我留的这个电话,求齐秘书长出手相救,不出手或晚出手,老钱就真成野鬼孤魂了!"说着电话里传出哭声,越哭声越大,末了变成号啕,响得霍艳耳朵眼儿一阵阵发麻。霍艳被电话里连串恐怖用语惊得眼皮乱跳,衰弱的脑神经更加衰弱,一时不知道怎么回答,忙不迭喊齐修平。

齐修平被电话铃声和霍艳的喊声搅醒,出来接电话,定神听,好一阵才弄清由来。

打电话的是衢市喜发公司经理钱喜发的爱人,全名叫谭桂花。今天早上,准确说是凌晨,老钱被人从门口掳走,一闪便不见踪影,应该是"被绑票"。老钱临走前说齐秘书长是好人,宅心仁厚,做事比"市长热线"管用!"求您,发发慈悲,救咱家老钱出水火,我代表大茹、小茹还有老钱侄子钱小广前世今生感谢您,下辈子做牛做马,也忘不了您一家子的大恩大德!"

谭桂花没头没尾一通说,搅得齐修平大脑神经也跟着疼。

上次喝茶,老钱留给齐修平的印象不算太糟。凭直觉,齐修平断定,这个貌似愚钝怯懦的老钱从本质上讲是一个规规矩矩的生意人,老老实实买地,老老实实建楼,老老实实卖楼卖地再建楼,专注做生意。要是真如他媳妇所言,横空出了"绑票"一档子事儿,指定也是跟生意有关。账务往来上的事儿,一般不容易惹出要人命的事儿,出人命就失去绑票的意义,讨到钱也没地方花。另外,老钱失踪够得上够不上绑架,最终还得公安部门认定,贸然行事会伤及无辜,处理起来也麻烦,不如先调查清楚,瞄准形势再说。齐修平想好尽心安慰几句,反手将电话交给霍艳,躲屋里给冯士昆打电话。

冯士昆听完经过也觉诧异,电话里紧着解释。

冯士昆话说得很简洁,但意思表达得清楚:"打黄盖"是自己给这家叔侄俩出的主意,但时间太紧,细节方面没想得太清,操作起来保不齐会穿帮。但甭管怎么穿帮,也不至于还没开打"黄盖"就没了影儿——没了影儿下面戏怎么演?苦肉计冲谁使?蛇怎么引?"借东风""烧战船""火烧连营",如此这般,都怎么操作?没了实施主体和皆大欢喜的可能。而且,果真如此,团灭石清顺的计划如何落实?为害乡里、为虎作伥的恶霸人渣怎么清除?老百姓今后的日子该咋过?警察的尊严——想到尊严,冯士昆立时觉出严肃,电话里挺直身,肃穆着喊:"我立即着手调查,有情况及时反馈!"

齐修平听冯士昆将行动上升到执法层面,配合着"嗯"一声,郑重交代:"注意保护好当事人,严格避免伤亡现象发生,行动要迅速!"

"是!"冯士昆应答得坚定,啪地在电话一头并脚,听着像敬礼。

合上手机,齐修平出来接过霍艳手里的电话,语重心长地劝慰谭桂花,公安机关眼下已介入此案,警力人员都派下去了,估计钱总人身安全不会出问题。现在,家属唯一能做且必须做好的,就是积极配合政府搞好调查,及时提供客观有效的第一手信息,除此以外啥也不用做,做不了也帮不上忙,起不到啥作用。谭桂花听完感激之至,还想说两句,齐修平那边已客客气气挂了电话,弄得电话另一头谭桂花抱紧电话独自在房间发呆,愣怔一阵,泪又开始如雨而下。

谭桂花是唱戏出身,文化水平不高,但人世间大情大理都懂。

齐秘书长亲自交代案情,这样的好官,这样清正廉明的好人,衢市老百姓能做什么——做什么能不埋没齐秘书长的一片爱民之心?到哪能把自己对齐秘书长的一片爱戴传扬出去,进而家喻户晓、妇孺皆知呢?

公安局——对,公安局!谭桂花思来想去最终想到公安局。

公检法中心坐落在政务大厦东侧,衢市人怀古,戏称此地为"大理寺东衙门"。

公安局占着地面往上六层,墙围衬满大理石,根基牢固,显得异常巍峨。谭桂花平时不常来这类肃穆森严的地方，赶至门口，张皇不知规矩，没招呼便往里闯，被守门保安高嗓门喝住："干啥？找谁？有预约吗？"谭桂花晓得自己干啥来，但绑架归谁管，找谁，就说不清了，更别说预约没预约。目瞪口呆中，谭桂花猛然想起带老钱去省城医院看病的路数，张嘴喊"我挂绑架的号"。保安听了，竟然被气乐了，乐完板一张脸，依旧问谭桂花找谁，有啥事。谭桂花见保安穿的衣服跟警服差不多，便一五一十说了绑架的事儿，末了加一句："这事儿齐秘书长过问了，让咱找公安局。"后一句属于谭桂花的臆想，不算精准，谭桂花琢磨琢磨还是加上了，说完，正眼望保安，郑重地拔拔胸脯。

保安对齐秘书长不陌生，想想后，往楼上打电话，扬手指指电梯——607房间，指引完，没忘严肃着补一句："去维稳大队，找队长冯士昆。"谭桂花不知队长冯士昆是谁，恍惚着，依保安指引，上电梯，至六楼，没走几间屋就找到607房间。

谭桂花反复观察好几遍门口悬挂的607牌子，探脚，进到外间。

咣当一声，背后突然大响，惊得谭桂花腿一软，好险跌到地上。闻声，门后转出位制服姑娘，一手护住散落的档案，一手扶惊软的谭桂花，左右忙活，紧张得谭桂花心更惊。

制服姑娘怕谭桂花惊出闪失，弃了档案，一步步先扶谭桂花坐进沙发。

谭桂花起初惊慌，跟着看制服姑娘热心、贴心，眉眼、脸型，像极自己家大茹，心下稳一稳，想起此行来公安局的初衷，忙不迭将丈夫遭绑架，齐秘书长如何安排自己跑到公安局，前一窝后一块一五一十地说给制服姑娘，说得制服姑娘云里雾里。制服姑娘目瞪口呆片刻，起身，手脚麻利地翻捡卷宗，边翻边冲里间喊："查查昨晚有没有报绑架案的，昨晚二队老丁他们班儿，细问问！"隔阵儿，里间探出一张秀气的脸，声音跟制服姑娘一样细嫩："冯队早上交代一宗绑架案，时间、状况跟老太太说得差不多，是不是一回事儿？"

"冯队没细致交代吗？"制服姑娘低头问，手没停翻卷宗。

"没有，就说这案子他办，旁人别插手。"

"是这样——"制服姑娘感觉到什么，操电话噼里啪啦拨一通，没打通，扭头问谭桂花，"今早发生的绑架案？去哪家派出所报的案？出没出警？接待民警是谁？"

谭桂花一概说不清，想想，心里起了疑惑，事情齐秘书长都帮搞定了，到这咋还问？谭桂花一着急，拄住腿放声号啕，哭声撼天动地，直接成了对老钱生离死别的哀悼。

制服姑娘关键时刻表现冷静，"稳住""稳住"，喊两声，跟着调度里间那个青年："赶快给老太太做笔录，越细越好，主要是控制情绪！"说着奔到桌前，拨电话，应该在给冯队打电话。青年紧着答应，回屋取纸笔，出来瞧谭桂花不见了，惊讶着四处找寻。

制服姑娘看出不对，撂下电话，里外帮忙踅摸。

"看见了，看见了，受害人家属下楼了，出大门——再走就上街了！"高个儿男子扒窗台喊。制服姑娘侧身朝向外望，见适才号啕的年老女人蹒跚着走出庭院大门，无奈地摇头，坐下来，继续给冯队打电话。

三、罗生门

谭桂花出大厦，不是不相信公安局，是因为接到侄子钱小广暗里打来的电话。钱小广电话里说得很清——老叔一切平安！报完平安又叮嘱："哪也别去，就在家等着，谁问也不开口，逼急了，就说老叔出去谈生意隔几天就回来。记住，跟任何人——包括大茹、二茹、尤文东——豆丁儿大的信息也不准漏，漏了，老叔性命难保！"前一句，谭桂花听了喜，后一句听了忧，准确说，是怕。

但怕归怕，毕竟丈夫有了着落，而且平平安安，谭桂花听了心还是稳稳落下去。

钱小广不食言。当天傍晚,老钱全头全尾安全返回。不光安全返回,老钱还穿回一套西装,崭新的,犹如新婚。

老钱消失一个白天,人忽然慈祥许多。

提起当天去了哪,老钱坚定地回答:"跟朋友出去谈生意!朋友家住的地方周围都是青山绿水,吃得好,喝得也好,就是土豆炖得不烂糊,吃了塞牙!朋友手头紧,向我借钱。本不想借,但朋友热情,没法,借他三万块,借条都没打。朋友感动,给我买西装。我说,我一个跑工地的,整天灰土暴尘的,穿啥西装?糟蹋东西!朋友死活不干——不穿,三万块就不借了。我寻思人情往来的事儿,推托久了显生分,就穿回来了。出门时脚步急,老婆孩子都没告诉,他们以为我被绑架,一惊一乍搞得大家紧张。惊扰大伙儿了,改天请客吃饭!"

老钱的话说得支离,前后不挨着,让人听着零碎。

但不管怎么说,老钱平安归来一家人还是欢喜,一阵哭,一阵乐,情景交融,像经历一场生死,令望见的人都跟着动容。

事发当天,老钱掐点从床上爬起,侧身,看谭桂花睡得正酣,悄没声地下地,黑暗里穿衣,小步下楼,蹑足潜踪奔向大门,小心得像只巡夜的猫,警醒谨慎,生怕弄出一点动静。老钱住的小区物业正闹罢工,路上一片漆黑。老钱小心翼翼摸出大门,张皇四顾,恍见离大门不到十米停辆看不清牌照的轿车,尾灯明亮,似乎向老钱昭示什么。老钱忙不迭奔过去上车,习惯性支使:"走,快走!"前头司机似乎怔一下,借泛满黄光的后视镜认真望望后座,确认之后,松手刹,车身一挺,蹿起来就跑。

老钱被颠得剧烈,腰眼儿、骨盆,哪哪都觉着不得劲儿,龇牙咧嘴骂:"能不能好好开?毛毛愣愣,以为开飞机呢!"开车人不言语,继续加油,车像箭打的一样往黑暗里跑,十多分钟,车子不知跑出多远,只觉天际现出一脉隐隐的山脊,飞鱼一样跳跃奔驰,一幢幢灰黑色的树影裹紧风从车旁呼呼掠过,势头强劲,像深海里的旋涡。

"谁,你们是谁?干什么的,你们是干什么的?"

老钱在颠簸里似乎察觉到什么，挣身，问前头一言不发的司机。一动老钱才发觉，左侧坐着一位同样一言不发的男子，面部发平，见不着棱角，仔细看好像戴着面罩，老钱的心顿时提到嗓子眼儿，几乎停止跳动。不好，遇着劫道儿的了，再不就是绑架——是真绑架！老钱发慌扒门，挣两挣，发现一侧已被锁死，再挣，便被旁侧男子按住，手劲儿挺大，感觉不像平常人。

"干吗，你们想干吗？"

左侧男子不语，手抓得更紧。

老钱挣扎不起，拧脖子，冲前后男子喊："绑架可是重罪！逮着，十五年以上徒刑。再重，吃枪子，家破人亡，老婆孩子指不定归谁，几辈子转不过厄运。"老钱激烈地喊，连喊带蹬，咣咣拿膝盖撞门，车身几次摇晃但速度依旧不减。左侧蒙面人瞧老钱挣扎得激烈，不知拿啥往老钱腰里一顶，惊得老钱立时老实。

"你们，不会当场撕票吧？"老钱惊骇得有点岔声，"告诉你们，我是会展中心建设单位法人，衢市知名企业家。动我，得摊官司。动我，就得——"老钱还想继续恐吓，冷不丁闻着一股浓烈的焦酸味儿，像烂梨散出的腐败气息，熏得老钱一阵头晕，再喊，声息越来越小，挣扎两下，整个人面条一样靠在车窗上，啥声儿也发不出来了。

老钱啥时醒的自己也说不清，就发现自己躺在一张宽大的床上，四周金碧辉煌，随眼望见的物品件件璀璨耀眼，明晃晃的，看着不一般的气派。愣怔一阵，钱小广直接推门进来，臂弯里搭两件换洗衣服，先拿遥控器开窗帘，跟着进卫生间放热水。他放一阵水出来后交代："水差不多了，可以洗澡。"说完，又补一句，"洗完，下楼吃饭，之后回家。"

"这是哪？"老钱紧张地望望四周，神色依旧惶恐。

"大吉地，就是温泉小镇。"

"就是胡小海上次领咱商量建公园的那个大吉地？"

"对，就是矿上老住宅区，盛世在这建温泉小镇，对外称大吉地。"

钱小广边说,边冲外面比画。老钱猛然想起,年初跟钱小广考察的那处建公园的所在地,确实也叫大吉地。大吉地,温泉小镇。温泉小镇,大吉地。说到底都是一个地方,名字不同,内容大同小异,像一个硬币的两个版面。想想,老钱心头略略平稳,梗起脖子,望见礼堂钝剑一样高耸的尖顶在窗镜上浮现,心头彻底平稳。

"早晨……"

"早上什么都没发生。"

"早晨……"

"记住,早晨什么都没发生!"

……

老钱瞧侄子坚定地挥手,隐隐觉出背后有隐情,闭嘴,跟着又闭上眼。

钱小广早上瞄紧"绑架"叔叔的黑车,一路狂奔跑了四十多分钟。

中间,钱小广手忙脚乱给冯士昆打电话,前两次占线,第三次冯士昆的电话打过来了,张嘴说案情,好像未卜先知。冯士昆在电话里指示方向非常明确,此次行动为"顶门作案",原因不明,但铁定是熟人作案,保持联系,公安立即介入。钱小广紧忙交代"正一路开车追"。冯士昆果断安排,发位置,人随后到。钱小广听了赶紧发定位,跟着仰起一张涨红的脸,周身热血沸腾,恍惚觉得自己也成了一名警察,披挂上阵,精神抖擞地要投入一场战斗,如此一路兴奋,跟踪前头车不知不觉进了大吉地,左弯右拐,进到一处金碧辉煌的酒店。

进到酒店,钱小广倒觉得无措。依钱小广的理解,绑架一般都得把人藏在深山老林,野草丛生,野兽四处乱窜,至少有个恐怖的样子,不能像眼前这样——金碧辉煌,出来进去的人光鲜亮丽,高兴得像参加酒会。

钱小广琢磨不清,紧忙掏手机给冯士昆发位置。

一小时后,冯士昆领人马蜂拥赶到,便衣素服,威威严严往楼里闯。

进门,亮证件,说来意,跟着挨个房间查。肉头闻讯赶来,打拱,赔笑,一通打哈哈。

"钱总呢？喜发公司的钱总,被你们鼓捣哪去了？"冯士昆管惯了肉头,张嘴问。

"在客房,总统套房。"肉头受惯了管,张嘴答。

"这是啥意思？"

"没啥意思！就是请钱总过来,谈谈并购的事儿。"

"阁下公司谈业务都是用这种方式？"

"不用这种方式也请不来呀！"肉头表现得挺为难,"去工地好几回,回回推,再不就是躲,不采用这种方式也请不来呀！"说着递上一份写满符号跟文字的协议,郑重地让冯士昆看。

冯士昆接过认真瞧,见都是"合资""占比""收益分成"等等技术性条款,琐碎严谨,非专业人员看着一头雾水,直接扔还给肉头,淡淡讲:"谈生意就谈生意,刀光剑影,弄得跟绑架似的！"

"绑架！哎哟喂,我的冯大队长,要说绑架,您见过世上还有这么舒服的绑架吗？不信我领您看看,看看您就知道了。"肉头说着领冯士昆一伙上到四楼,打开一处阔大得有些空旷的套间,指指昏睡在床上的老钱讲,"谁被绑架能住这么好的房间？有这好事儿提前通知我,我也让人绑架绑架,随带享受享受神仙一般逍遥自在的日子！"冯士昆听肉头一通喊,辨出床上躺着的的确是老钱,当场没吱声,领人静声下楼,在大堂一处茶吧接着警告。

"别高兴得太早！"冯士昆威严地讲,"石清顺图谋吞并喜发,让你当急先锋,冲锋陷阵的事儿由你来干,明摆着不是把你当枪使还是啥？祸事一旦闹大,惹来公检法,这缸谁来顶？综合石清顺的日常为人,自家亲戚钱喜发都能坑,你一个外人,不拿你当替罪羊拿谁当替罪羊？一水儿地往外扔！"

说着冯士昆将话音放低:"胁迫他人强行履行经济行为,从法律上讲就是非法拘禁,存在过程行为那就是绑架,核准,十年以上刑期。这些你考虑到没？啥都没想清楚就替人出头，没长脑仁儿？"

肉头被数落得发蒙，顺冯士昆的话往下讲："可……可眼下人都弄来了——犯罪已经实施，咋弄才能终结？"冯士昆见肉头到底进过局子，涉及犯罪的名词张嘴就来，盘算下交代："速速放人！趁老钱没醒过来，从哪将人弄来再把人送回哪去，神不知鬼不觉就当没这事儿发生。忍几天，风平浪静了，再钱总、钱叔、钱爷爷地正常叫。没人提，自己也别提。"

说通肉头，冯士昆回头找钱小广，望望酒店金碧辉煌的外景，继续叮嘱。比之肉头，钱小广显得琐碎难缠。

"撒谎是不是也得找部好一点的剧本呀？"钱小广末了翻脸，"朋友约出去谈生意，生意谈得好多住两天，回来晚，被人怀疑绑架——说出来你信吗？"

冯士昆见钱小广冲动，只好再以助喜发解困为题约束住了钱小广，末了领钱小广上楼，进到总统套房，又交代些细节，左右望望领手下下楼，似是而非地处置了一起说出去啼笑皆非的真假"绑架"案。

钱小广见众人走散，空落着，感觉四下无着，眼巴巴坐在床头，守着老钱一点点睡醒。天擦黑时回到市区，老钱从小区门口下车，背手，一个人步行回家。

碰上闲人，老钱还刻意打了招呼，让人知道自己跟公司都平安。

转天早饭，谭桂花不错眼珠地瞧老钱喝完一碗八宝粥，吃了俩鸡蛋，周身拍拍，准备下楼坐钱小广的车去工地，继续不错眼珠地瞧丈夫走出小区，上了车，才如释重负放下一颗依然悬着的心，回手收拾收拾，穿戴齐整，抱上宠物狗琪琪，一步三摇下了楼，迈脚出了小区。

谭桂花阖家平安，精气神又足，一路想着钱小广的叮嘱，自己告诫自己，千万不能承认"被绑架"，就说老钱出去谈生意，回来晚，误认为被绑架。

谭桂花策划盘算好布局，先一脚来到尤文东住的小区。

谭桂花"牛刀小试"试得很懂机巧，先以昨晚播的《财税之声》发端，顾左右而言他，重点谈钱在如今社会究竟处于什么位置，没钱不行，有钱又招灾惹祸，跟着又谈昨晚播得更晚的《法制之窗》，着重谈钱与法之间的关系，导出主题，现在做生意的可真不容易，应酬天天有，少一顿也不行！就像咱家那位，前天早上被朋友接走，谈了一天的生意，傍晚才回来。朋友家阔绰，鸡鸭鱼肉，啥档次的饭菜都有，吃住都好，就是他心太粗，没想着往家打个电话，让我跟孩子担一宿心——现在的男人心都大！

尤文东媳妇默默听谭桂花絮絮叨叨，只知点头。

"听明白了吗你就点头？！"谭桂花看出尤文东媳妇没听进多少，一急，直奔主题，"咱家老钱是被人拉去谈生意，走得远，回来得也晚，别人误以为是被绑架。其实，没被绑架，是去谈生意，朋友住得远，隔天才被送回来！"

"大姐你真幽默！"尤文东媳妇被吼得发急，紧忙应付，"我还不知道大哥被请去是谈生意呀？大哥老老实实做一辈子工程，没招谁没惹谁，谁绑了大哥谁就是丧尽天良。让这么好的人吃苦遭罪——下辈子不打算转世做人了？"尤文东媳妇说着刻意跺下脚，表明自己委实相信钱喜发是被请去谈生意，真的不是被绑架了。谭桂花听了很是满意，自得地抱起琪琪，一步三摇走向别的小区。

谭桂花年轻时登台演过不少主角、配角，老少拥趸一大批，出门不到半小时，身边熙熙攘攘聚拢一批人。其中，有的是老相识，有的刚结交，银发、黑发，掺杂在一起，喧喧闹闹得像非法集会。最令谭桂花感动的是，老相识们不仅认出自己，还饶有兴趣地倾听谭桂花循环讲述老钱没被绑架是谈生意，生意谈得久，回来晚，误传为被绑架，一系列真相。谭桂花现场说得太认真，细节描摹得太精细，声情并茂，引得老相识们不免心生疑窦：不正常，谭桂花有些不正常！说话颠三倒四，眼神顾盼游离，该不会老钱确实遭人绑架，她受惊，变得疯疯癫癫——都不好说！

不出半个工作日，老钱被绑架的信息从无到有、从小到大、从弱到强，传遍衢市大街小巷。内容也由虚转实,跟着膨胀。

谭桂花做梦也没想到,自己处心积虑布下的局,短短一天,就将丈夫浓墨重彩渲染成了衢市暮春三月街头巷尾竞相谈论的第一话题。

老钱"真假绑架案"被闲人声势喧天议论一周,第八天,便悄无声息。

老钱声势喧天的舆论骤然消失之原因,在于衢市有更大的闲事儿发生。宿老三跟政务中心管食堂的老宋为了账务当街吵翻。宿老三骂老宋欺强凌弱,拿老百姓不当人,老宋叫嚷宿老三以次充好,欺诈政府。口舌之外,俩人还动了手。老宋先拿账本扇宿老三的脸,宿老三回敬窝心脚将老宋直接踹进草坪。两人撕撕打打最终惹来警察,定性结果为互殴,分别受到处罚。再后,老宋断了宿家粮油店对政府的供应,双方见面谁跟谁都不说话,权当不认识。

宿老三跟老宋撕打引发衢市汹汹舆论,说啥的都有,立场角度都不一样。

对衢市连日潮潮熙攘,苏麻始终以旁观者姿态冷静观察事件走势。

审视几天,苏麻果敢查见衢市闲人们的嘴和流言渐呈疲势,汹汹舆论渐息,俨然又将是一片波澜不惊。恰当其时,一则控告衢市"警匪勾结制造假案,民企危难横遭敲诈,命运堪忧"的网文直接被推至头条,言辞犀利,文笔老辣,瞬间挑起衢市舆情。跟着,各大网站包括自媒体纷纷以惊人速度连篇转发,有的还图文并茂,言辞灼灼,让人读起来触目惊心,无悬念地惊动上级舆情管理部门,连下四道督办文件,严令速速拿出结果,如实予以上报。

冯士昆分内工作管着稳定也管舆情,知道娄子捅出去,没法回避,紧急协调"网监""网管",第一时间锁定嫌疑人,询问,笔录,连番将案情坐实。分析对比,感觉当下舆情较历次都复杂,目标、指向,无一不朝向衢市混世魔王——石清顺,继续抽丝剥茧查,发现一段时期衢市大大小小舆情事端几乎都是这位爷一手炮制,目的不明,但指向非常清楚,依律必须传讯。如此几番折腾,石清顺多少被搞得焦头烂额,衢市待不踏实,打算领人去柬埔寨"看矿",借此避避灾事。

老实讲,老钱此番"死而复生"没见着谁受益,倒是把石清顺跟他的石源公司结结实实推到风口浪尖,上不着天、下不着地,忽悠着,一时半会儿不见平稳落地的迹象。

最让石清顺始料不及的是,此番舆论喧嚣,最糟糕的是建制性地颠覆了石清顺暗中控盘的初衷:一场民间资本兼容,扯扯连连将警察跟自己弄上台面,原本微不足道的人和事被无端搞得复杂,民事案办成刑事案,一团乱麻越扯越乱,扯来扯去扯不清,千头万绪,失去厘清的价值和意义。这个成事不足,败事有余的冯志孝!连钱喜发那么干巴巴的小老头儿都搞不定,除了败坏士气,你这个口口声声混迹江湖十余年的肉头还能干啥!

肉头指望不上,石清顺只好抬出自家镇宅之宝——同样跟自己浑不憷的夫人胡小凤,精心筹划,精心打扮,精心准备一堆礼品果盒,择日登门拜访昔日"合作者",一为压惊,二为探望,三是借机探探老钱口风。

胡小凤刚有身孕,碰着老钱依旧拍拍打打,局面上将江湖气势做足。胡小凤走后老钱愈加心慌,紧忙找来尤文东、钱小广,商量怎么办。全部希望,老钱只能寄托于齐大壮。想着跟齐大壮说话心里有底,老钱想想不再彷徨,给齐大壮打电话,响半天,对方还是接了。

"好好的,怎么闹成这样!"齐大壮接电话时远在江西。

听两句,老钱搞清齐大壮正在替政府联系枫窑遗址复原的事儿,电话里声音嘈杂,人物关系听着复杂,但齐大壮依旧听老钱把话讲完,继续帮老钱出主意:局面闹到石清顺和胡小凤先后露头的地步,恐怕只有搬出盛斯礼才能让这俩人蹙蹙眉头,除此之外,估计是概莫能解!老钱听齐大壮说得绝对,语气又开始发散,蹙眉头:"可、可偌大个衢市,谁又能搬动这位肯蹙眉头的董事长?"

齐大壮听出老钱打怵,缓会儿安慰:"回头我打听打听!"之后挂了电话。老钱听见忙音,合了手机,望天棚静静发呆,心率又开始忽上忽下。

"齐镇咋说?"钱小广第一个问。

"没咋说,就答应帮忙打听打听,别的没多说。"

老钱说得没精打采,伸手掐两边干瘪的太阳穴,神色很是疲惫。

钱小广见叔叔急躁,沉住气,喝光最后一口可乐,蹾蹾杯底儿讲:"我这就去求胡小海,这小子眼下在盛世的位置重要,引见拜会拜会小盛总,应该还不成问题,关键这小子口齿伶俐——舌尖嘴快适合游说!"

"那还愣着干啥?出门找去啊!"一路想着如何将话说圆满,钱小广搜寻着在一间茶室堵住胡小海,先用一分钟说清事情的来龙去脉,剩三分钟一眨不眨盯胡小海瞧。胡小海看出钱小广走投无路,前后想想,张罗给吴晓燕打电话,借此探探盛斯礼的行踪。吴晓燕似乎很忙,接胡小海电话多少显出不耐烦:"盛总忙不忙你心里还没数啊?下月,产业园挂牌,修园子,建T台,弄致辞,请嘉宾,一天忙似一天,哪有工夫会客?再说,集团规矩,见小盛总得预约,不打招呼硬闯,能见着人吗?"胡小海听了也犯难,"嗯""啊"两声撂下电话,思忖下,冲钱小广讲:"小盛总那边我去打招呼,回去跟钱总商量商量见面的事儿吧!"

"商量,商量啥?不就是见个面吗,有啥说啥还商量啥!"

胡小海看出钱小广经历的世事少,举起大拇指、食指,在钱小广眼前一搓。

"钱?"钱小广对搓指头的动作职业性敏感,"可眼下摆在喜发跟石源之间的事情,不是钱就能解决得了的!重要的是排面——盛世跟小盛总的排面。排面那东西,花钱能买得到?"

"我是说带点儿见面礼,"胡小海叽歪着否定,"谁让你动钱了!"

"见面礼?带——带啥呀?带啥能不尴尬?"钱小广懵懂地问。

"祖宗啊!啥也不懂您老张罗办这么大事儿干吗?"胡小海没料钱小广愚顽得像他叔一样,话一紧,额头见了汗,"带几幅字画去,小盛总跟他媳妇好文艺,对书法字画一类东西感兴趣,带这些能显出档次,还透着真诚!"

"字画？喜发公司？"钱小广听了诧异,"公司上下,算上我,拢共认识字儿的没超过仨！让喜发公司弄这些文人墨客间的东西,张飞抓笔杆儿——委实难为人！"

胡小海见钱小广紧张着摊手,猛然想起喜发公司这类天天跟水泥白灰打交道的企业,"弃工从文"也实在是难为他们了,想想,利落决定:"明天我张罗几个文化人去绿云轩——商量商量呈送字画的事儿,剩下的事儿我办吧！"

第五章 险象

一、风云际会

老钱最终敲定,从枫窑遗址拣出两件土陶,多少带些釉色,品相还凑合,权当文物含糊着送人。

为防止过于寒酸,胡小海叮嘱钱小广带去十根人参,给小盛总夫人保胎,虚实掺和送去盛府,希望借此斡旋小盛总出头,救喜发出水火,躲过石清顺这颗欲将撞毁地球的小行星,避开一场惊天浩劫。

当日上午九点钟,钱小广拉上老钱还有尤文东,忐忑不安地上路。

转眼,拐过一道山弯。

车两旁一闪而过的山林刚刚返青。左前方,一湾清水白亮亮泛起鳞波,刚铺就的青亮的柏油路面,一闪便蹿至车底,路面骤然开阔,眨眼也拓成四车道,喜得钱小广在车里话也渐多:"产业园开张,盛世出资把原来老路改成四车道,也就是盛世,旁人没这份财力跟霸气!"老钱听钱小广语气妒羡,抬眼望望绿化带另一侧渐行渐远的老路,心下抑郁,意外觉出伤感。

园子正门建在一处显眼的高岗上,远远瞧,就是一座"城门"。门洞内部赶出一位素面女子。

"盛总接待完记者就跟您见面,所有事情,当面谈!"见老钱略显疑惑,素面女子自我介绍,"盛世集团助理——吴晓燕,盛总安排我先行接待几位,咱们边走边说!"

张皇一番,老钱礼貌性地冲吴晓燕点头,嘴上解释:"胡经济师来前打过招呼,说盛总有时间,就是在等什么人,准确节骨眼儿说不太准。"吴晓燕见老钱额角急出汗,轻松地安慰:"采访结束盛总就过来接待几位,都安排好了!"边说,边挥臂礼让。

吴晓燕熟识环境设置,引人来至客厅,落座,依旧不忘关照:"几位喜欢喝点什么?茶,还是咖啡?"没容回答,抢先做了安排,"还是茶吧,开春,喝龙井败火!"说着出去安排,门前一闪便没了影儿。

老钱张皇着落座,摸摸座椅冰冷的扶手,被蛇咬了一样缩缩手。

客厅内光线比外面凝重。屋中央卧有一只玉蟾,背上驮着沉香木,新漆的釉面,上书"颐寿尊蟾"四个大字,苍劲沉稳,隐约想象得出书者的年岁。东墙,满壁护着红木雕栏,中间青砖上墙,正中覆着一幅浮雕,正圆框子,镂空雕出蝙蝠杏花。浮雕下脚,青石围出一条水池,十几条锦鲤畅游,金黄黄耀出一片祥瑞。西墙,映着桌案,直上直下垂下一帧巨幅油画,先入眼帘的是一座皑皑雪山,余晖斜洒,照得山头闪出异彩。山脚矗立一位着藏袍摇法轮的老妪,手边一个六七岁衣着现代的孩子,共同扭头,虔诚望着山顶闪着异彩的寺庙,老少二人目光纯净,周身泛出金黄色的光辉,看着,让人由内到外感到圣洁与纯粹。

老钱对太高雅的东西一贯呈现谦卑,闪烁目光四下瞧,最终瞧向背后。

身后,通体青白的墙体做出一孔月亮门。侧目看,内里自成天地。北向,一整面墙饰有十六瓣金菊,下面立一只红木架子。东边半墙列着酒柜,成序排列各式清酒,林林总总,丰富得像座酒屋。最显眼最让人不可思议的是,靠紧酒柜立有一只高大的玻璃柜,里面堂皇皇展着两件戏服,一件湖蓝色,一件淡粉色,领襟袖口缀满丝绣,灯光映照下,极近绝美奢华。

老钱对戏服戏曲不感兴趣,只觉满屋风格色彩混搭,怪异中显出纷乱。

没待诧异完,外头由远及近传来脚步声,开门,进来一位身姿挺拔的男子,白脸、白手,步履刻意沉稳,举手投足做作地显出波澜不惊。老钱头回见到白净男子,但依旧一眼果断认定,来者就是盛斯礼,盛世眼下的当家人。

"媒体采访,细节事儿太多,冷落钱总了!"小盛总见面很是平静,主动握手,示意落座。老钱紧张地跟着客套,接过吴助理递上来的名片,正反面瞧,一片片繁花锦簇的头衔跟一水儿外国字儿,晃得老钱头晕眼花,身子一沉坐进对面沙发。

小盛总身量不低,坐着时,两条小腿支起老高,高高吊起的裤脚衬得尖头皮鞋像两条长而窄的帆船,光溜细腻的脚踝像两面帆板,明晃晃展示在一众人面前,精致得像个时装模特。侧面看,小盛总的脸庞很有型,线条尖挺,俊朗,看得出棱角。差强人意的是,鼻翼稍稍略显单薄,隐隐显示出常人不易察觉的优柔以及不容世事的乖戾。

不看则已,一看,老钱的心登时蹿到嗓子眼儿——小盛总袖口里,分明盘着一条银亮的白蛇,目光如炬盯住老钱,仿佛在阴鸷地琢磨老钱潦倒且慌乱的一生,吓得老钱后背阵阵发紧,瑟瑟地,身子后缩,像失足落进一堆刚弹好的棉絮里,挣扎不起,又无力挣扎。

小盛总看出老钱怕蛇,笑笑,起身将蛇顺进旁边一只水晶盒子,回身,静静冲老钱讲:"个人一点小爱好,当宠物养。"

"是,爱好谁都有,谁能一点爱好都没有呢!"老钱前言不搭后语地回答,眼睛依旧盯紧水晶盒子,说一句望一眼,忐忑着没底。

"小海经济师说了大概,除了电话里说的那些,还有其他需要帮忙的吗?"盛斯礼恳切地问,"比如,资金、人力、关系协调一类的事儿,只要能帮得上忙,集团一定倾力相助,尽量帮出效果。"

"有,可也没有,"老钱语句又开始散乱,"主要是拜会拜会盛总,随手带点小礼物。"

跟着,老钱想起介绍钱小广、尤文东:"咱们公司俩副总,小广是我侄儿,文东是我兄弟,跟我多年,折折腾腾到现在。"钱小广应和着点头,暗里扯扯尤文东,俩人共同仰脸张皇着笑。

"都是朋友,举手投足的事儿,今后不许这么客气!"盛斯礼礼貌着客套,眼睛瞧紧老钱,话语依旧随和。

"理是那么个理,但事情不是那么个事情!"钱小广机敏地表白,"朋友也分远近,有的雪中送炭,有的落井下石!像盛世这样宅心仁厚的企业,眼下所剩不多啦!"盛斯礼听出话外音,坐正身子,继续谦虚客套:"过

第五章 险象 | 161

誉了！现今办企业、顺境、逆境，乃至危机，都无孔不入地无处不在，关键看如何面对！"

老钱、小钱听小盛总话后面应该还有话，眨眼，虔诚地听。

"如何直面危机，是当今任何一家企业都无法回避的问题，就像如今的盛世，体量再大，也有压倒骆驼的最后一根稻草，不可避免又无处回避。"盛斯礼庄重地讲，"而如何发现并及时化解危机，挽狂澜于既倒，就考验企业的决策者即时应对危机所具备的能力跟水准。管理学管这方面叫危机公关，其能力的大小，直接决定企业命运及未来走势，作用不可说不重要。"

进入正题，盛斯礼语气便显得异常坚定，听出与当下年龄不太匹配的老成。

"道理我是听明白了，但真正操作还是糊涂！不怕您笑话，盛总，喜发打成立干的就是小打小闹的营生，前后没少遭人欺负，弯路也走了不少，说白了，就是自身没倚靠，想事做事没个明白人指点，缺乏指路人。今天见到盛总，喜发跟我算是三生有幸，那就烦请盛总多点拨几句，提示提示喜发将来该怎么走，才能应对得了危机，才能把路走平。"

"依我理解，借重外力或者说寻求靠山，超不过三条。"盛斯礼说着伸出仨指头，"一是明靠，此招见效快，但风险大，靠山一倒，最先砸的是自己。二是暗靠，表面不来往，私底下热火朝天，明修栈道，暗度陈仓，迷惑性强。三是假靠，有事没事，吹嘘跟某某要人交往深厚，弄得外人心存疑虑，但依然'宁可信其有，不可信其无'。但不管哪种靠法，都不能'将鸡蛋放在同一个篮子里'，左右摇摆最不靠谱，运气不好鸡飞蛋打，弄得两头不落好，影响声誉。"盛斯礼果断做出总结。

"形象些来讲，"盛斯礼结合实际开导，"此次盛世即将挂牌的康养产业园，形式上专注政策产业，实质还是定位在资本融通。通过融通，刺激周转运营，最大程度实现资本货币化，挖掘盛世固有资源及未来人力空间，这么说吧——"盛斯礼说着俯下身子，"产业园不管引进哪家企业，其固有的业界资源,都会不同程度辅助盛世缓解甚至摆脱眼前困境,借力打力,解难纾困,做好了,效果立竿见影!"

老钱转转眼问:"有句话,不知该讲不该讲,像喜发这样的企业,能不能入园?"

盛斯礼略作沉吟:"产业园眼下实施的是会员制,任何一家企业入园都需上缴一定资金,数额多少,看企业规模和实力。像喜发这样的优质企业,怎么着也得二百万起吧,少了,体现不出资本集聚的张力。"

"嗯,二百万!"老钱说着垂下头,再抬起,"入园的钱倒是应该缴,只是,喜发跟石源合作的保障金还没个交接,再缴,喜发自己恐怕就没保障了!"提到保障金,老钱从心里往外为难。

"入园不光资本注入一种形式,可以换个角度考虑。"盛斯礼见老钱迟疑,略作思索讲,"前不久,小海经济师找你们探讨建主题公园,那也是一条融合共赢的途径。"老钱听小盛总话语出现转机,仰脸,眼中不自觉闪出希望。

"盛世负责资本运营,喜发发挥自身优势,以人力物力及技术资源介入工程建设,建成、开张、经营,实现经济和社会效益,也算给'技术入园'开创一条新路,对未来经营架构及模式来讲,也算一种更新,利于产业发展。"盛斯礼说得极为肯定,跟后又补充一句,"钱总如若感兴趣,集团可以考虑!"

"容我想想!容我想想!"老钱被合作伤害久了,一朝被蛇咬,十年怕井绳,听到"合作"又悬起一颗心,"公司里不止我说了算,还有一群人,回去研究研究,研究好了再做决策,民主些好!"

老钱说得犹疑,讲完回头望钱小广、尤文东,眼神又开始闪烁。

"好好研究研究是对的!"盛斯礼说着望望钱小广、尤文东,宽慰着讲,"搞搞调研,将各方面因素都考虑周全,尽量避免决策失误,说到底,对企业、对自己,都是一种负责。"

老钱觉出自己的话说得唐突,急着想解释。

没待出口,吴助理侧身贴近盛斯礼,耳语:"会长已进前厅,用不用出去接?"

盛斯礼听了显出振奋,定神,回头交代吴晓燕:"先领到我办公室,我跟钱总还有两句话,说完就过去!"接着扭身,继续跟老钱说话。

"去什么办公室呀!我看这里就挺好,中规中矩,像研究大事儿的地方。"

没待盛斯礼再说什么,吴助理交代的客人已然出现在门口,一脚门里一脚门外,冲盛斯礼中气十足地喊,清爽、坦荡,透着内在的自信与高贵。

老钱、小钱、尤文东被高贵气质震惊,张皇着望。

"有客人啊,有客人我先回避。"中气十足的男子望望阵势,识趣地转身。

"自家人,自家人。"盛斯礼谦逊着上前,认真介绍起双方,"钱总,喜发公司法人,衢市知名企业家;曾会长,在上级贸易协会工作,资深老领导。"

"闲云野鹤罢了,哪有什么老领导!"会长谦和地握住老钱的手,"如今,在下是桃花源里人,只知有汉,无论魏晋啦——"老钱附和着僵硬地笑,嘴角翘翘,头尾不知说啥。

盛斯礼坚持请会长去自己办公室。会长推让无果,迈步往外走,走两步,忽又回身,谦逊着冲老钱讲:"衢市巨轩书记跟我是老熟人,旭成做过我的副手,地方上事儿有需要的尽管提,多少能起点作用!"老钱、小钱、尤文东不知所措地哈腰,瞧小盛总引会长步出客厅。门口,会长猛醒似的狠击额头,连连冲小盛总谢罪:"老首长临来托我给产业园带幅墨宝,一急给忘了!马上取,马上取。"说着往外掏手机。

"别,别,"盛斯礼紧拦,"让小吴去——小吴派人去取!"

"不用,不用,"会长紧着摆手,"我那个司机是个四川人,普通话讲不好,有翻译的工夫自己都能取回来,没必要费那番周折!"

钱小广敏锐地听出来由,主动请缨外出取字。盛斯礼觉出不好意思,但还是理解着挥手,放钱小广、尤文东随吴助理欢天喜地出去取字,自己领会长去自己办公室,临走没忘安置老钱:"去去就回,去去就回!"没容老钱客气,已笑声朗朗出了门。

何方神圣?气宇轩昂,言语做派一看就不是寻常之辈。

难道这就是小盛总嘴上念念不忘的"靠山"?愣怔一阵老钱无端生出感慨,盛世前些年顺风顺水,原来有这些人物在其中加持,难怪要风有风,要雨有雨,横竖都是太平!

小盛总刚才一番开导,是自说自话,还是点化开导,是总结企业运行规程还是暗示江湖法则?也许两者兼备,也许什么都没有,初次见面谈天说地纯属闲聊,不然说啥呀!但有一点应该肯定——靠山之说讲得贴切,阐幽发微,说的是盛世,同时也对应喜发跟自己。

当初喜发跟石源合伙,首先看中两家是亲戚,虽说不近,但支脉方面毕竟存着联系,多大事儿也不至做得过格。可谁想,石清顺这小子将江湖法则用到自己头上,一桩桩、一件件,凶起来自己尾巴都咬!一切都因为啥?就是因为自己身后没盛家这样拿得出手的靠山。靠山硬实,谁敢欺负咱!

老钱突然悟道,醍醐灌顶,越想越心血沸腾。

不可遏制又兴奋一阵,老钱心脑渐趋清醒,周身上下觉出疲乏,寻椅子慢慢坐下,闭目,自顾自陶醉在豪情之余的幸福想象中,心情幸福着劳累。

沉醉间老钱手机不合时宜响起来,聒聒噪噪,如一只不解风情的夏蝉。

老钱沮丧着掏手机看——是汤如龙。老钱底气足,不把汤如龙急三火四的电话当回事儿,任手机响了又响。中间接通一次,不说话,听一阵又挂了。往复几个回合,折腾得汤如龙在电话一端秃顶发红。

欲擒故纵好几次,老钱最终接通电话,塌身子,懒洋洋地听。

"老钱,你在哪?干吗不接电话?!"汤如龙气急败坏不在于自己打的电话有多重要，关键在于以往老钱接电话从来没超过三十秒，像今天这样迟而不接、接了又挂反反复复好几回的做派，在以往是绝对想象不到的事情。正是这一点，让汤如龙无限光火直到气急败坏。

汤如龙暴跳如雷的语音，在钱喜发静若止水的心湖表面惹不起半点涟漪。

不仅惹不起涟漪，在钱喜发骤然沉静的心绪里，汤如龙一贯颐指气使的语气以及色厉内荏的嚣张，竟然显得是那么幼稚，那么夸张，令眼下的老钱一时间莫名其妙地感到意外。

我是谁？我是钱喜发，眼下市价飙升、前景辉煌、风光无限的衢市知名企业家，正走红运的时辰，叫天天应，叫地地灵，你老汤长几个胆子敢隔电话跟我这么嚣张地讲话。

我在哪？我在哪能告诉你吗？告诉你，你老小子受得起惊吓吗？张嘴闭嘴"老钱""老钱"。老钱是你这样无底线、无操守，连最起码做人都不会的粗鄙之人叫的吗？懂不懂规矩，懂不懂人情事理，懂不懂"尺有所短，寸有所长"！没搞清楚就先别大呼小叫！凡事得学会观察，瞧准的事儿办，瞧不准宁可不张嘴。

愤恨一阵，老钱正身喝口茶，吧嗒吧嗒，讲："如龙，如龙是吧？"

老钱一反常态，让电话里的汤如龙猝不及防，继续听老钱一反常态地往下讲："我正和首长谈项目，很重要，隔会儿打行吗？"多少年，汤、钱对峙，形势里只有汤如龙张嘴叱骂的份儿，作为下属及跟班，老钱压根儿没有还嘴的胆量和机会，更何况，电话里还敢放肆地喊出"如龙"！如此肆无忌惮，今后还想不想在衢市建筑界混了？"跟首长谈业务"，哪位首长？级别大到什么程度？大不大得过肖巨轩和文旭成？最起码，大不大得过高庆丰？大不大得过自己？一切都含糊不清，说出来谁信？上坟放炮仗——你吓唬鬼哪！

"甭管你在哪，跟谁，"汤如龙掂量掂量硬撑着喊，"三分钟，我限你三分钟赶到城交委，过来把保障金掰扯清楚——审计的领导可在现场看着呢！掰扯不清,屙一裤兜子屎可得你自己揩!"汤如龙刻意扯嗓子喊,声音传到老钱耳边等同百米之外蚊子嗡嗡叫,光见扇翅膀听不着啥声儿。

"三分钟赶到,不行啊!"老钱专注着念起婆罗经,"首长这边正跟我谈建公园的事儿,事情没说清不能走,走了算临阵脱逃,惹下罪责喜发小门小户担不起呀!你要是实在着急,我把电话交给首长——你跟首长直接说,看首长能不能给你汤大主任的面子,我老钱也借机脱身。"

老钱把握汤如龙色厉内荏见官儿矮一级的性格,针锋相对将了汤如龙一军。

汤如龙头回听老钱在电话里说这类顶花带刺的话,想想,心里不免打鼓。这个钱喜发,平时蔫了吧唧没听说跟什么大人物扯上关系啊!真要有这本事,他媳妇不隔夜的嘴早嚷嚷八条街了!可也说不准,他们这些干工程的,走南闯北,说不准交结上哪路摸不清底数的人物儿。这种低概率的事情,在老钱身上也一定发生不了。静观其变,瞄准形势再说!

"原来钱总攀上高枝儿了!"汤如龙语音渐软,"能给首长献策,钱总身价可非昔日能比呀,可喜、可贺!"之后,他拿话试探,"首长来回衢市不容易,能不能替我留首长小酌几杯?山野小菜,主要是助兴!"

"好,你老汤的话我一定带到!只是,首长眼下太忙!巨轩书记、文市长隔会儿还要宴请,行程太满,不好节外生枝。用餐的事儿今后再说,机会有的是。"老钱头次说假话,首秀,舌头没打结。

"这样——那就不打扰首长了!"汤如龙的话音降两度,"首长下次来提前打个招呼,地方上也好做做准备,免得被动!"说着又补一句,"首长是您钱总的首长,也是咱衢市人民的首长,荣耀事儿不能总让您钱总一人独吞,怎么着也得让首长知道知道衢市人民的一片诚意啊!"

"一片诚意,一片诚意,"老钱的话锋随之平和,"一定把全市人民的心意带到,让首长放心,让全市人民安心——安心工作,安心把衢市建设好,不负首长希望。挂了吧!"不容汤如龙听明白,老钱先一步挂断手机,剩汤如龙一人在电话一头冲空气发呆。

十多年受尽的窝囊气,三言两语,便被老钱发泄得一干二净。

如此畅快淋漓,如此快意恩仇,让干瘪枯槁的老钱如三伏天吃了蘸蜜的冰糖,痛快得几乎跳起来,早知道这样,早就该跟姓汤的分庭抗礼,缩头缩脑做了这么多年乌龟,想想实在不值!

老钱越想越美,越想越提神,振奋着哼哼唧唧哼起小曲儿,手掌上下拍合,入戏的姿态很销魂。没哼几句,门一开,钱小广、尤文东合力抬进一个写有"潜龙勿用"的画框,满屋四下打量,哼哧着放置在书案对过。落稳后,俩人如释重负地拍手,同时显出如蒙圣宣一样的骄矜。

老钱辨不出字迹优劣,只知含糊着看,看着看着,还是入了神。

醍醐灌顶,一个很刁钻、很朴素、很市侩也很务实的念头,在老钱脑海中盘旋着破茧出壳。周延广泛不知涵盖哪些内容,如一片往来的云,捉摸不定,想着心乱。如此犯难地想了又想,终于,一种隐隐约约的图谋在老钱心底潜滋暗长,一点点萌发,一点点成形,一点点壮大,百爪挠心,挠得老钱分寸渐渐散乱。

靠上盛世这棵大树,一定要靠上盛世这棵大树,靠牢,靠瓷实喽!泼命也要靠实!靠上这棵大树,这辈子就不用仰人鼻息,不用遭人白眼,不再受人歧视,一句话,喜发想翻身,必须而且只能靠上盛世这棵大树,除此别无他法!

后来,无数次经历验证老钱在见小盛总当天电光石火做出的抉择,是何等果敢,何等英明,何等义无反顾,又是何等快意恩仇。正是这次偶然突发的事件,在相当长的时间里,深刻影响了钱喜发和他的喜发公司的命运——上帝之窗、潘多拉盒子,同一时间朝老钱开启,世界的天平从这一刻开始倾斜。

盛斯礼不知自己陪会长盘桓的这个时段,老钱如六祖慧能参透秘籍一样顿悟成佛。他一进门,望见老钱张一双手赶过来,攥紧,攥紧,再攥紧,嘴唇抖抖地念叨:"愿意合作,愿意建公园。一句话,只要盛世顺心,喜发建啥都愿意,赴汤蹈火,在所不辞,说个假话,我老钱嘎嘣死在盛总面前!"盛斯礼被老钱发的毒誓突兀地吓住两秒,盛斯礼同样伸出热忱的大手,紧紧捏住老钱瘦弱的肩,四目相对,眼里满是热切的光,如久别且同仇敌忾的战友。

热烈完,盛斯礼案头的手机响了。盛斯礼移步过去接,神色立时温柔不少:"我这有客人,待会儿打给你。"跟着叮嘱一句,"少走动,小心动了胎气。"

挂了电话,盛斯礼冲老钱会心地笑:"我夫人,身子沉,多嘱咐嘱咐!"

老钱听了想祝贺,接下来听盛斯礼交代刚进门的吴助理:"中午留钱总用餐,饭菜丰盛些,自家人一定要吃好!"说着从水晶盒子里托出白蛇,指尖儿一点,西墙徐徐启开一道暗门,盛斯礼闪身进去,暗门缓缓关闭。

老钱紧着恢复表情,目光所到之处,依稀望见一架老式摄像机伶仃倚住山墙,颈部挂着大大的圆盘,老钱无端想起电影里常出现的机关枪,离奇得让人想到战乱和死亡。摄像机后面是一张照片,一位头戴高帽的罗衫青年目光缱绻地望一位鬓角粘着青丝的粉衫女子,眉角上扬,眼眸如炬,婉约着,望得出三生三世海誓山盟的真情。照片背景是一树梅花,粉红绽放,衬着远去的一湾碧水,断瓦残垣,看得老钱莫名生出伤感。

二、鸿门宴

见过小盛总之后喜发公司开始时来运转。首先,喜发跟石源两家的仇怨有人出面调和,斡旋人正是胡小海。提此动议时,盛斯礼正立在会客厅听吴晓燕汇报日本考察团接待的事儿,听胡小海进来插话,沉沉心交代:"在盛世嘉园摆桌酒席,给石清顺践践行,借机说说钱总跟会展中心的事儿——能动嘴解决的事儿尽量别动刀兵,伤和气不说,主要是影响不好!"交代完,扭头继续跟吴晓燕说接待上的事儿,弄得胡小海在一旁进退无由,走也不是,不走也不是,喉咙眼儿像堵只苍蝇,胃里一阵翻江倒海。

胡小海是个识时务的人,清楚自己眼前在盛世的处境。

胡小海自觉是老盛总时代的老人儿,但眼下主宰集团的主人是具体且不可回避的小盛总,自己倒像先晁盖上梁山的林冲,大不大,小不小,施展起来反倒有些进退无由。就算算上自己跟盛世老小姐——佳佳——似是而非的缘分,自己在盛斯礼心里的位置,估计也高不到哪去。应对不好,保不准老臣早晚有一天会人为地"被变成贰臣",首鼠两端,枉费了这些年在盛世耗费的无尽心血。胡小海心思精怪得像夜钓的渔夫,既看得懂风丝未起的海面之下潜滋暗长的洋流,也看得清风清日朗的海面之上隐隐骤起的风雷,聪明地将小盛总派下的差事和盘收下,内里尽管耿耿于怀,依旧无条件地贯彻执行。

盛斯礼派出胡小海还有另一番用意。胡小海身为盛世旧臣,但同时也是石清顺内弟,虽不是真亲,但身世方面还是沾着禁忌。有这么个禁忌的人卧在身边,怎么想盛斯礼都觉着胡小海像避难梁山的晁盖,功高盖主,一场火拼就能占了自己的鹊巢。此次,盛斯礼将胡小海置于钱、石两家滚烫的砧板上,目的就是烙烙胡小海的脚底板儿,以此验证这位"准驸马爷"对盛家的诚心有几何。

跟盛斯礼与胡小海各怀心事相比,集团其他人的心思便没有二人那般缜密。

如往常一样,集团上下大小人等一如既往地忙碌,上班,加班,熬夜,做事依旧专注。但专注归专注,再怎么专注,平和之外依旧感觉紧张,恍惚觉着盛世乃至衢市似有山雨要来,再固若金汤的堤坝,在这场摧枯拉朽的暴雨面前终将一溃千里,具象的化为虚无,虚无的将更加虚无!

胡小海也觉出里外存着异常,只是忙碌着没心思想。

午时三刻,胡小海候着石清顺阴晴不明地步入大厅,众人前呼后拥,熙攘得似小规模旅行团。石清顺进门习惯性四处张望,两手插兜,让人觉着时刻藏着不便示人的利器,非必要不掏,掏出则杀气立现。

"石总还是这么有气势,雄风不减!"胡小海说着上来拍石清顺的背,似有似无地奉承,"还这么有型,这么有神采,气场足,看着就能成大事!"

胡小海仗着跟石清顺有亲戚关系,两下见面,说话没一般人那么多顾忌。

石清顺被奉承得无动于衷,抿抿嘴角,讥诮插手立在一旁的老钱:"钱总,找帮手来了!有事说事,弄这么大场面干吗?像出多大事儿似的!"老钱双手交叉在腹前,局促着,没敢说一句。石清顺调侃完老钱,望见老尹立在后头,反身过来握手,犯难着指指喉咙,嘶哑着讲:"咽喉炎犯了,大夫嘱咐不让多说话!"肉头跟上来附和,刻意将话说得真实。老尹科长做得时间也不短,听肉头解释,大度地挥手,做派、气象都很官方,没了当初跟石清顺一起在车间吃盒饭时的窘迫。

进包间,胡小海、石清顺"主请""被请"又一番谦让,终于层次清晰地坐好。

作为"主请",胡小海冷静观察桌面上的局势,唤来服务员,将一本坠了黄穗儿的菜谱直接呈给石清顺,跟着仰身打哈哈:"衢市小,没地方去,寻来寻去只能来这吃点儿小吃,给石总换换口味!"石清顺对吃表现出不在意,摆手问老钱。老钱知道规矩,扮惨着讲:"点菜,钱某实在不擅长,石总定,点啥钱某吃啥!"石清顺推两下没推动,接过菜谱,走马观花瞄两眼,掐住最后一页,"嗯嗯"两声,砰一下合上。

胡小海抢菜谱看石清顺都点了啥。肉头手快,按住菜谱解释:"石总嗓子不好,清淡点,有利于恢复。"胡小海嫌厌肉头,作势喊道:"嗓子不好也不能光吃青椒小炒啊!顾及顾及别人感受,总不能让大家随石总一起吃素吧!"说完不顾老钱的眼神,一溜气儿点了一堆大菜,末了晃晃手指,定音鼓样喊声"齐了",甩手将菜谱撇给服务员,演绎得流畅。

老钱被点菜的气势唬得心惊,想象满桌佳肴,心头涌上隐隐酸楚。

这群不懂疾苦的大户老爷,一顿饭,动动嘴,就吃掉两车商砼、一车混砂,外带工地上一周的水电,喜发要是照这么胡吃海塞下去,等不到清明,自己就得把自己吃破产喽,还用石清顺指派肉头跟来闹?都是造孽呀!

老钱冲桌面目瞪口呆时,胡小海没闲着,侧身跟石清顺天南海北地聊。

石清顺进门便将嗓子眼儿的病和盘抛出来，想着三缄其口，看胡小海怎么布眼前的棋局。好在肉头应对场面方面也算机敏，一句一句应对，竟然滴水不漏，发言人一般缜密，弄得胡小海一时没找着破绽，只好继续海阔天空地聊。

胡小海席间侃侃而谈，石清顺在一旁却沉默不语，微阖眼皮，看着像入定。

一会儿，青椒小炒还有深海动物都上全，胡小海依例道了开场白，明确当日酒宴——一不讨荆州，二不草船借箭，就是听说石总即将远行，设宴给石总践行。

石清顺端起杯里的白开水，敷衍着沾沾唇，放稳，继续瞧胡小海呼朋引伴将局面做得热烈。借第二杯空当，胡小海乘兴又侃起股票。老尹不研究股市，"嗯""嗯"点头，在一旁只知道吃菜。

跟石清顺，老尹没表现出必要的客套。俩人都在三坑井做过锻工，一个师父教出来的徒弟。石清顺当年盗运车间配料，犯事儿进了监狱，是老尹里里外外帮忙照顾他的家小，出来还给拿的安家费。这情儿，石清顺始终记着，啥场合都感老尹的恩，给足老尹的面子。胡小海也正是看中两人之间的关系，才死命拉来老尹，捧逗结合将当天的话题讲明了。

石清顺对股市不在行，扭脸，望望肉头。肉头因为上次真假绑架弄得自己在石清顺面前灰头土脸，一门心思想寻个机会替自己找找台阶，见石清顺神色凌乱望过来，顾不上刚才胡小海说啥，直愣着接过话头儿："可不是咋的，衢市现在跟风势头太严重，得有人出面管管了！"胡小海见话题现出缺口，紧着接上去："重点是，不光有人在股票上犯迷糊，最主要对人，尤其是对衢市有功之人，更是千番挤对、万般刁难，时时刻刻都在戳衢市人民的心！"肉头没料胡小海突然间掉转话题，一时叫不准该不该应承，嗫嚅着说："谁、谁这么不长眼，挤对衢市哪位有功之臣？"

"就是眼前这位钱总——会展中心的承建者，衢市城市建设的有功之臣！"

胡小海说着一指末位上忐忑不安的老钱,意气昂扬继续讲:"就是这位默默无闻、光拉车不瞧道儿、习惯打落牙往肚里咽的钱总,老实巴交的生意人,辛辛苦苦起早贪黑干了两年会展中心,眼瞅封顶,现场来了拨不管不顾的主儿,不知天高地厚,今天砸工地,明天打民工,闹闹腾腾工地半个多月开不了工,照这么一路折腾下去,不等中心建成公司就得被拖沓!真这样,衢市的脸面还往哪摆?出门还敢不敢说自己是衢市人!"

老尹听不明白胡小海跟肉头对阵唱的是哪出戏,懵懵懂懂,只顾喝酒。

老尹年老且懂规矩,上班时间基本不喝酒,下班爱跟三五同党小酌。宴席当中,老尹听胡小海和肉头说得曲折,爱接话的毛病又犯,抹抹嘴,烈火烹油地讲:"小海经济师说得没错!如今,专有一拨人,成天不干正事儿,起早贪黑算计别人,变着法给自己捞好处!"胡小海听见说到正题,撺掇着说:"谁捞好处跟你有啥关系?好好做你的科长,政治上的事儿——少掺和!"老尹做人厚道,但不代表没脾气,听胡小海故意撑,嘴上较了真:"路不平有人铲,事不平来有人管!老子就是看不惯那些把话烙饼似的翻着个儿说的跳梁小丑,今天一套明天一套,阳奉阴违,寡廉鲜耻,言行不一,纯属人渣垃圾!"

老尹说说挺身站起,拿手一指老钱:"就拿那钱总工地上的事儿来讲,这种事儿发生在衢市,就是衢市的奇耻大辱!衢市啥地方?龙脉所系,出皇上的所在。张大帅就是从这进的奉天城,一统东北十一年,靠的啥?靠的就是为朋友两肋插刀,靠的就是手底下有一拨出生入死的弟兄。咱们衢市子弟可能这辈子都做不到大帅一样的功业,但传下来的仁义,传下来的道德,总该学得下来一星半点吧!不然怎么在衢市立足,怎么喝图们江里的水,怎么吃魏家岭上的粮?严重点,今后怎么在衢市做人,怎么对得起八辈儿祖宗!"

老尹越说调门越高,慷慨陈词,像法堂上仗义执言的律师。

石清顺起初听得不在意,听着听着,觉出话里的另一层意思,再听,便清楚胡小海唱的是哪出戏。石清顺干咳一声,示意肉头倒几粒药丸,接了,直接捂嘴里,卷卷舌头压下,沉脸望肉头。肉头机灵,瞄眼胡小海,凑上来跟石清顺咬耳朵,窃窃地,听得老钱在一旁阵阵发冷。

"就好比说政府接待办的小苗——"老尹说说又坐下,伸手夹起桌上一块扣肉,肥颤颤的,塞进嘴里,边嚼边讲,"多好的女子啊!科长干得好好的,硬是给调到文电科——说是另有重用。可傻子都能看懂这步棋,小苗换地方纯粹给有路数的人腾地方。理由倒用得顺当,'规避舆论风险',规避啥风险?不就是给市长孩子补补英语嘛!人和人之间就不能有个互帮互助,就不能有份亲情?好事做不来,也别把旁人净往恶心地方推呀,不怕遭报应!"老尹说完狠劲将肉咽进口,咂摸咂摸嘴,丧气地讲,"肉没拾掇干净,一股子荤腥味儿!"

胡小海怕老尹继续纠缠小苗跟政府办,紧着冲老尹使眼神。

老尹见胡小海神情怪异,一撂筷子来了倔劲儿:"咋了,杵谁肺管子上了?!杵谁肺管子谁承着,都是咎由自取!好好的,屎盆子非得往齐秘书长头上扣——说俩人关系不正常,还说'眼神儿'不清不楚!好好工作,没事儿你瞧别人眼神干吗?谁瞧,谁就是心里有鬼,谁就是大家群而攻之的敌人——自作孽不可活!"老尹说着拍了下桌子,言语像打开机关炮,张嘴,旁人根本接不上口。

"说正题儿。"胡小海发急着冲老尹眨眼。

老尹猛想起胡小海来前跟自己做的交代,紧忙转话题:"说正题儿,说正题儿,正题儿就是钱总领公司为咱衢市百姓建会展中心,严格讲算衢市的功臣!做功臣怎么还能招灾?照这么下去,谁还来当功臣?跟那拨居心叵测、伎俩重重的小人学不就完了吗?今后,衢市还能有一个好人?"

"决定,说说城交委转来的政府决定。"胡小海发急地催促。

"对,这事儿——政府有态度了!"说着,老尹从怀里掏出一张七折八折的文件,一层一层展开,手指抵着字面念着,"城交、公安、检察院等各涉事部门,即时介入会展中心案件调查,及时锁定线索,涉及犯罪第一时间移交,从速,从严,消除事件所带来的舆论影响,遏制破坏营商环境势头继续蔓延滋生。"正文读完,老尹又不厌其烦机械地念了"主送""抄送"一大堆术语,读得满桌鸦雀无声,神情几近凝滞。

老尹念完七折八折收起文件,低头,又吃扣肉,嘴里稀里呼噜山响。

老尹肆无忌惮宣读完文件,石清顺在旁边听着嗓子眼儿愈加发紧,想咳又咳不出声,绷紧嘴角,眼角眉梢见出戾气,估计老尹再嚷嚷两句这位说惯上句儿的主儿立马会掀翻桌子,之后,拂袖而去,谁的面子也不见得给。老钱怕局势弄砸,未经请示胡小海,弓腰,站起圆场:"喜发的事儿害大家操心了!其实,细想起来,工地出这么档子事儿,公司也有责任。"

首句,老钱尽量说得凄惨,跟后,继续演绎:"合计来合计去,还是我这个主事儿的人能力不足,没把大家带好,没将工程做好,内务、外务,都不如人意,实在亏欠在座各位这么多年对喜发的关注,我老钱,有些对不起大家啦!"说着就要鞠躬。胡小海见老钱又显畏缩,紧着抢话打气。

"钱总,你不用自责!"胡小海发话先稳住老钱的底气,"堵车、打人,阻工滋事,这些都不是小事儿!光天化日搞这些小动作,在眼下衢市反映出什么?反映出的是不团结。不团结影响啥?影响的,严重点说是地区稳定!当前营商环境多重要,政府一直抓,力度一天重似一天,一时半刻没见收手的迹象。实话实说吧,这次工地被砸的事儿已经被端到市长桌上去了,啥时处理,处理到什么程度,就是早晚和轻重的事儿。做事儿和挑事儿的人,估计都跑不掉,赇等公安机关兜底彻查,拔萝卜带泥——一锅端,到时,衢市天就真的清朗啦!"

胡小海善于把握重点,几句话将纠纷升级,说得石清顺变色,扭头找肉头。

趁石清顺跟肉头窃窃私语,胡小海又端出稳坐钓鱼台的做派,摸出烟斗,示意服务员找打火机。肉头反应还是快,几句话听清石清顺的授意,回头,紧紧脸,开口说给满桌:"来前,石总让我查了工地上的事儿——砸工地,是城交委司机陈五年支使人干的,由头应该是什么债务,属于民间纠纷,按理不应该动刀枪。"

老尹听肉头端出陈五年,中间又扯上城交委,"单位至上意识"使得老先生跃跃欲试还想起身掰扯,急得胡小海伸胳膊拦:"少安毋躁,少安毋躁,听正事儿!"老尹看胡小海接下来还要有举动,忍忍,没接嘴。

"工地上的事儿今天先不说了!"胡小海出言平息住场面,"不管是债务纠纷,还是私人恩怨,依我胡小海这些年行走江湖的经验,最终都将'清者自清,浊者自浊',狐狸藏得再深,时间久了尾巴都会露出来,犯不上浪费今天酒桌上的美好时光!"

石清顺坐稳座位,眼睛静静盯紧圆桌,脸沉得像石像。

"话不用多说了!"肉头急着救场,站直了,端杯冲众人喊,"石总今天身体有恙,指示我替石源公司向各位表个态,从今往后,喜发再出啥事儿,就等同石源出事儿,石源第一时间出手,不会给任何宵小以还手之机。一句话,今后有石源的平安就有喜发的平安,喜发、石源,结成一体,共进共退,共荣共生,干!"说完,仰头,干了杯中酒,朝下控控酒杯,一溜儿没咽尽的酒水溪流样打嘴角流出,咚一声,连人带杯瘫在座位上,头埋至前胸,像一头刚犁完地的耕牛,散了架,堆在地头。

石清顺见没了帮手,指指肉头,起身打算离席。

胡小海礼让着拦,撕扯几下,胡小凤端酒杯高门大嗓闯进来,望着胡小海直愣愣喊:"家里兄弟,帮盛世攒的局——不错呀!哄我出面招待日方考察团,随手又搭上咱家大字儿不识几个的老爷们儿帮忙平息喜发纷争,一箭双雕。"老钱瞧胡小凤冲胡小海使劲,怯怯着,上来解局,被胡小凤一句话撑住:"老舅,这场给了小海多少出场费,说出数儿,石源一家担,不用喜发破费!"

石清顺面子上挂不住,瞪眼呵斥:"能少说话少说话。"石清顺刻意喊,眼角扫下旁侧察言观色的胡小海,情急下忘了身上带着"喉疾"。

胡小凤说着愈加兴奋,像个耍疯了的孩子收不住嘴:"今天,老娘舅将过去周遭一切事儿,也包括喜发跟石源合作那档子事儿通盘跟大家都说说,免得哪个别有用心的主儿七编八编传出去,传得咱家石清顺跟我像恶霸地主南霸天跟他媳妇似的。石家,还有胡家的名声,可怎么收拾!几辈子都缓不过气儿!"

"意思意思就得啦。"石清顺哑嗓子提示,面色出奇地冷。

其实,盛世接待日方考察团犯不上请胡小凤登场,用她,是盛斯礼的主意。遥香不在家,整个接待吴晓燕忙得不亦乐乎,连轴转,加上时点临近,吴晓燕血压、心跳都有些飙升。盛斯礼顾惜吴晓燕,请出胡小凤,一是胡小凤快人快语,喜欢凑热闹,"有朋自远方来,不亦乐乎"的氛围三言两语就能营造出来,有她在,场面一般不会冷清。二是将胡小凤揽至这个场面,相当于给足石清顺尊荣,迎合这两口子喜好炫耀的性情,今后交集方便些。胡小凤平素听惯奉承,加上盛斯礼客套热情,没多想便答应了,尽心尽力帮衬吴晓燕将考察团接待好。

不知什么时候,盛斯礼闪身站到门口,胡小海见了,执意将盛斯礼让到主位。

石清顺没防备盛斯礼进来,左右瞧胡小凤跟肉头,哑口,不知说啥。

"考察团那边儿顺利吗?"见众人尽皆坐好,石清顺没话找话问盛斯礼。

"合作的事儿跟谈恋爱一样,讲求你情我愿,强人所难不见得有好结果,走一步看一步吧!"盛斯礼平静地应答,说完,看似无意瞧眼老钱,将脸朝向石清顺。

"差不多,就这道理!"石清顺勉强着肯定,之后还是沉默不语。

"钱总什么时候到的?"盛斯礼故作不经意望见老钱,惊讶地问。

"巧合,纯属巧合!"老钱在波汹诡谲的场合面前言语显得支吾,磕磕巴巴地讲。

紧要时胡小海发话圆场:"盛总跟钱总可能不太熟悉。钱总是个实在人,有一说一,不会说假话,不像有些人,大庭广众说瞎话,句句还说得理直气壮。你说他说的句句是假吧,保不齐又冒出一句真的,神龙见首不见尾,不好把握!"盛斯礼听了点头,接着不紧不慢地讲:"钱总的名号听说过,踏踏实实做工程,每分每厘挣的都是辛苦钱,也是干净钱!这样的人理应受到尊重,不应三番五次遭人欺负,弄得老爷子着急上火!这事儿,盛世、石源得管,得上手,不能让老实人平白无故受欺负。"

"都……安排好了!"肉头脑子又开始不清楚,扭头冲石清顺嚷,"砸工地的那拨人,嘴风挺严,局子里没……没把咱们公司递出去,还……挺有素质!"肉头神志渐散,事情想起一桩说一桩,颠三倒四,说出话不知道避人,喝多了,啥话都往外说。胡小凤听出险情,发急张嘴拦:"其……其实,陈五年支使人砸工地,跟咱们公司确实关系不大!"

肉头把话题越说越散:"咱……咱们主要是瞄着并购喜发,不听话,就摘胳膊卸腿,绑票,大卸八块!这一套就够老小子受的了!"说说望老钱,肉头目光彻底迷离,"钱……钱总,其……其实,这些话也都是吓唬人的,钱总也没怕。不……不然怎么能搞出'假绑架'一档子事儿呢,弄得满城风雨,连我跟石总都进了局子,笔录,讯问,说是——弄不好还要留置。你说,丧不丧气!"

"在衢市,谁还敢跟你们石总较劲?今天这里没外人,说说,让大家听个清楚!"盛斯礼听出肉头醉话里藏了事儿,攥紧杯杆儿,阴冷地问。胡小凤见了着急,蹙紧眉头,紧着冲肉头使眼色。

"说就说!"肉头把话匣子打开,顾不上瞧胡小凤使啥眼色。

"就,就说发……发帖的事儿吧!"肉头夹片盘子里剩下的扣肉囫囵塞进嘴,嚼嚼,用力咽下,视力跟脑力一并感觉出清醒,话也见利索,"小苗丈夫,就是那磕巴嘴的作家,文笔才叫个绝呢!在衢市,唐古董嘴算能说的,但文笔没作家好。一大套舆情都是这主儿在网上操控,翻云覆雨,点石成金,怎么听都像真的。我是打心里服气这位爷——没见过这么能写又写得这么天衣无缝的能人!"

"喝多了,肉头,"石清顺绷脸呵斥肉头,"盛总在,你有说话的资格吗?"

肉头听出石清顺话里的愠怒，尴尬着，四下瞅瞅，伸手又抓醒酒器："说错话了，说错话了！盛总在我是不该这么大声小气说话，自罚一杯，我自罚一杯——聊表歉意！"跟着晃晃悠悠站起来，挥手，扫落胡小海眼前的杯子，酒水泼了胡小海一身。胡小凤见肉头醉得不行，嗔怪着，上前帮胡小海收拾。

喧嚷中吴晓燕进来，撞见胡小凤跟胡小海在一起，忙上前看。

肉头觉出尴尬，夸张着帮忙收拾这收拾那，手一划拉，带起粗大的椅子直接撞到胡小凤的小腹，疼得胡小凤"哎哟"一声，捂着小腹，直接蹲到地上。吴晓燕赶去扶，隐约见着胡小凤裤底渗出血水，白了脸念叨："坏了，坏了，要动胎气了，快去医院，晚了，孩子保不住。"胡小海跟着白了脸，慌乱一阵，紧忙喊救护车。

肉头酒劲立时被吓散，稳稳神，紧跟打算下楼。石清顺瞧肉头乱蓬蓬的头发，血一下冲上脑顶，伸手揪住肉头的脖领，将肉头扔回包厢当地，肉头疼得眉头一皱，"妈呀"一声，险些背过气。

"干吗下这么重的手！"肉头没防备，挣扎几下，蜷紧身子喊，"我办错了哪件事儿？哪件不按你石总意思办的！卸完磨就杀驴，这么做，你们他妈的——太不仗义！"

肉头口鼻见血，顾不得擦，口齿凌乱冲门口喊："盛总，你要小心啊！地条钢的事儿石源都给你们捅出去了，连带挪用江防资金，件件都是要命的大事儿！要未雨绸缪，防备石清顺背后给你捅刀子啊！"

石清顺的胸腹气得乱耸，眯眼看看肉头："成事不足，败事有余！从今往后别想跨进石源半步。"骂完，抬脚下楼，一声不吭追胡小凤。

盛斯礼打算上前安慰，忽见吴晓燕惊慌失色跑上楼，岔声喊："你怎么还在这打磨磨！警察正在下面挨包厢寻你呢！"盛斯礼发惊瞧着吴晓燕。吴晓燕情急间没避肉头："辰州银行女行长在境外被捕，近几天就被遣返衢市。遥香副董协助转账的事儿也被牵起，其中，也牵涉您——财务方面有您签字。"说着瞧眼蜷在地上的肉头，"赶快出去躲躲！风头过了，看看形势再说！"

盛斯礼紧急间想不出好主意，一跺脚，随吴晓燕顺安全门下到地面，低头钻进停好的吉普车，一个冲刺，转眼消失进满街车流人海。

三、风起于青蘋之末

胡小凤险些流产，胎儿没受大的影响，但依旧得住院观察。肉头头部受重创，十天半月没去公司。石清顺的"喉疾"不见好转，传言恶化。盛斯礼更是消失得无影无踪，吴晓燕跟胡小海天天跑派出所，一条条、一款款，将盛世引进日资与辰州银行私募基金之间的业务关联逐笔说清。再之后，又扯出胡小海挪借盛世资金给喜发的一笔账，一宿没说清，胡小海便一宿没出来。随后，告知家属，滞留，拘押，调查取证，最终够不够移送检察院要看胡小海的事儿惹了多大，换句话说，除了挪借资金还有没有见不得光的事儿，一切都未可知。

集团出这么大事儿，吴晓燕极度慌张，直到老盛总跟佳佳从南方回来主持大局，吴晓燕悬着的一颗心才平稳落地。

无人能够预料，这场悄然至临的风暴，带给衢市的，最终是摧枯拉朽的撼动，还是像无数蚁穴洞穿的坝体，一块块地塌落，到最后让人也无法察觉，一点一点销蚀。

齐修平接电话赶回政府四号会议室，一脚门里一脚门外，听到政法委书记老翟念叨自己："修平秘书长怎么还没到？打电话催一下。"齐修平听了赶紧应声，进来扫一眼屋内形势，见公安、检法、市场、经信部门相关人等一一坐好，神情郑重，望着对面衣着神色同样严谨的上级部门，空气仿佛都跟着稀薄地紧张、憋闷，让人透不过气。

老翟见齐修平进来，跟着扭身查人头。查完，他望着鲁健，一起征求上级领队意见。

"那好，我就代表审计组先说说案情。"领队年轻，身上制服都跟着崭新,说话果决干净,"前段,在对地方节能降耗项目审计过程中,审计组接到举报,衢市盛世集团涉嫌生产销售国家明令禁止的地条钢,规模、金额都很大,严重干扰该行业秩序。其中,部分线索涉及其他领域刑事犯罪,需公检法司上手,联合打击整治。"

"上级对此极为重视,主要领导做出批示,"领队说着翻着文件,手指抵住封皮一行字,一字一顿地念,"深入摸排,不留死角,涉案人员及背后身份背景,一一查清、查实,依律处置。"念完,领队认真扫视众人,逐个面孔查验对方领悟及接受上级部署的态度。

"严格执行上级决定,"老翟率先表态,"盛世集团不顾国家明令禁止,违规生产落后淘汰产品,已属顶风作案,依规应予打击!这点,衢市绝不会手软,但是,查处过程中应尽力处理好案件查处与地方发展的关系,注重把握方式方法,避免舆论发酵和不必要的边缘效应发生。这一点,请上级领导充分考虑。"

"其实,眼下案情并不复杂,线条清晰,指向明确,具备实施打击的基础条件。"老翟说着清清嗓音,"盛世生产地条钢已有一段时间,前后多次进行过治理,但每次都不彻底,延误至今成了顽疾。究其原因主要还是地方阻力大。盛世生产地条钢吸收当地村民高回报入股,警方几次介入,都因村民阻挠最终无功而返。在数量众多的村民中,广泛存在的'法不责众'心态以及盛世促成的挟众干扰司法行为,对现今衢市社会稳定已经形成一定冲击,再贸然行事,局面极有可能不可收拾。"

领队听老翟强调客观,眉毛一扬,郑重提醒:"衢市是法治之地,凡事应讲究基本原则,不应有哪块地方、哪类人可以凌驾于法律之上,衢市更不应该成为法外之地!"领队说着情绪不稳,直接冲老翟拍桌子,"依我看,地条钢之所以在衢市屡禁不止甚至说死灰复燃,除了高额利益驱使,地方保护主义也是其得以长期存在的客观原因,应一并予以打击,从速、从快,不留死角。"领队最终拔高了嗓音。

老翟被领队迎面截住话题,句句直指要害,座上一时无声。

"前面也说了,"领队见老翟没了话语,稳稳神,继续剖析,"盛世地条钢生产窝点被当地部门几经查核,但为何禁而不绝且有做大之势?重点还是地方政府对生产此类落后产能所带来的后果及危害认识不足,偏重经济效益,忽视社会效能,甚至将落后产能当作引资优势对外推介,将已然存在的落后产能生产厂家当财神爷来供奉,罔顾行业规定,放纵生产经营,才导致其做大成势,严重影响地方经营秩序及发展环境。从这一点来讲,地方政府对此类落后产能生产是有责任的,严格讲,不可推卸!"

"领导提醒得对!"鲁健见领队上来情绪,紧忙拦住老翟,"衢市政府旗帜鲜明拥护上级治理决定,无条件支持配合,这一点,请上级领导放心!"摆明态度之后鲁健果断部署,"地条钢属国家明令禁止的落后产能,三令五申要求严厉打击,作为一级行政机关,衢市绝不做法外之地,对各类违规生产行为,发现一起,打击一起,从速、从快、从严,不给违规企业及个人逃避责任的机会。会后,"说着望眼老翟,"职能部门立即赶赴举报现场,第一时间核准情况,即核即治,清除滋生此类现象的土壤及其未来衍生可能。"

"鲁常委说得好,但有一点还需补充,"领队听了稍稍平复,跟着举起一根手指,"法检部门事后要及时跟进,核准、核细库存产成品及销售情况,为下一步处置提供数据支撑,确保以严厉的经济制裁消除此类违规生产所赖以生存的物质根基,除恶务尽,不给违规企业以任何起死回生的机会,坚决防止反弹!"

"那就动身吧!"鲁健及时响应。领队畅快应一声,众人一起往外走。

老翟迟一步出会议室,在门口叫住鲁健:"这么大事儿,是不是得跟肖书记说一声?重点这事儿涉及盛世。"鲁健略作思索,果决讲:"顾不得许多了!先把眼下棋下好,剩下的,只能走一步是一步了!"老翟无奈地深望鲁健一眼,瞄瞄赶下楼的队伍,慢两步,避一旁给肖巨轩打电话。

齐修平随同往外走,到电梯口觉出手机一震,点开,是小苗发来的信息:王士清咬住补课的事儿不放,赶紧帮忙解释,不然,过不了关!齐修平一下子没反应过来，打算细看，猛听鲁健在前头喊，紧几步，赶上去跟领队见面，一路商量着出了城区，迤逦奔往魏家岭，中间没有一分钟思忖小苗的事儿，弄得齐修平颠簸着跟着担心。

一个小时车队开进魏家岭，再三十分钟，开进沟里一处废弃厂区。

厂区静悄悄的，听不见声息，杂草丛生，散落一大堆锈迹斑斑叫不清用途的废料，如横尸战场的残骸，散发出阵阵油腻的铁锈味儿，闻着让人窒息。往里再走一段，进到一处独立开阔的车间，迎面望见一架巍峨开阔的像极动漫片里的变形金刚的龙门吊，横亘在车间中央。往纵深里看，隐约能望见中频变压器、大容量电弧炉、方坯连铸机等一套熔炼废钢的制式设备，各得其所，被安置在应该安置的地方，静静观望奔忙拥入的人群，寂静无声地无动于衷。龙门吊下，一捆捆结扎完毕还未及装车的产成品，像一群待宰的猪羊无助又凄惶地蜷在原地，静静等待遭分割的命运。

整个车间空空荡荡，除审计组和同来的众人的动静，听不到别的声音。

领队看完车间环境及设施、物品，由里到外显出沉重，四下挥手，调度拍照、取证、保存资料。齐修平趁上级下级忙乱，赶紧避到一旁，暗里掐手机给小苗回电话。连打几遍，屏幕闪烁，基本的信号都传不出去，急得齐修平抬眼望四周高耸的厂房，隐约弄清，眼下山高林深、与世隔绝的所在除了使用卫星电话估计什么声音也传不进来，弄清了停手，懊丧着看眼前奔走的人群愈加忙乱，乱哄哄的，像群没头的苍蝇一样无序。

情况了解得差不多，领队忙碌一阵似乎有了头绪，拍拍手，过来跟鲁健、老翟讲："两套中频炉、一台电弧炉、四台方坯连铸机还有轧机，以及一堆没来得及转移的产成品，每吨按千元获利计算，利润空间相当可观，涉案金额在近年破获的同类案件中算是巨大，这网，捕到的是大鱼！"

"地条钢到底有啥危害，三令五申地制止？"老翟执着地讨教，刻意拖延时间。

领队被问中兴奋点，摘了手套，守住老翟长篇大论搞起科普。鲁健没

第五章　险象　| 183

心思研究地条钢的危害在哪,望眼四处狼藉,心头掠过阵阵忧虑。齐修平看懂鲁健心思,望望天色,凑过来提示:"现场也就这样了,该掌握的全掌握,下步就是研究如何处理了!地条钢属落后产能,产业政策强,治理处罚从来都走上限,犯到哪一关都不是小事儿——够盛世喝一壶的!"

鲁健眼中也露出难色,可惜地问齐修平:"前段,集团那个小盛总还找我谈要搞什么康养项目,阐述是朝阳产业、上级政策、市场研判、前景收益,说得都很乐观,道理也讲得头头是道,描述得集团繁花似锦,前途一片光明,怎么转眼沦落到靠打政策擦边球维持生存的地步了呢?"

"眼前这种态势,对盛世来讲已经'冰冻三尺,非一日之寒'了!"

齐修平尽量说得平静:"盛世的颓势,从老盛总隐退那天就已露端倪,只可惜,没人领悟,依旧歌舞升平,依旧纸醉金迷,陷入往日繁华荣耀中不能自拔,最终,铸成盛世集团性的悲哀!"

鲁健听高庆丰点评过盛世,但如齐修平说得这般凄凉心里还是缺乏准备,回头望一眼专注得较真的领队,听齐修平继续讲:"盛世原来也打政策牌,矿业开发、机械制造、物流运输,尤其是农事开发,都是瞄着政策开拓领域业务,生产经营势头都挺好。当然,这里面自然也少不了当届政府的支持,特别是时任市长肖巨轩的倾斜支持,政策、资源,重点在资金方面倾注不少,盛世才得以蒸蒸日上,一跃成为业界顶尖企业,成就地区发展的一段辉煌。"

齐修平说说又停嘴,看眼领队跟老翟一时没说完的意思,回头接着讲:

"但自打小盛总接盘,各级政策逐渐收紧,银行紧缩银根,各行各业都受到政策性制约,其中就包括地条钢这类产能调整项目,限制更严格,制度更规范,间接将盛世诸多旧有产业逼至绝境。此次盛世铤而走险重操危旧行业,症结应该还是在资金上。估计盛世眼下财务出现了问题,至少资金链衔接不足,产业发展受阻,被资金反制,从而影响集团运转效能。"

"照你所说,盛世此时推出康养项目不成空中楼阁了吗?"鲁健问。

"盛世推出康养项目目的是吸纳集聚资金,并非想坐实项目,更别说壮大推广了。"齐修平说着重重叹气,望眼静如死地的厂区,严肃地跟鲁健讲,"推出康养项目正说明盛世运转呈现下行,资金供力不足,业务扩展受限,首尾不能相顾,运行整体疲软。眼下盛世资金这一块怕已到了灯尽油干的地步——连偿还东岭葡萄产业基地的拆借资金都得走小额贷款,可见资金紧张到什么程度!据说——"齐修平说着顿顿语气,"上头对财政拆借给葡萄基地的六千万已重点关注,初步定向为挪用江防资金,正派人延伸核查,一经查明,就不是小事儿!此次无征兆查起地条钢,对衢市来讲,是不是即将到来的一场风暴的前奏,诸多迹象尚不明确,发酵到哪一步,只能静观其变!"

鲁健听齐修平说得山雨欲来风满楼,怔怔说不出话,仰头,望龙门吊出神。

"我看就这样吧,"领队对老翟科普结束,望望四周,回身喊鲁健,"领导,物证现场都取得差不多了,天色不早了,大伙还是打道回府吧!还得连夜研究下步整改措施,明早上头还要听反馈。"

鲁健赞成领队意见,叫齐众人返程。齐修平瞄紧众人走散,掐手机,徒劳地继续给小苗打电话,期待有奇迹发生。领队走在头里,回身喊人的工夫,望见齐修平形色慌张紧着与外界联系,敏感地驻足,认真交代鲁健、老翟:"先明确下纪律,两位领导。"鲁健不知领队又有啥安排,侧脸听,"从现在开始,通信工具一律交由专人保管,情况没有明确前,无特殊情况,任何人不准与外界擅自联系。"领队说着望眼齐修平,语音透出森冷,"这样做,也是对大家负责任,一旦跑风漏气,对谁都不好!"

鲁健知道事情重大,环顾四周讲:"大家配合一下,将随身携带的通信工具暂时交给审计组专门保管,事后统一返还。另外再明确一项纪律,今天发生的一切没有宣传的必要,正式结论出来之前,不负责任的话不能讲,出现问题,严肃追究责任!"说着,看一眼众人。鲁健跟老翟先行交出手机。

齐修平心里惦记小苗，紧着又拨两次手机，依旧没信号。再拨，专案组人已在眼前，两眼直直望紧齐修平。齐修平无计可施，恋恋地关了手机，不甘地悻悻交给来人，跟着望厂房还有厂房之外渐趋昏暗的天空，忧心忡忡地挂记着小苗，上车，坐好，一路无语回了单位。

回到政府会议室，一众人的话题又集中回到地条钢上，大家你一言我一句，晚上九点还未形成明确意见。鲁健见会开得沉闷，插话，提议休会用餐。领队没说什么，四下望望，应句"吃完继续开"，起身，领人去了餐厅，一路没怎么说话。齐修平心里不落底，边奔餐厅边想小苗的事儿，心上翻腾着始终不安。

用完餐，领队率队继续开会，争论一番，凌晨三点初步拿出结论。齐修平安排人配合组织材料，连夜定稿，一份报请，一份抄报，紧张严密，一处程序不能少。见忙得差不多，鲁健、老翟相继喘口气，跟齐修平安排下第二天的工作，之后，领了手机，身心疲惫地离开现场。齐修平领人继续忙碌。临近天亮，看看四下妥当，学鲁健、老翟领了手机张罗离场。下楼，望见政府开的内部浴池络绎有人出入，成分单一，看不出芜杂，赶脚过去，寻思放松身心泡泡澡，醒醒脑子——白天还有一大堆工作要忙。

熬了一夜，齐修平实在觉着疲乏，衣服没换完便倚着柜门眯瞪着了。

蒙眬间，听见另一侧柜门有人一问一答对话，语音儿听着像文旭成、高庆丰。齐修平下意识惊醒，紧着起身，屏息，小心听对面说啥。文旭成和高庆丰应该是刚进来，窸窸窣窣，好像在脱衣服。高庆丰嗓门高，大声小气，应该在支使服务员拿什么东西，空旷里，声音听得清晰。

"势头不对呀！"高庆丰说话似乎很警醒，"审计组这次来不是要办大案吗，怎么转来转去弄到地条钢这类细枝末节上去了？大炮打蚊子——势头不对！"文旭成似乎没接茬儿，候服务员拿来东西，谨慎说完"再见"，继续窸窣脱衣服。

"依我看，地条钢就是个引子，"高庆丰依旧存有疑问，"下步，该有大动作!"

"嗯,我也觉得事情没这么简单!"文旭成边脱衣服边应,衣挂时不时刮碰柜门,发出轻响,衬得屋内一片沉寂,"盛世编伪造账目虚假上市,公安机关前期已做了深入调查,人证、物证、主要事实都已锁定,就差收网抓人。审计组此时入驻,估计是揪住什么推不掉的把柄,重点在'揭盖子'。至于为什么揪住地条钢不放,应该另有隐情!"说着声音放低,"上头后天专门听取江防资金整改报告,要从什么地方寻找突破口,顺藤摸瓜,张罗摸'大鱼'。真那样,情况就复杂喽!"

"情势真到山穷水尽的地步啦?"高庆丰惊悸着问。

"山穷水尽的程度倒不至于,"文旭成肯定地讲,"但至少,是险象环生!"

高庆丰没语声,估计在仔细听,缓一会儿又问:"一点法子都没有?"语气变得激越,"盛世这么大的企业说倒就倒,那么多在职员工怎么办?流到社会上随时都有可能成为不稳定因素。就衢市眼下这种形势,任何一点风吹草动都有可能掀起滔天巨浪,真要闹得不可收拾,后果不是你我这种级别的人承担得了的!此种情势,上级了不了解地方上的苦衷?"

"办法,不是一样没有!"文旭成应该看出高庆丰焦急,诡秘地讲,"今晚肖书记宴请上头贸易协会的曾会长,为的应该就是盛世的事儿。"

高庆丰跟曾会长共过事,说:"老爷子不是退休了吗?前天来衢市,还是我跟肖书记接待的。一个赋闲在家的老头子,就算退休去了贸易协会,群团组织,能管得了刑律诉讼这么大的事儿吗?老爷子性情我最清楚——清高、自持,凡间事儿基本不管,走老爷子的门路,依我看,没戏!"

"要不怎么让你这个得意门生出马呢?"文旭成笑笑迎住高庆丰的话。

"来衢市审计的领队是老爷子的另一拨门生,小你几届,人大概不熟。但甭管怎么说,从老爷子这儿讲毕竟算同门,搬出师尊说话,情面还是有一些的,起码具体环节上好沟通。"文旭成直白讲。

第五章 险象 | 187

"行政学院那段旧情,太久了吧!"高庆丰话语有些迟疑,听着信心不足,"别最终搞得弄巧成拙,这么大事儿耽搁了,谁也负不起责任!"

"肖书记在下一盘决定盛世命运的大棋,目的在于衢市——少有的决绝!"

文旭成话里透出悲壮,高庆丰听了哑然无语。

"下午你跑趟老先生的住处,送件东西。"文旭成突然转过话题。高庆丰听了愕然,不知肖巨轩和文旭成下步还有什么大棋可下。

"我让人从民间搜罗了一幅古画,业内人说是明清遗物,品质、成色,应该假不了。晚宴前交给老先生,只说帮忙品鉴,旁的不多说,书记那边有了举动,咱这边不能冷场,那样显得没敏感性!"最末一句,文旭成刻意说得坚定。

"古画,是不是《寒山寄望图》?"

"你怎么知道?"文旭成听了吃惊。

"修平秘书长念叨过,"高庆丰嗫嚅着解释,"说是衢市一家画院有这东西,四幅联屏,是不是明清遗物,不好说!"

"是吗,修平秘书长还掌握这路事儿?"文旭成话里露出禁忌,"甭管是不是明清遗物,老爷子肯收,事情就成了一半,往下就是老先生跟他那位领队门生对接的事儿了!"文旭成匆匆收场,末了跟一句,"齐修平,此人还真不可貌相啊!"

往下,双方再没言语,噼里啪啦一通拖鞋响,听声音奔了浴区。

齐修平听全两人对话,心惊地赶紧穿衣服,手忙脚乱,头脸出汗,思忖赶紧离开眼前这块是非之地,不给任何人以口实。齐修平穿完,没待起身,抬头见文旭成裸身从衣橱一端转过来,四下踅摸,似乎在找浴巾。齐修平赶紧寻到浴巾,趋前,紧着递上,随即尴尬地笑。文旭成左右瞧瞧,心疑地"嗯"一声,冷脸没说话。齐修平觉出压抑,搭讪着,简略说了审计组跟地条钢的事儿,间或,瞧文旭成。

"小苗补课的事儿平息得怎么样了?"文旭成接过浴巾,沉脸问齐修平。

齐修平冷不丁没反应过来，忽然想起霍艳，红脸讲："都说了，都说了！"跟着，红脸解释，"咱家那位心态有问题，听风就是雨，有的没的一并说！这回行了，不会再说啥，请领导放心！"说完瞥一眼文旭成，语音有些发软，"给领导一家带来麻烦，我替咱家那位，给领导道歉了！"说着要鞠躬。

文旭成没多责备，郑重叮嘱一句："总之，不管什么事儿，导向是最重要的，尤其是口风方面的事儿，三人成虎在衢市不是没有发生的先例，一旦形成舆论，平息下来代价都很大，各方面都闹心，这点一定要清楚！"齐修平听了谨慎着低眉，候文旭成攥紧浴巾从自己面前掠过，自始至终没敢出大声。

小苗给市长儿子补课乃至其他无来由的闲话都是怎么传出去的，齐修平一直觉着是个谜，想着其中定有诡异，但究竟怎么个诡异，诡异到什么程度，无凭无据又不好乱猜，想想，整理整理穿得有些凌乱的衣服，沉沉心走出更衣区，一路想着小苗跟她丈夫的事儿，低头奔了食堂。

走一半，手机响，齐修平赶紧接，细听是小苗。

"王士清不知从哪得来的小道儿消息，说我每周晚上都去文市长家，行踪诡秘，行事不正常。"电话里小苗的话音慌乱，前言不搭后语，感觉要出大事儿，末了加一句，"早饭时说，不把事情说清楚，刀剑不认人！"

这个专注写网文的书呆子恐吓媳妇都带着文学色彩，齐修平沉脸，给小苗打气："别怕！你给文市长孩子补英语的事儿办公室里里外外不光一个人知道，堂堂正正，有啥畏手畏脚的！再说，政府机关里的事儿，怎么传到老王耳朵里去了？而且还传得风声鹤唳，这里面应该有问题，我侧面查查！"

"您还是抽空跟王士清说说吧，"小苗声音听起来有些发颤，"因为网络言论的事儿，王士清最近没少被公安局传讯，他那人心思重，每次回来都将火发在我跟孩子身上，劲上来，胡搅蛮缠，一时半会儿说不清！衢市文化人堆儿里，他只信您的话——您说话，他听！"

"遇着，我一定说。"齐修平想再安慰，手机屏闪亮，显示高庆丰打来电话，于是赶紧冲小苗补一句，"跟王士清说别听风就是雨！谁的话都信，就是不信自己老婆孩子的话，还算啥男人！难为他写那么厚的书——书呆子一枚！"紧跟着撂了电话。

第六章 破局

一、得意门生

依照事先筹划，晚宴前高庆丰捧着备好的锦盒，掐点赶往曾会长的住处清林别舍，边走边思忖如何游说曾郁儒会长，为肖、文二人布下的这盘大棋提前搞好铺垫。离老爷子住处还有二三十米，高庆丰便望见曾郁儒在一棵清瘦的柏树下悠闲地打太极，抬腿动足，飘逸得像一片流动的云，神清气爽，几近物我两忘之境界。怕扰了老爷子雅兴，高庆丰悄没声靠近，守紧柏树下一副石桌，看老爷子吐纳运势。

"几年没看我打太极了？"曾郁儒听得出高庆丰脚步，一字一句讲。

曾郁儒打了十几年太极，步伐行云流水，收蓄自如沉稳，几趟下来，竟然依旧吐纳自如，直至最终平臂，收势，吐出一口清气，目光望向远处一片山林，身心所有感知才一寸寸收回至尘世。

"官当得顺也别忘了修为！"曾郁儒说着依旧目视前方，"修为到了，心性才通畅，眼睛才明亮，行事方向也才能明确。心思通明——错事就做得少！"

"知道哪主目吗？是肝——肝很重要，肝旺止虚。虚火少头脑便清，遇事冷静，不爱发脾气，看人见事不易偏差。要想保持头脑清醒，不冲动，不迷茫，时刻保持冷静，最佳手段就是增加修为，加持定力。道家戒贪欲，守清静，防的是恶心邪欲、乖言厉行；佛家视'贪嗔痴慢疑'为五毒，怕的就是本心本觉被蒙蔽遮盖，做不到明心见性。"

"晚饭还早，来，陪我来两趟推手，看看这些年心劲力道是否长进？"

高庆丰进来未发一言，听至曾郁儒要自己陪练推手，紧着将锦盒放至石桌，脱外衣，展双臂，跟老爷子粘连不脱地缠绕起来。

曾郁儒太极演练到一定程度，步伐、劲道、融合圆熟，一趟"绷、捋、挤、按、采"，神采愈加焕发，脸上竟然熠熠生彩。高庆丰跟老爷子练过推手，只是限于皮毛，几个回合下来，手眼身法渐趋跟不上，气虚，面白，心力不济,额头隐隐渗出油汗,被曾郁儒瞧机会双臂一送,身形便挣出老远,趔趄着站住,一脸慌乱瞧着曾郁儒傻笑。

曾郁儒倒显得气定神闲,展臂、收势,拍打双手瞧着高庆丰。

"基础没丢!就是心绪不宁,气力运用不协调——心中藏着事儿,"曾郁儒总结道,"推手的乐趣在于控制与反控制,通过控制与反控制达到控制人与不受制于人的目的,做好了,出境、入境,心神合一,能进入物我两忘的境地。反之,飘忽混沌不得章法,越练,越觉出离。"

曾郁儒抵近石桌,有意无意瞄眼锦盒,握握手,语重心长地讲:"其实,推手与做官有相通之处!"说着又望一眼高庆丰,"做官,讲究心态平和品行专一。品性专,心性才明,万千事务中也能理出头绪,看明事物发展方向,不为外物所动,不因外情所扰,坚定笃信,执着认真,无论风云如何倏变,都能于杂乱中求出一份敏睿,看得清世事变幻,看得准时局走势,外以保身,内以养性,出得庭院进得官场,收放自如,转合自然。"

高庆丰见曾郁儒将做官与心性讲得通透,凑近认真听。

"从一定角度讲,官场可从太极当中悟出心得,"曾郁儒说着仔细看擦拭过的双掌,捏合捏合,冲高庆丰讲,"众多心得里,以心气平和最为关键。心性沉稳才能把准航向,才能判断沧海激流与淤泥浅滩,善于把握制人与被制之间的关系,既不急功近利也不麻木不仁,才能沉稳执着。"

高庆丰听了曾郁儒由太极引发出的宏论,心内怦然有所动,跟着赞服点头。

"当然喽,"曾郁儒神清气爽间语气一转,"刚才那些都属一家之言,建议批判性吸收,去粗取精,去伪存真,照本宣科就不行啦!只会舍本逐末,最后落个东施效颦,如此,我这老头子的罪过可就大了!"高庆丰含蓄着露出笑意,默默点头,眼神引导向石桌上的锦盒。

"看来,高市长今天是有备而来啊!"曾郁儒先一步点破机关,两眼望着锦盒,指点高庆丰讲,"礼下于人必有所图,何况,还是一份厚礼,包装上就能看得出。"曾郁儒拿过锦盒,掂量掂量讲,"看看,看看高市长到底拿什么贿赂我这个镇日赋闲的糟老头子,用意又为何呀?"

高庆丰见曾郁儒心里设着防,继续含蓄地笑,紧忙帮老爷子打开锦盒,展出一轴绢色已然泛黄的古画,指点着介绍:"小物件儿!明末八大山人的《寒山寄望图》,清末流出京城,散落在衢市一户旗人家,传至现在大概有四辈儿,年代上讲算得一件文物。来前,我找人看了,通卷用笔、落墨、着色,无一不符合山人风格,品质不像赝制。抽空,请老领导给把把关!品相若是可以就双手献上,权当对老领导的一片心!"

曾郁儒听了快意,展展眉,倒手掏出一块四四方方的眼镜布,凑近画轴,边擦拭眼镜边俯身看,一寸,一寸,看得精微。三分钟后起身,严肃地对高庆丰讲:"落墨着色上看,倒是朱耷一贯风格,萧瑟,简易,看不出繁复琐碎。只是笔法稍显稚细,不似朱耷晚年老辣拙朴,怕是早年间清室画工做出的旧物件儿,真,不好说,但也不见得没有价值!"

曾郁儒痴迷书画圈里尽人皆知,老爷子说的每句话,高庆丰都至信不疑。

"朱耷明亡出家,其山水路径师法董其昌,景物多荒寒萧疏,精简但韵味十足,无意间应对了'墨点无多泪点多,山河仍是旧山河'的诗句,看得出朱门一族对逝去王朝的眷恋。"曾郁儒最终戴上眼镜,言语恢复行家里手的严谨。

高庆丰收了画轴,小心收进锦盒,轻手轻脚放至曾郁儒面前。

"前段,巨轩送我一块玉雕,"曾郁儒抿嘴,"当时我就说暴殄天物,十足的暴殄天物!玉乃灵性之物,有幸持之,当静心以待,急三火四打磨出来,灵物也变成废物,白丧了玉气!巨轩不听,硬生生送来,弄得我三天两头心慌,总觉得上不予人我持之,天将灾我!惶惶不可终日,好事反倒成了负担!"

高庆丰笑笑假装没听进去,拿手继续指锦盒:"宫里传出来的东西,估计不会假!只是,出自晚年朱耷还是早年朱耷,专家没做过多解释——当时也没做太多考虑!"曾郁儒听高庆丰说得认真,拂拂锦盒上的缎带,仰头讲:"朱耷的画风,专家总结有三个特点,一是留白多,二是造型奇诡,三是署名别具一格。'八大''山人',竖行连写,前二字似'哭'又似'笑',后两字,直观就是个'之'字,蕴含'哭之笑之哭笑不得之'之意,画风极其奇伟。"

说到署名,高庆丰似乎想起什么,紧忙又拆锦盒,指画卷上角一处题跋,兴奋地讲:"这幅画的题跋就很特别!您小心留意这款'苏'字,"说着拿手指,"似草,似篆,会意,象形,什么意味都有,您看是不是特别。以您多年鉴画的经验,此题款,是画者随性而为,还是藏者有意留之,抑或另外还藏有一段故事?重点是'苏'字的寓意,代表姓氏,还是表明籍贯,是不是该做另一番深刻鉴定,搞清了,对画的出处有好处,利于辨真伪!"

曾郁儒眉毛一挑,扶额,想一阵儿,年纪大了,念头一闪就忘。"对了,"曾郁儒眼睛忽地闪亮,"我外祖门上好像有个族亲姓苏,闹义和团时遭主战派牵连,举家被发配到关外,其中一支儿就落到衢市,说是给看官窑的戍兵做奴,算到现在,"曾郁儒跟着掐手指,"差不多有四辈儿!跟你说的'苏'字,会不会——"曾郁儒与高庆丰同时直起眼,四目相望,似乎揣测到什么。

曾郁儒显出紧张,没了刚才打太极的沉着,头脸隐隐腾起汗气。

"族谱上说,外祖当年在京里内务府做事儿,手里应该有外面淘弄不到的东西,发配关外,估计也得随身携带,时刻防着被人抄走,像命一样护着。前段时间族氏重修家谱,算得清的族亲、内戚、外戚,梳理规整个遍,就差这门苏姓族亲没个着落,若真在衢地寻着,曾氏一门算是有幸了,我辈,也敢说不负先人了!"

曾郁儒愈说愈兴奋,左右找湿巾继续揩手,攥紧不放,继续盯画轴。

听曾郁儒表述,高庆丰心头倏忽掠过苏麻瘦小的身影,狐仙儿一样诡异。

"我安排人尽最大力气找,找到,找不到,都给老领导准信儿!"高庆丰语气肯定。再回头看曾郁儒,心里顿时像打翻五味瓶:眼前这个鹤发童颜、威仪凛凛的老院长跟平日仪容怪异、性情乖张的"苏麻小仙儿"真能扯上关系？倘若就因为一幅画，曾、苏，两门百年血缘相承的族亲真能在这方厚土续上血脉，衢市岂不成了曾老爷子的福地，肖、文，乃至自己，岂不成了曾的福星！盛世，还有跟盛世相关的一概请托，是不是，也因之变得理所应当！

想着苏麻眼下跟日后的用场，高庆丰心里不觉多了份自信，振奋着挺挺身子，嘴里话愈发显出从容。

"还是老样子，笃实忠厚，做事一诺千金，能成大事！"曾郁儒满意地笑，然后大手一挥，"直说吧，费这么大周折，有啥事儿求我这个闲人？只要不违反原则，我曾郁儒一定投桃报李！"

"事情嘛，不算大，半公半私，需要老领导周旋！"高庆丰嗫嚅两句，直接讲，"就是盛世'立废保弃'的事儿，关乎衢市形势及人心稳定，综合考量，不得不求老领导出手！"高庆丰说完瞄眼曾郁儒，见没接话，接茬讲，"盛世当前经营确实艰难，产业下滑，财务困顿，情势一片狼藉。祸不单行，眼下又出了起地条钢事件，雪上加霜集团一时碰到过不去的坎儿了！处置不好，对盛世，对衢市，冲击程度不亚于小行星撞地球，后果如何都未可知啊！"

"说客，替盛世，替盛仕儒，义无反顾做说客！"曾郁儒眼睑跳跳讲。

"真的是为衢市八十七万百姓着想，里面不掺杂半点私心，"高庆丰郑重地解释，见曾郁儒没接话，稳稳心气讲，"盛世是家逆境中崛起的企业，与衢市经济社会发展相生相伴，两下共同成长，算得上地区功勋企业。就这么个为衢市贡献半个多世纪的功勋企业，就算存在某些不完善甚至有违法规的地方，应该功过分开来看，不能一棍子打死。否则，不利于稳定世道人心！"

曾郁儒听出高庆丰话里话外的意思，沉静地讲："高市长今天是想做张仪，还是苏秦？还是兼取众家之长，做个杂家？说来听听！"说着，扣扣桌面，略带戏谑地讲，眼神始终没离开高庆丰的脸。高庆丰想辩解被曾郁儒固执地否定:"是巨轩派你来的吧!一看便知,否则,凭你的心计,老成不到这种程度!"

"真的是为了衢市八十七万苍生!"高庆丰见心思被揭穿,索性敞开心扉。

"我懂你的意思,"曾郁儒认真地讲,"盛世有它自己的历史,也有它自己的辉煌,更主要的,如影相随也有它与生俱来的积弊。犹如一驾马车,走得太久,指不定哪道车毂便跟时代走得不相吻合,南辕北辙,甚至离经叛道。再加上,中间出了什么——盛斯礼,好好企业搞成这样,就算老盛总仕儒出手也挽不回狂澜,衰败是早晚的事儿,人力扭转不了!"

"对,对,就是这种情况!老领导观察得细微,盛世眼前就是这种状况,积弊太深,一招半式无法挽回,需想个急切且万全的办法。不然,病入骨髓,想救都无力回天!"高庆丰一急,脸又开始红。

"办法,"曾郁儒瞄眼高庆丰淡淡讲,"来之前,巨轩没跟你说吗?"

高庆丰茫然地摇头。曾郁儒眉头不经察觉地一皱,静静交代:"决痈溃疽、化茧成蝶、浴火重生,招招都可解盛世困局。"高庆丰听了困惑,左思右想,终不知其意。

"三个词,三件事儿,各有其意。"曾郁儒见高庆丰不知情,耐心解释。

"首先,安排人炸掉明堂正门,摘掉这块惹是生非的招牌,最大程度平息舆论,稳稳外界口舌,此之为'决痈溃疽'。

"第二,凑齐资金补全广厦苑占地款,从速奠基,尽早开工,年底争取首批入住,重新将盛世拉回民生视野,重点是唤回民心,此之为'化茧成蝶'。

"第三,筹划破产重组,断臂求生,最大程度保全集团现有资产财力,避免危机形成外围一哄而起将盛世剖解殆尽,为企业重生尽力保留一份血脉——以图东山再起,此之为'浴火重生'。"

曾郁儒说完郑重坐直身子,目光炯炯地望着高庆丰:"三剂猛药都试过,企业若无起色,再无回天之机,那就是自身造血机能出现了问题,就算吃了太上老君的仙丹怕也无济于事！真那样，盛世就真的走到尽头了。"

"猛药也是良药，只是治疗盛世经年积下的顽疾，时间上怕来不及呀！"

"盛世说到底，还没到穷途末路的程度，就算盛斯礼跑路，其夫人避祸境外，集团也不是没人出来主持局面。集团眼下不还有个叫吴晓燕的在维系吗？此女子虽非盛家人，但执着坚忍、目标笃定，行事风格倒真有几分盛世人的底色。有这样的职业经理人在，盛世的天短期内塌不下来！关键是要防控舆论发酵，避免由江防资金挪借再牵扯到海关到岸逃税，几件事串起来，舆论汹汹，就不好控制了！"高庆丰听曾郁儒说得认真，不禁点头。

高庆丰心里依旧不托底："可眼下审计组就在衢市，寸步不离盯着，但凡让他们揪出一处把柄，啥断臂自救的法子也没施展的机会！石源已经无药可救，盛世再出啥乱子，衢市的天恐怕真要翻了！"

"石源是保不住了！"曾郁儒说得斩钉截铁！

听曾郁儒没将盛世与石源相提并论，高庆丰心头略约平稳一些，没再多说，操起锦盒，默默走回房间。

晚上，高庆丰作为曾经的高徒，设宴招待曾会长。肖巨轩、文旭成一干人等作陪。文旭成提前守在餐厅门口，望见曾郁儒，远远赶上前握手。沈禄因陪肖巨轩从外面赶过来。老友忆旧，盈盈笑语间透着亲切。

"跟审计组汇报的材料准备得怎么样了？"文旭成不由自主又想起齐修平，扭头问高庆丰。"什么材料？"高庆丰冷不丁没反应过来，"没人通知我准备材料，准备啥材料？"

"江堤资金使用情况的汇报材料，明早审计组要听！"文旭成见高庆丰眨眼，四下又找起齐修平，嘴上多少有些恼火，"昨天我让沈主任通知修平秘书长草拟一份报告，想着晚宴间隙给肖书记看，让老爷子把把关，防止把握不好影响局势走向。可齐修平跑哪去了？紧要关头竟给组织上添乱,这样的干部用着怎么放心!"说着,左右继续找。

"修平秘书长下午陪审计组去盛世集团调地条钢账去了,"沈禄田旁边应着,"这段时间,修平秘书长基本都在处理盛世方面的事儿,政府这边,一时半会儿顾不上!"

"这个齐修平,关键时刻怎么分不清个轻重缓急?"文旭成彻底表现出恼怒,"地条钢再严重,顶多就属违规生产,查清楚,罚罚款也就完了。江堤资金啥情况,处置不好能带来啥结局?这些,修平秘书长想过没有,还有没有政治头脑!"

高庆丰见文旭成发急,脸色跟着发急,紧忙往外打电话。

打通,讲几句,高庆丰欣喜地捂话筒跟文旭成解释:"不急,不急,材料修平秘书长早弄完了,放司机手里,回头让司机把东西送过来。"

文旭成听出高庆丰为齐修平开脱,没说话,冷脸立在一旁。

"抽空找人跟修平秘书长谈谈,"见高庆丰电话打得差不多,文旭成凑上来交代,"地条钢事儿上下都有了态度,衢市大小人等,但凡心明眼亮的都在努力回避这事儿,唯独这个齐修平,干吗乐此不疲掺和其中,时间长了外界能不有说法吗!"

高庆丰听了眨眼:"说法?啥说法,我咋没听到!"文旭成听了无奈,瞄瞄守着肖巨轩、曾郁儒的沈禄田,压低语音说:"据知情人讲,最近,齐修平跟老盛总的小女儿佳佳打得火热,存不存在协助规避调查不好说,但起码舆论已经形成,平息就需要花费精力了!能不能取得效果还是未知数。修平是你身边人,政府副秘书长,做啥要留意周边环境。做事不注重环境就是缺少政治头脑,敏感性不强。这样下去,组织上啥事儿敢托付给他,将来他怎么做秘书长?!"

高庆丰听事情升级,正想替齐修平辩解,小卢气喘吁吁送上来材料。

文旭成沉脸翻翻材料,皱眉,甩手交给身旁的秘书,随肖巨轩、曾郁儒步入贵宾厅。

一番寒暄,高庆丰瞄曾郁儒酒喝得酣畅,趁热打铁想提盛世。节骨眼儿上齐修平突然打来电话,高庆丰起身避到走廊接听。

"地条钢案子发酵,风向变了!"齐修平头一句说得急,惊得高庆丰皱紧眉头,"财政局一名科长上午被叫到审计组,没到中午心理防线就被攻破了,牵连扯出江防资金挪借事儿。交代时任市长——就是现在的肖书记——对挪借事宜有具体批示,签字、录音,一一提供给审计组,前期证据基本都凑足。眼下,审计组要求政府责成一名与案情无关的领导,紧急赶往驻地,协助核实证据,捋清案情脉络,下步如何处置没具体说。"

"审计组还要求,"听高庆丰无话,齐修平电话里紧着提醒,"鉴于案情重大,眼下涉案人员要严守保密纪律,出现跑风漏气,依律追究法律责任!"

高庆丰稳稳心绪交代齐修平:"不管发生什么,首先稳住审计组,千方百计稳住!市里这边我马上汇报,注意听候指示。另外,"他的声音愈加放低,"严密封锁消息,特别是人证物证的事儿!没搞清楚前,任何人不得走漏风声。谁走漏风声,谁负政治责任!还有别的事儿吗?"齐修平略做迟疑,之后,低声汇报:"还有就是沈主任早上安排一笔资金,三十六万,说是制作玉雕的手工费,写明宣传费。还说是肖书记的指示,叮嘱保密。高市长——"齐修平说着有些发急,"三十六万不是小数儿,这么大事儿事前不跟您汇报,底下人不敢走账啊!"

"宣传费?啥宣传费!"高庆丰听沈禄田背后又做手脚,火立时上来,"广厦苑宣传来宣传去,宣传到现在不还是荒草丛生一层楼没起。明堂一样没宣传,倒是弄得声势显赫,大门楼子都快修到天上去了——搅得满城风雨。都宣传出了啥效果!"

"这个姓沈的——脑子是不是也出了问题!"高庆丰跟着埋怨起沈禄田,"三十六万的支出,他一个小小办公室主任就敢调度,我看他是被肖书记宠过头了!告诉他,接待办是政府直属部门,资金拨付需财经领导小组批复之后,方能生效。任何人不可越俎代庖,违规支付。政府的钱,用不好是要问责的。"

"肖书记那边我去解释，"高庆丰想想加一句，"没我指令一分钱也不准拨——还懂不懂规矩了！"最后一句，高庆丰交代得清晰。

"好，照领导指示办！"齐修平电话里肯定着保证，之后，果断挂电话。

合上手机，高庆丰依旧余怒未消，想起眼前形势严峻，赶回贵宾厅，趴在肖巨轩耳朵边三言两语说了方才事儿。

"这个齐修平，可靠吗？"肖巨轩皱眉道，"遇事灵不灵光倒在其次，重要的是立场！作为组织派出的人，遇事，应该知道及时做好解释，不能人云亦云，更不能甘做传声筒。真那样，要他这个副秘书长做有什么用，聋子的耳朵——不成摆设了吗？"

见肖巨轩动怒，高庆丰俯过来继续贴耳朵："派修平秘书长介入是我跟旭成市长决定的，也是审计组提出的要求。派他去，一方面考虑其为政府班子成员，协调各方面事务相对方便，另一方面考虑修平秘书长性情相对稳重，应对突发事件经验比较丰富，派他，完全出于综合考量。"

肖巨轩回头放缓语气冲文旭成讲："但不管怎么说，作为一名成熟的政府公务人员，尤其还是副秘书长，更应该懂得归纳分析，总得知道个内外有别吧！他齐修平但凡有点脑子，有点责任心，信息，就不应该传得这么被动！盛世是衢市标志性企业，作为地方管理者，提前得知道点情况掌握点动向，不算触犯多大纪律吧？就算知道些细枝末节，还怕给盛世通风报信、内外串通？太小觑衢市主政者大是大非面前的政治定力了吧，简直乱弹琴！"

文旭成见肖巨轩动气，没用心劝，反倒应和埋怨起齐修平。

沈禄田看出肖、文二人态度，趁曾郁儒紧一句慢一句交代助理，凑上来讲："有句话，两位领导——不知当说不当讲？"文旭成见沈禄田一脸虔诚的样子便点头替肖巨轩表示同意。"依我看，修平秘书长没及时将信息传过来，绝对是有难言之隐！"沈禄田话语说得出乎意料地绝对，听得文旭成脸色微微一怔。

沈禄田接着脸色凝重讲："这次审计组来衢市，保密工作做得是细而又细,严密程度不亚于任何专业部门。据我所知,所有参与此案的涉事人员都签了保密协议,有谁跑风漏气,查实,当即追究党政纪责任。这种形势下,修平秘书长未及时传出信息,也能理解。"

文旭成认真听沈禄田剖析,恍惚觉着沈禄田破茧成蝶成了另外一人——这个平时并不被人看好的沈禄田,关键时刻还真有几分长者风度,看事、行事,不算小气,有可取之处!

宴罢出门,赶上下雨。肖、文二人执意送曾会长上车,共同在雨里等。

"肖书记、文市长,有重要情况汇报!"两方刚准备上车,高庆丰领齐修平冒雨赶上来。齐修平心急,老远就喊。

"我不听!"肖巨轩停留片刻,抬手拨拉开秘书手里伞,冲雨里喊。高庆丰见肖巨轩态度反常,扭身找文旭成汇报。文旭成简略听个过程,望一眼肖巨轩雨中远去的车影,回头冲高庆丰讲:"啥事,明天再说吧!"高庆丰继续急着讲,雨声太大,文旭成一时半会儿没听清。

齐修平着急一旁接嘴:"明天,审计组到盛世集团取证,弄不好要传讯老盛总。老爷子刚从南方回来,眼下的身体状况怕扛不住!出了状况,局势怕更不好把握。"

文旭成眉头不经意跳跳,转头说给高庆丰:

"庆丰,我知道你最近忙,一人兼着两三个人的事情。可再忙,有些事也得亲力亲为。盛世这么大案子,放一个副秘书长不太合适,层面上不对等,跑起来,方向容易偏。从今天起这案子你亲自跑,有事跟我直接汇报。这也是市委的意思。眼下盛世的事儿已不仅仅是集团一家的事儿了,事关全局,牵一发动全身!"说完抬眼望望齐修平,果决地讲:"审计组那边明天你直接调度,再协调协调,尽量先别带人。后天,集团就要召开重整大会,这时候把人带走,三千员工出头闹起来谁出面稳住局势!"说完不听解释,领沈禄田径直上车,车门一关,消失在雨幕中。

齐修平不解发生了什么,恪尽职守地提醒高庆丰:"审计组还等着回话,明天,证取还是不取?"高庆丰压压心头怨气,转身交代齐修平:"我去跟审计组沟通,别太为难盛世!"

"高市长,事情没想象得那么简单,"齐修平执着地提醒,"近两天看,审计组介入的广度和深度比外边传言得深远,势头未减,暗中反倒加速!我觉着,情况不容乐观!依我讲——"

高庆丰没容齐修平说完便挥手,疲惫地捏紧眉心,沉默了一阵,交代齐修平:"安排接待办,准备几副麻将机给审计组送去。想法子让他们放松一下,相关事也好沟通。"齐修平答应一声,转身要走。

"等等!"高庆丰望齐修平忙碌的身影心头生出一分爱惜,上前,掸掸齐修平肩上雨珠儿,语重心长地讲:"打今天起,衢市弄不好又得经历一场狂风暴雨,平时行事思考多长个心眼儿,看准阴晴风雨再决定带不带伞,对人对己,都是种保护!"齐修平听出话里另一层意思,没言语,招手喊来小卢,目送送高庆丰上车。车门即将关紧的一瞬间,齐修平认真叮嘱高庆丰:"您也多保重!今年雨水勤,出来进去记着带伞。"跟着一关车门,指挥小卢将车开走,剩自己一人在雨里孤寂呆立。

二、好事近

调查组最终没去盛世取证,也没惊动老董事长,一连几日,没有实质性动作。

整个局势像一潭死水,静悄悄,瞧不出一丝哪怕快如闪电的微澜。但懂得内里机巧的人,依旧能从平静的水面看出底层波汹浪涌的暗流。

高庆丰搞不准审计组的反常是否受曾郁儒的左右,静观两天,他审慎地问文旭成:"盛世破产重组,搞还是不搞?""搞!"文旭成答得异常干脆,"而且要大搞特搞,搞得比任何时候都隆重,都热烈,大张旗鼓搞出一种壮士断腕的气度。"

破产重组走的是司法程序,依例,债权人会议应该设在法院。但出人意料的是,此次发布会竟然声势浩大开在盛世嘉园,参加者一律衣冠楚楚,笑语连天,没有想象中的拘谨刻板,不知道的还以为集团在搞年会。

发布会当天,高庆丰早早赶到酒店,没等下车,就见着文旭成的车呼啸着冲上高台,开门,只见沈禄田孤零零拎紧文旭成的皮包探脚钻出车。他望见高庆丰,一愣,紧跟着讪笑。"市长没在车上啊?"高庆丰诧异问。沈禄田一手夹紧皮包,一手紧着翻检电话号码本,嘴里没忘应答高庆丰:"文市长秘书突发阑尾炎,派我回政府取包,找老盛董事长的新号码。市长已经进去半个小时了。"

高庆丰瞧沈禄田忙得狼狈,没追问,抬脚走进大厅。

一楼大厅装饰得精致典雅。通天通地八根大理石圆柱,雄壮支起一片深邃的天井。最为别致的是,天穹上方依序垂下三十六只鲸鱼造型的饰件,配着藻井中深蓝色波汹浪涌的海水图案,让每个熟知盛世经历的人见了都无端生发出长而深沉的感慨。

大厅礼仪人员熟识高庆丰,热情地将其辗转引到二楼主会场。

主会场色调相对温和,装饰复古,目光所及处处尽显雍容。耀眼的是天棚垂吊的八盏欧式吊灯,灯柱弯曲,烛芯上扬,金灿灿透着华贵。四壁饰有中西结合鼎文图案,真丝做出的纹理,深沉大气。顺着大厅往里走,一望可见是松软密实的紫红色地毯,毛质细腻,踩下去,如同踏入细密的草坪,抬脚瞬间便恢复原状,走多远都看不出践踏痕迹,足见制作材质的精良,让人称奇。

"庆丰,帮我参谋一下!"文旭成远远冲高庆丰招手。

高庆丰紧忙赶过去,听文旭成饶有兴趣地问小苗旁听席的座次该如何摆放,焦点在于老盛董事长的名牌该如何摆。是坐自己跟肖书记中间还是单独坐肖书记另一侧,两种方案,哪个更合适?高庆丰见文旭成头回关心座次,心内不免一动。凭文旭成一贯只抓大局的行事风格,座次一类细枝末节的事儿,不该让这位大市长如此上心。他有些奇怪,但依旧认真着答:"级别高过您跟肖书记的应该坐中间。老盛董事长虽说挂着商会会长,但毕竟是民间组织,坐肖书记另一侧更合适,外人看了合规。"

"照庆丰副市长意见办!"文旭成瞄瞄会场,扭头交代沈禄田。

"另外,"文旭成接着安排,"老盛总面前要放热茶,别放矿泉水。老爷子身体还没完全康复,水凉容易增加肠胃负担,不利久坐。"安排完,文旭成领高庆丰又检查一遍现场,边看边夸小苗,认真,肯干,是棵可以培养的好苗子!

"小苗不是计划调文电科吗?怎么又管上接待啦!"高庆丰诧异着问,文旭成笑笑解释:"昨晚,肖书记钦点定小苗代理接待办主任,主持日常工作,其中就包括这次重组大会。"

高庆丰一时没反应过来,回头望齐修平:"那修平秘书长兼任的接待办主任是不是得'摘钩'?"文旭成听了冷脸,缓缓问:"审计组那边儿动向怎样了?肖书记昨晚还打电话给我,话里话外对齐修平表示不满!"文旭成回头,张望跟小苗一起安排座次的齐修平,"我怎么听说修平秘书长的舅哥是肖书记至亲,这事儿属不属实?"

高庆丰听着凌乱,紧两步先答审计组那边事儿:"审计组那头儿暂无动向,估计曾老做了工作,没再延伸。修平秘书长跟肖书记之间的亲属关系……"说着也看齐修平,"应该属实!至于,眼前关系为啥紧张到这一步,我就说不清了,应该另有隐情!"

文旭成听高庆丰说不出个所以然,摆摆手,继续看会场。

高庆丰心里被问得茫然,张嘴想问问究竟,肖巨轩的电话直接打进来:"发布会那边准备得怎么样了?"高庆丰习惯肖巨轩一贯的威严,振奋精神应对:"万事俱备只欠东风!"肖巨轩"嗯"了一声,继续交代,"今天会议很重要,各方人物来了不少,场面一定组织好,不能出差池!"

"是!旭成市长早早来了,紧锣密鼓安排,应该不会有问题!"

肖巨轩又"嗯"了声,跟着问:"老盛董事长的座位安排好了吗?"高庆丰想答,不料,肖巨轩直接交代,"放我跟旭成市长之间,主位。"顿一下,肖巨轩继续交代,"此次债权人会议,规模虽说不大,但对盛世而言算得上生死攸关!此等场合凸显老盛董事长地位,对当前舆论及局势有利!"高庆丰冲手机连应几声,候肖巨轩沉吟着挂断电话,将意见说给文旭成。

"照肖书记意见办!"文旭成干脆地讲。

法院院长老楚领律师一前一后先上场,一个居中,一个靠左,正言正色坐稳主席台。随后,老钱,还有三北集团那位甄总,姿容各异地上了台面。老钱头回登台,万众瞩目下感觉哪哪都不自在,轻咳两声,眼前一片发黑。相比之下,三北集团的甄总倒显得十足镇定,衣着整肃坐进位置,冷面素颜,看着旁若无人。文旭成见主席台人已坐齐,扫眼旁听席,眼神里透出焦急。

高庆丰知道文旭成着急啥,扭头喊齐修平让他给肖巨轩司机打电话。正调度,大厅内骤然响起一片掌声,肖巨轩与老盛总盛仕儒并肩出现在大厅入口,盛佳佳紧随其后,亮相一番后走向座席。

文旭成带头鼓的掌,其他人员不明就里持续跟着鼓。肖巨轩冷不丁被掌声搞得无措,看一眼到场的嘉宾,稳稳神,侧身,谦让后面的老董事长。盛仕儒拗不过,抬腿入座,眼见自己名牌被摆在肖、文之间,麻利地将名牌做了调换,先一步坐到肖巨轩左侧。在场人只顾热烈鼓掌,没注意名牌调换之类细节,掌声依旧持续着响,直到肖巨轩威严地四下压压手掌,如潮的掌声方才息落,大厅内,才渐渐恢复该有的沉静。

吴晓燕坐在齐修平旁边,随众鼓掌,兴奋、喧嚷一阵,眼睛盯紧四周。

吴晓燕当天收拾得异常利落,短发,束身,干练里带着男人的坚忍与刚强。差强人意的是,惯常清冷的外表下隐隐显出一丝无奈和落寞,跟周围的喧闹格格不入。"小海呢,胡小海跑哪去了?这么大场合怎么少了他?"吴晓燕听齐修平突然问,缓缓情绪,叹口气讲:"省心啦!不愁吃不愁喝——里面啥都有!"脸上,依旧遮不住伤感。

齐修平着急,没转脸,牢牢望紧吴晓燕。

吴晓燕感受得到齐修平焦急的目光,定定神讲:"起先,胡小海被留置真是因为资金,可查着查着又搞到地条钢上头去了!"齐修平依旧听不懂吴晓燕说啥,愣愣地,只知道眨眼。

第六章 破局 | 207

吴晓燕看出齐修平的困惑，坐正身子，侧脸冲齐修平讲："胡小海在集团负责外业经营，地条钢正是他手下的项目，生产、销售、对外联络，都归他管——抓他算找着正主儿。"

齐修平努力冷静下来，凄惶地望向主席台。

"你看，"吴晓燕说说收住伤感，冲主席台努嘴讲，"台上台下这么多人，闹哄哄，像不像赶庙会，漫天要价就地还钱，其实就是为着造势。"

"造势？"

"对，造势。"

"造什么势？"

"造的，是救盛世之势！"

"盛世，目前已至绝境！"吴晓燕说得斩钉截铁，"破产重组是盛世绝境中唯一实施自救的措施，相当于最后一根稻草，最终能否救集团出绝境，凭的都是运气，没有一丝一寸实质操控性能力。"

"盛世眼下其实就是强弩之末！"吴晓燕侧脸望望居中端坐的老盛总，感怀着接茬讲，"重整结束佳佳就得回新西兰，说是融资，其实是卖她的葡萄园，先凑齐六千万广厦苑征地款，不然，拿啥复工？广厦苑，是盛世眼下唯一能挽回民心的项目，一旦失守，盛世在衢市人心中将彻底坍塌！"

齐修平听了觉出紧张，刚想细问，怀里手机响了，接听，是小苗。他扭头四下找，见小苗倚在门口冲自己招手。他赶过去，伸手接过小苗递来的笔记本，"肖书记的笔记本——烦劳齐老师捎进去。"齐修平见是只普通的笔记本，没啥特别，就是比一般的大，厚重得像装得下衢市所有的人和事，他接了，转身要走。

"齐老师！"小苗紧忙喊。齐修平转回身，见小苗顺手又递来一个档案盒，淡蓝色，方方正正，看着比笔记本意义更重大。齐修平不解其意，愣怔望小苗。小苗想解释，小卢呼哧呼哧从身后跑来，将一只充电器宝塞给齐修平，慌张讲："高市长手机没电了，着急用！"齐修平径直将档案盒塞给小卢，说声"先收着"，揽住笔记本跟充电宝，反身就走。小苗怅怅望着小卢跟档案盒,张张嘴,最终没吭声,一步三回头地离开。

齐修平念着肖巨轩的笔记本跟高庆丰的充电器,没多想,紧步往里走。

忽听一楼大厅飘飘荡荡传来句喊:"齐修平,齐修平!"惊得四壁反出回声,急得齐修平俯身看。

霍艳不知什么时候神兵天降般出现在大厅,怪异地仰头望着齐修平。

齐修平怕声大了闯祸,紧忙进门将笔记本和充电器交给吴晓燕,交代了几句,从旋梯绕至楼下,将霍艳拉至东侧茶吧,拣椅子坐稳,专注听霍艳说话。

"一大早咋就联系不上你呢?"霍艳赶得急,呼吸,语声,都跟着发粗。

"这地方设着屏蔽,一般人电话打不进来。"齐修平拿神经质的霍艳实在没办法,小心地安慰。霍艳觉出周围气氛严肃,话音降低:"我就问你,你那学生干吗三天两头往你手机发信息,发了删,删了发,遮遮掩掩没个完,有啥秘密呀!"

齐修平见霍艳纠缠的还是男女间子虚乌有的隐私事儿,稳稳神色,尽量轻松着讲:"你呀,老毛病又犯了——总爱疑神疑鬼!"说着,没继续往下讲,扭身喊来服务员,点了壶最贵的茶,沏好,将其中一杯直接推向霍艳,认真地讲:"小苗是我学生,做学生的遇到难题,不找老师,找谁?找你说你能解决问题吗?说了不等于白说!"齐修平尽量把话说轻松,跟着,端起自己的茶杯。

"小苗是你学生,盛斯礼也是你学生,你们师生几个起早贪黑联系,究竟有啥阴谋啊!"霍艳转过话题,突兀地问。齐修平听霍艳扯出盛斯礼,下意识地在周身划拉备用手机,找了一阵,才想起刚才就发现没在手里,再看已经攥在霍艳手里,惊慌喊:"你怎么偷看我电话?"说着便抢。

"看了咋了!"霍艳回身躲闪,泄恨般地讲,"不看,我怎么知道你跟这拨大佬儿那么多见不得光的事儿!不看,我怎么知道你们蛇鼠一窝整天研究戒备这个戒备那个?就是不跟咱们娘俩说真话!"霍艳说着冲齐修平挥手,"说实在的,政商两界那些乌七八糟的事儿,我不关心,我也不爱问!我就是挂记,这档子官司要真摊在咱头上,东窗事发,咱俩,还有娟娟,将来日子可咋过!担惊受怕——还不如现在就散了呢!早散早好,免得把人熬死!"

齐修平听霍艳话题越说越敏感,慌着上来安抚,话尽量说得细软。

"乌龟王八蛋!背老娘跑这来开房,不想活了!"平地一声喊,惊得齐修平、霍艳同时回头。霍艳心细,先一耳朵听出胖胖他妈在大堂喊。霍艳惦记娘家人,起步奔向大堂。齐修平后头跟紧,生怕惹事儿搅了时下大局。

大堂里,小霍跟一名长发女子撕扯。小霍丈夫守在一边,手忙脚乱不知帮谁。见着霍艳跟齐修平,小霍丈夫如遇救星,紧着比画,一着急却发不出声。小霍瞥眼见来了救兵,精神立时抖擞,扯住女人长发,厉声喊:"偷鸡摸狗的事儿都做出来了——还怕见人!今天,姑奶奶,直接将你打回原形,看你这骚娘们到底是啥变的!"嚷着,伸手,要撕女子脸。

霍艳怕小霍把祸惹大,拉住,紧忙问:"别先动手!把事情问清楚再说。"小霍望见亲人,挣两挣,力气彻底泄光,手劲一松"哇"地哭出来:"问他俩!"小霍丈夫见小霍矛头指向自己,白脸辩解:"就普通朋友,一块儿搞营销的,碰着研究业务。"

"研究业务?"小霍听了瞬间暴怒,"就你俩躲房间里一起研究的龌龌龊龊的业务?"喊着,抬手砸过一团东西,小霍丈夫本能抬胳膊挡,卫生纸连同两件胶质物体天女散花般落一大堂。霍艳认真看,滚落脚边的胶质东西应该是避孕套,顿时,霍艳跟着小霍一起气蒙了心,胃里翻江倒海。长发女人见小霍使狠,嗷一嗓子,母狼一样冲上来,扑倒小霍,跨上就打。

事发太突然,旁边人一时不知所措,赶忙围住撕打的两个女人,却又不知从哪下手。

慌乱间,老霍媳妇拎着芹菜一脸横肉地闯进大堂,见小霍被长发女子压在身底,她一把扯住女子头发,直接将芹菜砸在女子脸上。

霍艳看见嫂子撒泼,急着过去扯嫂子胳膊。

撕扯间,沈禄田从二楼赶下来,望见霍艳跟嫂子撕扯,是非不分地劝:"有啥掰扯不开的,老嫂子,非得挑这么个大庭广众的地界吵嚷,声大,冲着谁都不好!"老霍媳妇看不惯沈禄田平素虚与委蛇,甩甩被霍艳攥紧的胳膊,故意冲霍艳瞪眼:"你拉我干什么?再拉我可直接喊了!"沈禄田慌忙让霍艳撒手,劝起霍艳:"里面正开着会,书记、市长一会儿还要讲话,劝劝你嫂子——压压火,有火容开完会再发!"霍艳毕竟做着齐修平的媳妇,遇事看得出火候,上前打算拦。没防备,小霍跟长发女子又起了战争,叫叫嚷嚷,还是家庭与破坏家庭那点事儿。

"住手!"沈禄田耳朵尖,三句两句听清大概,发声阻止,"你们都是机关的吧?在机关工作就该有觉悟,有素质,破坏别人家庭婚姻不道德,也不理智,于人于己都捞不到啥好处!这样吧,"他回头喊小霍丈夫,"先把你爱人领回去,冷静一下!家庭间的事儿,尽量和谐,非得搞得头破血流才收手吗?"小霍丈夫无端受起差遣,慌乱着不知如何下手。彷徨间,小苗领保安赶来控制局势。

老霍媳妇瞧保安仪容整肃,降低音量,拿手指起小苗:"你是哪路神仙,无端管别人家闲事儿——你算哪根葱!"老霍媳妇退休前待惯澡堂子,冲谁说话,都像在喊谁搓澡,声音透着不容商量和舍我其谁的霸道,响得像惊雷。

霍艳看赶来的小苗腰身紧致,下意识地看自己略显鼓胀的腰身,脸上不自觉燃起火气,指指小苗:"她就是齐修平的学生!"

"你就是那个狐狸精啊!"老霍媳妇听了大悟,声音顿时拔高,"怪不得,市长、秘书长、副秘书长,颠三倒四都迷你!说你是狐狸精,我看有点委屈了!依我看,你就是那妲己、褒姒、潘金莲!祸国殃民,伤风败俗,坏人家庭,死有余辜。"

老霍媳妇嗓门奇高,几声呼喊,应得大厅回声朗朗。

齐修平怕舅嫂真将祸闯大,上前,紧着拦。忙乱中,王士清不知从哪

第六章 破局 | 211

冒出来,四处张望,跟着问小苗:"冯……志孝,来没来?"小苗不知作家说啥,同样张皇地摇头。作家还想问,被老霍媳妇拽住袖口,一把扯到一边。

作家没看到前半场,背景、过程理不清,但瞧虚胖女人气汹汹冲向自己媳妇,依旧威武着冲老霍媳妇拍胸脯:"我……我是这……这个女人的丈……丈夫,有……什么话,冲……我说!"作家自报家门,唬得老霍媳妇紧眨眼,退一步,端详端详,跟着嘲讽:"你是狐狸精丈夫?欺负我文化浅,是吧!就你?挺大个个子,磕磕巴巴,也想演英雄救美,趁早滚一边儿去!"

作家平时沉浸在虚拟世界中,现实里,没见过哪家女人撒泼上阵,见老霍媳妇挺胸上来,惊得一闪躲到小苗身后,白脸唬得更白。

"啥事不能静下来慢慢谈啊!"齐修平被吵得头大,望一眼二楼,耐起性子劝导,"小苗是我学生,人品、作风,我最了解,甭管别人怎么说,我最清楚,小苗是清白的,外面传的都是子虚乌有!"说着拉老霍媳妇胳膊,"说话要过过脑子,不能别人说啥自己就跟风传啥,信口开河,弄不好要摊官司的!"

"少拿法律那套吓唬老百姓!"老霍媳妇见齐修平抬出法律,跳脚嚷,"她狐狸精咋啦?平风无浪,就当什么事儿都没发生过?别把老娘惹急了,惹急了,咱们就找个地方当面锣对面鼓咱好好摆摆——究竟,外面传的哪件事儿是真的,哪件事儿是假的,哪件事儿介于真假之间?说出来,说出来,让老百姓评评理!"老霍媳妇越说越冲动,转身,四下挥手,气势不输演说家。

齐修平被舅嫂气势汹汹地说哑了口,一时不知回应啥。

老霍媳妇见齐修平接不上话,气势更盛,指着外面的大街嚷:"许大姑娘房子被扒搬进市内租房,就住政府家属小区对过,一到周六就能看见狐狸精花枝招展开车进小区,两三点才出来,为什么?另外,你们看——"老霍媳妇指指门外停着的卡宴车,又来了精神,"那车是谁的?是狐狸精的。狐狸精哪来这辆车?明摆是有人送嘛!不然,凭她磕巴丈夫见天教书多少夜能熬出这样一台车?"老霍媳妇机关炮似的一番轰炸,震得齐修平两耳轰鸣,一句话插不上。作家更是被老霍媳妇歇斯底里的叫嚷搅乱了神经,怔怔地盯紧老霍媳妇。

近来,有关小苗种种传言已经让作家身心俱疲。

都是假的,都是妒忌,都是居心不良,可那辆卡宴车却实实在在是真的,从哪来,谁给的,为啥给,给了干什么? 小苗没说,至少没详细说,就是讲"朋友存这儿的,放两天就开走",可那么豪的车,什么样的朋友,什么样的关系,能诚心诚意存在这儿? 真那样,那关系得铁到什么地步! 真要照胖女人刚才那番话来讲,眼下可就凶险了——车,是赃车;情,就是奸情。一切都已近东窗事发,一切都马上惊天逆转。不然,冯志孝何以在这节骨眼儿约自己来写网文,"欺行霸市、逼良为娼、倚强凌弱、作恶多端",句句说的都是现实,比自己写的玄幻小说还紧张,紧张得让人喘不上气!

作家越想脑袋越大,他抢步奔到小苗面前,憋足劲喊:"这些,是不是都,都是真的? 他们说的,是不是都是真的? 快——说!"小苗听丈夫恶声恶气质问,眼泪一下涌出来,摇头,冲齐修平喊:"这些,齐老师您最清楚,当大伙的面,您再给说说清楚!"齐修平刚张嘴,老霍媳妇突地蹿上来,横身堵在齐修平跟小苗之间,挺胸脯喊:"别转移斗争方向! 我妹夫是正派人,狐狸精的事儿跟他没一毛钱关系! 丑事做完妄想让别人背锅,太异想天开了吧! 谁家都有儿有女,谁家想被这类女人搞得家破人亡、骨肉分离。来,来,大伙一起动手,扒了这狐狸精衣服,看看,她到底是人是妖!"说着,撞开齐修平,伸手要扯小苗衣服。

作家望见发急,上前,直接扭住老霍媳妇胳膊。老霍媳妇想挣,作家一使劲,老霍媳妇立时发出杀猪一样的号叫,面部肌肉抽搐着变了形,冷汗当时就布满脸,快如闪电冲出正门,闪到门边,隔门窗依旧冲作家作势辱骂。

作家余怒未消,攥拳,四处搜寻发泄目标。

"咱们都是懂法人,动手伤人是要坐牢的,"沈禄田见场面失控,冲作

第六章 破局 | 213

家比画,"一旦酿成后果,对谁,对谁都不好!"普及完法律,沈禄田回头喊起齐修平,"控制好局面!领导出来撞见这些,就成恶性事件啦!"跟着,看表,赶紧往二楼赶,边赶边叮嘱齐修平,"一定要让人冷静下来,冷静下来——才好交代!"再说,人已上来二楼缓步台,再转,就不见人影儿了。

作家气得实在没地方发泄,攥拳奔向小霍。

小霍瑟缩一团靠近丈夫。小霍丈夫紧要时胆小不如老鼠,颤抖一阵,突然劈开嗓子喊:"杀人,有人杀人啦,快报警啊!"喊声撕裂,一声声,震得棚顶垂下的鲸鱼饰件乱飘。小卢赶巧进厅,闻声,奔过来抱住作家胳膊。

暴怒里,作家如一头狂躁的狮子谁也驾驭不住。

挣两挣,作家最终还是挣开小卢,反身冲到小苗面前,扬起巴掌,冲小苗歇斯底里喊:"我最后问你一句,他……他们,说的,都是不是……真的?到……到底……有……有没……有……那些事儿?"小苗惊恐地望着作家,扭头,哀怜地看着齐修平,凄楚着讲:"齐老师,齐秘书长,事情您最能说清楚,您倒是说句公道话啊!"齐修平见作家发狂,奔过来,跟小卢一起扯住他胳膊,焦急地讲:"老王,别冲动!听我说,所有的一切都跟小苗没关系,小苗她……"话没说完,作家猛地挣开齐修平和小卢手,霍地扬起巴掌,白光一闪,惊得众人各自本能缩起脖颈,啪一声,巴掌重重打在作家自己脸上,半边脸顿时红成烙铁,血,从嘴角殷殷流下,滴滴落在被老霍媳妇践踏凌乱的地面。

小苗惊呼一声扑过去,被作家抡胳膊搡倒在地。

跟着,作家撞开众人,仍如只发狂的狮子一般奔出旋转门,疯子一样冲上马路,抬脚便看不见影儿。小卢赶紧探身扶小苗,被小苗一把搡开,抬头,噙满泪水望齐修平:"齐秘书长,您最了解我,我是清白的!"齐修平震惊之余不知说啥。只见小苗静声揩净眼泪,咬咬牙,起身,撞开小卢,跑出酒店去追作家。

齐修平沉沉气,反身打算回二楼。

刚转脚,二楼缓步台一阵喧嚷,肖巨轩领与会人等下楼。

盛仕儒走在头里,望见齐修平欣赏着颔首,之后,冲肖巨轩讲:"修平秘书长是个好苗子,精明干练,未来可堪大用!"齐修平被突如其来的夸赞弄得不知所措,谦逊着立在一旁,望一众领导鱼贯着从眼前经过。

"是,人才啊!"肖巨轩随声附和,倒手将厚重的笔记本交给跟上来的秘书,用力望眼齐修平,似轻描淡写着讲,"上场演《红鬃烈马》,替唐王平乱,西凉归来却不认王宝钏。下场又演《铡美案》《杀庙》,死了韩琦,都哭不回驸马世美心。政府人才就是多,个个都是戏精,内闱戏都演到公堂上来了!"

盛仕儒听文旭成话里有话,不由自主瞧跟在身后的沈禄田。

沈禄田隐约听全,故意绷住脸,面无表情地跟在后面,刻意扮出风云世事于己无关的架势,步履散乱地走出酒店。

齐修平见众人一一从眼前走光,掏出手机打电话问小苗追没追到作家。

手机没拨通,高庆丰从楼上紧步下来,直直冲齐修平喊:"去审计组——着急开会!"齐修平不好问详情,紧忙跟着走。在门口,遇见脑袋依旧肿得像猪头的肉头,瓮声瓮气向齐修平打听:"看见作家了吗?"齐修平不知道肉头意图,顺嘴问:"找作家干啥?"肉头眼睛肿得就剩一条缝儿,但依旧知道瞪眼:"告石清顺!"

齐修平听肉头说得突兀,没工夫想,上车,奔审计组住处——青林别舍。

三、胭脂泪

齐修平随高庆丰去了青林别舍,又是没头没尾地忙活,转眼熬到天亮。

早上六点,诸事忙完毕,齐修平依例领回手机,发觉开不了机,四下找不到充电的物件,坐车紧着往家赶,想着尽早充电好跟小苗联系,详细问问。一路想着,一路暗自嘲笑"贵人言语迟"的作家——满世界谁都可以不相信,唯一不能怀疑自己媳妇!

信任是平等的,像一架天平,哪一端倾斜了都构成不了死心塌地。

上楼,开门进屋,齐修平望见霍艳正在客厅里卷头发,满头卷发器,凸凸起起,看着让人心乱。霍艳看见齐修平回来没做出太明显的表情,只是盯紧梳妆镜里的齐修平问:"昨晚你去哪了?一宿不开机!"齐修平周身瘫软,有气无力地回了一句:"娟娟呢,还没醒呢?"霍艳听了眼睛一横,叫板似的数落:"你是忘了还是记错日子,昨天是娟娟他舅舅生日,放学就让胖胖他妈接走了!""事儿还没说完呢,昨晚,你究竟去哪了,一宿不接电话?"齐修平实在没力气答,两腿灌铅似的挪进里屋,翻出充电器,回身插在客厅,打算坐在沙发上。

"起来!"霍艳一把拽住齐修平,厉声嚷,好像沙发上盘着蛇。

"换衣服了吗?逮哪坐哪——刚换的沙发罩!"随即,拿手使劲拂沙发罩,好像抚慰被无端斥责的孩子。齐修平知道霍艳有洁癖,离了客厅,弓腰坐进餐椅。

"那也不能坐!"霍艳接着惊叫,齐修平受不了霍艳神经质,甩胳膊反抗:"这不让坐,那不让坐,你让我坐哪?躺哪?睡大街上啊!"霍艳见齐修平反抗,瞬间火起,挺胸脯质问:"吵什么吵!手机信息的事儿还没说清楚呢,你还有理嚷!我问你,昨晚去哪了,跟谁在一起?说不出来就是心里有鬼!遮遮掩掩,含糊其辞,不是心里有鬼是啥!"

见齐修平没反应,霍艳研判着似乎断定什么,咬咬嘴唇讲:

"我说呢,昨晚后楼你那长得像妲己似的学生,深更半夜往这打电话,问啥还吞吞吐吐,深问,又说啥事儿没有,就是问你啥时回来。你是我霍艳的丈夫,娟娟的爸爸,啥时回来跟她有一毛钱关系吗?成宿隔夜地问,我可警告你齐修平,就这女人的名声,识相的最好离得远点,沾上腥气不值当!你还年轻,还有前程,得知道顾惜自己的名声,不能不管不顾什么都由着性子来！"

齐修平奔忙一宿，头脑一片混沌，听霍艳没完没了唠叨，感觉似有无数根钢丝猛戳大脑，两耳嗡嗡作响，胃部紧揪感觉想吐。他掐住腰，缓了一阵，突然想起电话的事儿，紧忙奔过去，操电话翻找电话记录，翻见小苗昨晚九点五十分打来的电话，下意识按录音键，想听小苗究竟都说了啥。

"说什么来着，到底让我抓着把柄了！"霍艳瞧齐修平发急，"嘿嘿"，喉咙眼儿渗出一片阴森的笑声，夺过电话，冲齐修平咆哮，"你跟那个苗继红到底啥关系？学生还是情人，还是学生加情人！我嫂子常说，男人一过四十心里就长草，当初我还不相信！今天，我可信了，信得证据确凿谁也抵赖不了！"

齐修平望着眼前一头发卷的霍艳，突然感觉，像碰到外星人。

齐修平怒然呵斥："没凭没据，你凭什么诬人家的清白，再胡说，我给你脸色看！"霍艳不习惯齐修平用此种语调跟自己说话，抓起桌上一把玉石梳子，指着齐修平嚷："别以为你跟盛家兄妹眉来眼去那些事儿做得天衣无缝，告诉你，底细都掌握在老娘心里呢，就看老娘心情好不好，高不高兴！不高兴，一股脑儿都给你们兜出去，鱼死网破，谁也捞不着好！"

"神经病，简直不可理喻！"齐修平受不了霍艳抓狂，气恼着，挥手打飞霍艳伸过来的玉梳子，手劲太大，梳子横着飞出去，砸中门角一只青绿色花瓶，砰，花瓶四分五裂，孔雀翎散落一地，弄得周边像事故现场。

霍艳见打坏了家里一件固定资产，心疼得哇一声哭出来，上来抱紧齐修平胳膊就咬。齐修平没心思纠缠，挥臂将霍艳搡落地板，看眼破碎的花瓶，抓起手机和衣服，几步冲出门，反手，将门带紧，门里传来霍艳如丧考妣的哭声。

出了单元门，齐修平心里一片空落，失魂落魄不知往哪走。

回头，见后楼小苗家窗帘拉得死死的，打两遍手机，没人接听，心里隐隐涌出不祥的预感。稳两分钟，齐修平自己安慰自己，一日夫妻还百日恩呢，小两口吵架，能闹出啥惊天动地的事儿，别担心了，掺和多了不见得是

第六章 破局 | 217

好事儿！这样想想，他略放松了心情，整理下衣服，出门打车去了政府。

当天周末，大厦内外静悄悄见不到外人，只有保洁员打扫着卫生，见着齐修平恭恭敬敬喊"秘书长"，满脸笑容，真诚又程式化。齐修平礼貌回声"好"，上楼，掏钥匙，进门，手机接上充电器，两腿一软瘫倒在小床，一觉眯瞪了两个小时。

迷迷糊糊中，齐修平觉得有手机振动，拿起一看，是延时发来的信息，简短，就一句：清白在盒子里！落款是小苗。齐修平挣起紧忙回电话，打两遍都是关机，心头一紧，翻号码给小卢打电话，没拨出，手机又挤进一条信息：速速帮我脱身，否则，鱼死网破！信息隐着姓名，离奇，不好懂。齐修平当是诈骗团伙电话，伸手想删，高庆丰电话又跟进来，详细问审计组资金调查的事儿，一件，一件，听得专注而仔细。尽皆听完，高庆丰认真叮嘱起齐修平，审计组是有备而来，对事，对人，目标都很明确。接待方面要细而又细。凡事多留个心眼儿，特别是信息方面要绝对通畅，不能让领导成为"聋子""瞎子"，耽搁了可不是一般的责任，这个事牵扯的人、事，太多，太复杂！

齐修平连说"明白"，高庆丰又嘱咐了几句，最终挂了电话。

接完电话，齐修平体力实在不支，丢了手机，回到床上一觉睡到下午，直到听见有人稀里哗啦开门，才眯眯瞪瞪从梦中醒来。

开门进来的是办公室新考进来的科员，做事谨小慎微，担着初入职场的心。

撞见齐修平，科员意外显出惊讶，一脚门里一脚门外显得很尴尬。齐修平示意科员别紧张，他醒醒神，起身坐回桌前。科员谨慎地上前交来一份文件，规规矩矩提醒："春季防火的明传电报，例行传阅就行！齐秘书长周末还没休息呀！"齐修平笑笑点头，一目十行看完文件，签字，交还科员，关心地问："刚来的吧，看着面生！"科员拘谨点头："刚报到，今后还得齐秘书长多指教！"话语灵通，惹得齐修平多看一眼，随口讲："多跟接待办小苗主任学学，勤勉做事，没坏处！"

"您还不知道啊,"科员诧异着盯紧齐修平,几秒钟后说,"苗主任出事了!凌晨指挥中心打来电话,下游江汊子发现一具女尸,死因溺水,初步认定,是接待办主任苗继红。"

"什么?"齐修平脱口喊,跟着死死盯住紧抱文件的科员,"你说,小苗死了!溺水——自杀还是他杀?现在人在哪?"科员没料想齐修平反应如此激烈,抱紧文件,嗫嚅着说:"人估计已被送到殡仪馆,听说还得尸检。办公室人都去殡仪馆了,留我在家看电话。"齐修平呆呆愣在当地,说不出话。

"齐秘书长,齐秘书长,您没事吧!"科员望紧齐修平,手足无措地理文件,小心问,"没事我出去了,您好好休息!"之后,他眼神闪烁,一步一回头退出办公室。办公室门关紧,齐修平才如梦初醒,抢步赶到桌前,抓电话,打给雷大鸣。

雷大鸣在电话里听出齐修平焦急,尽量将语调放缓:"凌晨发现的尸体,沈禄田领人做的勘验,是接待办小苗主任。尸检结果刚出来,头部遭受钝击,有明显击打痕迹,怀疑生前遭受性暴力。"齐修平听雷大鸣一句句描述,眼前影像般浮现小苗死时惨状,立时心如刀割,紧忙摸出一瓶硝酸甘油,抖抖倒进嘴里,闭嘴,尽力稳当几分钟。

"喂、喂,"雷大鸣听电话一头没动静,喊两声,继续讲,"文市长、高市长,都打来电话,指示不惜一切代价缉拿凶手。刑侦那拨人都下去了,侦破进度不可能慢!"沉默一阵,雷大鸣接着讲,"小苗主任跟公安口联系多,听到消息,局里无不震惊,一致为小苗主任惋惜!我再追追刑警那边,力度再加一码,早一天破案早一天告慰小苗主任在天之灵!"雷大鸣说完挂断电话,剩齐修平一人立在房间中央,呆呆地瞧四壁发愣。

过了一会儿,齐修平想起该去殡仪馆送送小苗。翻开手机,见刚充满电的屏幕,闪出小苗发自凌晨的又一条信息:"老王疯了,说要把我碎尸万段!快想办法,否则,活不到早晨,急!急!急!"看着手机,齐修平眼泪哗哗地流下来。

齐修平一下子明白，当时，小苗是在怎样的处境下第一时间联系自己。

在衢市，小苗举目无亲，危难之际第一个想到的是自己这个齐老师，满心指望齐老师能在生死边缘搭救她一把。她就这么默默地等，耐心地等。一丝希望尚存地瞧紧窗外，听着各类忽远忽近的脚步与敲门声。就这么默默忍受，默默等候，直至等到绝望，等到伤心，等到心死。一个美丽、鲜活、衢市绝无仅有的超凡脱俗的活生生的生命，就这么如一捧沙砾，风一样从指缝间滑走，伴随那么多悲痛，那么多苦楚，在漫长无助的等待中消失得无影无踪，消失得悄无声息，尽皆归于尘土！

想到尘土，齐修平两腿一软蹲在门前，颤抖着嘴角迸一句："继红，你是死在我手里！我这是见死不救，我他妈的还是人吗？"跟着号啕大哭，一把把扯头发，眼里眼外都是泪水，目光里一片茫然。

哭了一阵，齐修平渐渐收住悲声，起身擦脸，下楼，奔往殡仪馆。

新殡仪馆坐落在魏家岭山脚，隔条山涧，向东遥对玉佛苑。

齐修平在东北角一处小厅内，寻到躺进水晶棺的小苗。

水晶棺里的小苗面容依旧姣好，神态宁和，似乎忘掉生前历经的所有痛楚。殡仪馆工作人员忙着给厅里换挽联，大概看惯了生死，他们神色平静，看不出什么悲悯。冰棺前头的大屏幕里，滚动播放小苗不同年龄段的照片，笑意甜甜，隐约让人觉着小苗其实没走出多远。

望见齐修平，沈禄田夹包过来说自己还要回政府赶个会："这边，就交给修平秘书长了，小苗生前就是你属下，留下来，于公于私都说得通！"齐修平满口答应。他看沈禄田一步三摇走远，回身走近棺椁静静看小苗整得发惨的脸，恍惚里望见小苗满脸疑惑地坐起，望望四周，迷离地冲自己喊："齐老师，这是哪啊？冰凉瘆人的！我想回家——我饿了。"

想着这些，齐修平泪水再一次忍不住流下来，再次迷蒙了双眼。

不知什么时候，盛佳佳悄无声息走近，一同静静守着小苗。齐修平望见佳佳，抹抹泪，依旧垂头讲："小苗是个好学生，也是个好同志，待人真诚,处事认真。这么好的人不该受如此对待,落这么个下场,想想,也是上苍对她的不公!"

佳佳理解齐修平的痛苦,她自责地念叨:"早知这样,回国那天就不该跟她闹掰,想想,真后悔!"说着忍不住泪水,盯紧棺椁,轻声地啜泣。齐修平听冯士昆说过,因为一只 U 盘,佳佳曾经跟小苗争得不可开交,公说公有理,婆说婆有理,欢欢喜喜的聚会弄得不欢而散,具体啥原因,没法打听,也打听不清。

"小苗的死跟你没关系,别多想!"齐修平尽量安慰佳佳,刻意转移话题,"你嫂子在日本那边还好吧?"佳佳感激地看了一眼齐修平,嘴里依旧犯难:"不是很好!孩子没保住,人也变得抑郁,烦躁起来总砸东西。我哥在还好,我哥不在——"说着还要哭。齐修平紧忙拦住,敏感地望望左右,见小卢指挥人搬进花篮,示意佳佳别多说话。

"文市长、高市长,都忙着接待审计组,嘱咐我送来俩花圈,慰问慰问家属。"小卢监督摆好花篮,在灵柩前行三个礼,见小苗六岁的儿子一身素白学大人回礼,眼底闪出泪光,抹抹眼,回身,跟佳佳搭话。

小卢没绷住嘴,冲齐修平和佳佳透露:"刚才在坡底,见冯士昆领人把小苗丈夫——就是那个作家——弄上车,说是小苗的死跟这家伙有关,激情杀人,导致小苗过早殒命。你们说,两口子间有啥事儿说不清,非得把人往死里整!关键是还有个孩子,过后,咋跟孩子说,心里阴影得有多大!"

"小声儿点!"齐修平紧忙使眼色,"小苗还躺在那呢,让她安安静静走完这一程吧!"小卢听了哑口,望望小苗棺椁,跟佳佳一起沉默。

佳佳感激地望一眼,瞄瞄四周,将齐修平拉到一边,小心翼翼地讲:"我哥可能回衢市了!"齐修平心头一动,镇定着没吱声。佳佳往下讲:"人在哪说不准。早上,他匿名发来语音,让我弄条船,天一黑就送他过岸。电话里,语音儿挺急,听着应该是遇上麻烦事儿了!"

齐修平听佳佳说得惶恐,抬眼望望顶棚,低眼郑重叮嘱:"遇见机会,

第六章 破局

主动劝盛斯礼投案！斯礼之罪,论刑,还不至于死,尽早投案,对他,对盛世,都是一种解脱!"佳佳听了若有所思地眨眼,想了想,又开始不由自主流泪。

小卢回车上,取出小苗留下的档案盒,当佳佳面交给齐修平:"小苗出事前问我齐秘书长手机怎么没开?跟着又问档案盒交没交给你,听说'东西还在车上',小苗当时便叹气,反复念叨'该着这身脏水洗不干净',之后,嘱咐我亲手将档案盒交到你手里,说'盒子一开,真相大白'。"小卢说说红了眼,低头望眼档案盒,回身,整理花圈上的挽联。

齐修平愣怔着接过湖蓝色的档案盒,手心微微出汗,颤手撕开盒面封带,打开,第一眼望见盒子里平躺着一只U盘,U盘下压封信,封皮写着"齐老师亲启",字迹娟秀,一看就是小苗的笔迹。齐修平望佳佳一眼,没伸手。佳佳性急,探手拽出信封,几把撕开,掏出带有"衢市人民政府办公室印鉴"名头的稿纸,一目十行读下去,看着,看着,眼泪又不由自主流下来。

齐修平见佳佳情绪激动,夺过稿纸,没看几行,眼泪一并溅上纸面。

修平老师,您好!

　　近来外界对我传言甚盛,自觉压力山大,感觉整个世界都跟着黯淡。

　　好在每天看您英姿勃勃的样子,个人的委屈便看淡许多。心中安稳不少,感觉天地都有些开阔,世界依旧美好。

　　盒子里装着佳佳回国跟我吵架时扔下的U盘。

　　现场,佳佳一口咬定里面有我跟什么人不可告人的秘密。当时我也被说得发蒙。回去,打开一看,就是我跟沈禄田的一段对话,里面记录我跟沈禄田做的一笔交易:我答应沈借给文市长儿子补习英语之机,举荐他侄子进政府办。姓沈的答应我向肖书记保荐我升任接待办主任。鬼使神差,我私下录下了这段对话。事实证明,这手还是起了作用。接待办的事儿迟迟不见动静,我便将 U 盘经老潘侄子交给老潘,说不准是不是 U 盘起了作用,最终代理主任的事儿还是成了。至于,U 盘如何落在佳佳手里,我也觉得蹊跷。

如此想,卡宴车的事儿也许也是姓沈的搞鬼,目的,想搞臭我名声。

从新西兰回来,佳佳便不停地跟小海吵,说过几次分手。胡小海气头上叫嚷"分手就将挪用江防资金的事儿都兜出去",关系一度闹得很僵。遥香怕事情闹大,托我转交给胡小海一辆卡宴车,想着平息怒气。接下来的事儿外界都知道了,遥香去了日本,盛斯礼跑路,胡小海受牵连身陷囹圄。车没送出去,只能暂留在我这儿。其余,只能走一步看一步了。

佳佳从小到现在大小姐脾气一直没改,听风就是雨。所幸,人还是很单纯,多开导开导,是个不错的姑娘!她跟我一样,作为您的学生,从读高中时我们就对您心存崇拜,时过境迁,崇拜依旧未改。时至今日,我依然保持这种朴素且纯真的情愫,可以说是终身无憾了!

老王对我还好,就是话语不多,发脾气时有时控制不住,大概跟他语言障碍有关。好在心眼不坏,也知道疼人。

您心脏不好,忙过这段得看看医生。歇歇年假。太忙,身体吃不消。

听说,师母在家凶些——都是正常事儿。女人嘛,谁不希望自己的男人整天围在身边,更何况,像您这样优秀的男人。凶一点,说明她心里在乎你。

好了,话说出去了,心里痛快多了!

相信,度过眼前这道坎儿,大家日子都会好起来。人生,也像这两天的天气,阴晴雨雪总得有人承受吧!人一生太平淡,会误了自己。

每每想到此,心里就莫名其妙地高兴,对明天也充满了希望。

第六章 破局 | 223

不多说了,祝工作顺利,生活开心,过好每一分钟。

保重,再见。

您的学生,深夜敬笔

齐修平看完信,觉得有千万条钢丝戳自己的心,立在原地,张嘴发不出话。

佳佳泪水已然泛滥,攥紧稿纸,哽咽两声,腿一软直接坐在地上,慌得小卢上前紧忙拉扯。佳佳慢慢起身,四下望望,不顾一切扎进齐修平怀里,肩头一耸一耸,哭得像个孩子。哭了许久,佳佳在齐修平怀里缓过神儿,瞧外面人越进越多,哽咽忍住,嘴里紧说"回去得监督爸爸吃药",起身,离开齐修平要走。

齐修平安排小卢送,被佳佳执意回绝,坚持自己开车回市区。

"还是我送吧,"卢进不放心,"回市区弯道太多,旁边悬崖峭壁,控制不好容易出危险。"佳佳没听,固执着要自己走。齐修平再劝,兜里手机响,接听,是雷大鸣,问小苗停哪个瞻仰厅。齐修平忙说出去接,瞄眼佳佳、小卢,抬脚迎向正门。

天色渐晚,殡仪馆门外的车辆也见着稀疏。

下坡,走两步,半山缓坡处齐修平接到雷大鸣,相见无话,低头,并排着往山上走。穿过一道回廊,齐修平瞧四下没人,扯衣袖将雷大鸣拉至道边,紧张地问:"盛斯礼潜回衢市,这事儿公安局知道吗?"雷大鸣望眼四周,沉静下,讲:"知道了!昨晚苏家社区一个胡姓调解员举报盛斯礼潜回衢市,藏在一个叫消漯河子的江汉子,准备跟什么人接头。警察赶到,这小子闻风早一天跑了。轨迹上看潜回衢市的可能性大,藏匿地点不明。警方正密切排查。"齐修平听了不由自主舒气,转眼望望雷大鸣,心头放下一份不可承受之重。

"盛斯礼这边局势尚可掌控,倒是石清顺那头蠢蠢欲动,情急,会冒出极端事件!"雷大鸣若有所思地讲。

"形势这么严峻,石清顺能有啥动作?他敢动手脚——除非走投无路!"

"当真是走投无路了!对岸传来信息,前段时间,波格拉尼奇内市启动一处商贸综合体,受邀请企业里就有盛世跟石源。盛斯礼从日本,胡小凤走水路,俩人前后脚到的波格拉尼奇内。入境,胡小凤便被盛斯礼控制了,逼石清顺出一个亿赎人,后经斡旋,价格落到六千万。钱打进盛世账户,盛斯礼那边守诺放人。可就在胡小凤返程途中,车辆在海参崴突发状况翻进大海,人车都荡然无存!"

"石清顺能善罢甘休吗?"

"重头戏要上演了!胡小凤之死,石清顺把账都算在盛斯礼头上,一边让人到审计组举报江防基金挪用,一边派人过岸向波格拉尼奇内警方报案盛斯礼绑架勒索,逼得盛斯礼走投无路,偷渡回衢市,老鼠一样四处藏身。更主要的是,"雷大鸣说着望眼四周,"三坑井职工上访有了新进展,上边另行成立一拨专案组,专门核查国有资产侵吞一案,这次,盛世绝对是被逼入绝境。"

雷大鸣讲得声情并茂,齐修平听得阵阵紧张。

盛斯礼性情乖戾,做事极端,这些齐修平都有所知。但裹挟人质,索要巨款,多少还是出乎齐修平意料。国法纲纪面前,自己一个局外人,除了着急帮不上任何忙。能做的,就是祈祷这位少公子心智大开,早日自首,早日归案,规规矩矩认罪,配合警方做好一切善后事宜。至少如此能少给盛世惹一份灾殃!

雷大鸣见齐修平若有所思,以为还在为小苗悲痛,不禁安慰道:"小苗是你学生,这么多年师生感情不是说割舍掉就割舍得掉的!这点,大家都理解。但人死不能复生,当前首要的是料理好后事,其他,只能择机处置。"齐修平听听也是没办法,默然点头。

"对了,还有一件事儿,提早做好佳佳工作。"

雷大鸣异常深沉地讲:"盛斯礼潜回衢市,一旦跟盛佳佳接触,作为干系人要第一时间劝其自首,窝藏或隐瞒不报法律上讲算同案,论罪,与正罪同处!盛世已经水深火热啦,再扯出别的事儿,老董事长可怎么承受得了?"

齐修平听了默默点头,继续前行,领雷大鸣直入大厅。

进到小苗所在的瞻仰厅,雷大鸣恭敬地行礼。小苗六岁儿子继续还礼,弱小的身子让齐修平鼻子再次发酸,拉雷大鸣坐进椅子,低头问小苗丈夫情况。

"小苗丈夫自己供述,事发当晚,自己喝了一斤白酒,间续殴打小苗达三小时以上。其间,强迫其发生三次性行为,意识思维已经进入癫狂状态,不能自我控制。早晨醒来,发现一人睡在床上,以为小苗出门买菜,倒头又睡。中午,还不见人,才着急出去找。找到中午,听说下游江汊子里发现一名女尸,跑到现场,得知尸首已到殡仪馆,又跟着往殡仪馆跑。山下,被冯士昆领人截住,带回警局,接受审理。"

"这类杀人犯就该千刀万剐!"

"法律讲证据,愤怒和意气都无济于事,就算遂各方愿,从速从重处置了小苗丈夫,可他俩剩下的六岁孩子怎么办?日后抚养谁来负责?善后事宜如何处理?一大堆事情都摆在眼前,都无法回避,需要理性处置!"

齐修平听了一时哑口无言,雷大鸣看表张罗返程。

四、多云转雷阵雨

小苗出殡后,齐修平回家昏昏沉沉睡了一整天。隔天起来,看什么都重影儿。起来,四处转,从头到尾没见着霍艳和娟娟身影。再看,梳妆台、卫生间,护肤跟洗漱用品少了不少,知道霍艳准是故技重施又回了娘家——准确说是回娘家哥也就是老霍家,接下来,又将是一场旷日持久的消耗战,周而复始,演戏似的让人从心里往外觉着乏累。

比霍艳领孩子回娘家更让人糟心的是,齐修平洗手时发现原来光洁紧绷的手背莫名冒出许多水泡,大小掺杂,一片一片丘状凸起,状似蟾蜍脊背,看得自己都恶心。齐修平打电话问小卢。小卢打电话又问医院,回话疑似炭疽。

齐修平听小卢说得似是而非,没马上搭茬。小卢有些急,叮嘱道:"这病散播快,传染性强,得了千万别上班,回头再把领导传上,那就不是病不病的事了!"最后一句,说得齐修平怏怏不乐。

不快归不快,但齐修平毕竟是公职人员,十几年的素养提醒自己不能含糊。撂下电话,紧忙给单位打电话,解释,说明情况,程序齐全地请了假,之后把手套、口罩一一戴好在客厅内外几平方米内逡巡,一圈一圈像困在笼子里的斗兽,越走越烦躁,听一波一波打来的电话铃,却懒得接。

最后一波电话,齐修平还是接了,因为电话是老霍打来的。

"你跟霍艳之间到底发生了啥?"老霍电话里问得很直接。齐修平不知霍艳背地里都说了什么,怔怔,没应声。"啥事儿能和就和气着说!我跟咱家你嫂子哪件事儿顺心过,不也对付到现在。人这一辈子其实挺短,招招架架就过去了。两口子之间的事儿,谁跟谁能争出个曲直!"

"我跟霍艳,没啥,老矛盾,习惯了!"

老霍听出劝不动妹夫,转头叮嘱:"常来看娟娟,还有娟娟她妈,夫妻一场,怎么说都是上辈子修来的!"之后撂了电话,两头都安安静静。

电话一头,老霍挂断手机,眼前阵阵发黑,耳朵里嗡嗡的,脑畔似盘旋着苍蝇。

老霍下意识正正座机,回头喊小霍她妈。喊几句,没听见回声,老霍踽踽着进厨房收拾昨晚吃剩下的碗筷,边收拾,边不甘心地嘟囔:"好好日子,跳的什么广场舞啊!蹦蹦跳跳能顶饭吃啊?"没唠叨完,霍艳领娟娟进来,换了鞋,拍孩子头支使她进屋读英语,自己掀开前两天带来的拉杆箱,翻腾着,不知找啥。

"干吗?急成这样!"老霍小心地问。

"娟娟的出生证明。"霍艳没好气讲,找找,鼻头沁出油汗。

第六章 破局 | 227

老霍不知妹子找出生证明干啥,谨慎着想问,见霍艳已从拉杆箱里翻出个小红本,抖抖上面的灰,冲老霍讲:"明天,就跟姓齐的办离婚,一天也不等!"老霍知道霍艳还在怄气,尽量宽慰:"就不能再谈谈?拉孩子带崽儿的,谁离开谁都不容易。"

霍艳知道哥哥的本事,大事临头只知道和稀泥,一边收拾一边嘟囔:"留不住心,绑个大活人在家有啥用?早离早安静,都省心!"

老霍近前细问霍艳事情到了哪一步,有没有缓,需不需要上人说和。霍艳心思已不在这块儿,听哥哥问,将手机里还有外面听来的话简略讲给老霍,说得老霍止不住眨眼:"用不用把佳佳的身世跟修平讲讲,怎么说也是姊妹,没必要伤和气!"霍艳听了着急,教育哥哥:"感情讲的是缘分,跟是不是姊妹没关!您呀,老实在家折灯笼——别掺和这些事儿,越掺和越乱!"老霍还想说,霍艳已收拾好东西,喊上娟娟出门。

老霍一人守在门前,张皇一阵,忽觉胸口隐隐作痛,闭眼,弯下腰。

齐修平这头搁了老霍电话,心头发酸,眨眨眼,眼泪下来了。

说到底,齐修平还是放不下那母女俩,尤其放不下女儿娟娟。结婚十年霍艳一直没怀上孩子,第十一个年头生下娟娟,当时小霍家胖胖都上幼儿园了。来之不易演化而成的父爱,使得齐修平对娟娟爱如珍宝,天天不错眼珠儿地瞧着,把她看得比自己生命都重要。时至今日,诸般事项闹得不可开交,最终牵扯到孩子,自己在其中也负有不可推卸的责任,如此想想,他又生出愧疚。

齐修平想给霍艳打电话,手机在一旁又响,接听,是信访办老潘,电话里呼吸紧促,嗓子急得快劈叉:"苏麻又发飙啦,大闹市政府!高市长指示'速速平息',别影响专案组上楼开会。"老潘电话里声音嘈杂,想象得到周边环境如何恶劣。齐修平心疼老潘心脏,紧喊"别急,稳住!",顾不得炭疽,披衣,换鞋,出门奔向大厦。

踏上大厦第一级台阶,老潘迎救星似的快步跑下来,一把抓住齐修平胳膊。齐修平紧着问原委:"老头儿又因为啥闹政府,前因后果,问清楚了吗?"

"还不是那些事。"老潘疲惫地讲。

"对了,"末了,老潘又加一句,"还有一条,不准日本人建公园,说是数典忘祖放任军国主义复生,还说,手头有一份《靖衢策》。"

没等说完,苏麻破马长枪从正门里杀出,威风凛凛,眼里似乎没有保安,没有老潘,甚至天地都没有,只有自己"虽千万人吾往矣"的英雄气概。

老潘在齐修平面前急躁,见着苏麻倒恢复一贯的谨慎,谦卑着上前劝:

"苏二先生,不能不顾场合逮啥说啥,声音还这么响,不怕让警察当扰乱秩序给收进去呀!收进去谁给你送饭,还有你那《靖衢策》,谁给市长翻译。所有良策,所有心思,不是付之东流白瞎了嘛!"

老潘声不大,蚊子一样嗫嚅,但话里埋着针,句句扎人。

"回回拿这两句话吓唬人!"苏麻摸准老潘色厉内荏的性格,犟着回撑。

"圣贤书估计你也读不了几本!我就问你,疗养院资产贱卖的事儿进展到哪了?问那个小沈科长,就知道打哑谜,遮遮掩掩,正经话没说过三句!"

"事情应该有一定眉目,就差,就差——"

"证据,是吧!"苏麻果断截住老潘,"办案得需要证据,无凭无据,说错哪句都算诽谤,跟贱卖资产同罪,一并抓!是这些吧!我就知道你们要说这句,还有新鲜的没有?我就不相信说不出一份理来!"苏麻说说还要转身。老潘一见心头像泼了油,挣身去拉苏麻。

"证据——有!"王秀彩闻见从楼内蹒跚着走出来,右手使劲压住左腹,艰难地补了一句,"昨、昨天,专案组找留守的矿里财务,关门谈一宿,大小能收集的材料通通收集了,就差,就差我犯了胃病,没、没赶上去。去了,老底儿、老底儿都给他掀开!一个、一个也跑不了!"王秀彩说说倚定门框,右手死死抓住左腹衣襟,脸色惨白得眼瞅撑不住。

齐修平看出不好,紧几步赶到王秀彩面前,仔细看两眼,说:"快叫车,赶紧送医院,晚了容易出事儿!"老潘没经历过什么大阵势,听事情紧急,手忙脚乱不知咋办。政府保安倒是比老潘镇定,打电话叫救护车,地点、状况、发病人是男是女,一一都说清了。

苏麻见王秀彩出现情况,赶忙闭嘴,一旁望着她着急,鼻尖额角渗出汗来。

忙乱一阵后,王秀彩状况有所减轻,脸色渐缓,嘴角也不再紧绷。老潘挂念专案组开会的事儿,继续支使保安催救护车。纷嚷间,坡道上传来一阵下疾雨一般的车轮响,上来一辆奥迪车,肖巨轩步履沉稳地迈下车,瞧瞧门前形势,径直问老潘:"什么事,搞得这么慌张!"

"小情况,马上处置好,马上就好!"老潘抬手揩汗。

肖巨轩近前望望,转头,交代齐修平:"先保人,涉及啥事儿,日后处理。关键眼下是保人!"交代完,转身要带秘书上楼。

"肖书记,"沈禄田不知躲在哪里望见肖巨轩,碎步跑来汇报,"专案组已经上楼了,文市长、高市长,还有公安局的雷局长,都到场了,就等您。"肖巨轩看沈禄田也是一脸油汗,没吭声,镇静往楼里走。

"留步,肖书记,能不能容咱衢市老百姓说句话!"

肖巨轩听见喊,不由自主停步,扭头看。沈禄田听苏麻打岔,回身急着冲老潘挥手。老潘着慌,反手捂苏麻嘴,被苏麻挡开,挣身子还想讲。

"那位是不是苏麻,"肖巨轩眯眼问,"写《靖衢策》的苏麻?"

沈禄田不知苏麻写没写过什么策,看着肖巨轩和苏麻发愣。齐修平听了回话:"对,他就是写《靖衢策》的苏麻,早先在三坑井工会工作,搞过矿史资料收集,文化素养挺深。"肖巨轩记起什么,揉揉额头,认真冲苏麻讲:"你的那篇《靖衢策》写得很中肯,很多都点中衢市利害,有先秦百家的意味,文笔不错!"

"谢谢书记褒奖!"苏麻领了肖巨轩赏识之情,转头问,"那书记对《靖衢策》的'主干三策'有何感想,能通篇背诵吗?"肖巨轩读过《靖衢策》,对里面的观点文理也上细研究过,但说到背诵,一没这方面准备,二觉也没那必要,愣怔地瞧着苏麻。

"行啦,行啦,"老潘上前拦阻,"也不是圣人先贤的东西,干吗非得让人朝九晚五诵读,回去,回去我给你背。"

"专案组等着开会呢,还是上楼吧!"沈禄田忙着解围,张臂,往楼上引。

肖巨轩见众人忙乱,定定神,抬脚打算进楼,迈开第一步,扭头,问沈禄田:"这个苏麻,手里是不是有幅画,叫什么来着——《八猫戏阴图》,对,就是那幅《八猫戏阴图》,查查,弄清了报我。"沈禄田"嗯"一声,心中似有所动,回头重重望了一眼苏麻,侧身,让过肖巨轩,反身回到平台。

王秀彩最终被抬上救护车。苏麻急着上前安慰,沈禄田使眼色让保安把他一同塞进救护车。苏麻不顺从,扒紧车门框拼命挣扎。老潘突生勇武,伸出同样枯瘦的手,紧着掰扯苏麻,边掰扯边喊:"一起去,一起去看看病!有病看病,没病就当体检。"苏麻争不过一群人,挣几挣,被全胳膊全腿塞进车。

沈禄田望着救护车一骑绝尘,回头,问闻讯跑出来的小沈:"苏麻手里的《八猫戏阴图》有头绪了吗?"小沈含糊着讲:"应该,差不多吧!"沈禄田听了气恼:"啥叫'应该,差不多',能就是能,不能就是不能,这么大人净说含糊话!"

"苏麻说了,画是祖上的东西,死了,也不能卖!"

出于胆怯,小沈声音小得像蚊子,不仔细辨识,冷不丁听不出说啥。

"苏麻说的?"

"苏麻说的,小冯给传的话。"

"小冯是谁?"

"小冯就是小冯,真名叫冯至孝,就是肉头。"

小冯是冯至孝,冯至孝就是肉头,这些,沈禄田还是头一回听说。

想想,沈禄田眨眼冲侄子讲:"那个肉头自吹打打杀杀十几年,到头来,怎么连个苏麻都对付不了!画买不到,不会想别的办法?"

"你是说,买不成,就就……"小沈话变得吞吐。

"用啥手段我不管,只要不闹出人命,啥招儿自己想!"沈禄田没容小沈把话说尽,恶狠狠地讲,"货到付款,一分少不了!"

"我这就通知肉头,晚上交货,搞不到画……拿命顶!"

小沈瞧紧叔叔阴鸷的眼神,沉沉脸,吞下口水讲。沈禄田未置可否,沉着脸,望了一眼冥顽不灵的侄子,反身,碎步进了大楼。

苏麻跟一干人较量的时段,肖巨轩、文旭成,加上高庆丰,还有政法委书记老翟,正在大厦十三层跟上级部门进行一场角力,双方唇枪舌剑,互不相让,搅尽一切可搅动的脑汁。

领队口头传达了上级部署,之后重点强调:"此次进驻是在前段审计的基础上,对衢市进行一次再深入、再具体的摸排核实,聚焦官商勾结把持行业发展等敏感环节,采取坚决而果断的措施,从严、从重打击黑恶势力犯罪,净化地区环境,还百姓良好生产生活秩序及自由清新之湛湛青天。"最后一句,领队说得激情满满,掷地有声,让肖巨轩陡然想起激昂慷慨的苏麻,继而,联系起疲敝残喘的盛世、飞扬跋扈的石源,还有其他日渐泛起的沉渣,他紧紧嘴角,严肃地念出一句:"人神共怒,法令不容,人人得而诛之!"

领队慷慨陈词的环节,雷大鸣扭头,望望四周。视线里,文旭成、高庆丰威严肃穆,各自把笔,一丝不苟做着记录。肖巨轩双目微阖,招牌式的表情如雕似刻,面沉似水看不出啥波澜。政法委书记老翟形容相对枯槁,面色微黯,嘴唇青紫,似乎几个晚上没休息好,气血、精力,都显得不足。

"能不能,先给个指向,"老翟书记率先张嘴,拂拂没剩几根头发的秃顶,谨慎地跟对方讲,"比如介入角度、打击重点、力道范畴,具体些,便于下一步操作。"

"打击范畴界定在盛世与石源,角度——涉黑涉恶。"领队说得极其干脆。

老翟被说得噤声,听领队继续往下说:"办案方向,是之前我们经过深思熟虑,历经无数次核查对比及研究分析才校订确认的,绝对审慎且负责任,不存在轻率和先入为主等主观问题。就比如,对衢市最大的民营企业盛世集团而言,其经营数十年中贱买国有资产、非法占有耕地营建私家园林、私募资金非法融资扰乱金融市场,等等乱象,依法依律必须予以严惩。再有,就是石源实业",说到石源实业,领队语气顿一顿,"石源实业犯罪事实更为恶劣!与盛世集团涉罪层面多存在于经济领域相比,石源实业触犯的都是刑法,诸如,把持基层组织,扰乱行业经营秩序,强买强卖,欺行霸市,涉猎黄赌毒,可说是坏事干尽恶事做绝,行事嚣张,近乎失控。打击此类犯罪应该说是势在必行,不除,不足以平民愤!"领队说着语调渐高,板脸,愠色充斥面颊。

"盛世跟石源的问题在衢市已不是秘密啦!"关键时刻,肖巨轩冷静地发声。

"盛石之争在衢市由来已久。盘根错节,支脉繁杂。从我在衢市担任主要领导职务开始便有苗头,直至现在大有开枝散叶蔓延下去的势头。作为一个地区的主要领导,衢市治安发展到这个势头,形成如此被动的局面,我个人负有责任。严格讲,难辞其咎!今天上级领导都在,我先向各位领导认个错,诚心诚意接受上级批评。什么级别的处分,我本人都接受,只求衢市能得安宁。"

说完,肖巨轩起身,恭恭敬敬冲专案组鞠个躬,神情极其庄重。

"上级开展扫黑除恶,我个人坚决拥护,"肖巨轩坐稳,继续说,"石清顺及其石源实业,数年内,通过'上买下闹'等不法手段,暴力侵占公私财物,操纵把持基层政权,干扰破坏正常经营生产秩序,单凭以上几点便足以定性为黑恶势力,痛下狠手,严厉打击,是法律法规的必然,也是衢市万

第六章 破局 | 233

千百姓的期盼。这点,不容否定。但对另一家企业——盛世集团,"肖巨轩说着顿下语气,"处置节点、时机、火候,应该审慎研判。"

肖巨轩讲话面色始终严峻,语气一如既往地坚定。

"集团最大涉案嫌疑人盛斯礼,目前负案在逃。集团现有架构及运营几近无序,企业生存都成问题,可说是苟延残喘。更主要的是,前两天集团刚刚实施重组,债权债务正在梳理,不稳定因素交叉存在,有的矛盾突出,一旦触及,势头一发不可收拾,诸多法律性环节即刻停摆,显性及隐性债权债务如何分割,数千名员工如何安置,各类社会性矛盾如何解决,所有这些,相对打击犯罪更值得慎重对待!"

肖巨轩说完沉默两分钟,望望四周,恢复最初的理性克制。

领队不太了解地方上的路数,听肖巨轩话里带着倾向,语气坚定地讲出个人看法:"根除石源、盛世两家涉案团伙的决心,上级已经明确得不能再明确了。尤其是盛世集团,贱买国有资产,挪用江堤资金,非法占用耕地,等等,人证物证都已锁定,几已定案。此时当断不断,贻误战机,涉事者是要负责任的。责任之大,谁也担不起!"

领队出言犀利,气势方面,不给地方讨价还价的机会。

高庆丰偷眼瞄见肖巨轩紧锁的眉头又突突跳两下,抢一步,表明个人观点:"盛世、石源既已被列入打击范畴,协同办案,是各级政府应尽的职责,这点毋庸置疑。我想说的是,盛世、石源,处置是否还要分出轻重缓急,侧重兼顾一下经济社会承受能力。盛世就是一家民营企业,偌大资产,搬不走,拿不动,早打晚打结局不会差哪去!最难办的是,眼下,集团正主导实施广厦苑回迁,牵涉几十万平方米回迁工程,上万名受惠群众,此时实施打击,工程一旦胎死腹中,上万名百姓回迁如何处置?衢市稳定怎么保证?政治风险谁来承担?这些都是大事!对衢市而言,任何一件事处置不好,带来的灾难都是倾覆性的,无法回避!"

领队见话锋偏离,发急,语速下意识加快:"大家的心情我理解,但理解归理解,此次行动的严峻与迫切性,各位更应清醒认识。上级已严肃做出批示,层层部署,周密安排,到现在已不是如何认识的问题了,是如何执行且执行到位的问题！如果,"领队冷下脸,"办案期间,哪级政府、哪级领导,滞缓乃至终止专项行动,造成跑风漏气、证据散失、案件线索中断,负的可不是一般责任,可以上升到刑责。代价绝对是沉重的！再说,"领队脸更冷,"衢市地方经济发展是要紧,上万名群众回迁更是要紧,但不能因为地方上一两项民生工程,就置党纪国法于不顾,变相给涉案企业挂上免死金牌,使之成为法外之地,那样,对于国法纲纪是不是太不严肃了？这里有个地方法制环境严与不严的问题。提醒各位注意！"

"石源、盛世,不可同日而语！"肖巨轩猛然接话,"两家企业层级、业主素质,压根不在一个档次上！"

肖巨轩直直腰杆儿讲:"石源犯下的罪责,衢市老少妇孺,见者皆可诛之,可说是人神共怒。但盛世不同,盛世对衢市经济发展是有过贡献的,意义重大,不可磨灭！"肖巨轩说着伸手碰碰茶杯,"盛世集团老总裁盛仕儒跟我共过事,做事风格、做人底线,我都了解！企业初期发展是有目共睹的,可惜的是后期偏离了方向,经营理念、模式,都出现了问题。加上出了个盛斯礼,搞得企业乌烟瘴气,到现在也缓不过来,想来非常痛惜！"

说到痛惜,肖巨轩下意识皱皱眉,接着讲:"作为集团创始人,盛仕儒有过错,责任也是推不掉的。但作为地方政府,在帮企业把关定向引导企业发展方面也难辞其咎,至少存在监管不力的客观问题,不能将责任一股脑儿都推到企业身上,那样不公平,不利于地方环境营造。都这样,今后哪家企业还想到衢市投资,还敢到衢市投资？衢市不真的成了一片蛮荒之地吗？"

说着,肖巨轩拿手使劲按压额头,停嘴,等领队说话。

领队被肖巨轩慷慨陈词压住势头,看着对面一干人等,没马上表态。

肖巨轩见语势上起了作用,继续语重心长地讲:"我想,各位也都知道,我个人跟盛世集团的老董事长盛仕儒私交不错,但个人感情再怎么好,也不代表就可以凌驾于法律之上,就可以视国法为儿戏,置纲纪于不顾。这一点,我是有清醒认识的。在这里,我只是想提醒各位领导,多从衢市发展着眼,通盘考量打击犯罪与维护地方秩序之间的关系,力求寻找两者之间的平衡,找到最佳结合点。做到这些,就算是对衢市未来发展负责,对衢市八十七万百姓未来生存负责。我代表衢市广大百姓,再次谢谢大家!"

文旭成一脸郑重地讲:"市委市政府的意思是,等广厦苑奠基结束,依照上级部署,即刻展开行动,主要考虑的还是避免即将筹划启动的回迁工程搁浅,防止出现不必要的社会矛盾与动荡,最大程度减少由此可能产生的经济及社会损失,寻求的是协作共赢的路子。我个人认为,这样做更符合衢市实际,符合衢市八十七万老百姓的切身利益,值得上级领导认真思考。"

"要不这样吧,"雷大鸣看看形势,赶忙开口,"石源涉案事实办案方向都已明确,我个人建议公安机关即刻着手介入,严密布控,从速收网,防止夜长梦多再生偏歧。至于盛世,我建议缓一步采取措施,严格做好证据留存及涉案人员监视,密切关注事态发展,待时机成熟,即时打击,不给涉案人员喘息及逃脱的机会。同时,最大程度兼顾各方意图与要求,便于今后实施开展。"

领队听了,左右瞧瞧带来的一众人,望望在场领导,没表态。

散会后,肖巨轩一脸疲惫地靠着椅背,拿手继续揉太阳穴。

"喝口茶,提神,醒醒大脑!"文旭成见肖巨轩实在疲惫,伸手试试茶杯。肖巨轩抬手挡开:"我这把老骨头,还能挺住!"缓了两分钟,肖巨轩自言自语,"近来,我明显感到自己老了,精力、体力,都难以为继。烈士暮年啊,赶不上你们这些年轻人。"

"谁说您老了?"文旭成听肖巨轩扯起年岁,敏感地眨着眼,"曹操六十岁还征乌桓,东临碣石,写了《观沧海》,您六十还没到就说自己老了?"文旭成貌似随意讲,跟着挪下茶杯。

肖巨轩听了舒心,拿手点文旭成:"什么时候,也学会奉承我这个糟老头子啦！年老年少，我还把握不了？我早就应该告老还乡喽！"随即，俯身冲文旭成讲，"辞职报告我都写好了，就锁在抽屉里，早一天交上去，早省心！"

"决定是不是有些仓促啦！"文旭成猝不及防，谨慎地放低语音。

"一个人在某个地方待久了，眼界、做法，乃至思维，都避免不了产生一些僵化。早点退下来，早一点腾出空间，让你们这些年轻人多施展拳脚，局面更容易打开。综合看，对地区发展有利！"肖巨轩平静地讲，表情风轻云淡。

"可老领导您突然退下来，眼前这么大摊子，谁能接得住？处理不好，真出现啥应对不济的状况，又怎么面对你们这些为衢市奋斗一辈子的老同志、老前辈呀！"文旭成机敏地跟上一句，脸色恰到好处地呈现出诚惶诚恐。

"年纪大了，就该让贤！"肖巨轩宽容地笑笑，避而不接文旭成抛出的话题。

文旭成听肖巨轩越说越认真，表情郑重地听下去。

"作为年轻一代县区领导，你有你的长处。眼界宽，站位高，长于创新思辨，对破解僵化局势有招法，这是你的优势，一般人很少具备。"肖巨轩认真地讲，随后，话锋一转，"问题是，你工作中偏于完美主义，概念多于措施，有些还偏于理想化，疏于对下属潜在思维的揣摩，导致一些宏观想法实施起来收效不明显，甚至影响干部认知和工作热情。时间久了，人心便易生变，集结到一定程度，容易产生裂变！"

文旭成严肃地听，神情随肖巨轩话语越来越凝重。

"还有一点很重要，"肖巨轩说到认真处语气跟着沉重，"有时，你待人热情多于理智，倾心于人但疏于防范，个别环节失于妇人之仁。要知道，防人之心是对人际关系的理性把握，是从政者看待事物的客观心态。藏有这份心思，也不代表谁就心胸狭隘。古往今来，但凡为政者都不得不具备这种本事跟韬略，不算小人之为。"文旭成认真地听，郑重地点头。

肖巨轩撮嘴,作势吹吹茶叶,语气里显出凝重:"我离职一事已成定局,继任者,我向上面直接推荐了你,于公于私,都说得坦然。但不知你感觉没感觉到,最近,衢市风头有些异常——明堂占地历经多年,早不查,晚不查,偏偏我申请离任你酝酿接续的节骨眼儿上各方前后脚介入,焦点直奔盛世,除了例行公事是否还有项庄舞剑之意?明堂加上广厦苑,违规占地超过千亩,一旦坐实,作为一市之长,严格讲你脱不了干系!时段敏感,各方动态不能不严加关注,一招棋错——满盘皆输啊!"

文旭成听出感动,攥攥手心,看着肖巨轩讲:"感谢,老领导、老大哥,对我文旭成的无比信任!有您这句话,上不上位,文某一样打心里感激您!"

肖巨轩转脸注目墙上张挂的衢市政区图,自言自语道:"时间过得真快,转眼,三十年过去了!三十年前,我做副县长,跟盛仕儒还有盛斯礼的生父一块在魏家岭修水库,一干就是大半年,没人叫苦叫累,那种劲头儿,如今想起来就是一种精神,一种不服输不认命、人定胜天、战则必胜的不屈的精神。正是有这种精神做支撑,才有那么多人斗志昂扬,痴心不改,历百衰而不改其志呀!"说着眼光透出哀伤,"如果,斯礼的亲生父母没在那场大水中丧生,这个从小命运坎坷的孩子不会走到今天,作为当事人,我也愧对逝者啊!"

第七章 惊变

一、鬼门关上走一遭

入春以来,衢市始终未下过一场让土地和庄稼都缓过劲儿的透雨。

太阳,每天照例明晃晃跑遍整个苍穹,从黑跑到白,从白跑到黑,白亮亮晃得人透不过气儿。田里枯焦的禾苗从没如此羸弱,单薄萎靡,像群一出生就营养不良的孩子,枯萎、不壮实,"啾啾"发出痛苦的声响。河底一望无际地干枯,一道一道裂出龟背样的沟痕,捏一把,瞬间粉成末儿,焦枯得让人揪心。

"天旱地坼,凤凰不下。"宿老三向古董问流年运程,第一句,古董这么答。

宿老三不懂,再问,古董没头没脑又冒一句:"煞星东角,维世不宁!"三问,便啥都不说了,闭目,一派天机不可泄的诡秘神情。宿老三没问出有价值的东西,回头,拿这几句话讨教尤文东。尤文东素来不待见古董,听了,紧着龇牙花子:"一个摇卦算命的,能推出啥运势?维世不宁、维世不宁,维世不宁咱钱总还能当上重组负责人?见天支使原先管接待的助理,今天跑这里,明天跑那里,权力老大了!"

"盛世不是破产了吗?破产咋还这么挺实,搞得你们钱负责人忙前忙后的?"

"不懂了吧!破产重组,它不是破产清算。清算,算是彻底破产,偃旗息鼓,一片江山全归了旁人。重组,从理论上讲,还允许原先的企业经营,看中的是还有可挽救的价值,但得换套管理的人马——避免重蹈覆辙。"

尤文东很忙,实在不愿跟宿老三一拨闲人争论。

尤文东眼下最大的任务,就是跟钱负责人跑养老院旧址去"收"房子。收回来,改造改造,做广厦苑建设指挥部。盛世当初承诺建给三坑井老百姓缥缈如海市蜃楼样的广厦苑,真要动工了!而且,不干则已,一干上手奇快,筹划、决策、敲定,到各项准备,前后不到一周。一周时间里,老钱、尤文东、钱小广,包括吴晓燕,纷纷进入角色,没日没夜地跑。一场大戏,即将轰轰烈烈上演!

车子过两道山梁,再下一道斜坡,远远便望见伏在沟岔里的老养老院。

红砖青瓦,横成趟,竖成排,养老院旧址犹如一位道行精深的隐士,安闲地守着山中与世无争的岁月,孤伶、自在,而又悠然。

"有管事的没有?钱负责人找你们谈动迁来了!"

尤文东近来身价暴涨,没进院门便躁动着叫嚣。喊一阵听不见回音,尤文东沮丧地望望老钱,顺边门溜进院子。

院子内杂草丛生,静悄悄的,看不出些许生气。

院当中,孤零零坐落着一座三层小楼,外立面粉化、斑驳,像一位久病独居的老者,衰朽得让人窒息。张望一圈,尤文东依旧没看到人影儿,执拗地继续踅摸。

老钱眼尖,突然抬手指着楼脚西侧隐约爬向楼后的蛇一样的小道,打哑谜似的给尤文东指明方向。尤文东看出门道,紧几步绕过房山,张望两眼,回身冲老钱欣喜地招手。老钱觉出希望,跟着转过房山,眼前骤然一片豁亮。粉化斑驳的小楼后面隐秘地伏着一片空场,东西两厢列有平房,北向,借坡立着一栋白砖小楼,门窗、墙体,都算良好,前后有树掩映,孤零零地显出尊贵。

尤文东冒失闯进空场望出的第一眼,没敢确定此地是否就是奔波寻找的老养老院,直到看见楼前体貌不一着装统一的十来名老人,尤文东立时断定,没走错地方!这就是养老院——别地方没这味儿。

"你们院长呢,喊出来,钱负责人跟他谈动迁。"

"二楼二楼,夜里有猴。吃饭拉屎,从不下楼。"

尤文东、老钱对望一眼,摸不准说的是猴是人,抬脚上楼。上到一半,上面楼梯便传出稀里哗啦蹚水般的脚步声,眨眼间,一名矮壮的汉子小山一样堵住缓步台,死死盯住钱尤二人,从眼神、面色看,他没有移步相让的样子。

"你们找谁?"矮壮汉子瓮声瓮气地问,脚跟儿死死钉住楼梯。

老钱抬眼费力瞧,因为背光,他只望见矮壮男子秃顶,两耳边乱发蓬生,凶巴巴两眼放光,怎么看怎么像打鬼的钟馗,惊得老钱缩脚,紧忙扯住尤文东。

"我们、我们是盛世重组小组的,"尤文东见鬼脸汉子相貌凶,嘴头上的话便有些怯,"这位是小组负责人——钱负责人,找你们院长谈动迁。莫旗镇的齐镇长帮忙联系过,说的就是我们。"说着,向鬼脸汉子递上一张老钱新印的名片,油墨未干,忐忑着奉上。

鬼脸汉子怪异地接过名片,攥紧,重重瞧了一眼老钱和尤文东,说:"跟我来。"

老钱、尤文东跟紧上了二楼,随鬼脸汉子径直往西走。走两步,尤文东暗里扯老钱,冲东紧着努嘴:"院长办公室的牌子挂在东边,秃头干吗领咱往西走,里面有诈!"老钱听了回头,望见院长牌子确实悬在东首,折身,跟尤文东向东。鬼脸汉子后背好像长了眼睛,站在走廊一端喊:"去哪?!"声如霹雳,震得老钱尤文东一哆嗦,遭劫般钉在原地。

"你们到底想找谁,打算做啥?"鬼脸汉子冲上来,横身,截住老钱和尤文东。

老钱被喝得间歇性失聪,一时间觉出千百只麻雀在眼前转,光见影儿听不见声儿。尤文东相对坚强,咽口唾沫,解释道:"找、找院长——盛院长,找盛院长研究动迁。"

"我就是院长,"鬼脸汉子强硬地自报家门,跟着补充,"留守的。"

"研究动迁,到西边会议室!"鬼脸汉子继续堵门,示威般盯紧老钱、尤文东,言下之意,研究动迁必须到西边会议室,不按指令,一切免谈! 老钱尤文东相视一眼,无奈地转身,一步一回头去了西边会议室。

"院长,贵姓啊?"老钱欠身坐下,问鬼脸院长。

"盛,"鬼脸院长只答一个字,想想又说,"盛仕儒是我哥,我行五。"

"齐镇长都跟我说了,动迁,是为了老百姓,没啥不好的,养老院应该配合!说到配合,"盛五凝滞下眼神,加重语气讲,"只是不管广厦苑今后建成啥样,必须给养老院留出三孔门市,最好一楼带二楼——楼上楼下,养员活动方便。"说着埋下头,"上次就是因为没做通这十来名养员工作,院子才没搬空,这回,估计也没戏!"

盛五说完盯死老钱,手依旧在桌面上画,一圈一圈,画出一轮不规则的靶标。

老钱来前领吴晓燕还有尤文东光研究动迁涉及的人和物了,门不门市,没在考虑范围。听盛五冷不丁谈出三孔门市,老钱心里没准备,一时傻了眼,回头望向尤文东。

"带不带二楼,得看规划图。"尤文东也没参与过广厦苑前期设计,对规划里有没有门市心中也没数,学老钱眨眼,撑着讲:"只能看图,看了,一切才落地,否则都是隔山买老牛。"

"那就把图取来,"老钱急于把事情办成,没多想,安排尤文东,"取来,给院长看,早定早利落,别耽搁工程奠基。"

"回集团?"尤文东惊得睁大眼,"集团到这来回两三个小时,一去一回不得天黑啊!黑灯瞎火能看清啥!"

"用不着仨小时,"盛五说说看表,"差不多个把小时前宿老三跟我撂的电话,米、面、猪肉,马上送到,前后加一块用不上俩小时。"

走廊里踢踢踏踏的脚步响,转眼,宿老三一脸油汗出现在门口,扶住门框,直愣愣冲里面喊:"不好了,不好了,货、货车、货车撑到切诺基上了!"

"撑哪了?重不重,还开得了开不了?"尤文东听了狂躁。

"机盖拱开了,发动主机咋样不好说!"尤文东初听气急败坏,跟着,又幸灾乐祸,拍打拍打手讲:"这下好了,甭说取图了,晚上能不能赶回市内都两说!就地安营扎寨,盛院长,你管吃喝!"

"车都动不了了?"盛五懂得些机械,探讨着问宿老三。

"我那辆厢式货车倒是能动,尤总的切诺基肯定动不了了,刹车失灵,直接撑到老榆树上了。"

"老天保佑,老天保佑!"尤文东庆幸着喊,沉着脸薅宿老三车钥匙。

宿老三紧脚跟出去就看见个背影,气得一屁股坐到土堆上,破口骂尤文东。

"个把小时,个把小时文东就能把车开回来,误不了你多大事儿!"老钱赶出来安慰,想想,又列出些实质性条件,"油钱,还有工地上的账,我让小广都给你结了——一分不欠你,这样总行了吧!"宿老三无助地望眼了老钱,回头看着摊在地上的猪肉,苦着脸讲:"钱不钱的倒在其次,关键是地上这堆东西,油渍麻花,怎么往里弄啊!"

盛五跟着出来,望见宿老三眼光瞧向自己,惊恐地抬脚:"院里十来个养员还等我做饭呢,我得赶快回去忙活!"反身,转过楼脚就不见了。老钱望望天空,琢磨着,一时半会儿不会冒出啥仗义相助之人,只得跟宿老三哈腰扯起猪肉,咧嘴,往里拽。

"张张嘴就行了,还真上手!"宿老三情面过不去,边拽边嘟囔,"您这身子骨儿也不是干活儿的人啊,老胳膊老腿儿——悠着点儿!"

"还没到肩担不了担,手提不了篮的地步!"老钱边吭哧边拽,一迭声安慰宿老三,"紧要时刻也能抵半个小工,干点活不碍事儿!"

俩人一个喊号子一个鼓劲,半拖半拽,将猪肉弄到库房门口,又半说半笑将猪肉挪进库房。

他们进来才发现,库房内部构造竟然超乎一般地特殊。向下挪了五六级台阶,老钱和宿老三的脚才跟跄着落地。四壁望望,一团漆黑,伸手不见五指,阴森得像下到一口通往地狱的深井。

老钱继续抽鼻子,肯定地讲:"还是气味儿不对,闻着,让人发毛!"

宿老三听老钱呼吸渐重,恶作剧地进行恐怖描述:"日本人占着的时候,这里是宪兵队的刑房,押过啥人,你自己想象。日本人投降,国民党拿这地方押地下党,咋样,你也能想到。国民党跑了,这儿成了武装部的弹药库,没押过人,但毕竟跟死人有关。这屋子气味能对到哪去?不正常就对了!"

老钱听宿老三前世今生一通讲,恍惚,对眼前事物有了些影像。

静静心,老钱借头顶泄入的微光,隐约望见北墙根横着一张行军床,上面乱糟糟团着一床被褥,旁边,杯碟、水壶散落一地,闻着还有一股尿骚味儿。

"不对,是人味儿,有人在这住过,"老钱依旧抽鼻子,"不是人,那就是鬼了!"

宿老三发根儿触电一样阵阵发麦,趔摸趔摸四周,颤声讲:"钱总,您老说话可得搂着点,真把魂儿招来,咱俩这身子骨,估计一个也出不去。到时顶多算失踪,他杀都够不上!"

老钱被宿老三说得心里发毛,紧脚,拉宿老三上台阶。

没走两步,"砰",一阵阴风将棺材板子厚的铁门死死关牢,发出雷一样的响声,惊得老钱、宿老三脚底一滑,双双滚回黑暗。

老钱胆气跟身子骨儿都弱,跌在地上,一时半会儿没缓过神。宿老三相较经得起摔打,黑暗里爬起身,东西南北不分盲目地转了一圈,挣挣地冲四壁喊:"遭瘟灾的盛老五!说多少遍了,门锁坏了,门锁坏了,换把锁能费几个钱儿?这好,俩大活人闷在这儿,半天二晌出不去,不得跟猪肉一起臭啊!"骂一阵,宿老三起脚一步步摸向铁门,连推带撞,铁门纹丝没动。

老钱怕鬼,手忙脚乱找手机。

划拉一阵没划拉着,老钱头脸重又渗出汗,在黑暗里乱嚷:"下雨天丢伞——倒霉事儿都凑一块儿了,手机跑哪去了?"

宿老三听了周身划拉,之后,哭丧着脸冲老钱讲:"手机落车上了,车被尤文东开走,这下好,神仙也联系不上咱们了!"老钱、宿老三同时傻眼,一屁股都瘫在地上,呼哧呼哧光剩喘气,只觉得自己被门外鸟语花香的世界彻底抛弃。

老钱越想越窝火，黑暗里摸索着，摸到宿老三前胸，使劲将人抵到墙角，狰狞着喊："嘚啵嘚，嘚啵嘚，不是因为你，老子能被困在这么个鬼地方？叫天天不应，叫地地不灵，再嘚啵，老子一巴掌抽死你！"说着抡拳就打。拳头抡到一半，凭空，被一只有力的手生生攥住。

攥住自己的手不似宿老三的孱弱，越挣，抓得越紧。再挣，竟被生生扭到背后，力道里透着由里到外的霸道与不容商量。

老钱隐隐觉出势头不对，腾出另一只手，摸索着探向身后，指尖隐约划拉到一张冷冰的脸，棱角突兀，须发凌乱，散发出一种腐朽透了的寒气。"有鬼呀！"一分钟后，老钱拼足力气发出一声喊，两腿一软，昏天黑地跌坐在地上，所有的意识都混沌模糊了。

两小时后，尤文东赶回养老院，顺道捎来钱小广。

下车，尤文东扔钱小广一人在门前鼓捣切诺基，自己夹图纸上楼，直奔院长办公室，敲几下，没人回应。再猛劲敲，门从里面忽地打开，一个满脸胡子背双肩包的男子急火火冲出来，人还没看清便冒失喊："人让我锁地库里了，我马上进山，五叔你随后撵。"

"我找院长，盛院长，看广厦苑的规划图。"

尤文东觉出胡子男子眼熟，是谁，一下子没反应过来。

不在！胡子男子恼怒着喊，"咣当"一声，关死门。尤文东没搞清胡子男子说的"不在"，是院长没在还是压根没看见院长，徘徊着没走，直待胡子男子横身冲开门，一言不发往楼下闯，依旧跟紧男子，怯怯问："你是不是……"

"你究竟想找谁？"胡子男子没回头，边走，边烦厌地问。

尤文东瞧男子依旧觉着眼熟，赶几步讲："没事儿，你好像我的哪个亲戚，在哪儿见过似的！"胡子男子没停脚，含糊着回一句"莫名其妙"，脚步已经下楼。

"院长在哪？给他看图。"尤文东奔到一楼，冲男子背影紧忙喊。

"在食堂做饭！"男子最终没有停脚，出楼，转过山墙，很快就不见了。尤文东停脚想想，觉得男子交代得也没毛病，便夹紧图纸，赶脚奔西侧食堂，路上联想着男子凶巴巴的眼神，感觉应该在哪见过。

离厨房还有五六米，尤文东便远远望见盛五在伙房装备齐全上演厨艺。

"图取回来了，图取回来了。"尤文东干咳一声，领赏般迎上去。

盛五见尤文东奔过来，脸色骤变，反身揭锅盖，瞧了一眼，又添把鸡精。回身，开冰箱，交代一个养员："鸡蛋、肉，够吃一阵子，没有了想着给局里打电话，不够管添！"末了，脱了大褂，叠好，收进门后一排柜子。抬脚，打算脱胶靴，想想又没脱，继续叮嘱养员："老夏青光眼越来越重，早点联系医院，趁轻没准能保住。"

"出远门啊，院长？"养员问完蹙起眉头。

盛五没说话，转进里间，挨个给养员添饭。顺手，扯扯桌布，交代第十名养员讲："换块新的，养老院再紧巴，也不差这俩钱。"养员们觉出异常，小心地问："出门啊，院长？"

盛五控制控制情绪，抹脸，冲四壁答："出去进点萝卜，酱缸里咸菜又下一指了，再不去就得断顿了！"养员听了都停下碗筷，静肃着瞧盛五。眼神相对好的一名养员出声嚷："院长，你咋哭了？"说到哭，养员们共同惊慌，喊嚓一阵，又共同瞧盛五。盛五红眼望望屋子，出门，交代跟在身后的第十二名养员："吃饭，让大伙吃饭！"说说不放心，跑回厨房又看看锅，望眼挂钟，叮嘱第十二名养员："十五分钟就可以出锅，别错过时辰。"第十二名养员听话，刹住脚，没跟盛五继续走，回头望炉上的铁锅。

盛五出来继续抹眼睛，望见尤文东，侧脸，继续擤鼻涕。

尤文东被盛五的敬业感动，善意地冲盛五晃图纸："钱负责人呢，负责人跑哪去了？喊出来，一起看图，看完好返程。"边说，边四下望，期盼钱负责人突然冒出，指手画脚看了图之后，一起回家。

盛五对尤文东的手舞足蹈生出了敌意，接过图纸，走马观花浏览一番,语焉不详地讲:"明天,明天看不行吗? 黑灯瞎火能看出个啥!"跟着岔开话题,"宿老三这回送的酵母不行,蒸出来的馒头像铅球,养员吃了准胃疼!"仰头,转圈看,不放心地嘟囔,"楼顶也该收拾了,一下雨就漏水,下多少,灌多少,整个一水帘洞。"最终叹气,"新来的局长心浮气躁,来几天就想调岗,都这么浮躁,谁还能干事儿!"

盛五说酵母,说馒头,尤文东还哼哼呀呀应付。直至听盛五念叨新来的局长,尤文东忍不住心烦,呛了一句话:"先别怨你局长,我就问你,咱们钱负责人去哪了? 喊出来,一起看图。"

"你刚才说什么? 啥图,跟养老院有关系吗?"

尤文东听盛五说话前后不搭,诧异着走近,瞄瞄盛五揉得发红的眼睛,疑惑地问:"少扯没用的,快说,钱负责人被你藏哪了? 是死是活,不说老子立马报警!"盛五没料尤文东三说两说扯出凶杀,惊道:"谁、谁把你们负责人藏起来了? 他、他走了,回市内了,一个人走的,"边说边瞪眼睛,"挺大个活人,有胳膊有腿儿谁能拦住!"

"撒谎!"尤文东听出话里有诈,盯紧盛五,断喝,"养老院离市区这么远,又没车,负责人一个人走回市内的呀? 就他那两条瘦腿,有那份体力吗?"

"不是一个人,跟宿老板走的,坐你扔下来的切诺基,俩人一起回的市内。"盛五情急之下逮啥说啥,说话头尾不顾,前后见不着逻辑。"更是撒谎!"尤文东继续断喝,"切诺基就杵在外面,机盖大张,负责人坐报废车回的市内呀?"盛五被尤文东堵住嘴,红着脸,发不出声。尤文东正待发作,忽见一个养员急三火四跑来,直愣愣问:"院长,刚才往汤里加的是鸡精,还是盐?"盛五正怄气,头都没抬:"加啥你没看见啊? 鸡精、鸡精,说多少遍才能记住!"养员大惊,慌张往回跑:"加重了,加重了,一锅白菜快成咸菜了!"

盛五听了像被马蜂蜇了一样蹿起来,跑回厨房,锅碗瓢盆一阵响,之后,"呸呸",四下吐,伤心欲绝地嚷:"我这是上辈子造的什么孽呀! 十来

第七章 惊变 | 249

个祖宗还伺候不利索，凭空又多了个孙子！问这问那，有本事把老子直接抓进去，皱皱眉头，我都不算男人！"

尤文东听盛五指桑骂槐，心想，跟这么个满脸凶相的院长打听老钱下落基本没啥意义。抬眼，望望越来越重的暮色，操手机，烦躁地给老钱打电话。

缄默半分钟，电话里传出妩媚且清晰的回应——"您所拨打的电话不在服务区，请稍后再拨！"尤文东没心思细听，捏手机再打，依旧还是"您所拨打的电话不在服务区，请稍后再拨"，咬文嚼字，交代得尤文东心乱如麻。尤文东看打电话显然找不出老钱踪影，懊丧着攥紧手机，满院子没头苍蝇似的找，兜了两圈，没找着有价值有希望的线索，他一屁股坐进草坪，身心俱疲，头脸一层一层出汗。

"大姑娘美来大姑娘浪，大姑娘走进了青纱帐。"尤文东听唱音儿心烦，没待细想，张嘴便骂。骂完，沉心又听，恍惚听出刚才一溜儿唱腔好像是手机铃声，惊得尤文东紧忙转头瞧，见老钱的手机像一个被遗弃的婴孩平躺在草丛里，一声声哭闹，惶恐无助的状貌很是招人可怜。

尤文东常年跟警察打交道，无师自通练出了一套侦查与反侦查能力。他告诉自己，钱负责人出事了！凶案现场就在院里，盛五算不算主犯不好说，但至少知道案情，线索得从他这获得。

尤文东兴冲冲奔回食堂，抬手，将老钱落下的手机明晃晃伸给盛五，厉声喊："线索爷爷都掌握了，下边怎么做，你姓盛的自己拿主意，痛快将钱负责人交出来，咱们好说好商量，敬酒不吃吃罚酒——老子马上报警！"

盛五望见手机心头渐有些发蒙：我的亲侄子啊！青天白日，好端端你惹那个什么负责人干吗！石清顺眼下正四下寻你，不赶快搭船过江，将来鹿死谁手谁敢叫得准啊！真出啥差池，我这当叔叔的——盛五不敢往深里想，硬着头皮，迎挡尤文东。

"线索？都掌握啥线索了？掌握了能判爷爷几年？能不能判爷爷死刑？不能，是吧？都不能爷爷就不怕了！回去告诉那些心怀叵测的小人，有胆量明着来！爷爷心正眼明,不怕无凭无据往头上栽赃——冷枪暗箭不算英雄！"盛五愈说愈勇,机巧地对尤文东对自己的口头指控都做了回避。

尤文东搞不清盛五为何跟自己发脾气,拘于场面,操手机就打:"苏家派出所吗？对,我是一位衢市市民。我举报,盛世重组负责人——钱喜发,在东郊养老院老旧址被人劫持,非法拘禁,长达四五个小时吧！目前现场已被保护,速派警力过来,晚了,人质会有危险！"

盛五听尤文东对着手机高低一通喊,眼神多少有些发散,脚跟暗里往后移了两寸,继续含糊讲:"掰皮说瓢,老子还跟你说不清了！不跟你计较,老子得回食堂,菜糊了——哪哪都是味儿！"没待尤文东反应,盛五转身便往前楼跑。尤文东看出不对,起脚追。盛五腿脚比尤文东快,转过房山就不见了。

尤文东追出大门,见钱小广仰在切诺基里蒙头大睡,鼾声如雷,一时半会儿没醒转的迹象。他只得反身折回院子,拣出一根摆弄炉灶的通条,掂掂分量,一人奔向库房,红赤涨脸撬半天,铁门没见丝毫撼动。再撬,彻底输光了力气,扔掉通条,尤文东歪进草坪就剩喘气的份儿了。

喘了一阵,门口听见起伏的警笛响,尤文东知道救兵赶到,起身,往门外跑。

尤文东跟带队的冯士昆在门口撞了个满怀,刹住脚,连说带比画将事件说了个大概。冯士昆听完,二话没说,领人赶到现场。见库门紧闭,指挥防暴队员将锁打穿,众人蜂拥下到地下室。尤文东跟在后头,借射灯光亮望见室内空无一人。仔细瞧,见北向地面支开一块盖板,赶过去瞧,一孔血盆样的洞口森严张在眼底,几只射灯照不见底儿。尤文东急着往下瞧,被冯士昆一把拽开。两名特警端枪一步步探入洞内,两三分钟后,端枪返上来,报告下面与另一侧库房相通,库房通向后山,窗户大开,窗台落下一只手表,应该为作案人或被挟持人员遗留。迹象判断,涉事者人身安全不好保障。

第七章 惊变 | 251

特警说着晃晃手里的表,以此佐证事发场面的惨烈。

"喜发,你死得好惨啊!"尤文东一眼认出是老钱的物件儿,眼泪立时下来,"老天爷,我要早到半小时,喜发你就不会落到眼下这种地步!回去,我怎么跟桂花交代,怎么跟大茹小茹交代,还不如把我剐了,把我剐了也没这么难受!"

冯士昆顾不上听尤文东哭喊,领人出大门,察看地形研究营救方案——集中警力进山,逐沟、逐梁,拉网式搜索;留一部分警力把守院子,发现情况,立即报告,谨防嫌犯择机逃脱。尤文东跟出院门,先一脚跳上厢式货车,发动了,想跟警察行动。"你,跟车留下!"冯士昆紧喊,尤文东听了苦苦央求:"行行好,冯警官,让我跟着去吧!不去,我这心……放心,枪子儿飞我身上不关你们事儿,不行,咱先把字据写上。"冯士昆想想,招呼尤文东上警车,脱了防弹背心塞给尤文东。

尤文东攥紧防弹衣,望了一眼厢式货车,抖抖喉咙喊:"车,车没熄火,随时可能溜车!"声太小,被隆隆的车轮声淹没。

切诺基里的钱小广被外面一通折腾惊醒,迷迷瞪瞪下车,听着冯士昆高一声低一声地部署警力。冷不丁,钱小广没听清谁挟持了谁,挟持到哪。往后,听说挟持的是自己叔叔,瞬间散尽酒劲儿。再后,瞧尤文东被冯士昆喊上警车,跟车跑远,剩自己一个人落在当地,失落地感觉自己像被什么伟大事业抛弃,抬脚,跟留守的两名特警四处走。

留守特警中一人认识钱小广,叮嘱几次,督促其尽快离开。钱小广心里惦记叔叔,任性着跟紧不走。特警见了无奈,边一步一回眼地瞄紧钱小广,边端枪上了前楼。

前楼年代太久,门窗都已朽烂,四壁斑驳,看不出原来做啥用的。

上至二楼,特警屏息细听,只有风在关得死死的窗棂间流散,其他啥也听不到。持枪上到三楼,空荡荡的,是处大厅,棚顶歪斜吊着几片风扇,扇翅黑黄,映着西墙还没拆尽的半幅帷幕,无声宣示此地鼎盛时期的繁华。

逡巡一周,特警没发现啥异常,转身,打算下楼。

突然,同行一名特警敏锐地竖起食指,拿眼示意楼下。另一名俯身细听,几乎同时察觉到——楼下有动静!先察觉的特警脱兔般抬脚冲出去,腾腾腾,脚步直接响至一楼,哐当,撞开楼门,直接冲进院子。留在后头的特警同样训练有素,持枪奔到窗前,探头,见一名男子持枪挟持俩人质,跟跟跄跄奔向大门。特警在楼上断喝一声,激得男子回身就是一枪,子弹打在三楼水泥墙上,崩起的粉尘溅了特警一脸。特警纵身从三楼跃下,一路喝喊追向大门。

钱小广的脚步没特警快,顺楼梯跌跌撞撞跑下来。

楼里冲出来的男子正是盛斯礼,原来他潜逃回来后,一直藏身库房中,被老钱、宿老三撞见。见特警追得急,慌乱里,盛斯礼丢了老钱、宿老三,冲出大门,直接蹿上顶在老榆树上的切诺基,拧钥匙,想跑。

"别碰那车,"老钱嘴上勒着毛巾,怎么喊都说不清,"刹、刹车坏了!"

宿老三挣开绳索,直接跑上厢式货车,在车里冲猛劲跑出来的老钱招手。

盛斯礼摆弄阵切诺基,觉出不对,抬眼见宿老三蹿上厢式货车,便弃车步先老钱一步蹿上厢式货车踏板,拿刀直抵宿老三颈动脉,破嗓子喊:"快走,慢一步,老子捅了你!"宿老三手脚慌乱地给油,没给上便被赶出来的特警左右逼住,厉声喝令盛斯礼下车。盛斯礼被逼得越发嚣张,没听指令,扬手击中左侧一名身着防弹背心的特警,强大的冲击力瞬间将特警击倒,滚落至土堆一方。

宿老三被枪声吓白了脸,一脚踩死油门,车身一耸跃起往坡下冲。

没冲出去多远,顶头迎上一辆商务轿车,商务轿车方向一打,车身横着截住厢式货车去路。黄烟没散尽石清顺便跳下车,冲上前几步,径直冲盛斯礼喊:"姓沈的没报谎信儿,盛斯礼,你也有走投无路的一天!今天,老子就替天行道,替死去的胡小凤收拾收拾你这个不知天高地厚的小王八羔子,看看,啥叫恶有恶报!"说着,抢起钢管砸碎了厢式货车前窗玻璃,惊得宿老三在车里紧缩头,方向一滑,两车相撞彻底堵住下山坡道。

宿老三趁机滚下车,爬起来丧家犬般往大门口跑。

跟出来的特警见门前混战,便持枪隐在门垛后头。盛斯礼见子弹打光,瞧了个空子,一步跨进厢式货车,倒车,加油,车身跃起直直撞向商务车还有躲在车后的石清顺。石清顺惊见,紧忙一个侧翻,滚进旁侧水沟,仰面见厢式货车如一只大鸟轰地从头顶掠过,蹦跳着,冲下斜坡。

石清顺紧着翻身爬起,伸手,拽商务车车门。

拽几下没拽开,细瞧车门已被撞得变形,他转身望见停在老榆树边上的切诺基,来不及想,三两步跨上去,启动,倒车,摆正,一个纵跃,离地半米冲下坡道,发疯般地去赶盛斯礼。老钱连惊带吓晕在地上,迷迷糊糊里听到车响,抬眼不见了切诺基,一惊,挣扎着撑起半个身子,有气无力冲坡下喊:"刹,刹车坏了,开出去会粉身碎骨!"最后一句,老钱说得眼冒金星,两眼一黑,彻底昏死过去。

二、绝杀

专案组进驻衢市一个礼拜,一个出人意料的消息在上层传开。

肖巨轩调往上级人大,文旭成以副书记身份主持全面工作,接续延转,一切都显得那么和谐自然,见不出突兀与牵强。上级来人宣布决定。衢市在家领导和部门头头儿齐聚大礼堂,仪式感极强地见证新老两届领导交接。每人心中都如打翻了五味瓶,升腾起的感触复杂又微妙,有留恋,有期盼,有观望。

文旭成端坐主席台,神情内敛,克制中透着自信。

上级领导语气沉稳地宣布组织决定,跟着,又客观中肯地评价了老书记在任期内所做的各项工作,对其个人思想境界、为人处事做了评价,希望他在新的岗位上继续发挥潜能,做出自己该做的贡献。肖巨轩紧挨着宣布决定的上级领导,脸色沉静平淡,看得出心理准备做得充分。

大会结束，上级领导转到常委会议室，小范围跟卸任领导谈心。

众人你一言我一语烘托得气氛稠酽。其间，高庆丰接了个电话，只说了两句话便板起脸，捂着手机往外走。几分钟后高庆丰回来，趴文旭成耳边汇报："专案组那边来信儿，让衢市派人协同进驻盛世集团，调档，取证，苗头还是盯着江防资金的事儿，架势拉得很开，弄不好，要带人！"

"江防资金事儿前段时间不都稳住了吗，怎么发酵到这种程度！"

文旭成听了显出恼怒，稳稳神色，有些犯难地跟高庆丰讲："肖书记刚宣布离任，专案组就张罗带人，这事儿我怎么跟老爷子说，缓一天不行吗？"高庆丰没法答，在一旁只能缄默。文旭成想想，最终想起齐修平，沉脸讲："那个齐修平到底干什么吃的！协调，协调，协调到现在都协调出个啥？接二连三把事情办砸，想搞个芝麻开花个节节高啊！"

"其实，这事儿也不能全怪修平秘书长！"高庆丰听文旭成怨怪，赶紧替齐修平圆场，"江防基金案情过于重大，以修平秘书长眼下的位置，位卑言轻，不是什么事儿都扛得住的，再说，"他左右望一眼，高庆丰压低声音讲，"眼下这种形势，城门失火，殃及的可是你这位新代班的领导，凡事还需小心为上！"

文旭成听出话里意思，默想一阵，拍高庆丰胳膊："等会儿，把事情渗透给老书记，就说例行程序，走走过场，剩下的，不说也罢！"说完，疲惫地挥手，脸上透出无奈。

高庆丰觉出为难，彷徨一阵，还是寻机会趴肖巨轩耳边，简略说了过程。

肖巨轩听了面部微微抽动两下，之后，不见任何神情，倒是应和着四围，挥手讲："过高了，评价过高了，自愧不如啊！"说完，侧脸跟高庆丰讲，"这种事儿，今后就不用跟我说了！我现在是无官一身轻，桃花源中人，无往无今，庸人不自扰了！"说完，坐直身子，继续瞧众人笑。

文旭成也随众人一起笑，偷眼瞧肖巨轩显出疲惫，伸手碰碰水杯，示意肖巨轩喝茶。肖巨轩会心笑笑，端起厚实的茶杯，凑向嘴边。突然"咣当"一声,茶杯掉落桌面,翻转的茶杯像个腿脚不稳的孩子跌跌撞撞滚向一旁,茶水茶叶溅了一桌。肖巨轩目光发直,眉眶眼角皱在一起,梗两梗脖颈,原本刚强的头颅如一大片折茎的荷叶,耷拉至胸前,右臂垂过膝盖,嗓子眼儿含糊发出间歇的咕噜声,现场充斥起莫名的恐慌与狼藉。

众人没料到会出现眼前的场景,惊起身,怔怔望着瘫在座位上的肖巨轩。

文旭成反应灵敏,抢上来,扶住肖巨轩歪向一边的身子,低头翻翻老爷子眼睑,果决地冲周围喊:"中风,再不就是脑出血!"跟着掏手帕,紧着擦肖巨轩嘴角溜下的黏涎,安排沈禄田:"叫车,直接送医院!"忙碌一番,扭头又安排高庆丰:"通知雷大鸣去盛世协助取证。"顿顿,叮一句,"把握节奏,注意信息反馈。"

高庆丰利落地应一声,奔出去紧忙落实,屋里屋外忙乱成一锅粥。

安顿好现场,文旭成支开众人,留下在家的几位常委,当即宣布两项临时性任免——提议沈禄田代理市政府秘书长,民政局局长柳浩治代理办公室主任,组织部门择机考察,结果提交下次常委会讨论通过。听完人事任免,鲁健立时皱紧眉头。沈禄田、柳浩志,当初一同竞争过市委办常务副主任,理论上算宿敌。两人又回到同一屋檐下相处,看似巧合,实质绝对是文旭成审视全盘之后做出的精妙布局。

鲁健不禁为齐修平叫屈,如此有理想有抱负的青年,生不逢时夹在两相角力的势力中间,不肯骑墙,又坚守节操,适应不了诡异多变的现实,这结果也是意料当中!可惜了,这么好的小伙子。

想着文旭成的老到,鲁健不禁继续替齐修平担心,想想,给雷大鸣打了个电话。

接到鲁健电话时,雷大鸣正在办公室安排警力,急三火四往腰里别枪。

"鲁常委吗,我很好,就是忙。这边有个案子紧急去现场。修平秘书长?修平秘书长应该在专案组那边吧,他是政府派出的联络员,现场事儿很多需要他协调,有事吗?"鲁健听雷大鸣事急,加快语速说了肖巨轩状况及人事安排,别的,掂量掂量没说。雷大鸣听了也觉惊诧,攥着手机无语。静默了一分钟,还是鲁健先发话:"遇到修平,先别提人事上的事儿,免得影响情绪。"

"明白!"雷大鸣懂得话意,手机里郑重地应声。

"对了,什么案子这么急,方便说吗?"鲁健舒了口气,跟着转换话题。

雷大鸣理清思路,警眼周围,讲:"前两天东郊养老院发生火拼,涉事人员死的死,跑的跑,场面极其惨烈。石清顺坠崖,连人带车烧得面目全非。盛斯礼驾车外逃,根据数据分析,潜逃回市内的可能性很大,极有可能藏身在集团。维稳和刑侦方面已发出警告,敦促涉案人尽早自首,避免案情复杂化,结果如何眼下不好把握。"鲁健听了沉默,之后叮嘱雷大鸣:"最大程度保证人员安全,能不伤及嫌犯生命尽量不伤及。"雷大鸣电话里肯定着回应,挂了电话,打算领人出门。

脚步还没挪开,儿子冬冬神兵天降般闯了进来,扑上来直接摸枪。

冬冬来衢市,雷大鸣事前知道消息,只是没想来得这么快,他扭头跟随后进门的妻子崔莉说:"不是说周末到吗?咋来这么快!"崔莉在省厅干的是内勤,受职业熏染,脸上同样带着英气,说话干净利落:"不是周末就不能来吗?谁规定,警察家属周末才许探视,哪条规定的?"

屋里人都认识崔莉,喊声"嫂子",探头探脑往外走。

"车在楼下,警力都安排好了!"冯士昆最后一个离开,拿手拂拂冬冬的头,扭脸提醒雷大鸣。"知道了!"雷大鸣应一声,换上警服,边往外走边提醒崔莉,"看好冬冬,别像上回似的到处乱跑,监控看见影响多不好!"

"取了速写本就走,"崔莉习惯雷大鸣来去如风的作息,紧跟着说了一句,"冬冬他们学校在这附近写生,顺道看看你这大局长。没这档子事儿,八抬大轿都请不来咱娘俩,一点儿不识情!"雷大鸣也习惯崔莉的犀利,在门口止步:"不是不欢迎你俩来,只是眼下有个着急的案子等着我去办,楼下,车等着呢!"说着折回,抱起冬冬举了两举,警告道:"找完速写本就稳当在屋里待着,等我办完案子回来,给你买鸡腿儿!"

雷大鸣门口撞见迎上来的冯士昆,白着脸问:"咋办?"雷大鸣抿嘴思索两秒,果决地讲:"你带人查封大厦,没我命令,鸟都不许飞出一只!"冯士昆应声"是",先一脚跑下楼。

赶至盛世集团,齐修平引领的专案组车辆也鱼贯赶到。

雷大鸣下车,招手,问齐修平:"高市长让你来的?"齐修平疲惫着点头,眼圈发黑,气息听着有些发紧,看出近段时间没咋休息好。雷大鸣想起鲁健打来的电话,心疼地望了一眼齐修平,简略说了肖巨轩调离还有入院的事儿。之后,提醒齐修平:"盛斯礼潜逃,老盛总身体又是这么个状态,佳佳小小年纪,能撑起多大局面!跟专案组说说,取证中尽量少提及盛斯礼,非得提,最好也一带而过,能不渲染尽量不渲染!"

齐修平听肖巨轩入院,惊讶地想打听,一眼瞥见专案组人下车,便拉着雷大鸣上前做了介绍,之后,凑在一起研究取证细节。领队对取证很是谨慎,思索了一下,简略提出"稳妥对待""缩小范围""尽量封锁消息""保持企业稳定""防止不必要的舆情传播"等与高庆丰电话里交代的差不多的指示,末了,问雷大鸣:"跟集团联系了吗,谁接待?"雷大鸣望了一眼齐修平,闪烁着讲:"来之前,派人看了现场,老董事长车在楼前,人应该不会走太远,至于谁接待——遇见谁找谁吧!"

领队想想没发表过多意见,点头,领人进大厦。

集团迎宾在前厅截住来人,礼貌问:"找哪位,有预约吗?"

齐修平一扬工作证,扭头请示领队:"老董事长在六楼,走步梯,还是坐电梯?"领队望望"天梯",回头瞧雷大鸣。雷大鸣见领队没主意,建议:"兵分三路,领导们坐电梯,我带人沿步梯上楼,留俩人把住大厅,发现情况,即刻采取行动!"领队提不出反对意见,依计,坐电梯的坐电梯,爬楼梯的爬楼梯,一群人在六楼汇合,依门牌,拥至楠木门封住的董事长房间,按门铃,响两次都无回应,再按,依旧寂静无声。走廊内外沉寂一片,静得呼吸里都能听出风声。

齐修平熟悉环境,见门扇紧闭,掏手机打起外线。

值班秘书问明来意,继续问询:"有预约吗?跟董事长,或者佳佳小姐,都行!"齐修平答不出,秘书客气地婉拒,再问,依旧是千篇一律的答复,听不出新意。进退无法,齐修平多少显得局促,琢磨琢磨,打起佳佳手机。听不到回音儿,齐修平手心隐隐渗出汗,继续六神无主地打。

终于,佳佳开门探出头,瞧见齐修平领来的人面孔严肃,闪身出来,死死堵住门口:"秘书没说是你,这时候来,有事吗?"齐修平见佳佳面孔憔悴,心下不觉酸楚,简略说了来意。

佳佳听明白大概,皱眉,为难地讲:"董事长不在,其他人说不清!"

齐修平听着犯难,回头看领队。领队看了齐修平、佳佳几眼,接下来的话,说得冷峻而又固执:"还是联系一下老董事长,事关盛世大局,耽搁久了,对集团不利!"佳佳转眼看齐修平,坚持着讲:"老董事长身体还没完全康复,正在疗养,医嘱不宜处理工作,各位还是请回吧!"领队回头望雷大鸣,眼神问:"这人是谁?"

"盛佳佳,老董事长的女儿,集团执行董事。"雷大鸣介绍。

搞清楚身份,领队回头跟手下商量一阵,正色冲佳佳讲:"老董事长不宜接待,那就请佳佳小姐跟我们走一趟吧!石盛火拼,盛斯礼潜逃,佳佳小姐应该知道些细节,配合说明下情况。"佳佳听了,眼神发慌,直直望着齐修平。

忽听屋内有了沉重的脚步声,艰难,迟缓,一步步响到门前。跟着,门扇左右一分,盛仕儒驼背蹒跚走了出来,见门口站满人,他干咳一声,镇静地讲:"小女出言不实,实在是考虑老朽身体原因,不得已而为之,不当之处请大家谅解!佳佳,让客,倒茶。"说完,依旧驼背转回屋,步履蹒跚但走得坚定沉着。

犹疑之下,佳佳礼貌地将人让进接待室。跟着招呼秘书安排茶水,自己照顾盛仕儒坐进对面楠木沙发,静静立在盛仕儒身后,沉静地察看局势。领队见老董事长识大局,尽量温和地说明来意,话里反复提及江防资金挪用一事,有意无意透露案件缘由,目标指向,支脉环节,都已锁定,就差董事长出具一份证实,前期工作就可告一段落,转入下一环节。

盛仕儒见过大世面,听得懂领队话中"目标指向"指的是什么,慢慢揉起太阳穴,自说自话讲:"年纪大了,加上前段遭遇车祸,许多事儿,千头万绪,一时半会儿还真想不起来!"

领队听盛仕儒搪塞,面色没慌,冷静地讲:"老董事长别着急,时间不是问题,一天两天我们都可以等,就是不知道影不影响集团正常业务。"最后一句,领队抛出颗重磅炸弹,明确着提示——别搞"拖刀计"!最好主动配合,无限期拖延,不利的只有盛世。

盛仕儒沉腰,坐稳沙发,双目微阖像是入定,看得出老爷子打算以长久的沉默宣示自己和盛世的坚定与不妥协。

"老董事长是本地人吗?"沉默了一阵儿,领队突然开口。

"下乡落户在衢市,之后,就没离开过,"盛仕儒没料领队转换话题,沉吟下,接口,"算——半个衢市人吧!"说着,微眯了下眼。

领队见头招见效,跟紧问:"既然算半个衢市人,老董事长应该记着四十年前那场浑江溃堤吧!三乡四十八村死了上百人,您那时年纪算起来应该不超过三十,那场景,肯定历历在目。"

提到四十年前的溃堤,盛仕儒眉头禁不住又跳了跳:"如在眼前啊!"之后,右手不自觉敲击沙发,话语变得凝重,"当年,江北大堤要是再坚挺些,没年久失修,那次洪峰估计也能挡住。江堤不炸,指挥部跟居民点也不至于被淹,斯礼的亲生父母也不至于被洪水冲走,两家依旧是好邻居。兄弟是兄弟,姊妹还是姊妹,各过各的日子,也没了现在的是是非非。"

"老董事长也想起那场洪水了!那是场天灾,人力抗拒不了!"

领队见盛仕儒被往事打动,再接再厉讲:"可眼下,形势跟四十年前又不一样了,这回是人祸,可避而未避——涉及良知啊!"说着,领队前倾了身子,目光如炬盯紧盛仕儒讲,"审查部门调阅档案发现,此次江堤维修表面上是你们盛世集团承担,而实质操作却是石源公司,石源公司再度分解,层层拆分,最后落在一个叫陈五年的城交委司机手里。陈五年在不具备施工资质及开工条件的前提下,私下以煤矸石做填充物修筑坝体,野蛮施工,造成江水外溢群众上访,影响、损失,不亚于四十年前的那场水灾!"

领队说得仔细。盛仕儒听了不易察觉地翕动下嘴角,手紧紧按住沙发。

领队觉察老盛总心有所动,接着平静地讲:"那个陈五年在笔录中讲得很清楚,拿煤矸石做填充物修筑坝体,深究起来,还在于资金不足,随着对建设资金追根溯源般的梳理,衢市六千万江防资金挪借的始终,便无法掩饰地浮出水面!"

盛仕儒听了领队丝丝入扣的剖析,屈指,轻轻叩击起扶手。

"今天,专案组到集团,就是请老董事长积极配合调查。毕竟,事情由盛世而起,您在其中也起到举足轻重的作用,前后因由、利害关系,回避不掉也推卸不开,请盛老先生三思!"领队说话很懂技巧,层层递进,将老盛总推至风口浪尖,说得盛仕儒沉默无语,停手,不再叩击。

"江防资金……情况是这样的。"足足两分钟,盛仕儒调整好气息开口,"三年前,有个农事项目落到衢市。专家考察,魏家岭的纬度、气候、小流域环境,等等条件都适合。计划在要这开辟葡萄园,搞立体开发,种养加三位一体,说是要改变衢市'二产居先其他产业弱化'的失衡局面。巨轩当时做市长,左右衡量,找到我,希望我率先接手这一项目。当时,产业方向、市场调研,以及未来前景包括十年后的预测,都搞了,也没见出哪样不好,我想了想,也就接手了。既丰富集团的资产配比,又丰富了衢市产业层级,从哪方面想都是一举两得的事儿。

"实事求是地讲,盛世转向一产行业,实在不是明智之举。"盛仕儒诚实地总结起盛世,"盛世主打矿业是自己的长项,对农事项目,既陌生又信心不足。项目开局便呈现不顺,跌跌撞撞干了半年,各个环节都显着艰难,应产生的成效一样没显示出来。更主要的是,先前讲好是专项资金,用着用着,四处便见着捉襟见肘,基建工程干到一半便停摆,各种会议开得昏天黑地,一波一波,就是推进不下去。上头对工程逼得还紧,声称不及时竣工按套取上级资金追究地方责任。没办法,也是巨轩拍的板,财政筹措九千万借给集团,紧赶慢攒把葡萄园建起来。当年投入运行,效益不错,隔年还了财政三千万,剩余的列了还款计划。整个过程,巨轩书记知道得最清楚。哪不到位,可以找他核实!"

盛仕儒说完叹口气,塌腰,坐进沙发,面色、表情,都显出疲惫。

"既然事情进展到这个状态,您看这样行不行,"领队扭头跟齐修平商量,"政府能不能出面协调一下,请肖书记出面,配合说明资金使用情况?"

齐修平偷眼瞄下盛仕儒,抵近,低声讲:"上级刚来宣布决定,肖书记调离衢市到上级人大任职,文市长代理书记,主持全面工作,通报会当中,"望望盛仕儒,齐修平语音更低,"肖书记突发脑梗入院,啥状况,尚不明了。"

盛仕儒听到只言片语,疑惑着欠起身,探头问齐修平:"谁,你说谁调离?还有,谁入院啦?"齐修平见没法回避,迟疑一下,冲墙比画盛仕儒跟肖巨轩的合影。

"你是说,巨轩书记调离,还脑梗入院?"

齐修平不知怎么解释,谨慎着点头,眼光一寸不离盯紧盛仕儒。

盛世儒冷不丁接受不了,四下转着,盲目地问:"人、人眼下在哪?在哪家医院?情况怎么样?不行,"说着抬腿往外走,"通知总务,备车,去医院,我去看看巨轩,对了,"回身安排起盛佳佳,"随行带去两盆花,要文竹,不要康乃馨,名字叫得太花哨,你肖叔听了闹心!"

佳佳紧着答应,抬脚,张罗出去安排。

齐修平怕老人着急,上前拉住胳膊:"您老别担心,肖书记就是突发感到不适,观察几天就能稳定下来,大状况没有。一大群人围着,您去了,也帮不上忙!"说着,攥紧盛仕儒的手,示意老爷子先稳住。

恰在此时,冯士昆领一队防暴警察全副武装奔到门口。

雷大鸣见了紧张,扯冯士昆到一旁,紧张地问:"人真藏集团里了?"冯士昆绷脸点点头,扬手,指走廊里的监控,"早上送来的美元,后半夜过江,信息绝对可靠!"跟着,瞄眼立在一旁的佳佳,小心地讲,"弄不好,兄妹俩都得裹进去,闹大了局势不好收!"冯士昆尽力压低声量,但仍被盛仕儒听得一清二楚。

"抓人抓到我盛仕儒家里来了!"盛仕儒腰板一挺,堵住房门,"不错,盛斯礼是我儿子,盛佳佳是我女儿。可正因为是我的儿子、我的女儿,我更不能让你们轻易抓走他们!不是我盛仕儒任性践踏法律,置国法纲纪于不顾,是因为,身为父亲我对我的孩子更加了解。斯礼、佳佳,都是善良守法的青年,有想法,有抱负,就算存在你们所说的这样那样的毛病,从本质上讲,他们依然可造就,应该有改过自新的机会!"

声音越吵越响,拉扯间,里屋门一开,盛斯礼裹紧大衣沉着脸走出来。

冯士昆见了,示意两名防暴警察抬脚往上冲。谁知,盛斯礼先一步甩掉大衣,扬起一支自制的猎枪,枪口直指冯士昆:"都别过来,谁过来打死谁!"冯士昆大喊"危险",闪身拔枪,十几支枪管同时指向盛斯礼,一声令下,瞬间就能把盛斯礼打成筛子。盛佳佳被吓呆了,疯了一样扑向盛斯礼:"哥,别开枪,千万别开枪,开枪,爸的命就真没了!"齐修平担心出意外,挺身横到盛斯礼和佳佳之间,张手喊:"别冲动!天底下没有谈不通的事儿,慢慢来!慢慢来!"盛斯礼看见齐修平,抬手,扒开佳佳,一把搂住齐修平,枪口直抵他太阳穴:"都别上来!再上来我一枪崩了他,看谁的枪快!"警察面面相觑,握紧枪,面对面相持。

一切来得太突然,盛仕儒惊慌得右手颤抖着指着盛斯礼,半天才说出话来:"不是都说好了吗?一切从头开始,一切从头开始。眼瞅着路就走开了,怎么一下又走到绝路上去了!把枪放下,听爸的话,把枪放下!你

第七章 惊变 | 263

亲生爹妈已经走在我前头,我不能无缘无故再丢了你。丢了你,我下去怎么跟你爹妈交代?我们双方是有约定的!过来,到爸爸这边来。过来,咱爷俩一起好好活,一起好好走完剩下的路。走完这一生再去见你爹娘,许多话就好说了,说啥都无愧,行不行啊?"

盛斯礼听老爸喊得气息奄奄,顿时两眼流泪。

盛仕儒无助地望着盛斯礼,悲情地讲:"斯礼,你想让爸看白发人送黑发人吗?你那么年轻,今后日子还很长!遥香还在等你,等着给你生儿育女。政府答应的六千万筹款也马上到位,广厦苑奠基还有后期建设,够你忙两年的,未来多好,世界多绚烂,干吗不留恋?还有佳佳,佳佳还指望你这当哥哥的风风光光把她嫁出去,看她嫁人生子,看她完完满满过完这一生!至于爸爸,爸爸还指望你养老送终,还指望你儿孙满堂。所有这些,干吗不多憧憧憬憬?有憧憬,就有希望。爸爸的眼也好闭,一切,都了无牵挂了!"

盛仕儒声嘶力竭一通喊,让盛斯礼眼里又蒙上一层水雾。

看着一排黑洞洞的枪口,盛斯礼抖抖喉咙,咬牙,将泪水吞回去,狠心讲:"爸,您说的我都懂,但我不愿束手就擒!就算被乱枪打死,也不想去那种暗无天日的地方!那地方,想想就够了!虽说您不是我的亲父亲,但有您这样的爸爸我盛斯礼这辈子已经心满意足了!佳佳,照顾好爸,哥一辈子疼你,下辈子也疼不完!"说完,盛斯礼手里枪一使劲,抵紧齐修平太阳穴冲周围喊,"有种的都散开!咱们去外面一决生死。老子不想脏了我爸爸的地毯。"喊完,他挟紧齐修平,一步一步挪出房门。

"哥,小心走火!"佳佳后头惊慌喊,"齐老师要有个闪失,你就没我这个妹妹了!"

盛斯礼听了手劲儿松了松,回头,冲围上来的警察高喊:"都站住!老子身上捆了炸药,急了,药捻子一拉大家同归于尽,不信试试!"雷大鸣瞧盛斯礼腰里鼓鼓囊囊的,他谨慎地抬手,示意众人别轻举妄动。相持间,电梯门倏地打开。冬冬从里面跑出来,望见雷大鸣便喊:"爸爸,坏人在哪？我来帮忙！"雷大鸣急得眼里蹿火,跺脚喊:"过来,快过来,危险!"盛斯礼听男孩喊雷大鸣"爸爸",眼明手快,一把搡开齐修平,倒手揪住冬冬,横枪一抵闪进电梯,电梯门一关,直接下楼。

雷大鸣冲上来,指示灯已显示下到四楼。众人蜂拥跑往一楼,大厅当中,望见盛斯礼裹挟着冬冬,被一众警员团团围住,反恐大片一样险象环生,紧张得让人直接听到心跳。

盛斯礼看出自己在劫难逃,索性鱼死网破,凶狠地冲雷大鸣喊:

"姓雷的,知道心疼了吧!当我爸面抓他儿子,没承想,你自己儿子转眼落到我这个逃犯手里,报应,报应啊!今天,老子一枪把你儿子打死,让你也知道知道,是怎样的肝胆俱裂,是怎样的生不如死,是不是感觉世界都塌了?"

盛斯礼近乎疯癫的狞笑震得雷大鸣心头乱颤,握枪的手不禁沁出油汗。

出于职责,雷大鸣依旧坚定地握紧枪,直指盛斯礼喊:"放下枪!你已经被包围,对抗只是徒劳,只能给自己增加一份罪名。坐下来,咱们好好谈谈,好好谈,少造一分孽,就给自己多增添一分生的机会,别把恶事做绝!"

盛斯礼没被说动,依旧拿枪抵住冬冬:"抓我,来抓我呀!谁敢上来,我一枪先把孩子打死,之后一捆炸药炸平这大厦。告诉衢市所有人,我盛斯礼得不到的东西,别人想得——下辈子吧!"说着,就要扣扳机。

雷大鸣想扑已经来不及。慌乱间,崔莉不知啥时候从盛斯礼背后冲出来,抱住盛斯礼握枪的手,狠命就是一口。盛斯礼剧痛,手抖得扣不住扳机,便抬胳膊跟崔莉厮打。冬冬听出是妈妈,挣开盛斯礼,反身对盛斯礼握枪的手又是一口,疼得盛斯礼终于撒开枪,手死死掐住崔莉脖子。冬冬红眼,哈腰,捡起枪,握紧扳机冲与崔莉扭打成一团的盛斯礼喊:"放开我妈,不然我开枪了!"雷大鸣边喊"别动,小心走火",边饿虎扑食般奔过去。砰,瞬间枪响,子弹斜斜穿过盛斯礼左胸,鲜血喷溅开来,溅得崔莉一激灵,跟着溅满冬冬握枪的手,吓得孩子当场凝固成一座雕塑。

盛斯礼被枪击中,一瞬间,感觉有股冷冷的风从胸口贯穿,眼前,雪花纷飞,一只只白得不能再白的白鸽,纷纷攘攘飞满大厅,鸽哨回旋,轰一声响,冲向天井之外的蓝天,倏忽隐现,像一片飞散的流星。之后,更接近真实的场景发生,盛斯礼睁大望向世界的圆眼,定定地看着天井,身子一倾,直直撞向门边大理石柱,最终,瘫软在地。

雷大鸣扑过来,见冬冬双手握枪立在当地,眼神发直,应是被枪声震得发蒙。

哇的一声,冬冬恐惧地哭出声,烫手般将枪直接扔在地上,慌乱地看向四周,颤声冲雷大鸣讲:"我没想开枪,爸爸,我没想开枪!我就是害怕,太害怕了,手一抖,枪就响了。枪响,人就倒了。我真的没打算开枪!"雷大鸣惊乱地一把搂过儿子,跟同时扑过来的妻子紧紧抱在一起,三人痛哭流涕,宛如一场重生。

枪响的一刹那,盛仕儒由佳佳扶着走出另一部电梯,刚好看到盛斯礼死时的惨状,张嘴想说什么,却直接瘫软在地。佳佳连声哭喊。齐修平赶来,分别触触爷俩的鼻息,交代赶快喊救护车,忙乱着将盛氏父子送往救护中心,嘈嘈杂杂,结束了一场由日中延续至日暮的慌乱纷争。

三、君子豹变

惊慌之余,警车、救护车,还有闻讯赶来的消防车,呼啸起伏鱼贯而至。众人七手八脚地将盛氏父子弄上车,慌乱而又急切。

搬运当中,雷大鸣谨慎地掀开盛斯礼后腰的衣服,见里面鼓鼓囊囊缠的都是兑换好的美金,没见啥雷管炸药,心上动一动,挥手,将车打发走。他深深看了一眼大厦顶上高耸入云的信号塔,心内翻江倒海,一时说不出啥滋味。

冯士昆及时递过一支烟,帮忙点着,烟雾缭绕中请示雷大鸣:"盛佳佳怎么处置？盛斯礼欲逃往对岸，美元就是她找人换的，物证人证都全，收还是不收？"雷大鸣大口吸烟，冷静冷静，沉吟着交代："先做份笔录，看看形势再说！"

在四楼急救室门口，雷大鸣见到慌作一团的盛佳佳，正和齐修平一起找院长跟主治医生商量急救方案。

"老盛总此次心脏病突发加上脑部二次出血，病症叠加，胸痛，卒中，应激手段都运用上了，救治正紧张进行。"说完老盛总，主任医转头说小盛总，"斯礼董事长情况不太乐观，子弹伤及肺叶，需立即手术。医院库存血浆不足，需紧急从院外调配，时间方面——"主任医生说说有些迟疑，回眼，望院长。

"输我的血！"不待科主任说完，齐修平果断着挥手，"我是O型血，配型方便。"

一个小时后，齐修平献完血，坐在轮椅上由护士推出监护室。

佳佳见齐修平脸色苍白，伏在轮椅旁小声哭。齐修平见了，弱声问："老董事长和斯礼怎么样了？"佳佳摇头应声："都没脱离危险！"齐修平瞧瞧手臂上的针眼，虚弱地讲："但愿能出奇迹！"眼瞅到了护士站，齐修平挣扎起身，坚持下轮椅。佳佳焦急地劝他，劝着劝着，见高庆丰左右观望着上楼，忙抬脚迎上去。

高庆丰身后跟着吴晓燕，望见佳佳、齐修平，高庆丰问："老董事长脱离危险了吗？斯礼的肺叶，能保住吗？"佳佳脸色依旧黯淡，弱弱讲："还在观察，看结果。"吴晓燕听佳佳说得无助，赶紧站到佳佳身边，好言做着安慰。

高庆丰瞧见齐修平，将他拉到一旁，俩人边走边讲，并排走向走廊另一端。佳佳不知道两人谈啥，停脚，远远望着。

高庆丰没说太多，言简意赅，只是语气神色都很郑重，说完拍了拍齐修平肩膀。

与齐修平谈话结束，高庆丰又郑重交代医生："老董事长是衢市的功臣,救活他,是政府交给你们的任务,务必完成!"顿顿,高庆丰继续讲,"小董事长功过先不评说,但救活他,也是政府交给你们的任务,至少能给衢市留下深刻而直观的教训,对警醒世人有好处!"

高庆丰神色略显疲惫,走出重症室,望眼四周,回身安慰佳佳:"事已至此,该做的都做了,剩下的,就看爷俩生命力有多强啦!"佳佳被说出眼泪,镇定一下讲:"盛家的人,什么风浪都能挺住!要不,怎么做盛家人呢!"高庆丰望着佳佳刚毅的脸,突然觉得眼前这位娇艳的公主瞬间长大了,单薄弱小的身子刚强地接过父兄提早传递来的磨难,眼眶顿时湿润。

佳佳觉出高庆丰话意未尽,扭头想喊齐修平,被高庆丰伸手挡住。

"让他静会儿,静会儿,心里能好受些!"嘱咐完,高庆丰忙着跟主治医生打招呼,安排完一切他转身步入电梯。佳佳想送,被高庆丰坚定地止住。瞧着电梯门合拢,佳佳盯紧指示灯,心里一片空落。

送走高庆丰,佳佳原地沉沉心气,回头找齐修平。

齐修平神色凝重地立在原地,两手插兜,一言不发望着窗外。佳佳探头朝外面望望,只见漫天微风吹起几片凋落的迎春花花瓣,除此之外,就是一片灰蒙蒙的天空,她犯疑问齐修平:"看什么呢?除了天——还是天。"

"'花谢春已暮,人去楼未空',真切啊!"齐修平眼睛没离窗户,兀自念。

一个小时后,盛斯礼没下手术台,盛仕儒倒先被推出来,口鼻扣着氧气罩,胸前插满管子,由护士推进另一侧病房,依旧不让进人。

"老董事长暂时脱离危险,只是情况不稳,观察几天再说。"医生交代。

"我哥呢,我哥怎么样?"佳佳着急问。医生略作停顿,专业地讲:"小董事长的出血点还在控制,还在……全力抢救!"佳佳听了惶恐着点头,一时不知说啥。医生着急走,走了两步,回头叮嘱佳佳:"照顾好刚才那位献血者,尽量减少活动,避免透支引发医疗事故。"佳佳继续惶恐着点头,回头找齐修平,发现长椅空无一人——齐修平不见了!佳佳顿时心口发紧,东张西望逐层楼找,找着找着,眼泪出来了。

喊了一阵,听不见回应,佳佳紧忙掏手机翻电话,没待拨出,齐修平手掐一段半枯的花根儿,驼着背从卫生间里面出来。看见佳佳惊慌失措的样子,齐修平说:"不知是谁,将一整盆海棠花扔进卫生间。叶子没了,但根儿没烂,补补水还能活。现在这些养花的人,干啥都三分钟热度,不懂耐心培养。挺好的苗子,扔这么个污秽不堪的地方,实在是对生命的漠视和不负责任。我看着可怜,顺手就把根儿挖出来,洗洗干净,回去换个花盆,应该能养活!"

说完,齐修平小心裹好花根儿,轻轻揣进裤兜。神情庄重,仿佛生怕一个奄奄一息的生命在自己兜里瞬间消失。

佳佳看齐修平默然做完一切,忍忍眼里泪水,把他拉回监护室。

这时,佳佳见手术室前人影忙乱,担心出事儿,叮嘱了齐修平一句,快步往回赶,还没赶到,隔窗,便望见吴晓燕肃穆地站在外间,佳佳心头一凉,喉咙颤颤着发不出声儿。

"节哀顺变!"主治医生看见佳佳率先打破沉默,"小董事长胸腔出血止不住,压迫心脏,医院——尽力了!"

佳佳冷不丁没听懂,缓缓神儿,眼前一黑,身子重重前倾。幸而,小卢正好赶进来,甩了鲜花,上前一把扶住。众人七手八脚将她扶进沙发,观察着,容佳佳恍惚了一阵儿,最终"哇"一声哭出声儿,凄凄惨惨,哭成一条悲伤的小河。

哭了一阵后,佳佳擦泪提出要看盛斯礼遗体。医生提示,遗体刚下手术台,这时看,心理不太适应,还是改天吧!佳佳欲哭无泪望着天棚,突然觉得自己如一只寻食的野雀,孤零零盘旋在一片望不见尽头的旷野。冷风习习,饥饿难挨,无措又茫然地飞呀飞,飞到翅酸足软,飞到眼瞳干涩,实在飞不动了,缓缓收翅,闭眼,最终将一切交付清风。

"修平秘书长哪去了?来时,还说在楼里。"小卢愣一阵,突然问。

"不好!"佳佳起身慌张看表,"眼瞅这个点了,还没回来,弄不好要出事儿!"说完不顾众人,径直往楼外跑。小卢紧跟在后面,边跑边问:"修平,修平出啥事了?"佳佳望望渐黑的天色,紧张地自语:"修平刚抽完血,一个小时没回来——该不会出啥事儿吧!"小卢见佳佳跑得惊慌,扭头,指指电梯。俩人赶进去,盯紧逐层闪烁的指示灯,一同发急。

两个人候电梯下到一楼,赶紧出大门,四下匆忙着找。"老板,再来两瓶啤酒!"慌乱中,小卢率先听到楼脚暗影处传来一句人声,沙哑,但依旧带有磁性。"修平,是修平!"小卢一耳朵听出是齐修平,欣喜地拉起佳佳,抬脚奔过去。凑近发现,暗影里坐着的真是齐修平。

齐修平局促地坐在楼脚一张小桌前,窄小的马扎,勉强支开他两只剪刀样的长腿,嘴唇发白,领口散乱。

佳佳盯紧齐修平把着的手机,抢来,翻出霍艳发来的一条语音,点开听见霍艳的声音凄楚而清晰:"晓燕跟我说了许多你不愿跟我提及的事儿,才知道过往一切中,你是怎样地艰难,怎样地迫不得已。对于眼下尚具备法律身份的妻子来讲,我深有感触,同时也倍感愧疚。反思这些年,对你说的许多话,做的许多事,刻薄而不近人情,伤人伤己,成了我今生对你犯下的最大的错!冥思苦想这些天,最终,我选择放弃,对自己是一种解脱,对别人是一种负责,说起来也挺道德的!末了只想说一句话,念及这些年做夫妻的情分,把娟娟留给我!让我从小到大照看她,看着她升学,看她工作,看她结婚生子,看着她一切都平平安安,不再犯她妈犯的错误。那样,也算你对我还有娟娟最后一次眷顾!"

霍艳手机里的语气异常决绝,听得佳佳一时手足无措,紧张地看着齐修平。

"看看,看看,"齐修平语音显出凄凉,"你齐老师目前已成孤家寡人,无归无宿,无牵无挂。"说着拿回手机,齐修平冲佳佳继续晃着屏幕,"可天地之大,今后哪又是我齐修平的家?十几年忙碌,十几年苦心,换来的是妻离子散,是人去楼空,是南柯一梦!你说,这一切公平吗?"

如一缕青烟融入周边的声光烟火,形质兼备地成就俗世中别样的自由和掷地有声的踏实。

"齐老师,"佳佳一脸坚定地讲,"只要你答应,明天,我就嫁给你。"

齐修平愣怔一会儿,环抱住佳佳,神情错杂。

佳佳深深埋进齐修平怀抱,安心地闭着眼,恍惚中已浸入一种别样的幸福。

小卢警觉,拉扯齐修平跟佳佳:"快走,快走,晚一步明天都得上头条。"佳佳缓过神,伸手,扶齐修平起身。

四、流水落花春去也

文旭成在部署广厦苑复工会议上,一针见血地强调:"此次广厦苑复工建设项目,将首次采用PPP(政府和社会资本合作模式)融资运作模式,在衢市资本运作方面首开先河,对将来城市建设及资本流通都具有开拓性意义。任何人、任何团体,对这项民生工程都不允许产生些许觊觎之心。谁敢将此当'唐僧肉'惦记,政府就学孙悟空,对任何妖魔鬼怪都将奋起千钧棒,'澄清玉宇万里埃',不让任何魑魅魍魉有藏身之地,狠刹以往乃至将来的歪风邪气!"

文旭成说得激动,直到瞄见高庆丰提示的眼神,才慢慢稳住心气。

跟着,文旭成安排高庆丰、鲁健分头负责"广厦苑奠基"跟"明堂爆破",强调两件事同步进行,时间、节点、安保,都交代好,确保一次性成功。之后,他环视众人,严肃说了声"散会"。高庆丰跟着收拾纸笔,回身喊鲁健,俩人商量着往外走。

广厦苑奠基现场就在刚腾空的养老院,往左,能望见礼堂钝剑样的尖顶。向右,隔洞,能望见隐在一片钟鼓里的玉佛寺。再远,是起伏的伏余山,奔马样欢腾跃向遥不可知的天际。如带的浑江从坡底蜿蜒流过,浅黄的滩涂,扎眼裸露在渐次返青的视野中,远远看,静穆得有些萧瑟。

动迁后的养老院小白楼被改做指挥部，倚住后坡，楼前，平地搭起一座高台，台面绷紧红毡，花团锦簇粉饰得像座戏台，随处洋溢期待数年之久的喜庆与祥和。

老钱眼神散乱，立在台上，四处张望，心里怎么也高兴不起来。

尤文东看不出来高兴不高兴，东奔西走地忙。负责现场调度的吴晓燕一会儿调调礼炮，一会儿听听音响，颐指气使的派头，仿佛就她是主角，别人高兴都是凑热闹。忙乱间，鲁健的车进了现场，鸣两声笛，直接开到主席台前。吴晓燕认识鲁健的车，先一步赶过去，热切地握手。尤文东随之喊老钱，紧步跟上。

"准备得怎么样了？还需要政府做点啥？"鲁健进场直奔主题。

老钱习惯性慌张，胡乱点头，嘴上磕磕绊绊不知说啥。尤文东没慌乱，但依然不知道说啥，只知见缝插针念叨："都是领导领导得好，领导得好！"除了圆场，没实质性意义。

"有件事儿，需要跟领导说明！"吴晓燕头脑相对清晰，不等钱、尤二人把话说清楚，指台下礼炮讲，"三十六门礼炮，二十秒响一门，一门一门响下去，哪一声都不能提前，哪一声也不能落后，前后响完正好十二分钟。老董事长详细交代过。"

"三十六响？"鲁健将脸转向吴晓燕，"有什么寓意吗？"

吴晓燕听问眼神瞬间庄重，沉静地讲："'十二'寓意'难忘'，三十六响寓意盛世走过三十六年。用老爷子的话来讲，盛世三十六年的发展史是三坑井破茧化蝶的重生史，是盛世风雨同舟的创业史，是魏家岭和伏余山沧桑裂变的见证史。以史为鉴，有多少年就响多少声炮。炮膛要干净，炮声要洪亮。一声一声响到头，响到底儿，响到人心里，祛祛这些年笼罩在三坑井老哥们头顶的晦气！"

"老董事长是个念旧的人啊！"鲁健感触地点头。

"盛世对老董事长来讲就是他的命。"吴晓燕继续沉静讲，眼里泛出泪光。

"就这么定了！"鲁健拍拍吴晓燕的手臂，转身看着老钱。老钱没态度，扭头望尤文东，俩人一起使劲冲鲁健点头。鲁健见各方都有了态度，转头，问吴晓燕："老董事长身体怎样？谁在照顾？"

"佳佳副董照应着呢，一切还好！"吴晓燕感激地回答。

"叮叮当当"，左近废墟里传出紧凑的敲打声，光凭声音就能辨识出劳作者抑制不住的热情，听着让人动心。尤文东被声音吸引，凑近只见一名黑壮男子脱光上身正在砸钢筋。身边有一名七八岁的小女孩，配合男子，将砸下的钢筋麻利地收进一只箩筐，动作一气呵成，麻利的样子看着与年龄不相符。

"逃课出来捞外快，不怕被学校开除啊！"尤文东对女孩短窄的校服起了兴趣，望了一阵，好奇地打趣。女孩抬头瞧见尤文东，眼里似乎冒出惊恐，四下看看，张开满是泥污的小手，狠劲摇。

"她不会说话，一出生就不会，紧着打手势还看不出来？"抡锤男子烦厌地讲。尤文东被呛得接不上话，只得悻悻讲："可惜了，这么俊的孩子，是个哑巴！"

"不会说话咋了！不会说话一样能认出好坏人，心里有数——就是不说！"抡锤男子听了不高兴，大锤一顿喝问尤文东，"有事没事？没事躲开，耽误老子干活！"说着愈加显出不耐烦，又顿下铁锤，威胁着恐吓。

尤文东被撑得悻悻，扭身想走。

刚抬脚，场外烟尘滚滚，疾速驶来两辆面包车，"吱嘎"停在男子和女孩面前。陈五年胡子拉碴，先一步跳下车，扬手，冲父女喊："谁让你砸的，谁让你砸的，我就问你谁让你们砸的！"哑女被陈五年的气势吓住，瑟缩着四处瞧。陈五年气极，夺过箩筐，甩手扔到一旁，溅起块石子，不偏不倚正中女孩眉心，疼得女孩立时蹲下身，双手捂眼，泪水从指缝间立时流出。抡锤男子见女儿受欺，蹿上来，揪住陈五年就打。陈五年身边人多，一拥而上，三下五除二将男子按倒。女孩吓得慌神，舞动双手扑过来，趴在男子身上，惊恐地四下望，嘴里依旧说不出话。

第七章 惊变 | 273

"陈大司机!"不知啥时候,齐大壮挺实着身子站出来,揽紧女孩,威严地呵斥陈五年,"都啥形势了,还跑莫旗镇耍威风,公安局没找你?"

"生意上的一点儿小事情,不劳齐镇您费心!"陈五年平时忌惮齐大壮,望望四周,嘴上结巴着讲。齐大壮没接陈五年前言不搭后语的话,上前,看看女孩被砸中的眉心,心疼地骂:"狗日的东西,下手这么狠!"赶紧拿来包子跟热豆奶,塞给孩子吃,转脸埋怨男子,"妞妞哮喘病还没去根儿,领她到这种地方,复发了咋办?"齐大友挣起身,四下拍打,嘴里不停地讲:"妞妞妈又得化疗了,里外,还得一大笔钱!我一个大活人,有胳膊,有腿,不能老躺在政府身上等救济。"

"化疗,镇上想办法,"齐大壮摸出一沓钱,塞进孩子窄小的裤兜,使劲按按,继续冲男子讲,"慈善总会下来一笔捐款,妞妞她妈条件都够,凑巴凑巴能挺俩疗程,剩下的,镇里再凑!"说完,伸手揩妞妞满是粉灰的脸,交代小个子,"把孩子送回去,天寒地冻,老毛病别冻犯了!"小个子应声,过来领妞妞上车。孩子跟齐大壮亲,边走边跟齐大壮挥手,一口白牙冲着齐大壮笑,小脸干净许多。

陈五年见齐大壮支走女孩,不甘心,上前絮叨:"齐镇,这块空场真是我花三万块钱从胡小海手里兑下来的,拆点碎铜烂铁,就是凑点生活费,没指望靠它发家致富。您也知道,"陈五年说着伤心,"修江堤的事儿,我跟老汤过了好几遍堂,兴师问罪,就差立马收监入狱。起初,沈禄田还出面跑,现在人影儿都见不着,我这车,也算开到头了!不趁早琢磨些来钱的道儿,将来,老婆、孩子,靠啥养!"

提起老婆、孩儿,齐大壮不由得想起什么。他自顾自点根烟,深吸一口,不无感慨地讲:"遥香副董要是清醒,亲眼见证奠基这么大事儿,估计得跟老盛总一样高兴。可惜,不是从前那片脑子了!"

"遥香副董她不是跟辰州银行的女行长跑国外去了吗?抓回来了?"

"回来倒是回来了,精神失常,进衢市就被送进精神病院。"齐大壮吸光烟,拍拍手,准备上山。陈五年见齐大壮要走,顾不上悲悯遥香,上前两步追齐大壮:"齐镇,齐镇,临走,临走您留句话,这空场还有齐大友咋整?让他砸,还是不让他砸,你给个明确话!"齐大壮赶着上山,扔下一句:"由来多少将相,一载尽赴黄粱,身前事,身后名,如烟沧桑。"

陈五年不知怎么接话。转眼瞧见齐大友在继续抡锤,一下,一下,响得铿锵自然。

隔日,冰冷。

依照安排,八点高庆丰驱车赶往青林别舍,接曾郁儒参加奠基典礼。

路上,江雾依旧沉沉。高庆丰坐在车里,眼望窗外,心里说不出的空落。

进到奠基现场,喧天锣鼓和无边的锦簇,让曾郁儒绷紧的脸见出喜色。

吴晓燕亲自打开车门,将会长揽请上主席台,指示周边做起全景式介绍。曾郁儒被现场气氛感染,心潮澎湃,忍不住跟高庆丰感慨:"物是人非,物是人非呀!"高庆丰听出老人想着故交,抬眼望望四周,心情复杂,品不出是个啥滋味。

众人谈笑一阵,文旭成领着鲁健风风火火赶上主席台。

高庆丰抬眼望望越聚越沉的乌云,阔步走到麦克风前,敲敲话筒,运气,准备讲话。就在这时,尤文东猫腰跑上主席台,附在吴晓燕耳边嘀咕。吴晓燕听了绷不住脸色,过来跟高庆丰汇报:"礼炮出了点问题,一门是哑炮,得抓紧时间修理。"高庆丰发急问:"昨天不是好好的嘛,隔宿怎么哑了一门?"吴晓燕瞧瞧主席台,低声讲:"鲁常委昨天走后沈秘书长又来现场,传达说新书记交代礼炮换成三十六厘米大口径,为的是烘托现场气氛。集团连夜更换,太赶,哑了一门。"高庆丰听了断定又是沈禄田故意作践盛世,恨恨骂句"小人得志"。之后,问吴晓燕来得及处理吗。吴晓燕定定神,负责任地讲:"就换个开关,时间超不过半小时,不复杂!"

"三十五响不行吗？非得凑成三十六天罡——响三十六声！"

"不行！"吴晓燕果决着否定，"三十六响是老盛总的至高愿望，代表盛世的经历，更是他对自己这些年心路历程的总结，多一声，少一声，都不圆满！"

高庆丰拿不准主意，找到文旭成，一五一十说了老盛总的想法。文旭成听了皱皱眉头，轻声讲："临阵废器——出师不利！"想了想，又把声音拔高，"老董事长的心愿咱们还是尽量满足，通知下面加紧修理，时间方面可以延一延，雾气散尽，典礼正好举行。"

"这么处理行吗，老领导？"指示完，文旭成扭头问曾郁儒，眼里满是尊重。

"悉听尊便，悉听尊便！"曾郁儒听了紧忙挥手，虽是随口一讲，脸色却变得沉峻。吴晓燕没敢耽搁，台上台下紧着安排。尤文东关键时分得出轻重，众目睽睽下指手画脚，技术、程序，一一上了道儿。吴晓燕略略平稳，回身，想上主席台。忽然，怀里手机一颤，是佳佳不知从什么地方打来。吴晓燕掐紧手机仔细听，连番点头，跟着，扭头望南归亭，影影绰绰，望见老董事长白发苍苍坐在亭前，山风习习，映带得左右一片苍凉。

佳佳守着盛仕儒坐进亭旁一辆轮椅，正襟危坐地望紧主席台。老人当天周身进行了细心打理。银白色的头发，根根梳理得平复，恰到好处地护住已然稀疏的头顶。藏青色西装经过精心熨烫，平平整整，凸显礼仪性的规范。系到喉结的暗红色领带，标志性地保持着老爷子惯常如一的严谨。如果不看瘦削近于枯槁的脸庞还有旁边鼓囊囊的氧气包，不知情的人，还以为这位整洁安详的老人是专门来看热闹的。

盛仕儒坐着默不作声，眼里含笑，深沉地眺望山下纷扰喧闹的场景，面色一片安详。再过一会儿，雾色大散，四周山川景物渐次清晰。遥遥望得见玉佛寺阔大静谧的庭院内，两名黄衣芒鞋的僧人持帚净扫着满阶纷扬的落花，一下下，轻盈自在，又显出虔诚的执着。屏息，似乎能听见扫帚掠地时发出的窸窣细响，从容得让人感到震撼心底的宁静。

望着眼前场景,盛仕儒突然伸出三个手指,吃力地指向佳佳。

佳佳懂老人心思,瞧坡下奔走的人群,冲盛仕儒大声喊:"放心!一定响到三十六声,完完整整让您听到。明年、后年、大后年,还要让您听到三十七响、三十八响、三十九响,直到不知多少响。"盛仕儒听着点头,眼神舒缓显出期待。

盛仕儒在山亭前微阖双眼,嘴角轻颤,一声声数着炮声。

当数到第三十五响,炮声戛然而止,沉闷一阵第三十六响最终没能炸开。盛仕儒抖抖喉咙,嗓子眼里呼噜呼噜发出一片混响,感觉生命行将静止。佳佳吓得直接跌坐在盛仕儒跟前,抓紧老人膝头,带上哭腔喊:"爸,别急,第三十六响礼炮肯定会响,声音更大,传得方圆百里都能听到!"

"不等啦,人这一生少有圆满!"盛仕儒最后望一眼雾气全散的玉佛寺,喉咙眼里跟着咕噜几声,随即静止的目光直直眺向天外,神色庄严,似乎看见尘世之外无比清静的大千世界,听得见九霄之上绵延不绝的第三十六响礼炮,缠绵婉转,经久不衰。最终,老人疲惫已久的双眼随心头默数的礼炮缓缓闭合,整个人,完全沉浸在脱尽世间酸苦、洗尽人间辛劳的无边大自在当中。

佳佳发慌,喊人赶紧把老人弄上车,架起仪器,七手八脚施救。

忙活一阵儿,主治医生慢慢起身,颓然地冲佳佳摇头,一切,都结束了!佳佳眼泪立时涌出,扭头,紧张地看着山下。突然,砰,从明堂方向传来一声大响,黄烟骤起,冲天烟色瞬间遮住半片天幕。

佳佳愣怔一阵,突然冲盛仕儒撕心裂肺地喊:"炮响了!爸,第三十六声炮响了!您可以圆满了,可以圆您该圆的梦了,您生前所希望所期待的一切都没遗憾!"

吴晓燕听山亭传来哭声,泪水夺眶而出,但依旧坚挺地站定在主席台上,听高庆丰畅快着喊出最后一句:"广厦苑奠基仪式,圆满结束,祝三坑井居民早迁新居,衢市未来更加美好!"收尾的一刹那,黑如锅底的天空,笔直地劈下一道利闪,东南明堂方向再次传来巨响,黑烟滚滚,半空升腾

第七章 惊变 | 277

成硕大的蘑菇云,惊得主席台上除文旭成、高庆丰之外的众人莫名其妙地慌恐。

　　文旭成、高庆丰缄默不语,肃穆着一张脸,看豆粒儿大的雨点随沉雷如注而下,重锤般砸进干裂的黑土,激起片片黄烟,瞬间弥漫成滚滚黄尘。

　　一场等了整个春天的透雨,终于在衢市这片龟裂的黑土上下开了!

第八章 锦程

一、游园惊梦

奠基典礼第二天,尤文东从精神病院院长老关办公室回来,脚都不歇就来跟老钱传话:"明晚去老礼堂,配合警察还原案情。"广厦苑开工奠基忙得老钱头疼病又犯了,刚吃完中药,听了尤文东没头没尾喊出的第一句,老钱迷迷瞪瞪没反应过来,两眼发直,搞不懂老尤想表达啥。跟着听见第二句,"找遥香说纪念馆事儿,还原案情",他心里彻底迷糊,云里雾里想不清究竟是谁脑子出了毛病——要去老礼堂还原案情?

傍晚,老钱多少清醒过来些,找出电话直接打给老关,寻思问:"啥叫还原案情?咋个还原案情法?还原案情干吗非得去老礼堂?去老礼堂就一定能还原得了案情?"如此这般,一并打听清楚。

"还原案情就是还原案情,有啥问的?"老关第一句说得跟尤文东一样潦草。

"还原案情,是为了一起大案!"第二句,老关才显出严谨。

老关没进精神病院工作之前,跟老钱在矿建公司一起做技术员,俩人前途命运相仿,都靠本事和勤奋过活,谁比谁都没强哪去。只是,做着做着,老关敏感地看出企业的前途与个人发展的不匹配,没干到班组长,便清醒着择机去了精神病院,先从安全组员做起,副组长、组长、院长助理、副院长、院长,一路做下去,最终脱胎换骨做成了体制内人,说话做事,看着比外人灵光。

老钱挺长时间没跟老关联系,冷不丁,听贵为院长的昔日工友故弄玄虚,头脸又开始出汗,话语跟着紧张:"大案?能大到什么程度?"

"你听没听说辰州银行女行长被抓回来了?案件涉及遥香。"老关嘴快,有问必答,有时不问也答,说着说着自己都感到惊骇。

"辰州银行女行长抓不抓回来跟我有啥关系!"老钱喉咙继续发颤,"喜发我做的是生意,文不能安邦,武不能定国,哪懂得破案啊?"

"不是让你去破案！是配合,配合懂吗?"老关费力解释,"你就是个配搭,引蛇出洞,声东击西,醉翁之意不在酒,重在还原案情。"

"这位遥香副董跟女行长前后脚回的国,一入关,精神就出了问题——有用的事儿一件记不清,比如,涉及刑事方面的;没用的,倒记得如磁铁一块,可啥用都没有。"老关说说又开始故弄玄虚,"这次还原案情,就是借助旧有环境帮助遥香恢复原有记忆。记忆有了,一切线索都能捋起来。公安机关就能像捡芝麻一样,一粒儿、一粒儿,将有用的线索都捡进筐子,分门别类归置好,逐个分析,逐个研判,案子就这么破了!"

"可恢复记忆为啥一定要去老礼堂?"老钱不解地问:"具体事儿见面说,说多了你也不懂,我也未必能说得明白!"老关支吾几句,借口有事儿挂了电话,语气急促,听着似乎真有事儿。

老钱思忖一阵,拿手机给冯士昆打电话,希望从他嘴里听到正常点的话。

"遥香副董涉及的案子挺复杂,三句两句说不清。"冯士昆依旧把调子定得很高,弄得老钱不敢大声。

"辰州银行女行长潜逃,涉及上亿资金私募案件,遥香副董牵涉其中,再查,指不定还得牵扯到谁,往后情势不好研判。"冯士昆说话语气跟老关差不多,深沉、冷峻,话里总含着话。

"到底触犯多大事儿,兴师动众,弄得跟着火似的!"

冯士昆听老钱问得谨慎,想了想,尽量简约地讲:"知道大吉地吧,就是盛世开发的温泉小镇。"听老钱似是而非地"嗯"了一声,冯士昆接着讲,"盛世开发大吉地失利,遥香急着回日本引来一笔资金应急,不知怎么搞的,被这位女行长私下挪去买了基金,获利无数。整个过程遥香知不知情不好判断,但从后期协助销毁转移证据这一环节来看,遥香至少知道细枝末节,构不构成共同犯罪需要相关机关深挖彻查。但针对女行长私下挪用专款盈利这件事儿,作为重要的辅证,遥香有配合举证调查取证的必要,且必须积极配合。"

"可问题是,"老钱听了还是困惑,惴惴地替遥香抱起不平,"老关说遥香眼下精神都不太正常!精神不正常的人,证词能采信吗?说了不也是疯话?"

"是这样,"冯士昆听了正正音色,"刑法规定,精神病人在能正确辨识个人行为期间,证词可以采信。在认知能力受限也就是发病期间,需考察本人辨识能力丧失程度,再确定证词能否采信。"

冯士昆坚定语气:"依此来讲,明晚,老礼堂一行,对恢复嫌疑人记忆及辨识能力极为重要,能否厘清辰州银行女行长犯罪线索,特别是查证证据销毁这一环节,遥香和您,作用都不可谓不大!"

老钱听冯士昆将后果及责任推到自己身上,脸上又不由自主流汗。

"别的我不担心,就是怕还原不好再把遥香副董的病惹大发喽,耽误警察办案,责任担不起!"老钱揣不准案件能"还原"到啥程度,惴惴地冲听筒讲。

"所以要注意把握分寸,最好随行带一位女士去,有情况,方便上手。"

冯士昆在电话里讲得明确,语气依旧是不容商量。老钱惴惴地还想说点什么,被冯士昆最后一句话截住:"剩下的老关会联系你,记住,分寸一定把握好,失手便前功尽弃。"

老钱听冯士昆在电话里说得严肃,不好也不敢乱说话,合上手机,想想又操起电话,打给尤文东,嘱咐提早去精神病院接遥香,节奏、分寸,统统交代一遍,跟冯士昆电话里交代得大同小异。之后,张罗安排饭菜,敷衍吃两口,喊上谭桂花,坐车直奔东郊老礼堂。

谭桂花搞不清丈夫晚上出门为啥带上自己,路上不停嘟囔。

"让你去就是考虑都是女人,好有个照应!"老钱说。

车到老礼堂,谭桂花执意先一脚下车,理由是"车里闷,胸口憋得慌"。

老钱无奈地跟下来,凉地里站了一阵,头顶眉梢竟然结了霜,白亮亮的,像挂层蜡。

做了盛世重组负责人后,老钱跟发迹前没啥大的差别。穿啥依旧不合身,仿佛那一身不太密实的棉絮下面裹的不是血肉之躯,倒像是油脂耗干的木乃伊,要不是两条干枯的手臂牢牢护住前胸,身上那件棉袍随时都有可能被四周缭绕的恶风掠走,转眼被扯得一干二净。

老钱四下看完,掏手机问尤文东,那位半疯半癫的遥香副董事长现在走到哪了?自己跟谭桂花到底还得等到啥时候?

电话没人接听。

隔会儿,屏幕蹦来一串字儿:"还在化妆!"

老钱瞧着心累,仰脸望着钝剑样刺向苍穹的礼堂尖顶,无奈地嘟囔:"还原案情还用化妆?破案还是演戏?一群看不出火候的东西!"一动气,老钱便感到胸口闷,嗓子眼儿隐隐觉着有刺儿横着,绵若无骨,又柔韧如针,不去想啥感觉没有,想起来,咽唾沫都疼,一时觉着心慌腿软,像走完夜路的骡子周身要散架一般。

"礼堂里有亮儿!"谭桂花眼睛好过老钱,惊喜地指给丈夫看。

天色转暗,老钱眼神跟着也蒙胧,但依稀能望见礼堂正门高耸的门缝里微微渗出的黄光,在周围越聚越黑的光线里耀出温暖的光。

"还真有亮儿!"老钱欣喜地看了谭桂花一眼,振作精神,上手去推厚如山墙的门扇。

"吱呀",没咋使劲儿,门扇便轻轻开启,一座神秘幽远的礼堂随意且高深地呈现在夫妻俩面前,深沉、阔大,如一座贮满宝藏的地宫静静等待两位外来者入内,再被另一层更深远的幽暗吞没。

谭桂花看丈夫焦急,冷眼望望四周,凄凉地叫起板:"苦——哇——哇!"

挺多年不唱戏,谭桂花开嗓便觉出紧,挣挣喉咙,攒劲,又念一声,气脉不冲,辗转在大厅传成一缕绵长回音,辨识度极高地在四壁碰撞。

开嗓仅半句,便看尤文东、老关带着神色凌乱的遥香脚步杂沓地迈进大厅。

遥香当天披了肥大的皮风衣,像一片苫布遮住一堆淋了雨的干草垛。遥香骨架本来就小,身子单薄撑不起皮质风衣,下摆长长拖到脚面,一下下拍打遥香的小脚,伴随木屐"咯吱""咯吱"的响音,幽暗的大堂便被这响音衬托得愈加空旷。

谭桂花被遥香近乎诡异的行头吸引,她走近些仔细看,见遥香皮衣里衬着绣满白玉兰花的暗红和服,发髻高挽,平整整梳成江户时代的发型,眉毛刻意修短,技术性修成两颗形神兼备的"蚕豆",生动地卧在敷满白粉的额头,高挺的鼻翼下,一片红得像颗樱桃的嘴唇涂得过于鲜艳,禁不住让人想起浮世绘里工笔描画的茶室女侍,诡异、飘忽、冷肃得让人惊艳。

"说台词,说还原案情的台词!"老关见老钱冲遥香不停弓腰,伸手紧忙示意。

老钱没来得及反应,倒是被遥香开口抢了第一句:"你知道我是谁吗?家居何处?父兄几人?"尤文东听遥香又要唱戏,紧忙拦话:"竟说玩笑话!您是谁我们还不知道啊,您不是盛世集团副董?遥香副董事长。"尤文东一句一句尽量讲清,生怕哪句说错,惊得少奶奶发飙。

"错!"遥香回身怒指,跟着扬手,将手指掐成兰花,"我本是杜丽娘,牡丹亭前情自殇!"接着换成唱,"原来姹紫嫣红开遍,似这般都付与断井颓垣,良辰美景奈何天,赏心乐事谁家院!"

遥香越唱越入戏,星子般的眼眸深沉且迷离,精气四散,只剩眼角间或流转的眸光还显出对世间最后一分顾盼,面部一片冷肃,看着让人心惊。

尤文东对戏曲没研究,尤其对昆曲,咿咿呀呀听着不平实。

遥香刚才拿戏词儿自报家门,尤文东还是听得懂了,紧忙纠正:"杜丽娘是戏里的名儿,您啊,本名叫遥香,盛仕儒是您公爹,盛佳佳是您小姑子,盛斯礼是您丈夫,时髦词儿现在都叫'老公'。"

"又错!"遥香听尤文东提到盛家,陡然翻脸,"遥香不是我全名,我全名叫遥香美智子——智子·杜丽娘,'情天恨海寸寸心''义重情深杜丽娘'!"跟着,呜里哇啦开始说日语,眼神散乱,看得尤文东发毛。

"你是杜丽娘也是遥香美智子,爱叫啥叫啥,咋舒服咋叫!"老关脑子灵,上前,努力将话引到预想轨道。

"这还差不多!"遥香满意地点头,"想我,遥香美智子——智子·杜丽娘,当年何等地婀娜,何样地俏丽,'不提防沉鱼落雁鸟惊喧''怕的是羞花闭月花愁颤'。跟斯礼,在东京大学金融学院,因昆曲相识,为志趣结缘。那时的斯礼,是那么英俊,那么浪漫,整天扛着摄像机,挨博物馆搜集散落民间的昆曲典籍,立志要当中国的弗拉哈迪,要用镜头保存行将消亡的戏曲遗产。那段时光,回忆起来,是多么地美好,多么地惬意,多么地春意盎然。"

"说得上是,朝看花,夕对月,常并香肩。"老关粗通昆曲,关键时刻唱念出一句,引得老钱瞧了又瞧。

"是,"遥香起了同感,伸臂,做了个云手,俯下身念,"正是,似水年华,如花美眷,迤逗得彩云偏。"

"往下讲,接着往下讲!"老关听遥香唱戏上瘾,紧忙拉回主题,"重点说说回国那档子事儿,女行长,辰州银行那个女行长,你俩是怎么认识的?"

遥香转转眼珠,展臂,又做个云手,没沿老关思路往下说,转头轻叹:"人易老,事多妨,梦难长,一点深情,三分浅土,半壁斜阳。"唱完,继续描述,"就在斯礼与我卿卿我我如胶似漆之时,国内传来消息,斯礼他爸——老盛总——遭遇车祸,命在旦夕,生死一线。斯礼闻讯,买票,坐飞机,昼夜兼程往家赶,直接回了衢市,直接进了盛世,直接来在他爸老盛总病床前。"

谭桂花听遥香开口句句押韵,情不自禁随手打拍子,急得老关慌忙拦,盯紧遥香,认真启发式引导:"回来后呢,回来到盛世,回到盛世又咋样?"

遥香听了眼光突然黯淡,悻悻停了云手,话语中带出哀怨:"再往后,就是我身处盛家,又长久得不到承认,弄得我杜丽娘,遥香美智子,一片飞蛾投火之心,换来辗转逶迤流水落花之命,其情,其景,又何其悲哉!"之后,还做云手。

"盛家后来不也接纳你了吗?让你做了副董。"老关引导着纠正。

"那是我杜丽娘弃昨日是非之恩怨,忍辱负重,尝胆卧薪,以一家之性命挽盛世将颓之大势,坚忍执着换来的结果。"说说端起胳膊,"我,杜丽娘,抛舍昔日饮露啜英之躯,投身污泥浊水之红尘。寻融资,求转型,愁肠百结纾盛世结构之困;去岛国,找资金,千方百计解财务困厄之愁;修广场,建公园,为的,也是以蝼蚁之力挽大厦即倒之危。为家族,为盛世,我,杜丽娘,可谓是煞费苦心!"

"财务困厄,就是没钱了呗!"老关警醒着接话,"没钱,可咋弄,总不能靠买基金股票翻本吧?"这次,遥香突然不接茬,而是大哭大闹起来。

"依我多年经验,遥香美智子,这种精神上的病是间歇性的,错过最佳治疗期,病情极有可能恶化。人要是彻底疯了,社会上又该起舆论,舆情方面不好控制!"老关说。

"老关院长说得有道理,我想说的也是这意思。"老钱说说继续弓腰。

"我出去请示请示领导,"冯士昆思忖下没敢做决定,指指遥香,冲跟来的人讲,"把人看好了,决定出来前不要乱动!"说完拿手机出去请示。

俩人对面发着慨叹,猛见遥香奋力挣开看守,又甩了个水袖,发声唱:"但这般花花草草由人恋,生生死死随人愿,便酸酸楚楚无人怨!"之后,又一句念白,"情不知所起,一往而深。生者可以死,死可以生。生而不可与死,死而不可复生者,皆非情之至也!"

旁边看守的人听不懂遥香唱啥,撒开两手,不知该把遥香怎么着。

慌乱间,冯士昆转回来交代:"先送警队,做完笔录再送回精神病院,队里出人看守,八小时一班。"说完,使眼色带人。

老关无奈地望望遥香,摇头,长声念白:"非情之至也!"

之后,老关正脸讲:"遥香副董,俺老关也就能做到这步了,往后就得自行珍重喽!"仰面,最后念一句白,"皆,非情之至也!"任警察将遥香带走。

二、相见欢

奠基典礼结束后第四天,肖巨轩病逝于省城心脑血管医院。

又过半月,衢市正式迎来一场夏雨,山川景色都跟着青葱起来。衢市格局又出现新变化。文旭成"由代转正",正式成为衢市市委书记。高庆丰无悬念地被确定为市长候选人,等着年底人代会通过,正式提任市长。鲁健组织关系调入衢市,接替高庆丰出任常务副市长。宣布新一届班子结构的依旧是上次组织部门的领导,话语一如既往地严谨,面容冷肃,只是语气略约缓和了些,时间也抻得长,比宣布肖巨轩离任多讲了二十分钟,一条条介绍文旭成还有高庆丰,讲得台上台下都跟着严谨。作为衢市新一届主政者,文旭成端坐主席台,神色凛肃。高庆丰居最右位,充当主持人角色,迎合现场诸般该有的流程,边讲边瞄文旭成的眼色。

文旭成当天情绪不错,目光睃巡场下,望一阵,意外闪现出不悦。

高庆丰察觉到文旭成的心思,凝下眼神,抬手唤来新任秘书,附耳交代几句,正襟危坐继续听讲。

会议结束,高庆丰依然礼貌性地跟上级领导寒暄,然后夹着笔记本回了办公室。

刚进走廊,远远望见齐修平肃立在办公室门口,见到高庆丰,他习惯性侧过身,礼让着进办公室。

"听见风声了?"看齐修平坐定,高庆丰没来由陡然问一句。见齐修平一脸茫然,高庆丰料定近来纷繁尘事多少有些令眼前这位清高寡欲的青年才俊如被热油蒙住了心智,他缓缓神,郑重地跟齐修平讲:"昨晚市委书记碰头会议定你接任政府秘书长,同时兼任办公室主任;原来办公室主任小柳接任市委秘书长,沈禄田,"说着盯一眼齐修平,"免职,接受组织审查。"

这么突然!

齐修平对突然的变故没思想准备,对天降的责任多少感到惶恐。

"沈禄田被免职?"

"是的,"高庆丰来没来得及细说,话出口就被踏进门的雷大鸣硬生生截了过去。"沈禄田为了推荐其侄子任职,不惜中伤、威胁小苗,对她造成了严重伤害,我们已掌握相关证据,正在进一步调查。"雷大鸣解释道。

齐修平一想起小苗,不免悲从中来,闷坐喝水。

"对了,石源、盛世两家定性一事,上头有指示了吗?"高庆丰觉出气氛尴尬,引导雷大鸣岔开话题。

"这事儿问我算是问到根本了!"

雷大鸣大包大揽地讲:"咱家崔莉刚好被抽调到省里'大案办',重点受理亿元以上金额的案子,石源、盛世,就归他们管,整天忙得焦头烂额,家里啥事儿都顾不上!

"这次审计组进驻衢市,成果、意义、作用,在衢市治安史上可说前所未有!咱就说这次,单就现有证据查明,石源近十年来非法控制矿业、货运、餐饮娱乐等多种行业,通过实施犯罪获取巨额经济利益,为非作歹,具备定性黑恶团伙的基本条件。

"眼下检察机关已就石源违法犯罪提出公诉,涉案资产都已查封,账户冻结,相关人员也受到控制,所有跟石源盘根错节的违法势力都将一网打尽,摧枯拉朽,不给死灰复燃的机会!

"这回真要能把石源定了性,那可真算是从根儿上铲除了盘踞祸害衢市多年的毒瘤,对净化地方治安环境、肃清地区社会风气,意义之大,不亚于二次严打。"雷大鸣说完狠劲劈手,雷霆万钧地做了判断。

"那盛世集团咋样?"齐修平目光闪烁问。

"盛世定性就相对复杂了！"雷大鸣镇定镇定讲，"首先，认定涉黑证据方面便显不足。集团内部个别存在强制拆迁、超范围经营等违规行为，但多不涉及刑律，人员架构也大多游离于集团之外，最主要的是参与者主观不具备涉黑涉恶意愿，行为结果对社会及个人也未造成恶劣伤害，社会影响小，定性'黑社会组织'缺少必要证据，需进一步核实。"

齐修平听了抱臂不语，眼神沉缓凝滞，自顾自陷入沉思。

"过去的事不多说了！既过不恋，即时不杂，曾文正公说的不是诳语！"高庆丰怕雷大鸣说得太深，说起眼前，"山城申遗成功在即，上上下下都在忙着筹备一场属于我们衢市人自己的文化盛宴，"说着他一拍齐修平的手，"把你调上来，就是为了把这场衢市亘古以来从未有过的文化盛宴办好、办实、办出气派，要让所有衢市以外的人都知晓——在衢市还有这样一座绵延千古的文化遗迹，搞好了，绝对是彪炳史册的政绩，造福万民苍生的幸事！"

"山城申遗不是早成功了吗？上两个礼拜，都传出风了。"

高庆丰见雷大鸣不懂套路，解释："那都是预审，正式结果下周才能出来。申遗是件复杂事，不像古董给小孩子起名那么简单，其中有一套规范流程。"

雷大鸣对申遗程序实在不感兴趣，转换着话题。

三、伤别离

衢市到机场开车不到两个小时路程。小卢提前四个钟头去酒店接佳佳，目的就是想让此行走得安静。吴晓燕早早来到酒店门口，眼睛红红的，看佳佳搬这搬那忙活得紧张。忙活完，脱胎换骨般的佳佳看着吴晓燕眼圈也见红，她忍忍泪水交代吴晓燕："把集团门前那棵白玉兰照顾好，勤浇水，来年还指望开花呢！"吴晓燕明白她话里的意思，擦擦眼角，冲佳佳保证："我天天盯着——不会让你失望！"佳佳点头，转身上车，车笛清亮响起,出酒店,绕弯奔向高速。佳佳孤身一人悄没声驶离衢市,渐行渐远,一寸寸将衢市抛开,径直驶向无尽的未知以及未知之外的希望与茫然。

小卢路上不停念叨:"山城申遗已成定局,今晚就出结果。政府届时举办发布会,跟着还有大型庆典,各方人士会来不少,书记、市长,都得参加,鲁市长、高市长抽不开身,交代我送机,叮嘱我亲眼看你进安检,少一个环节都不行!"

佳佳淡淡一笑,攥紧两手,没作声。她此行要去新西兰,暂时逃离伤心地,缓解难过的心情。

到了机场,忙完之后,小卢要到吸烟室吸根烟,佳佳一人来至休息区,寻了家门面不错的咖啡店坐好,招手点了两杯现磨的"蓝山",叮嘱一杯放糖,一杯不放糖,安心等着小卢。

"佳佳阿姨——"一声稚嫩的童音脆脆响在佳佳耳边。

"娟娟——你是娟娟吗?"佳佳对齐修平女儿有印象。

霍艳一身火红出现在佳佳眼前,揽着扎紧马尾辫的女儿,楚楚的样子让人生怜。

"来之前说好了要给佳佳阿姨送祝福,见着面怎么又不说话了?"霍艳提醒,"再不说,阿姨可就要到海的那边去了。"

孩子"哇"地哭出声,张臂冲佳佳喊:"佳佳阿姨,我、我送花来了,还有一大堆祝福的话儿——祝阿姨一路平安,心想事成,我们的心永远和你在一起,我们一辈子都是好朋友!"娟娟的诚挚与天真,一下子让佳佳感到手足无措,她望望霍艳和手捧鲜花的孩子,再也控制不了内心的情绪,俯身一把抱过娟娟,眼泪和哭声一起迸发。

霍艳看到眼前情景,也止不住流泪。

霍艳一脸真挚地捧起佳佳略显冰冷的脸,鼓起勇气讲:"有件事儿,姐姐瞒了你二十八年,一直没忍心告诉你,今天,眼瞧你就要远走海外,想想还是要跟你讲清。"

"其实,我才是你的亲生姐姐。"霍艳忍忍夺眶的泪水,狠心讲下去,

"当年,妈生你时大出血,爸跟我哥支边,我插队在张家口,家里没人管,是盛伯伯把你抱回家抚养,直到爸跟哥支边结束我也返乡,才把你领回来,一家人才得以团聚。可当时你太小,身子又弱,一发烧就休克,两场大病把爸和哥还有我的魂儿都吓没了!盛妈妈怕这么下去你会落啥毛病,商量将你过继给盛家,由他们抚养,讲好从今往后谁也不提这事儿,直到现在。"

佳佳听霍艳一出一出讲出过往经历,瞬间凝固在当场,张嘴发不出声。

霍艳看见佳佳心痛欲绝的样子,她沉沉心掏出一个灯芯绒布包,拈出一对月牙形的耳环,颤颤地按进佳佳手里讲:"这是妈留给我的,今天,姐姐替妈送给你,戴上。"说着,霍艳将耳环小心戴至佳佳耳垂,眼泪不由自主地流出眼窝。

佳佳整个人都蒙了,任由霍艳摆布。

戴好耳环,霍艳又耐心地看看妹妹,笑着讲:"哭时最像咱霍家人,泪窝子浅,爱动感情!"跟着,眼睛一眨不眨地又盯着看了一会儿,继续深情地讲:"新西兰多远姐姐说不出来,这辈子,能不能再见面也不知道,留下这份念想儿,就是让你时刻记着自己是打哪来的,家里还有挂记着你的一拨人,啥时也别忘了来处!"

佳佳上前紧紧拉住霍艳胳膊。

两下纠缠时,小卢满脸油汗赶上楼,见霍艳跟佳佳拉扯在一起,踌躇半天冒了一句:"差不多了,该进安检了。"霍艳听了看看手表,抹一把泪,拽起佳佳胳膊就走。佳佳还想挣,被小卢夹起另一只胳膊,左右挟持着前行。佳佳一霎时有些恍惚,频频回首,似乎在等什么。

"佳佳小姐,佳佳小姐!"听见有人喊,众人同时收住脚。

小卢先回头,望见老钱、尤文东跌跌撞撞跑来。

老钱依旧穿着那套半大袍子,缩颈冲佳佳讲:"好些天没见着佳佳小姐,我一打听,说是要去新西兰。可这新西兰在哪,远不远,咱们打听不着,一概不知,只好摸索着找到这来了,跟佳佳小姐说几句话。只是机场太大,找来找去耽搁不少时间。好在,找着了,没冤枉跑这么远的路!"老钱说罢抬胳膊擦汗,头上热气腾腾,眼光望紧佳佳。

"刚才停车,在停车场里见着齐秘书长了!"尤文东人前懂得抢话题上的风光。

"齐秘书长手里拿那么大个镜子,"尤文东夸张比量,手势上说明见到齐修平手里的镜子怎样怎样大,"当时我就纳闷,问齐秘书长大白天干吗拿面镜子,尺寸还这么大,做啥实验啊!"

众人听着困惑不解,拿眼一起瞧尤文东。

尤文东见众人懵懂,自信百倍地开始释疑:"齐秘书长说了,不是做实验,是送人,送一位学生回新西兰,镜子反光,折射出光线,算做送行人的一份心意,听着挺别致!对了,佳佳小姐此行不是去新西兰吗,齐秘书长这次送行的是不是您,您是去新西兰吗?"最末一句,尤文东觉出说得冒失,赶紧瞧了眼佳佳,不敢再说话。

佳佳听了血往上涌,挣脱身子,朝窗外头望。

"胡咧咧啥!"卢进紧着冲尤文东嚷,"啥镜子,看准了是齐秘书长吗?"

小卢有点激动:"你这是成心不让佳佳小姐静心啊!说,是谁派你来的,啥动机,都是为的啥?"说着要扯尤文东。

老钱见了慌神,赶上来拉住佳佳,伸手,塞来一把钥匙一摞钱。

佳佳不知缘由,紧张往外推。老钱死死按住她手,嘴里近乎哀求:"别推了,佳佳小姐,不,佳佳侄女,这八千六百块钱是你哥斯礼小老总在盛世嘉园酒店替我摆宴席垫的饭钱,我钱喜发做生意紧缩些,但,缺谁、短谁,心里还是有数,人情不能欠一辈子。"说着,老钱又拍拍钥匙,"这是我跟人合伙在魏家岭建的别墅,独门独院,适合你们这些门庭的人住。叔叔我跟你爹老盛董事长不是一个档次的人,但生意场合上前前后后还是受你爹不少照顾,这别墅,就留给侄女你住,算作我对你爹的一份敬重和感激。

第八章 锦程 | 293

听人说,侄女你要去的新西兰四周都是海,一年四季潮气大,去了不一定住得惯。叔叔就是想啊,哪天,侄女你在人生地不熟的地方住腻了,就回衢市,回魏家岭。反正现在飞机也方便,一天一趟跟坐火车似的。"

佳佳看着钱和钥匙为难,左右不知怎么办。

小卢在旁边催促,安检也喊好几回,佳佳无奈耸耸双肩,重重握了下小卢的手,转头进了安检。尤文东见快望不见人影儿,着急地伸出胳膊,冲里面喊:"齐秘书长说了,起飞时会冲飞机晃镜子,跟你示意,说这是当年在三坑井教书时跟你们做的游戏。"

佳佳没走远,听见尤文东喊,眼泪一下冲出眼眶,却脚步不停,哽哽喉咙继续往前走。

众人眼瞅望不见佳佳,惆怅一阵,下楼,各自寻车回衢市。

小卢不放心,出到停车场四下寻起齐修平,左右寻不见,打手机又不在服务区,急得小卢抓耳挠腮立在原地,东张西望一时没了主意。霍艳不似小卢没头没脑地慌张,牵紧娟娟,稳稳站在停车场中央,静静注视日渐清澈的天穹。隔了一阵,一架硕大的飞机从几人头顶隆隆飞过。

"镜子,快看镜子!"

小卢忽听尤文东在什么地方大呼小叫。

顺着尤文东的喊声,小卢望见伏在停车场东南角的一堆轿车中间闪闪折出一束白光,笔直射向高空,光下,齐修平高举起一面硕大的镜子,冲晴空里渐飞渐远的飞机调试着镜面角度。娟娟望见爸爸,兴奋地挥手,跟着仰头冲晴空里渐次拔升的飞机呼喊:"佳佳阿姨,一路平安!别忘了娟娟、爸爸、妈妈,还有我们的家!"

霍艳偎着娟娟冲天空频频招手,手中一条纱巾,旗帜般飘扬。

小卢不忍心别过脸。老钱尤文东同时流出眼泪。

老钱哽哽喉咙讲:"活大半辈子了,大半辈子,头回见着这么有情有义的一家人,开眼界了!"

众人默默看着飞机,一直到看不见踪影。

小卢性情比老钱尤文东刚强,擦擦眼泪,回身将钥匙和钱塞还给老钱。

老钱没从情绪中走出来,攥着钱和钥匙,直勾勾瞧着小卢。

小卢抬眼望望天空,叹了口气,扭头对老钱讲:"心意,佳佳小姐已领了!钱财,对她来讲眼下已是身外之物。人家都四海为家了,住哪儿还重要吗?收好钱和钥匙,就当一念想儿,早晚看看权当忆忆故人!"

四、清平乐

扶余山城申遗同步庆典,于盛佳佳离开衢市的当晚盛大举行。

庆典设在新建成的山城申遗会展中心,背依山城,面临浑江,主会场被设计成硕大的燕鱼造型,巨翅翩跹,扶摇矗立在浑江桥头,衬得即将申遗成功的山城愈加巍峨高耸,文化风貌浓烈,超现实感十足。中心主楼前有一片偌大的广场,各色气球悬浮,彩带飘扬,隆重昭示当晚将有震动全城的要事发生,盛大、喜庆,足以铸就现在乃至今后一段时期衢市无与伦比的辉煌。

庆典活动自上午安排到傍晚,十八点准时公布结果。

高庆丰领着专家媒体转了转规划馆,从三楼天井俯瞰展示衢市山河地势的巨幅沙盘,兴致盎然地慷慨陈词,说得众人又是一番热血沸腾。接下来转了十几处展馆,最后进到中心演播厅,坐着看了四十分钟专题片,衢市历史起源、发展沿革、近代风貌未来发展,一帧帧一幕幕呈现在大家面前。即使山城申遗不成功,衢市源远流长的壮丽发展都将载入史册,至少会被在座专家媒体啧啧称赞,传至世界。

临近十八点,参加庆典的各路人物齐聚中心主会场。

主会场的设计超乎想象,圆形看台围着中心凹形会场,梯台步阶多用青石原木。高庆丰在当中坐稳,抬头望见上方巨幅显示屏上正直播申遗评定现场，评委个个嘴角紧绷神色严肃，透着掩不住的权威。高庆丰细看大屏幕，纳闷地问起坐在身边的齐修平："鲁健副书记不是带队去苏州了吗，镜头扫来扫去，怎么看不着人影儿？"齐修平看了阵屏幕，肯定地讲："类似申遗这种现场发布会，一般是公布结果才给申请成功方镜头，现在机器都瞄着主席团呢，没到时候。"

十八点二十八分庆典主持人胸佩红花，宣布文旭成书记马上进入会场。全场当即响起暴风骤雨般的掌声，掌声中文旭成迈着大步，意气风发地走进会场，自信稳重地落座，充分感受着眼下全场潮水般的热情。

"苏州那边怎么样了？"文旭成扭头问高庆丰。

"第二轮投票衢市还遥遥领先，第三轮投票，应该没问题。鲁健副书记带队在现场，真有突发情况，鲁副书记会及时汇报。"高庆丰知道文旭成担心什么，思索了一下，接着肯定讲。

文旭成听了脸色沉稳许多，一起静静看着大屏幕。

十八点三十八分，屏幕里的苏州会场片刻寂静之后，一位白发正装的外籍男子在一位翻译陪同下，步履稳健地走上主席台，用镇定又带有磁性的嗓音宣布评定结果。由于是现场直播，屏幕下方没打字幕，一分钟后他身后的翻译凑上来，清晰地宣布——

列入本次世界遗产名录的城市是，中国衢市，伏余山城。

大概信号传输的原因，传到现场的音效不理想，最后一句声音听得模糊，直待缓了两秒钟，全场才爆发出如潮的掌声。文旭成听着掌声，悬着的心终于落下来。

会场门口悬在半空里的玉龙图腾骤然亮起，通体透明，伴着全场经久不息的掌声，如狂风暴雨中熠熠生辉的灯塔。

四围馆顶同时冲起一束束耀眼斑斓的焰火，瞬间将场馆点亮成一片光的海洋，映衬得背后伏余山城梦幻般闪出流苏一样的异彩，浸染得衢市三千里河山一片盛世的繁华。